아우구스투스

AUGUSTUS
Copyright ⓒ 1972 by John Williams
Korean translation copyright ⓒ 2016 by Gu-Fic

Korean edition is published by arrangement with Frances Collin, Literary Agent
through Duran Kim Agency.

이 책의 한국어판 저작권은 Duran Kim Agency를 통해
Frances Collins, Literary Agent사와 독점 계약한 도서출판 구픽에 있습니다.
저작권법에 의해 한국 내에서 보호를 받는 저작물이므로 무단전재와 복제를 금합니다.

아우구스투스
AUGUSTUS

존 윌리엄스 장편소설
조영학 옮김

미디어 리뷰

★ 전미도서 상(National Book Award) 소설 부문 수상작(1973)

"『아우구스투스』는 황제의 내면을 새롭게 조명한 것뿐 아니라 역사학자들에 의해 과소평가된 여성들의 삶을 새롭게 들여다보고 있다는 점에서도 큰 의미가 있는 작품이다."
_뉴 스테이츠맨

"미국인의 손으로 쓰인 가장 위대한 역사소설."
_워싱턴 포스트

"존 윌리엄스는 항상 호감을 느낄 만한, 심리적으로 설득력 있고 현실적이며 일관된 인간의 초상을 그리는 뛰어난 능력을 가지고 있다."
_뉴욕 타임스

"『아우구스투스』는 눈을 뗄 수 없을 정도로 생기가 넘치는 작품이다."
_파리 리뷰 데일리

"이 소설을 극찬하지 않을 수는 있다. 그러나 이 작품의 유혹에 저항할 수는 없을 것이다."
_이코노미스트

"『스토너』와 『도살자의 건널목 Butcher's Crossing』의 독자 모두 완전히 새로운 스타일로 나타난 윌리엄스의 소설과 맞닥뜨리게 될 것이다. 고대 로마를 배경으로 한 서한체 소설 『아우구스투스』를 보며 독자들은 마지막 작품에서 자신의 능력을 재발견하는 드문 천재 작가의 모습을 발견할 수 있을 것이다."
_더 밀리언즈

"편지와 회고록 형식을 통해 작가는 아우구스투스에 대해 문외한이든 그에게 호기심을 갖고 있는 독자든 모두에게 친숙한 인물로서 그를 창조해냈다. 특별한 관객들을 위한, 책임감 있고 난해한 작업을 윌리엄스는 해냈다."
_커커스 리뷰

"『아우구스투스』에서 존 윌리엄스는 율리우스 카이사르의 죽음부터 아우구스투스의 최후에 이르기까지의 시기를 재창조한다. 작가는 서한체 형식을 사용하여 작품을 서술하며 모든 등장인물의 목소리들은 마지막에 이르러서야 주인공의 목소리와 합쳐진다. 로버트 그레이브스의 『나는 황제 클라우디우스다』와 마르그리트 유르스나르의 『하드리아누스 황제의 회상록』과 더불어 꼭 읽어야 할 작품이다."
_해롤드 아우겐브라움(작가, 전미도서기금 이사)

목차

작가 노트	8
프롤로그	10
BOOK I	15
BOOK II	189
BOOK III	349
에필로그	394
해설_대니얼 맨델슨	400

낸시에게 바칩니다.

작가 노트

　기록에 따르면, 라틴의 어느 유명한 역사가가 이렇게 선언한 바가 있다. "글의 효과적 전환을 위해, 필요했다면 폼페이우스가 파르살루스 전투에서 승리하게 만들었을 것이다." 물론 그렇게까지 방종을 부릴 수는 없었지만, 나는 이 책에서 의도적으로 사실 일부를 왜곡했다. 사건의 순서를 바꾸기도 하고, 기록이 불완전하거나 불확실하면 만들어냈다. 역사에 거론되지 않은 인물 일부를 살려내거나, 지역 이름과 로마의 표기법을 현대화하기도 했다. 하지만 그렇다 해서 기계적인 일관성에 반향을 입히고 싶었던 것은 아니다. 몇 가지 예외를 인정한다면, 이 소설에 등장하는 자료들은 내가 직접 만들었다. 키케로의 문장 몇 개를 고쳤으며 『아우구스투스의 위업 The Acts of Augustus』에서 짧은 구절을 훔쳐왔다. 지금은 사라졌지만 원로 세네카가 소장한, 리비우스의 『히스토리』를 빌려와 일부를 인용하기도 했다.

이 소설에 진실이 있다면, 역사보다는 픽션의 진실이다. 독자들이 그 의도, 즉 상상력의 결과로 받아들인다면 감사할 따름이다.

록펠러 재단 덕분에 여행을 하고 이 소설을 시작할 수 있었다. 매사추세츠의 스미스 대학은 창작을 이어갈 수 있도록 시간을 안배해주었다. 덴버 대학이 어려움 속에서도 너그러이 이해해준 덕분에 소설의 완성이 가능했다.

존 윌리엄스

프롤로그

서한(서기전 45)

발신: 율리우스 카이사르

수신: 아티아

아이를 아폴로니아에 보낸다.

친애하는 조카여, 이렇게 갑작스러운 이유는 네가 다른 생각을 하지 못하게 하기 위해서란다. 그래야 아무리 내키지 않는다 해도 어쩔 수 없이 받아들이지 않겠느냐.

네 아들은 건강하게 카르타고 캠프를 떠났다. 이번 주 안에는 로마에서 볼 수 있다. 부하들한테는 서두르지 말라고 지시를 내렸으니 아이가 도착하기 전에 이 편지부터 받을 것 같구나.

지금쯤 너도 반대를 하겠구나 싶다. 네 마음이 편치 않다는 것도 잘 안다. 어머니이자 율리우스 가문의 여식이니 당연히 이중으로 조심스럽겠지. 네 반대는 대충 짐작하고 있다. 전에도 이 문제로 얘기했으니 당연히 아들의 건강 문제부터 걱정이겠지. 하지만 곧 알게 될 게다. 가이우스 옥타비우스는 스페인 전투를 마치고 더 건강해진 모습으로 돌아갈 테니까. 나와 함께. 물론 해외에서 그 아이가 어떤 치료를 받는지도 궁금하겠지? 조금만 생각해보려무나. 아폴로니아의 의사들이 로마의 번지르르한 돌팔이들보다야 훨씬 잘 보지 않겠느냐? 마케도니아 주변에만 여섯 개 군단을 거느리고 있단다. 원로들이야 죽어도 세상은 끄떡없지만 병사들만큼은 당연히 건강해야 한다. 마케도니아 해안의 날씨도 적어도 로마만큼은 안온하구나.

아티아, 너는 좋은 엄마다. 하지만 엄격한 도덕관념 때문에 이따금 난감해질 때가 있다. 조금만 고삐를 풀어준다면 아들은 진짜 사나이가 될 수 있단다. 조금만 있으면 열여덟이야. 그 애가 태어날 때의 잠재력을 기억해보지 않겠니? 너도 알다시피, 가능성을 키우기 위해 나도 무던히 애를 썼구나.

어떤 심정으로 이 편지를 쓰는지 이해했으면 한다. 아이의 그리스어 실력은 끔찍한 수준이고 웅변도 형편없다. 철학은 쓸 만하지만 문학 지식은 괴팍하기가 짝이 없구나. 로마의 가정교사들이 시민들만큼 나태하고 경망스럽더냐? 아폴로니아에서라면 아테노도루스와 함께 철학을 배우고 그리스어를 익힐 수 있다. 아폴로도루스에게 문학 지식도 벼리고 수사학을 연마할 수도 있다. 그래, 이미 모두 안배를 해두었다.

그 나이라면 당연히 로마를 떠나야 해. 부와 지위와 미모를 모두 갖춘 아이가 아니더냐. 사내와 여자애들의 찬사에 흔들리지 않는다 해도 아부꾼들의 야욕까지 이길 수는 없단다. (이제 얼마나 교묘하게 네 설익은 도덕심을 건드리고 있는지 알겠느냐?) 스파르타식 규율과 훈련 속에서도, 아침이면 고매한 학자들과 보내며 정신을 무장하고 오후에는 군단 장교들과 보내며 사나이한테 필요한 기술들을 익힐 것이다.

아이를 향한 내 마음과 계획은 너도 알잖니. 마르쿠스 안토니우스가 입양을 방해하지 않는다면, 아이는 심적으로나 법적으로 내 아들이 될 게다. 안토니우스야 내 후계자 될 꿈을 꾸면서, 마치 코끼리가 베스타 신전을 헤집듯 정적들과 노닥거리며 다니지 않더냐. 네 아들 가이우스는 지금도 내 오른팔이다만, 안전하게 권좌까지 물려받으려면 내 힘까지 배워야 한다. 로마에서는 가능하지 않은 일이야. 가장 중요한 세력, 즉 군단은 모두 마케도니아에 남겨두었으니까. 내년 여름 가이우스와 나는 군단을 이끌고 파르티아 또는 게르마니아와 전쟁을 해야 한다. 아니, 로마의 반역자들을 쓸어버리는 데 쓸지도 모르겠구나….

그래, 네 남편 마르키우스 필리푸스 놈은 어떻게 지내더냐? 멍청하다 못해 애처롭기까지 한 놈…. 솔직히 고마운 점도 없지는 않구나. 놈이 로마 한량 노릇에 그리 바쁘고, 키케로 놈과 함께 내게 반기를 들지 않았더라면 네 아들 계부 노릇까지 하려 들었을 테니 말이다. 죽은 네 전 남편이 가문을 빛내지야 못했다만 그래도 어떻게 아들을 키우고 또 어떻게 하면 율리우스의 이름으로 출세를 하는지 정도는 알고 있었다. 지금 남편이라는 놈은 내게 반역까지 하며 가문에 먹칠을 하는구나. 그 이름이야말로 놈에게 하나밖에 없는 이점인 줄도 모르고. 그래, 정적들이야 멍청할수록 좋겠지. 놈들이 멍청할수록 난 더 안전할 테니까.

가이우스한테는 친구들을 데리고 아폴로니아에 가라 일러두었다. 둘은 스페인에서 함께 싸운 뒤 지금은 네 아들과 함께 로마로 돌아가고 있다. 마르쿠스 비프사니우스와 퀸투스 살비디에누스 루푸스…. 너도 아는 애들이지? 다른 하나는 네가 모르겠구나. 가이우스 클리니우스 마에케나스. 네 남편이라면 고대 에트루리아 혈통에 왕족 피도 섞였다는 사실을 알아볼 게다. 다른 건 몰라도 그 사실만큼은 그도 기뻐할 게다.

친애하는 아티아, 너도 알게 되겠지만 편지 서두에서 분명히 했듯이, 지금까지는 네 아들의 미래를 위해 네 선택이 중요했다. 이제 나 카이사르도 너한테 선택권이 없음을 공표해야 한단다. 이번 달 안에 로마로 돌아갈 생각이다. 소문은 들었을 게다. 아직 원로원의 결정이 남아 있기는 하지만 종신 독재관으로서의 귀향이란다. 때문에 기병대 사령관을 임명할 권한이 있다. 나를 제외하면 최고의 권력자 자리이지만 난 이미 결정했다. 눈치를 챘겠지만 바로 네 아들이야. 이미 결정은 내렸고 번복은 없다. 너와 네 남편이 개입하려 한다면 너의 가문을 향한 대중의 준엄한 분노를 감내해야 할 것이다. 그에 비하면 내 명예를 모욕한 대가는 오히려 하찮게 느껴질 것이다.

푸테올리에서의 여름 휴가가 즐거웠으리라 믿는다. 지금쯤 휴가를 마치고 도시에 돌아왔겠지? 나도 바쁘기는 하다만 이탈리아가 그립구나. 내가 로마로 돌아가 공무를 마치면 티볼리에서 며칠 느긋하게 쉬자꾸나. 남편은 데려와도 좋다. 키케로가 원한다면 그 양반도 상관은 없다. 말은 그렇게 했다만 두 사람 모두 좋아한다. 물론 너도 사랑한다.

BOOK I

하나

I. 마르쿠스 아그리파의 회고록: 발췌(서기전 13)

…악티움에서 그와 함께 있었다. 검과 방패가 부딪쳐 불꽃이 튀고, 병사들의 피가 갑판을 덮고 푸른 이오니아 바다를 더럽혔다. 창이 비명을 지르며 허공을 갈랐다. 선박들이 불길에 휩싸인 채 물살을 갈랐다. 그날은 병사들의 비명소리가 진동을 하고 살갗은 갑옷 속에서 익어갔다. 그 이전에는 무티나였다. 마르쿠스 안토니우스가 캠프에 쳐들어와 카이사르 아우구스투스의 침대를 칼로 찔렀으나 그는 이미 빠져나간 후였다. 우리는 고난을 이기고, 후일 우리에게 세상을 안겨줄 최고 권력자를 얻었다. 필리피에서도 마찬가지였다. 여행에 지치고 병든 터라 그는 제대로 서지도 못했다. 그래도 들것에 실린 채 병사들 속으로 들어갔다가 다시 양부의 살인마에게 죽임을 당할 뻔했다. 그는 끝까지 싸웠다. 그리하여 신성 율리우스의 살인마들을 몰아붙여 자결토록 만들었다.

나는 마르쿠스 아그리파, 이따금 비프사니우스라고 불리기도 한다. 평민의 수호자이자 원로원의 집정관이며, 로마 제국의 군인이자 장군이다. 그리고 가이우스 옥타비우스 카이사르, 즉 아우구스투스의 친구다. 내 나이 쉰, 이제 이 회고록을 적어, 로마가 파벌의 아가리 속에서 피를 흘리고 있을 때, 옥타비우스가 어떻게 이를 간파하고 파당의 야수들을 학살하고 난도질했는지, 어떻게 로마의 상처를 치유하고 활기를 불어넣었는지, 그리하여 세계의 경계를 밟고 호기롭게 진군했는지 후손에게 알리고자 하느니라. 비록 능력이 부족하나, 나 자신도 위대한 승리에 일조한 바, 그 기억들이 바로 기록이 될 것이며 후세의 역사가들도 아우구스투스와 로마를 향해 경탄을 금치 못할 것이다.

카이사르 아우구스투스의 통솔하에 로마의 수복을 위해 몇 가지 역할을 수행한 바 그 덕에 로마로부터 과한 보상을 받았다. 나는 집정관 세 차례, 행정관과 호민관을 한 차례씩 역임했으며 시리아 총독을 두 차례 지내고, 아우구스투스가 중병으로 고생할 때 그에게서 스핑크스의 문장을 받았다. 로마 군단을 이끌어 페루시아의 루키우스 안토니우스를 상대로 승리를 거두었으며, 갈리아의 아퀴타니 족, 라인의 게르마니아 부족과도 전투를 벌였다. 다만 로마 개선 행진은 거절하였다. 그 후에도 스페인과 판노니아로 건너가 반역자들과 도당들을 제압했다. 나는 아우구스투스로부터 해군총사령관 보직을 하사받았으며, 나폴리 만 서쪽에 항구를 세워, 해적 섹스투스 폼페이우스에게서 우리 선박들을 구했다. 그 덕에 후에 시칠리아 해안의 밀라이와 나울로쿠스에서 폼페이우스를 무찌르고 처단했다. 악티움 해전에서도 반역자 마르쿠스 안토니우스를 물리쳐 만신창이 로마에 새 생명을 불어넣었다.

이집트의 반역으로부터 로마를 해방하고 이를 기리기 위해 판테온 신전과 여타의 공공건물을 세웠다. 도시의 행정책임자로서 아우구스투스와 원로원의 승인을 얻어 도시의 낡은 수로를 수리하고 새 수로를 열어, 로마의 시민과 대중이 넉넉히 물을 얻고 질병에서 자유롭게 했다. 로마의 평화기에는 세계를 측량하고 지도를 만드는 데 일조하였는데,

이는 율리우스 카이사르의 독재관 시절에 시작해 그의 수양아들에 와서 비로소 완성하였다.

그 일들에 대해서는 회고록을 진행하며 다시 상술할 것이다. 우선은 이 모든 위업의 기원에 대해 먼저 언급하고자 한다. 바로 율리우스 카이사르가 스페인에서 개선한 이듬해였다. 그 전쟁에는 가이우스 옥타비우스와 살비디에누스 루푸스, 그리고 나도 참전했다.

우리가 아폴로니아에 있을 때 카이사르가 죽었다는 소식이 전해졌다….

II. 서한(서기전 13)

발신: 가이우스 클리니우스 마에케나스

수신: 티투스 리비우스

친애하는 리비우스, 용서하게. 답신이 너무 늦었네. 늘 하는 변명이지만 은퇴 후에도 건강은 전혀 좋아지지 않는 듯해. 의사들도 이상하다며 설레설레 고개를 흔들지만 그래도 치료비는 열심히 챙겨간다네. 도무지 백약이 무효해. 고약한 처방약을 억지로 먹기도 하고, (알다시피) 한참 탐닉하던 쾌락을 삼가도 소용이 없어. 물론 사안이 급박하겠지. 지난번 편지에도 내 도움이 필요하다고 말했으니까. 다만 며칠 동안 통풍에 시달리는 바람에 펜을 제대로 잡을 수 없더군. 병도 병이지만 지난 몇 주 동안 불면증까지 겹친 터라 하루하루가 피로하고 무기력하다네. 그래도 친구들은 나를 외면하지 않고 목숨도 질기기만 하군. 당연히 감사해야 할 일이겠지. 둘 다.

젊은 시절 황제와 내 관계를 물었던가? 먼저 알아야 할 일이 하나 있네. 황공하게도 불과 사흘 전 황제께서 내 집을 찾아와 건강을 물으셨다네. 그래서, 그분께 자네의 요청에 대해 귀띔해야 도리라 판단했어. 황제께서는 미소를 지으시더니, 자네과 같이 배은망덕한 공화주의자들을 도와도 좋은지 모르겠다며 농담을 하시더군. 그리고는 옛날 얘기를 했지. 나이가 들면 늘 그렇지 않나? 황제께서는 나보다 기억을 잘하시더군. 아주 사소한 일까지. 마침내 나는 황제께서 직접 자네에게 사람을 보내 그 시절 얘기를 들려줄 것인지 여쭤보았네. 황제께서는 잠시 먼 곳을 보시더니 다시 미소를 지으셨지. "아니. 황제가 시인과 역사가처럼 거짓말을 하면 쓰겠나?"라고 하시더군. 그러고는 내가 대신 따뜻한 안부를 전하라 당부하시고 답장 역시 내 마음껏 써도 좋다고 허하셨지.

 하지만 어찌 내 마음대로 그 시절을 논하겠나? 우리는 어렸어. 율리우스 카이사르가 아들로 삼았다는 사실은 가이우스 옥타비우스도(당시는 그 이름으로 불렸지.)도 알고 있었어. 운명이 자기 편이라고 말했지만, 실상 그뿐 아니라, 당시 그의 친구였던 나와 마르쿠스 아그리파, 살비디에누스 루푸스도 우리 미래가 어떻게 될지 상상조차 하지 못했다네. 리비우스, 난 역사학자처럼 자유롭지 못해. 자네라면 사람과 군인들의 이동 상황을 설명하고, 복잡하게 얽힌 음모를 추적하고, 승리와 패배를 저울질하고 신생아와 사망자들의 비율을 계산하고도 충분히 여유로울 수 있겠지. 업무 자체가 그렇게 복잡하지 않을 테니까. 허나 내 지식의 무게는 나조차 버거울 지경이라 세월이 흐를수록 점점 두렵기만 할 따름이야. 자네가 뭘 원하는지는 아네. 당연히 내게 화가 나겠지. 답을 주기는커녕 어영부영 딴소리만 하고 있으니까. 하지만 상기해야 할 일은, 내가 어느 정도 국가에 기여를 했다고 해도 난 본질적으로 시인이라네. 즉 어느 주제든 곧바로 치고들 능력이 부족하다는 뜻일세.

브린디시에서 처음 만나기 전까지 옥타비우스를 전혀 몰랐다고 말하면 의외일까? 그곳에서 그와 친구들과 합류해 아폴로니아까지 동행하라는 지시를 받았지. 나를 그곳에 보낸 이유는 여전히 모호하지만 분명 율리우스 카이사르의 개입이 있었어. 내 부친 루키우스께서 한때 율리우스를 섬기셨지. 몇 년 전에는 아레조에 있는 우리 별장을 친히 방문도 하셨는데, 그때 내가 카이사르와 어떤 주제를 놓고 토론을 벌였어. (아마도 칼리마쿠스의 시가 카툴루스보다 탁월하다고 우겼던 것 같네.) 맞네, 당시는 오만하고 방자하고 또 (나름대로) 어느 정도는 기지도 발휘했어. 어렸으니까. 아무튼 나를 잘 보셨던지 대화는 한참을 이어졌어. 이 년 후, 아버지를 통해 나를 아폴로니아로 부르시더니 양아들과 동행케 하시더군.

솔직히 고백하건데(고백 따위는 안 하겠지?) 처음 만났을 때 옥타비우스한테 특별한 인상을 받지는 못했어. 아레조에서 브린디시까지 열흘 이상 여행한 터라, 뼛속까지 피로하기도 했네. 온몸에 먼지를 뒤집어쓴 데다 은근히 긴장까지 했지. 그와는 선창에서 처음 만났네. 배에 타기 위해 기다리고 있었어. 그때 아그리파와 살비디에누스는 대화 중이었고 옥타비우스는 조금 떨어진 곳에서 근처에 정박한 소형 선박을 바라보고 있었네. 내가 다가가도 아무도 아는 체하지 않더군. 그래서 먼저 인사를 건넸는데 내 목소리가 컸던 것 같아. "마에케나스입니다. 이곳에서 여러분을 만나기로 했는데… 그런데 어느 분이 어느 분이시죠?"

아그리파와 살비디에누스가 나를 보더니 웃으며 이름을 알려주었어. 옥타비우스는 돌아보지도 않았지. 난 그의 등에서 오만과 무례를 읽을 수 있었어. 다시 내가 말을 걸었지. "당신이 그분이시로군요. 옥타비우스라 불리는 분."

그러자 그가 돌아섰는데 그 순간 내 오판을 직감했다네. 그 표정이 어찌나 수줍어 보이던지. "그래, 내가 가이우스 옥타비우스요. 양부께 얘기를 들었소." 그가 미소를 짓고는 손을 내밀며 눈을 찡긋거렸네. 맞네, 우리는 그렇게 첫인사를 했지.

알겠지만 그 눈에 대해서도 소문이 많았어. 주로 싸구려 운문이나 쓰레기 산문이었어. 지금이야 그도 그때의 운문을 듣고 인상을 찌푸리시겠지만 한때는 그 두 눈을 은근히 자랑스러워하기도 했다네. 아무튼 그때도 지금처럼 아주 또렷하고 예리하고 날카롭기까지 했어. 회색보다 파란색에 가까웠지만 색보다는 빛이 많았을 듯싶어…. 이런, 맙소사, 그 짓을 내가 하고 있군. 용서하게, 친구들 시를 너무 많이 읽은 탓일세.

기억은 없지만, 내가 한 걸음 뒷걸음질했을 걸세. 어쨌든 놀라기는 했어. 그래서 황급히 고개를 돌렸는데 그곳에 소형 선박이 있더군. 옥타비우스가 바라보던 바로 그 배였지.

"저 배가 우리를 태워 갑니까?" 내가 물었네. 기분도 좋아졌어. 작은 상선으로 길이가 십오 미터 정도였는데 뱃머리 목재는 썩어가고 돛은 누더기였어. 악취도 진동을 했고.

대답은 아그리파가 하더군. "지금 구할 수 있는 유일한 배랍니다." 그리고 가볍게 미소를 지었는데 아마도 내가 까탈스럽다고 생각했을 걸세. 토가 차림에 반지까지 몇 개 장식했거든. 그분들 행장은 모두 튜닉이었고 장식은 없었어.

"악취가 너무 심하지 않겠습니까?"

내가 묻자 옥타비우스가 심각한 목소리로 대답했어.

"절인 생선을 가득 싣고 아폴로니아로 가는 모양이오."

나는 잠시 가만히 있다가 웃었네. 다들 웃었지. 우리는 그렇게 친구가 되었다네.

우리는 젊을 때 더 현명한지도 모르겠네. 철학자들이야 발끈하겠지만 맹세할 수 있어. 우리는 그 순간부터 계속 친하게 지냈네. 멍청하게 웃던 그 순간이야말로, 그 후 어떤 사건보다 더 강한 유대였어. 승리와 패배, 충성과 배신, 슬픔과 기쁨, 그 무엇보다도. 하지만 어느덧 젊음은 떠나고 친구들도 떠나 다시는 돌아오지 않는군.
 그렇게 아폴로니아로 건너갔네. 비린내는 진동하고 파도가 조금 치면 배는 아예 비명을 질러댔지. 어찌나 흔들리던지 배가 기울 때마다 나가떨어지지 않으려 안간힘을 쓰기는 했지만 어쨌든 목적지로 데려다주긴 하더군. 당시는 상상도 하지 못했지만….

 이틀 동안 편지를 쓰지 못했군. 몸이 아프기 때문이지만 그렇다고 내 병에 대해 구질구질 늘어놓지는 않겠네. 너무 암울하니까.
 생각해보니, 지금까지 별로 도움될 내용을 주지 못한 것 같군그래. 그래서 비서를 시켜 서류를 찾아보라고 했네. 자네 작업에 조금이라도 도움 될 자료가 있을까 해서. 기억하겠지만 십 년 전쯤, 우리 친구 마르쿠스 아그리파가 비너스와 마르스 신전을 봉헌할 때 내가 연설을 했네. 지금은 다들 판테온이라 부르지만. 음, 나중에 포기했지만 처음에는 아주 인상적이고 서사적인 연설을 할 생각이었네. 우리가 젊은 시절 세운 로마와, 신전이 상징하는 로마 사이에 묘한 관계가 있다는 내용이었어. 어쨌든 이런 웅변 형식의 문제점을 해결하겠답시고 당시에 약간 메모를 해둔 게 있어…. 그런데 이제 우리 세계의 역사를 완성하는 데 쓰는군.
 가능하다면, 청년 4인방을(이제는 내게도 낯선 이름이네만) 이렇게 그려주게. 자신과 미래에 대해 무지하고, 이제부터 어떤 세상을 헤쳐 나가게 될지도 전혀 모르는 풋내기들. 마르쿠스 아그리파는 키가 크고 근육질이야. 코가 크고 얼굴은 농부에 가깝지. 체격은 통뼈에 피부는 완전히 가죽이라네. 갈색의 푸석푸석한 머리카락, 짧고 거친 턱수염… 아, 겨우 열아홉 살이야. 수송아지처럼 걸음도 우직하지만 어딘가 묘하게 기품이 묻어나지. 말은 수수하고 느리고 차분하나 느낌을 그대로 드러낸다네. 턱수염이 아니라면 어리다는 생각은 아무도 못할 걸세.

다음은 살비디에누스 루푸스, 아그리파가 강하고 건장한 반면 마르고 기민한 인상이라네. 아그리파는 느리고 신중한 반면 루푸스는 빠르고 다혈질이야. 웃기도 잘해서 분위기가 조금이나마 이상해지면 금세 가볍게 만들어주지. 나이가 제일 많기는 하지만 사실 우린 막냇동생처럼 예뻐한다네.

세 번째는… 나겠지? 솔직히 다른 사람들보다 잘 모르겠군. 누가 자신을 알겠나? 친구들이 어떻게 보는지도 모르겠지만 그날은 물론 그 후로도 한동안 다들 나를 바보 같다고 생각할 거네. 그때는 다소 화려하게 차려입었는데 시인은 그래야 한다고 착각을 한 탓이지. 옷도 사치스럽고 태도는 가식적이고. 그러고 보니 아레조에서 하인도 하나 데려왔군. 하는 일이라고는 내 머리카락을 돌보는 것뿐이라, 친구들이 크게 비웃어 할 수 없이 이탈리아로 돌려보냈다네.

그리고 마지막으로 가이우스 옥타비우스, 당시는 그 이름으로 불렀어. 어떻게 소개해야 할까? 사실은 나도 잘 모른다네. 오로지 기억뿐이지. 내 눈에 소년으로 보였다고 말했지만 나도 겨우 두 살이 많았을 뿐인걸. 자네도 그가 어떻게 생겼는지는 알지? 별로 달라지지 않았네. 다만 지금은 세상의 황제이니 과거와 똑같이 볼 수는 없겠지. 그와 관련해 내 임무는 친구들과 적의 마음을 읽어내는 일이었지만, 맹세컨대, 그가 후일 어떤 인물이 될지는 전혀 예상하지 못했네. 그저 성격 좋은 애송이 정도였지. 얼굴은 너무 섬세해 혹독한 운명을 이겨낼 것 같지도 않고 성격은 내성적이라 목표를 달성하기 어렵고, 목소리도 감미로워 지도자의 거친 언어를 담아낼 것 같지 않았네. 그저 한가로운 학자나 문인이라면 또 모르지. 가문과 부가 있으니 자격이야 충분하지만 솔직히 저렇게 빈약해서는 원로도 어려울 듯싶어.

그래, 초가을의 어느 날, 이렇게 4인방이 배에서 내렸어. 율리우스 카이사르가 다섯 번째로 집정관이 된 해였지. 우리가 도착한 곳은 아폴로니아, 마케도니아의 아드리아 해변 마을이었네. 어선들이 항구에 정박해 까딱거리고 사람들이 손을 흔들었어. 바위마다 어망들을 펼쳐 햇볕에 말리고 있더군. 나무로 지은 오두막들이 도로를 따라 도시까지 이어졌어. 도시는 고지에 위치했는데 그 뒤로 평지가 이어지다가 갑자기 경사가 가팔라지며 산악 지대로 변했지.

오전에는 주로 공부를 했네. 새벽 동이 트기 전에 일어나 등불 아래서 첫 강의를 들었어. 동녘 산 위로 해가 떠오를 때쯤 아침 식사를 했지만 음식은 형편없었어. 토론은 주제를 가리지 않고 늘 그리스어였지. 지금은 그 전통도 사라지는 모양이지만. 그러고는 전날 밤 배운 호머에서 문단을 발췌해 큰 소리로 낭독하고 해설하고, 마지막으로는 아폴로도루스(그분은 당시에도 연로하셨는데 품위가 있으시고 지혜는 끝간 데를 몰랐다네.)의 가르침에 따라 짧은 수사문을 발표했지.

오후에는 마차에 몸을 싣고 도시 넘어 캠프에 갔네. 율리우스 카이사르의 군단 훈련장인데 우리도 똑같이 훈련을 받았어. 옥타비우스의 능력을 오판했다고 의심하기 시작한 것도 바로 그 즈음이었네. 알겠지만 그는 건강이 늘 좋지 않았지. 보기에도 나보다 훨씬 허약했고, 친애하는 리비우스, 그에 비하면 나는 제일 아플 때조차 건강의 화신으로 보일 정도였다네. 당시 나는 실전 훈련과 작전에는 거의 참여하지 못했네. 하지만 옥타비우스는 그의 양부처럼 언제나 백인대장들과 함께 시간을 보냈어. 군단의 일반 장교들이 아니라. 한 번은 모의 전투에서 말이 넘어져 그대로 땅바닥에 내동댕이쳐진 적이 있었지. 그때 아그리파와 살비디에누스가 가까이 있었네. 살비디에누스가 돕기 위해 뛰어가려는데 아그리파가 팔을 잡고 놓아주지 않았어. 그리고 잠시 후 옥타비우스가 일어나 자세를 여미더니 다른 말을 청하더군. 그는 새 말을 타고 오후 내내 훈련 일정을 모두 소화했어. 그날 저녁 텐트에서 옥타비우스의 호흡이 거칠어, 군단 의사를 불러 살펴보게 했더니, 맙소사, 갈비뼈 두 대가 부러졌더군. 그런데도 그는 의사에게 가슴을 단단히 묶으라 지시하고 다음 날 우리와 함께 수업을 받았다네. 오후에도 속보 훈련에 참여했고.

바로 그 시절이었지. 지금 로마제국을 통치하는 아우구스투스가 어떤 사람인지 그때 알았어. 자네라면, 이 얘기를 존경해 마지않는 저 위대한 역사의 문장 몇 개로 바꿀 테지. 하지만 책에 쓸 수 없는 내용도 적지 않다네. 바로 상실감일세. 그 때문에 나도 점점 걱정이 많아졌다네.

III. 서한(서기전 44)
발신: 율리우스 카이사르, 로마
수신: 가이우스 옥타비우스, 아폴로니아

친애하는 옥타비우스, 오늘 아침 문득 스페인에서의 마지막 겨울이 생각나는구나. 그날 네가 나를 찾아 문다에 왔었지. 그나이우스 폼페이우스가 부대와 함께 피신했다는 정보를 듣고 요새를 포위하고 있을 때였다. 우리는 전투로 지치고 사기도 바닥인 데다 식량도 부족했단다. 적을 포위해 모조리 굶겨 죽이겠다고 허풍을 쳤지만 정작 저들은 먹을 것도 여유도 충분했지. 난 패배를 걱정하던 터라 너한테 당장 로마로 돌아가라고 호통을 쳤다. 네가 어찌나 느긋하고 편안해 보였던지, 꼬마하고 전쟁놀이 할 시간 없다는 말까지 했지. 이해했겠지만, 내가 화가 난 이유는 오로지 나 자신 때문이었단다. 넌 아무 말 하지 않고 아주 담담하게 나를 보더구나. 덕분에 마음을 진정하고 솔직하게 말할 수 있었다. (그 이후로는 언제나 그런 식으로 너를 대했단다.) 이번 폼페이우스와의 전투는 결국 끝날 것이며, 내가 어릴 때부터 공화국을 괴롭히던 사회 갈등과 파벌도 영원히 사라지리라고, 그 밖에도 승리했다고 생각했건만 이제 보니 패배에 더 가깝다는 말도 했구나. 그때 넌 이렇게 대답했단다.

"우리는 승리가 아니라 삶을 위해 싸우고 있습니다."

그래, 순간 어깨에서 무거운 짐을 벗는 기분이었다. 다시 젊어지는 기분도 들었지. 삼십 년도 더 전에 나 자신도 똑같은 말을 했는데 문득 기억이 난 거야. 산 속에 혼자 있을 때 술라의 병정 여섯이 나타나 깜짝 놀란 적이 있단다. 나는 놈들을 뚫고 지휘관에게 다가가 뇌물을 주고 로마로 돌아갈 수 있었다. 바로 그때 내가 이 자리에 오르리라고 확신했지.

옛날을 생각하니 네게서 어렸을 때의 내 모습이 보이더구나. 그래서 네 젊음을 조금 받아들이고 네게는 대신 내 나이를 나누어주었다. 비로소 함께라면 어떤 일이든 싸워 이길 수 있다는 자신감이 샘솟았지. 우리는 쓰러진 전우의 시체를 쌓고 그 뒤에 진을 치고 적이 던진 창을 막으면서, 성벽을 타고 코르도바 요새를 장악한 뒤 문다의 평원까지 진격해 나갈 수 있었다.

오늘 아침 문득, 그나이우스 폼페이우스를 쫓아 스페인을 헤집던 생각이 나는구나. 온몸은 피로했지만 배는 불렀다. 승리가 확실해지자 병사들도 밤에 화톳불을 피우고는 수군거리며 좋아했지. 고통과 분노와 기쁨이 한데 어우러지고, 끔찍한 죽음조차 아름다워 보이고 죽음과 패배의 두려움은 기껏 놀이의 사소한 부산물 같았단다! 지금은 여기 로마에서 다가올 여름을 꿈꾼다. 그럼 다시 함께 파르티아와 게르마니아를 내쫓고 남은 요충지마저 확보하자꾸나. 새삼스럽게 추억을 불러일으킨 그날 아침의 사건을 조금 알려주면 너도 과거 전쟁에 대한 향수와 미래 전쟁을 향한 내 기대감을 더 잘 이해할 게다.

그날 아침 일곱 시, 멍청이 놈이(마르쿠스 아이밀리우스 레피두스 얘기다. 흥미로운 얘기 하나 해주랴? 난 놈을 내 지휘하에 두고 너와 명목상 동급으로 만들 생각이다.) 집 앞에서 기다리고 있다가 마르쿠스 안토니우스에 대해 투덜거리더구나. 안토니우스의 회계원 하나가 세금을 거두어들인 모양이야. 그런데 레피두스 놈은 고대법까지 장황하게 들먹이며, 그 사람들은 자기 회계원들이 징세해야 한다고 우기는 거야. 그렇게 한 시간 동안 주저리주저리 수다를 떨다가, 특별한 정보라고 여겼는지, 안토니우스가 야심이 많다는 얘기를 하더구나. 솔직히, 베스타 신녀들이 정숙하다는 얘기를 들었을 때만큼이나 충격적이기는 했다. 나는 그 친구한테 고맙다 인사를 챙기고 충성의 본질이 어쩌고 하는 상투적인 얘기를 나눈 뒤 헤어졌다. 보나마나 놈은 안토니우스한테 달려가 내가 가장 가까운 친구들까지 의심한다며 개소리를 늘어놓았겠지. 여덟 시, 원로 셋이 차례로 찾아와 서로 상대가 뇌물을 받았으며 고자질을 해댔다. 물론 나야 곧바로 눈치를 챘지. 셋 다 뇌물을 받았지만 그만 뇌물을 준 자의 청탁을 들어주지 못할 처지가 된 거야. 뇌물을 준 자가 문제를 공론화하겠다며 고자질을 늘어놓았겠지. 그렇게 되면 시민재판을 받아야 하는데, 당연히 다들 피하고 싶겠지. 배심원을 매수해서 무죄를 확보하지 못하면 결국 망명길에 올라야 할 테니 왜 아니겠느냐. 충분히 배심을 매수하고도 남을 자들이야. 그래서 나는 보고 들은 대로 뇌물 액수를 세 배로 올려 모두 벌금형을 내렸다. 뇌물을 준 자도 그런 식으로 처리할 참이다. 그래, 그자들은 모두 흡족해했고 나도 놈들을 걱정할 필요는 없다. 나는 놈들이 부패했다는 사실을 알고 놈들도 내가 그렇다는 사실을 아니까. 그래… 그렇게 오전이 지나가고 말았구나.

얼마나 오랫동안 로마의 거짓말과 함께 살았을까? 내가 기억하는 처음부터… 물론 그전에도 마찬가지였겠지? 도대체 그놈의 거짓말들은 어디에서 생명력을 빨아먹고 진실보다 강하게 자라는 걸까? 공화국의 이름으로 살인, 절도, 약탈을 하고는 자유를 위해 치러야 할 대가라고 부르면 그만이니. 키케로는 로마가 타락해 오로지 돈만 따른다며 세태를 개탄하지만, 그도 여러 번 백만장자 행세를 했지. 노예 백 명을 이 별장 저 별장으로 옮기기도 하고. 집정관은 평화와 안정을 외치지만, 군대를 키워서는 자기 이해를 위협한다는 이유로 동료를 살해하지. 원로원은 자유를 이야기하면서도 내게 이런저런 권력을 떠맡기는구나. 그럼 난 원치도 않는 권력을 손에 쥐고 로마가 버틸 때까지 휘둘러야 한단다. 거짓말에는 도대체 답이 없는 걸까?

세상을 정복했지만 어느 것 하나 확실한 게 없구나. 사람들에게 자유를 보여주면 마치 질병이라도 만난 듯 달아나버린다. 믿을 만한 자들을 외면하고 언제든 배신할 인간들을 사랑하며, 목적지가 어딘지도 모르는 채 이렇게 국가를 이끌고 있구나.

사랑하는 아들아, 저들은 나를 왕으로 만들고자 하지만 나는 그런 문제 때문에 괴롭구나. 그곳 아폴로니아의 겨울이 부럽구나. 네 성적표를 받고 기뻤다. 군단 장교들과도 잘 지낸다니 고맙다. 저녁 시간 너와의 대화시간이 아쉽기만 하다만 올여름 이스턴 전투에서 다시 만날 수 있으니 그걸로 위안을 삼으마. 함께 국토를 행군하고 대지를 장악하고 죽어야 할 놈들을 죽이자꾸나. 사나이는 그렇게 살아야 한다. 그래야 만사가 순리대로 흘러가리니.

IV. 퀸투스 살비디에누스 루푸스: 일기를 위한 메모, 아폴로니아(서기전 44, 3월)

오후. 해가 밝고 뜨겁다. 우리는 장교 십여 명과 함께 연병장 언덕에 서서 기병대 훈련 과정을 내려다보았다. 말들이 뛰고 돌 때마다 먼지가 파도처럼 일었다. 먼 거리건만 함성, 웃음, 욕설이 말발굽 소리를 뚫고 이곳까지 닿았다. 지금은 마에케나스만 빼고 모두 올라와 휴식을 취하는 중이다. 나도 갑옷을 벗고 그 위에 머리를 대고 누웠다. 이제 마에케나스도 작은 나무에 등을 기대고 앉는다. 튜닉에 먼지 하나 묻지 않고 머리카락도 단정하기만 하다. 아그리파는 내 옆에 서 있는데 온몸에 땀이 흥건하다. 두 다리가 마치 돌기둥 같다. 옥타비우스가 그 옆이다. 훈련이 끝난 직후라 가냘픈 몸이 파르르 떨리고 있다. 아그리파 같은 사람 옆에 서 있지 않으면 그가 얼마나 말랐는지 아무도 깨닫지 못한다. 얼굴은 창백하고 검은 머리는 땀으로 흥건해 이마에 달라붙었다. 그가 미소를 지으며 저 아래를 가리키자 아그리파가 끄덕였다. 다들 마음이 느긋하다. 일주일 동안 비가 오지 않고 날씨도 따뜻하다. 우리 기술은 말할 것도 없고 병사들의 능력도 만족스럽다.

나는 재빨리 이 글을 쓴다. 어떤 일이 일어날지 모르기 때문에 여유가 있을 때 닥치는 대로 기록해야 한다.

기병들도 연병장에서 휴식 중이다. 말들 역시 주변을 서성댄다. 옥타비우스가 옆에 앉더니 짓궂게 내 머리를 밀어낸다. 우리는 기분에 취해 실없이 웃는다. 아그리파가 미소를 지으며 거대한 두 팔을 뻗는다. 그의 갑옷 가죽이 정적을 뚫고 삑삑 비명을 지른다.

등 뒤에서 마에케나스의 목소리가 들린다. 가느다란 고음. 다소 감정이 격한지 여자 목소리처럼 들린다.

"사내들이 병정놀이나 하고 따분해 죽겠군."

아그리파의 목소리는 묵직하고 느리고 신중하다. 저 무게 안에 얼마나 많은 속내를 감추고 있을지.

"어디 능력 있으면 그놈의 넙데데한 엉덩이부터 땅에서 떼어보슈. 그럼 그 알량한 사치 말고도 얼마든지 신나는 일이 있다는 걸 알게 될 테니까."

"파르티아 놈들을 꼬드겨 저 양반부터 장군으로 삼게 해야 해. 그럼 올여름 일이 아주 쉬워질 테니." 옥타비우스.

마에케나스가 긴 한숨을 내뱉으며 일어나 우리가 누워 있는 곳으로 다가온다. 한 명은 몸이 무겁고 한 명은 또 너무 가볍다. 그가 말한다.

"자네가 그 천박한 외관에 빠져 있는 동안 난 시 한 수를 곱씹고 있었지. 활동적 삶과 명상적 삶을 대비하는 내용인데, 전자의 지혜는 이미 알고, 후자의 어리석음은 늘 지켜보던 바였어."

옥타비우스가 자못 심각하게 끼어든다.

"종조부 말씀이, 시를 읽고 시를 사랑하고 시를 써먹되… 절대 믿지는 말라고 하셨지."

"자네 종조부야 현자시니까." 마에케나스가 대답한다.

다시 농담이 이어지다가 조용해진다. 연병장에는 거의 아무도 없다.

말들도 연병장 끄트머리의 마구간으로 끌려갔다. 연병장 아래, 도시 방향에서 기수 하나가 최고 속도로 말을 몰고 있다. 한가로이 지켜보는데 기수는 연병장에 들어와서도 멈추지 않고 거칠게 달려온다. 저러다 안장에서 떨어지면 어쩌려고. 내가 무슨 말을 하려 하나 옥타비우스가 먼저 긴장한다. 얼굴 표정이 자못 진중하다. 말이 거품을 내뱉는다.

"저자를 알아. 외가에서 본 적이 있지." 마침내 옥타비우스가 중얼거린다.

이제 거의 다 왔다. 말이 속도를 늦추고 기수가 안장에서 미끄러지더니 비틀비틀 다가온다. 손에 뭔가 들려 있다. 주변 병사 몇이 보고 칼을 반쯤 뺀 채 달려오지만 남자는 이미 탈진한 상태다. 여기까지 온 것도 기적으로 보인다. 그가 옥타비우스를 향해 뭔가 내밀더니 갈라진 목소리로 더듬거린다.

"여기… 이것…." 편지. 옥타비우스가 편지를 받고는 잠시 꼼짝도 하지 않는다. 사자(使者)가 풀썩 주저앉더니 머리를 무릎 사이에 처박고 거칠게 숨을 내뱉는다. 그 밖에는 사위가 고요하다. 말도 고통스럽기는 마찬가지다. 완전히 탈진한지라 아무래도 오늘 밤을 넘기기 어렵겠다. 옥타비우스는 움직이지 않는다. 모두가 석상처럼 조용하다. 이윽고 그가 천천히 편지를 풀어 읽어 내려간다. 얼굴에는 표정 하나 없다. 말도 하지 않는다. 한참 후 그가 고개를 들고 우리를 돌아본다. 얼굴이 백지장 같다. 그가 편지를 내 손에 넘기지만 난 보지 않는다. 그가 건조하고 담담한 목소리로 말한다.

"종조부께서 돌아가셨어."

도무지 무슨 말인지? 우리는 멍하니 그를 바라본다. 그가 표정도 바꾸지 않고 다시 말을 한다. 목소리는 갈라지고 크고 알지 못할 고통으로 가득하다. 목을 잘라 제물로 바친 수소라면 저런 소리가 가능할까? "율리우스 카이사르께서 돌아가셨다."

"아냐, 그럴 리가 없어." 아그리파가 중얼거린다.

마에케나스도 표정이 굳었다. 그가 매의 눈으로 옥타비우스를 노려본다.

난 손이 떨리기에 편지를 읽을 수가 없다. 마음을 다잡고 큰 소리로 읽는데 목소리가 낯설기만 하다.

"3월 15일, 율리우스 카이사르가 원로원 정적들에게 살해당했습니다. 자세한 소식은 아직 듣지 못했지만 사람들이 거리에 뛰쳐나왔습니다. 향후 어떻게 될지 이는 아무도 알지 못하나 어쩌면 큰 난관을 겪을지 모르겠습니다. 더 이상 쓸 수가 없습니다. 마님께서 부디 몸조심하시라 간청하십니다."

나는 주변을 돌아본다. 심정이 복잡하기만 하다. 이런 게 공허감일까? 장교들이 우리를 에워싸고 있다. 그중 한 명의 눈을 보는데 잔뜩 인상을 쓴다. 흐느끼는 소리도 들린다. 내가 알기로 이들은 카이사르의 정예군단이다. 고참병들은 카이사르를 아버지로 여긴다.

한참 후 옥타비우스가 사자에게 다가간다. 사내는 바닥에 앉았는데 얼굴이 탈진으로 엉망이다. 옥타비우스가 그 옆에 무릎을 꿇는다. 목소리가 지극히 자애롭다.

"이 편지 내용 외에 더 아는 사실이 있느냐?"

"아뇨, 없습니다." 사자가 대답하며 일어나려 하나 옥타비우스가 손을 그의 어깨에 댄다. "좀 더 쉬거라." 그러고는 자리에서 일어나 장교 한 명에게 지시를 내린다. "이자를 잘 돌보고 편안한 숙소를 제공하라." 그러고는 우리 셋한테 돌아선다. 우리는 이미 그의 곁에 붙어 있다. "얘기는 나중에 하지. 지금은 나도 생각을 정리해야겠어." 그가 내게 손을 내민다. 편지를 달라는 얘기다. 내가 편지를 건네자 그가 돌아선다. 장교들이 원을 깨뜨리고 길을 내주자 그가 언덕을 걸어 내려간다. 한참 동안 우리는 그를 지켜본다. 황량한 연병장을 걷는 가냘픈 그림자. 그가 천천히 이쪽, 저쪽으로 움직인다. 마치 길을 잃기라도 한 사람처럼.

잠시 후. 카이사르의 서거 소식이 퍼지면서 캠프는 말 그대로 아연실색이다. 소문도 난무해 아무것도 믿지 못할 지경이다. 논쟁이 벌어졌다 잠잠해졌다. 주먹질도 몇 차례 있었으나 곧바로 끝이 났다. 몇몇 고참병들은 한심하다는 듯 혼란을 지켜보다가 다시 제 할 일로 돌아간다. 평생 이 군단, 저 군단 전전하며 싸운 사람들이다. 그러고 보니 그때의 적들이 지금은 동료이기도 하다. 옥타비우스는 연병장에서 돌아오지 않았다. 해가 저물고 있다.

밤. 군단 사령관, 루그두니우스가 직접 우리 텐트 주변에 보초를 세웠다. 이곳에 어떤 적이 있고, 또 어떤 일이 일어날지 아무도 모르기 때문이다. 우리 넷은 모두 옥타비우스의 텐트에 와서 여기저기 앉거나 침상에 비스듬히 누워 있다. 텐트 중앙에는 등불들이 반짝인다. 이따금 옥타비우스가 일어나 접의자에 옮겨 앉는다. 불빛과 거리가 먼 탓에 그의 얼굴이 어둠 속에 숨는다. 아폴로니아에서 사람들이 찾아와 소식을 묻고 조언을 하고 도움을 제안한다. 루그두니우스는 군단 지휘권을 넘기며 필요하다면 얼마든지 쓰라고 했다. 옥타비우스는 아무도 텐트에 접근하지 못하게 지시하고 그를 찾아온 사람들을 이렇게 평한다.

"저들은 우리보다 내용을 몰라. 게다가 오로지 자기 앞날들만 걱정하지. 어제는….” 그가 잠시 말을 끊고 어둠 속을 노려본다. “어제는 친구들이었지만 이제는 믿을 수가 없군.” 그리고 다시 입을 다물고 상체를 숙이더니 손을 내 어깨에 댄다. “이 문제는 여기 세 사람하고만 상의하겠어. 진짜 친구들하고만.”

대답은 마에케나스가 한다. 목소리가 무겁다. 더 이상 여자 목소리 흉내를 내지도 않는다.

“자네를 사랑하지만 우리도 믿지 말게. 이 순간부터는 어쩔 수 없을 경우에만 우리를 믿게.”

옥타비우스가 갑자기 우리와 불빛을 등지더니 탁한 목소리로 대답한다.

“알아. 그것도 알고 있어.”

우리는 해야 할 일을 논하기 시작한다.

아그리파는 섣불리 나서지 말자고 주장한다. 제대로 일을 도모하기엔 정보가 너무 없다는 얘기다. 흔들리는 불빛 때문인지 목소리와 조심성 모두 노인처럼 보인다.

“이곳은 안전해. 적어도 당분간은. 여기 군단도 우리 편이 될 테니까…. 아무튼 루그두니우스 약속은 그렇네. 우리가 아는 한, 이번 반란은 전면적일 가능성이 커. 우리를 잡으러 군대를 보냈을지도 모르지. 술라도 마리우스의 후손들을 체포하기 위해 군대를 파견했으니까. 율리우스 카이사르 당신도 그 속에 있었지만 우린 그분보다 운이 좋지 않을 수도 있네. 이곳은 뒤쪽이 마케도니아 산악지대니까, 놈들도 이 군단을 잡겠다고 그곳까지 따라오지는 못할 거야. 어쨌든 아직 시간은 있으니 소식을 좀 더 모아보자고. 그래서 어떤 식으로든 입지를 정하고 움직여야 하지 않겠나? 아직은 안전하니 조금 더 기다려봅시다.”

옥타비우스가 조용히 덧붙인다.

"예전에 종조부께서 이렇게 말씀하셨지. 너무 많이 조심하나 지나치게 성급하나 황천길로 가기는 마찬가지라고."

그때 갑자기 내가 불쑥 자리에서 일어난다. 알지 못할 힘이 전신을 감싼다. 목소리는 여전히 낯설기만 하다.

"이제부터 카이사르라고 부르리다. 종조부께서 그대를 양자로 삼으셨다는 얘기는 들어 알고 있소."

옥타비우스가 나를 본다. 그런 생각은 아직 해보지 않은 모양이다.

"그러기엔 아직 일러요. 하지만 제일 먼저 그 이름으로 부른 이가 살비디에누스라는 사실은 잊지 않으리다."

"그분께서 양자로 입양하셨다면 그대가 그분처럼 행동하기를 바라실 게요. 아그리파도 조금 전에 말했듯, 이곳에 충성스러운 한 개 군단이 있소. 서둘러 충성을 요구한다면 마케도니아의 다섯 군단도 루그두니우스의 지시를 따르지 않겠소? 우리가 앞으로 어떻게 될지 모른다면 저들은 더 모르니까. 당장 이곳 군단을 모두 이끌고 로마로 진격해 그곳 권력을 접수합시다."

"그다음엔? 그 권력이 어떤 권력인지 아직 모르잖아요. 누가 우리한테 반기를 들지도 모르고 심지어 종조부님을 살해한 자가 누구인지도 모르는데." 옥타비우스.

"권력이란 우리가 주무르는 대로 만들어지오. 누가 반대파인지 알 수는 없지만, 안토니우스의 군단들이 우리와 연합한다면, 그럼…." 나.

"살인자가 누구인지도 모르고, 종조부의 정적은 물론 우리 적이 누군지도 알 수가 없소." 옥타비우스. 신중한 목소리.

마에케나스가 한숨을 쉬며 일어나 고개를 젓는다.

"지금껏 앞으로 어떻게 행동할지에 대해 얘기했지만, 어떤 행동이든 그 목적에 대해서는 아무 말씀이 없으셨소. 친구여, 그대가 이루고자 하는 목적이 과연 무엇이오?"

잠시 옥타비우스는 침묵을 지켰다. 이윽고 우리를 한 사람씩 차례로 바라본다.

"그대들 모두에게 맹세하겠소. 이곳에서 살아남을 운명이라면, 그게 누구든 종조부님의 살인자들을 찾아 복수하고 말겠소."

마에케나스가 고개를 끄덕인다.

"그럼 우리의 첫 목표로 그 운명을 이룹시다. 맹세는 지켜야 하니까. 일단 살아야 하니까 신중하게 움직여야겠지만… 어쨌든 움직이기는 해야 하오." 그가 방을 오가며 마치 학생들을 가르치듯 연설을 시작한다. "아그리파 얘기대로 하자면, 이곳에서 안전하게 있다가 앞으로의 일을 도모해야겠지만, 문제는 이곳에선 아무것도 알지 못한다는 데 있소. 로마의 소식은 사실과 섞여 뒤죽박죽이 되고, 사실은 이해관계에 얽혀 결국 정보를 얻을 곳이라고는 탐욕과 파벌밖에 남지 않을 게요. (나를 돌아보며) 우리의 열성분자 친구 살비디에누스는 당장 공격을 감행해 우위를 선점해야 한다고 조언을 했소. 세상이 혼란에 휩싸여 있으니 기회일 수도 있고. 어둠 속에서 겁 많은 적을 공격하면 싸움에서 이길 수도 있겠지. 하지만 동시에 어두운 벼랑 너머로 몸을 던지거나, 아니면 원치 않는 결과를 향해 돌진하는 격이 될 수도 있소. 그럴 수는 없지…. 로마도 알 게요. 옥타비우스가 이미 종조부의 죽음을 알고 있으리라고. 조용히 돌아갑시다. 오로지 슬픔과 친구들만 데리고… 군대는 곤란하오. 친구들뿐 아니라 적들도 바라고 있는 바일 테니. 기껏 조문을 위해 젊은이 넷과 하인 몇 명이 돌아가는데 공격할 군대는 어디에도 없소. 우리를 에워싸고 경고하거나 적대감을 드러낼 세력은 없을 게요. 더욱이 살상이 필요하다 해도 한 개 군단보다 네 명이 더 신속하게 움직일 수 있소."

우리는 돌아가며 한 마디씩 하지만 옥타비우스는 침묵을 지킨다. 문득 이렇게 갑자기 그의 결정을 존중하게 되었다는 사실이 참으로 기이하다는 생각이 든다. 이제 와서 그의 권력을 알아본 걸까? 여태까지는 몰랐다가? 드디어 그때가 온 걸까? 우리는 뭐가 부족해서? 이 문제는 나중에 생각해보기로 하자.

마침내 옥타비우스가 입을 연다.

"마에케나스 말대로 합시다. 소지품은 모두 여기 두어 돌아올 계획인 것처럼 하고. 내일 서둘러서 이탈리아로 건너가되 브린디시는 우회해요. 그곳에 군단이 하나 있는데 어떻게 나올지 모르겠군."

"오트란토. 어쨌든 그곳이 더 가깝소." 아그리파가 말한다.

옥타비우스가 고개를 끄덕인다.

"이제 여러분들도 선택을 해야겠소. 누구든 나와 함께 돌아가면 운명을 나한테 맡기는 거요. 다른 방법은 없고 돌아올 수도 없소. 물론 내 자신의 운 말고 여러분한테 아무것도 약속하지 못해요."

마에케나스가 하품을 한다. 또 늙은이 흉내다.

"우리는 저 악취 나는 어선을 타고 이곳에 건너왔소. 그것도 견뎌냈는데 뭔들 어렵겠소."

옥타비우스가 쓸쓸하게 웃는다.

"오래전이로군. 그날도."

우리는 더 이상 아무 말 하지 않고 밤 인사를 했다.

나는 내 막사에 혼자 있다. 이 글을 쓰는데 책상 위에서 불빛이 심하게 흔들린다. 막사 문 밖, 동쪽 산 위로 새벽 동이 트기 시작했다. 한숨도 자지 못한 것이다.

적막한 새벽, 어제의 사건들이 너무도 비현실적이고 아득하게 느껴지지만, 이미 내 운명은… 아니 우리 모두의 운명은 달라졌다. 다른 사람들은 어떻게 생각할까? 그들도 알고 있을까?

저 앞에 놓인 길 끝이 죽음 아니면 영웅이라는 사실을 알까? 두 개의 단어가 머릿속을 헤집고 또 헤집는다. 마침내 두 단어의 의미가 하나가 된다.

둘

I. 서한(서기전 44, 4월)

발신: 아티아, 마르키우스 필리푸스

수신: 옥타비우스

아들아, 이 편지를 받을 때쯤 너도 브린디시에 도착해 소식을 들었겠구나. 그렇게 될까 봐 걱정했건만 지금 유서가 공표되었다. 너를 아들이자 상속자로 지목하셨더구나. 아무래도 이름과 재산을 모두 받으려 하겠지? 하지만 이 어미는 조금 참고, 잘 생각해보라고 권유하고 싶구나. 종조부 유언이 너를 어떤 세계로 불러들일지 잘 따져봐야 해. 네가 어렸을 때 뛰어놀던 벨레트리처럼 소박한 전원 세계와는 거리가 멀단다. 소년 시절, 가정교사와 유모가 돌봐주던 가족 세계도 아니고 청년 시절 유유자적하던 책과 철학의 세계도 아니구나. 아니, 심지어 (내 의사에 반해) 카이사르가 너를 끌어들인 단순무지한 전쟁 세상과도 다르단다. 그곳은 바로 로마 세계야. 피아의 구분이 불가능한 곳. 가치보다 특권을 존중하고 원칙이 이기심에 굴복하는 곳.

부디 이 어미의 말을 들으렴. 유서를 포기해다오. 그렇게 한다고 해도 네 종조부의 명예를 다치게 하지는 않는다. 아무도 너를 비난하지 않을 거야. 네가 이름과 재산을 받아들인다면 카이사르를 살해한 사람들뿐 아니라, 그분의 기억을 지지하는 사람들의 미움까지 함께 받아야 해. 카이사르가 그랬듯, 저 선동가들의 사랑이야 받겠지만, 운명은 결국 그를 보호하지 못했단다.

섣불리 행동하기 전에 이 편지를 받았으면 좋으련만. 우리는 일단 로마의 위험에서 벗어나 혼란이 어느 정도 가라앉을 때까지 푸테올리, 네 계부의 집에서 머물기로 했다. 유서를 받아들이지 않으면 나라를 가로질러 와서 이곳에서 우리와 합류할 수 있어. 누구나 가슴과 머리가 원하는 대로 버젓한 삶을 누릴 수 있단다. 네 계부도 이 편지에 몇 마디 더할 말씀이 있으시단다.

네 어머니가 깊디깊은 사랑으로 이 편지를 썼다. 나 역시 너를 사랑하기에, 그리고 지난 시절 이 세계와 사건들을 누구보다 잘 알기에 한 마디 더하지 않을 수 없구나.

내 정치 신념은 잘 알 게다. 과거에 돌아가신 네 종조부 정치노선에 동의하지 않았다는 사실도 알겠지. 실제로, 우리 친구 키케로와 마찬가지로, 원로원 내에서 얼마든지 반대 의견을 주장할 필요가 있다고 믿는단다. 이 얘기를 하는 이유는, 네 어머니가 하는 말씀을 따르라는 이유가, 정치적 고려가 아니라 현실적인 문제 때문임을 말하고 싶어서다.

암살은 나도 찬동하지 않는다. 행여 누군가 암살을 공모하려 했던들 난 화들짝 놀라 움츠렸을 테고 그랬다면 나 역시 위험에 처했을 게다. 하지만 너도 이해해야 할 일은, 소위 폭군 암살자들도 로마를 책임지고 로마 시민들의 존경을 받는 사람들이야. 원로 대부분의 지지를 받기도 한다. 그들을 위협하는 자들은 간신들이고 그중에는 내 친구도 있다. 아무리 잘못된 판단으로 그런 행동을 했다 해도, 분명 좋은 사람들이고 애국자들이란다. 마르쿠스 안토니우스도 민중을 선동했지만, 그들을 상대로 창을 세우지는 않았다. 앞으로도 마찬가지야. 그 역시 현실적인 사람이기 때문이라는 뜻이다.

아무리 훌륭한 분이라 해도 네 종조부는 로마를 혼란에 빠뜨렸다. 게다가 이런 지경이니 회복도 쉽지 않을 것이다. 모두가 불확실하기만 하구나. 그의 정적들은 힘이 있으면서도 갈팡질팡하고, 친구들은 부패해 아무도 신뢰하지 않는다. 네가 만일 이름과 재산을 수용한다면, 중요한 분들한테 버림을 받을 것이다. 끝내 이름은 부질없는 명예만 남고 재산은 무가치하며 넌 외톨이가 되는 거야.

푸테올리로 오거라. 그의 선택은 네 미래에 전혀 도움이 되지 않으니 절대 개입하지 말고. 부디 초연하거라. 그러면 안전하게 우리의 사랑을 누릴 수 있단다.

II. 마르쿠스 아그리파의 회고록: 발췌 (서기전 13)

…우리는 슬픔에 잠긴 채 움직였다. 우리는 황급히 배를 몰아 오트란토로 건너갔다. 어두운 밤을 노려 상륙한 터라 아무도 우리를 보지 못했다. 그다음엔 싸구려 여인숙에 묵고 하인들도 돌려보냈으니 그 누가 우리를 의심하겠는가. 동이 트기 전, 브린디시를 향해 도보로 이동했는데 행색이 완전히 시골촌놈들이었다. 레체에 이르자 병사 둘이 우리를 막아섰다. 브린디시의 성문을 지키는 자들이었는데, 신분을 밝히지 않았음에도 불구하고 그중 하나가 우리를 알아보았다. 스페인 전투에 참전한 자였다. 그에게서 브린디시 수비대가 우리를 맞아줄 것이며, 그곳까

지는 아무 위험 없이 갈 수 있다는 얘기를 들었다. 한 사람은 우리와 함께 가고 다른 병사는 먼저 가서 우리가 간다는 사실을 알렸다. 우리는 이들의 보호를 받으며 브린디시에 도착했으며 도시에 들어갈 때는 병사들이 양쪽에 서서 사열을 해주었다.

거기서 카이사르의 유서 사본을 보았다. 유서는 옥타비우스를 아들이자 상속자로 지목하고, 정원은 모두 시민들에게 돌려주어 휴식케 하고 재산에서 은화 삼백 개를 떼어 로마 시민 모두에게 주도록 했다.

로마 소식도 들었다. 로마는 혼란으로 신음 중이었다. 카이사르를 암살한 자들의 이름도 확보하고 원로원이 무책임하게 살인을 인정하고 살인자들을 풀어주었다는 얘기도 들었다. 사람들의 슬픔과 분노는 저 무법의 칼날로 억눌렀다.

옥타비우스 집에서 사신을 보내 그에게 모친과 계부의 편지를 전해주었다. 애정과 근심을 내세워 유언을 거부하라고 했으나 받아들일 수는 없었다. 세상이 불안하고 임무가 어려울수록 그의 결의는 더 굳어졌다. 그리하여, 우리는 그를 카이사르라 부르고 충성을 다짐했다.

비명에 간 그의 종조부를 존경하고 또 그의 양아들을 사랑하기에, 브린디시의 군단과 주변 수 킬로미터 주변의 퇴역군인들이 몰려왔다. 자신들을 이끌고 살인자들에게 대가를 지불하게 하라고 재촉도 했다. 하지만 카이사르는 감사의 말로 그들을 물렸다. 우리는 슬픔을 억누른 채 조용히 브린디시를 떠났다. 아피아 가도를 따라 푸테올리에 갔다가 기회를 노려 로마에 입성할 계획이었다.

III. 퀸투스 살비디에누스 루푸스: 일기를 위한 메모,
브린디시(서기전 44)

정보는 많았지만 아무것도 이해할 수 없었다. 반역자들의 수가 예순이 넘는다는 얘기도 있다. 그중 주요인물로 마르쿠스 유니우스 브루투스, 가이우스 카시우스 롱기누스, 데키무스 브루투스 알비누스, 가이우스 투레보니우스…. 모두 율리우스 카이사르의 친구들이었다. 일부는 우리도 어릴 때부터 알던 이름이다. 정체가 불분명한 자들도 있다. 마르쿠스 안토니우스는 살인자들을 비난하는 한편 저녁 식사에 초대하는가 하면, 암살을 찬성한 돌라벨라를 직접 그해의 집정관으로 임명하기도 했다.

안토니우스는 도대체 무슨 장난을 하는 걸까? 우리는 어떻게 되는 것일까?

IV. 서한(서기전 44)
발신: 마르쿠스 툴리우스 키케로
수신: 마르키우스 필리푸스

지금 막 들었는데, 자네 의붓아들이 젊은 친구 셋과 함께 브린디시에서 오고 있다더군. 브린디시에 온 것도 며칠 전이라 했네. 급히 이 편지를 보내는 이유는 그가 오기 전에 자네가 알아야 할 일이 있어서일세.

자네 조언에도 불구하고(고맙게도 편지 사본을 내게 보냈더군. 그 점에 대해서는 크게 감사하는 바이네.) 아무래도 그 친구 카이사르의 유언을 받아들일 모양이더군. 사실이 아니길 바라네만 젊은이들이야 워낙 성급한 법이니까. 자네한테 부탁 하나 함세. 무슨 수를 써도 좋아. 자네 의붓아들

이 이쪽으로 오지 않도록 설득해주게나. 아니, 오고 있다고 해도 어떻게든 포기하도록 말해주게나. 그렇게만 해준다면 필요할 경우 뭐든 마다 않고 자네를 돕겠네. 며칠 내에 아스투라의 집을 떠나려 채비를 하는 중이니 그 친구가 도착할 때쯤 푸테올리에 자네와 함께 있게 될 걸세. 과거에 친절히 대했으니 그 친구도 내 의사를 쉽게 내치지 못할 걸세.

자네도 그 아이를 어느 정도 아낀다고 들었네만, 아무리 먼 친척이라 해도, 카이사르 집안이라는 사실을 잊지 말게나. 그 아이가 제멋대로 하도록 방치하면 우리 정적들이 분명 이용하려 달려들 거야. 그 경우 당을 향한 충성이 사사로운 감정에 흔들리지 않도록 하게나. 우리 모두 그 아이가 다치는 걸 원치 않아. 자네 부인도 잘 설득해주게. 아들에게 영향력이 크다고 알고 있으니까.

로마 소식이 들어왔네. 상황이 좋지 않지만 그렇다고 비관적이지도 않네. 그곳 우리 친구들이 아직 면전에 나서지 않고 있군그래. 친애하는 브루투스도 로마에 남아 공화국을 재건하려 들지 말고 시골로 내려가 자기 할 바를 해야 해. 지금까지의 바람은, 암살이 곧바로 우리의 자유를 수복하고 과거의 영광을 돌려주는 것뿐이었네. 로마의 질서를 파괴하는 벼락부자들도 제거하고. 하지만 공화국은 아직 사경을 헤매고, 과감하게 나서야 할 사람들은 허둥대기만 하는군. 안토니우스는 야수처럼 어슬렁거리며, 닥치는 대로 보물을 약탈하고 힘을 모으고 있다네. 안토니우스를 감내하느니 차라리 카이사르의 죽음을 후회하겠어. 저렇게 함부로 까불다간 크게 다치고 말 일이라네.

난 지나치게 이상주의자라네. 알고 있네. 친한 친구들도 부인하지 않으니까. 하지만 난 우리의 대의명분이 궁극적으로 정의롭다고 믿고 있네. 상처는 치유되고 매질은 멈추고, (비록 카이사르가 짓밟아버렸지만) 원로원이 끝내 과거의 목적과 존엄성을 회복할 것이네. 친애하는 마르키우스, 자네와 내가 지금껏 주장해온 옛 가치가 로마의 머리에 화관을 씌우듯 다시 한 번 자리를 잡으리라 믿네.

몇 주 전 사건이 마음에 걸리는구먼. 그 때문에 시간도 많이 뺏겨서 내 사적인 용무는 아예 손도 못 대고 있다네. 재산 관리인 크리시푸스가 어제 찾아와 크게 우려하지 뭔가. 내 상점 두 곳이 파산하고 한 곳도 거의 망해가는지라 임차인들뿐 아니라 쥐새끼들까지 이사할 판이라더군! 그나마 내가 소크라테스를 따르니 천만다행이지 뭔가! 다른 사람 같으면 재앙이라 하겠지만 나한테는 별일이 아니야. 너무나도 하찮은 일이 아닌가! 어쨌든 크리시푸스와 오랜 논의 끝에 계획을 하나 세우긴 했네. 이제 건물 몇 개를 처분하고 다른 건물은 보수할 참이네. 그렇게 하면 어느 정도 손해를 벌충할 듯싶네.

V. 서한(서기전 44)

발신: 마르쿠스 툴리우스 키케로

수신: 마르쿠스 유니우스 브루투스

옥타비우스를 만났소. 푸테올리의 계부 집에 있더군. 바로 옆집인 데다 마르키우스 필리푸스가 친구이기에 내가 원하면 언제든 만날 수 있다오. 아이는 결국 고인이 된 우리 정적의 상속과 이름을 받아들이기로 한 모양이오.

허나, 먼저 실망하기 전에 아이의 결정이 우려했던 것보다 의미가 덜 하다는 말을 하고 싶소. 아이는 인물이 못 되오. 두려워할 상대가 아니더이다.

그와 함께 젊은 친구가 셋 있더군요. 하나는 마르쿠스 아그리파, 덩치 큰 시골뜨기라 부잣집 거실에서 놀기보다 밭에서 쟁기질이나 할 친구처럼 보였소. 가이우스 클리니우스 마에케나스라는 놈은 인상은 거칠지만 묘하게 여성스러운 면이 있더이다. 눈을 깜빡거리며 촐싹대고 돌아다니는데 꼴불견이 따로 없었소. 살비디에누스 루푸스라는 아이는 마르고 인상이 강렬했는데 웃음이 너무 헤프기는 해도 그나마 제일 봐줄만 했소. 내가 보기엔, 그냥 철부지들이오. 가문도 별 볼 일 없고 특별히 부자도 없는 것 같더이다. (그 문제라면 물론 옥타비우스의 가계도 문제는 있소. 친조부가 시골 고리대금업자였지만 그 이전에는 태생조차 아는 이가 없는 것 같더군요.)

어쨌든 넷 모두 할 일 없는 한량들처럼 집 주변을 어슬렁거리며 방문객들과 노닥거렸소. 아는 것도 별로 없어 제대로 대답도 못하고 멍청한 질문만 남발하더이다. 대답을 해도 이해를 하지 못하는지 그저 멍하니 고개만 끄덕이고 딴 짓만 챙겼소.

노골적으로 경멸하거나 칭찬할 생각은 없소. 그 아이와도 심각한 척 관계를 이어가리다. 그 애가 처음 왔을 때도 애도를 전하고 가족의 상실에 대해 이러쿵저러쿵 빈말을 주고받았다오. 아이의 반응으로 보아, 분명 슬픔은 정치적이라기보다 사적이었소. 그래서 살짝 얼버무리며, 암살이 불행한 사건이긴 해도 (친애하는 브루투스, 이 사소한 위선을 용서하시구려.) 이타적이고 애국적 동기에서 비롯했다고 믿는 사람들도 많다고 말해주었는데, 그 말에 발끈하는 기색은 하나도 보이지 않았소이다. 당연한 얘기지만 그 애는 나를 경외하오. 잘 구워삶기만 하면 충분히 우리 편으로 끌어들일 수 있겠소.

옥타비우스는 어려요. 게다가 어리석기까지 하지. 정치는 까막눈인데 명예나 야망조차 없으니 앞으로도 관심을 둘 것 같지는 않소. 그저 아버지가 될 뻔한 자를 추모하게 친절하게 다독여주면 잘 따라올 듯싶구려. 친구 놈들도 그에게 잘 보여 어떻게 이득을 얻을지에만 눈독을 들이오. 결코 위협이 되지 않을 게요.

다른 한편, 우리로서야 이 상황을 유리하게 이끌 수 있겠지. 그 애가 카이사르의 이름과 (다 찾아낼지 의문이기는 하지만) 재산의 주인이기 때문이오. 그 이름 때문에라도 당연히 추종자도 있겠지. 고참병, 과거 카이사르의 부하들도 당연히 그를 따를 것이오. 카이사르의 이름을 부여한 장본인들이 아니겠소. 물론 아무것도 모르면서 얼떨결에 추종하는 놈들도 있겠지. 무엇보다 중요한 사실은 우리 편을 잃는 일은 없을 것이오. 어차피 그 애가 아니면 안토니우스를 쫓아다닐 놈들이잖소! 우리 편으로 끌어들일 수 있다면야 힘은 배가되고 아니라 해도 안토니우스의 힘을 빼앗는 셈이니, 그것만으로도 충분히 값진 결과라오. 아이야 이용한 다음 버리면 그만이고, 그걸로 독재자의 계보는 끝장이오.

당신도 이해하겠지만 마르쿠스 필리푸스와 얘기하기가 쉽지는 않소. 동료이긴 해도 그 친구도 입장이 난처하기 때문이오. 결국 아이 어미와 결혼한 몸이 아니겠소? 결혼 서약은 약점을 낳고 어느 사내도 그로부터 완전히 자유로울 수는 없으니까. 솔직히 만사를 터놓을 만큼 중요한 인물도 아니고.

후일의 안위를 위해 이 편지를 간직해도 좋소만 아티쿠스에게 사본을 보내지는 마시오. 나를 숭배하기도 하고 우리 친구라는 사실에 자부심도 큰 탓에, 내 편지를 아무한테나 마구 보여주는 자요. 심지어 책으로 펴내기까지 한다오. 더욱이 편지 내용은 비밀로 하는 편이 좋아요. 후일 내 판단이 옳다고 증명이 되기까지는.

추신. 카이사르의 이집트 창녀 클레오파트라가 로마를 빠져나갔소. 목숨이 아까웠는지 야심이 꺾여 좌절했는지는 모르겠으나, 우리로서는 크게 다행이오. 옥타비우스가 상속을 받아들이기 위해 로마로 갈 때 철저히 안전을 보장해주시오. 아이한테 이 얘기를 듣고는 나도 화가 나고 서글프기도 하더이다. 애송이와 멋모르는 친구 놈들이 그곳에 가는 동안, 3월 15일의 영웅인 당신과 카시우스는 당신 자신이 해방해준 나라 밖에 마치 사냥에 몰린 짐승처럼 숨어 있어야 하니 왜 아니겠소.

VI. 서한(서기전 44)

발신: 마르쿠스 툴리우스 키케로
수신: 마르쿠스 유니우스 브루투스

짧은 소식. 아이는 우리 편이오. 확신할 수 있소. 로마에서 연설을 했지만 상속을 주장하는 내용뿐이더군. 당신과 카시우스를 비롯해 아무도 비난하지 않았다고 들었소. 카이사르를 칭송하기는 했어도 아주 온건하고, 상속 역시 의무와 존경심에서 받아들였다고 했고. 일단 문제를 해결하면 고향으로 돌아가 조용히 살겠다고 선언도 했더이다. 믿어도 좋냐고? 믿어야지. 당연히 믿어야겠지! 로마에 돌아가면 그 애부터 구슬러야겠소. 그 이름은 아직 쓸모가 있다오.

VII. 서한(서기전 44)

발신: 마르쿠스 안토니우스
수신: 가이우스 센티우스 타부스, 마케도니아 군사령관

센티우스, 이 장난꾸러기 친구야, 안토니우스가 안부 전하네. 최근의 가벼운 얘깃거리도 하나. 칭송의 짐을 한몸에 받다보니 이런 일도 이제 다반사가 되었군. 카이사르는 매일매일 어떻게 견뎠을고? 그러고 보니 신기한 인물이었군그래.

어제 아침 옥타비우스가 나를 찾아왔네. 얼굴이 창백한 풋내기더군. 일주일 전에 로마에 와서는 슬픈 미망인처럼 놀고 있다네. 자기가 카이사르라는 둥 헛소리나 늘어놓고. 내 얼간이 형제 그나이우스와 루키우스는 내게 알리지도 않고 놈이 광장에서 연설을 하도록 허락해준 모양이더군. 정치 연설이 아니라고 다짐했다지만 연설이 어떻게 정치적이 아닐 수 있겠나, 응? 그래, 적어도 군중을 선동하려 들지는 않았더군. 완전히 바보는 아니라는 얘기지. 사람들의 동정을 얻어내기는 했지만 그뿐이었네.

완전히 바보는 아니라지만 그래도 바보는 바보야. 애송이답게 싹수 없는 짓은 다 하고 다녔으니까. 더욱이 할아버지가 도둑놈이고 가문이라고는 남한테 얻은 이름뿐이 아닌가. 오전 느지막이 우리 집에 찾아왔네. 약속도 없이. 밖에서는 대여섯 명이 나를 보겠다고 대기 중이었는데 말이야. 일행 셋이 함께였는데 흡사 자신이 행정관이고 친구들은 릭토르라도 되는 줄 알더군그래. 모르긴 몰라도 내가 만사를 제치고 맨발로라도 달려 나갈 줄 알았겠지만 행여 그럴 리가 있겠나. 비서를 시켜 순서를 기다려야 한다고 알려주었다네. 솔직히 어느 정도는 놈이 들이닥치려니 기대하고 기다렸건만 그러지는 않더군. 그래서 오후 내내 기다리게 한 후에야 만나주었다네.

솔직히 가볍게 줄다리기야 했네만 약간 호기심은 있었어. 전에 두 번 본 적은 있네. 한 번은 육칠 년 전이었지. 놈이 열두 살 정도였고 외조모 율리아 장례식이었는데 카이사르가 놈을 칭찬하더군. 그다음은 이 년 전, 카이사르의 아프리카 개선식이었네. 나는 카이사르와 마차에 타고 꼬마는 뒤에서 말을 타고 따라왔어. 한 번은 카이사르가 꼬마 칭찬을 그렇게 하기에 내가 잘못 봤나 하고 의아해하기도 했다네.

음, 아니, 보긴 제대로 봤어. 저 '위대한' 카이사르가 어떻게 이 꼬마에게 이름과 권력, 재산까지 물려줄 생각을 했는지 난 이해하지 못할 걸세. 신들께 맹세코 유서가 베스타 신전에서 집행되고 기록되지 않았던들, 어떻게든 위조라도 하려 했을 거야.

놈이 다른 사람들처럼 졸개들을 대기실에 남겨두고 들어왔다면 그렇게 화가 나지 않았을 걸세. 그런데 그러지 않았어. 세 친구를 양옆에 거느리고 들어와서는 내가 허투루 여기지 말아야 한다는 듯 그렇게 소개를 하더군. 놈은 말도 아주 공손하게 하고 내 대답을 기다릴 줄도 알았어. 나는 한참을 바라보면서도 아무 말도 하지 않았네. 그래, 그런 태도는 칭찬받을 만해. 침착한 놈이더군. 화를 내지도 않고 말도 함부로 하지 않고. 심지어 그렇게 오래 기다리게 했건만 표정에는 전혀 티가 나지 않았다네. 마침내 내가 이렇게 물었네.

"그래, 용건이 뭔가?"

그때까지도 아이는 눈 하나 깜짝하지 않았어.

"아버님의 친구 분께 인사차 들렀습니다. 그리고 그분의 유언을 실현하기 위해 어떻게 해야 할지 가르침을 받고 싶습니다."

"네 '종조부' 때문에 일이 엉망이 됐다. 충고를 하자면 문제가 정리될 때까지 로마에서 어슬렁대지 않도록 해라."

놈은 대답하지 않았네. 이보게, 센티우스, 그 아이는 어딘가 모르게 자꾸 내 신경을 건드렸어. 그래서일까? 은근히 부아가 치밀기도 하더군.

"또 하나, 카이사르의 이름을 함부로 입에 올리지 마라. 너도 알겠지만 아직은 네 이름이 아니야. 그전에 먼저 원로원이 인정해야 하니까."

그가 고개를 끄덕였네.

"충고 감사드립니다. 제가 그 이름을 쓰는 이유는 존경심 때문입니다. 야심이 아니라. 아무튼 이름 문제는 차치하고, 재산 상속분에는 카이사르께서 시민들에게 전하는 증여분이 있습니다. 제 생각엔 시민들의 분노가…."

그 말에 웃음이 나오더군.

"이봐, 지금 그런 조언까지 할 기분이 아니야. 아폴로니아로 돌아가 책이나 더 읽지 그래? 그곳이 더 안전해. 자네 종조부 문제는 한가할 때 내가 알아서 처리하겠네."

그 친구, 그래도 모욕에는 강하더군. 나를 보며 차갑게 미소를 흘리더니 이렇게 말하지 뭔가?

"종조부님 문제가 어떤 분 손에 달렸는지 알려주셔서 감사합니다."

나는 책상에서 일어나 아이 어깨를 다독여주었네.

"그래, 생각보다는 똑똑하군. 자, 이제 친구들 데리고 나가주게나. 오후에는 나도 할 일이 많아."

그렇게 면담은 끝이 났네. 이제 자기 자리가 어디인지 확실하게 깨달았을 거야. 꿍꿍이가 대단한 놈은 못 돼. 말은 거창해도 그저 그런 애송이야. 전혀 문제될 일이 없네. 물론 그 이름을 사용하게 될 경우는 얘기가 다를 수 있겠지. 그것만으로 대단한 인물이 될 리는 없지만 어쨌든 짜증나는 일이니까.

자, 그 얘기는 그만하지. 센티우스, 로마로 건너오게. 정치 얘기는 하지 않기로 약조하겠네. 그저 아에멜리아의 집에서 무언극을 보세나. (여

배우가 연기를 하는데, 차기 집정관의 특별 허가에 따라 거추장스러운 옷 따위는 벗기로 했지.) 그런 다음엔 실컷 와인을 마시고 여자들하고 질펀하게 놀아 보세나.

아무튼 그 꼬마 놈이 친구들 데리고 당장 로마를 떠났으면 속이 시원하겠군그래!

VIII. 퀸투스 살비디에누스 루푸스: 일기를 위한 메모 (서기전 44)

안토니우스를 만났다. 교활한 인간. 어깨가 무겁다. 그자는 적이다. 그건 분명하다. 어떻게든 우리를 막으려고 하겠지? 그 앞에서 한없이 애송이가 된 기분.

그래도 매우 인상적이기는 했다. 허영심이 많지만 감추려고도 하지 않았다. 회백색의 토가를(그래서일까? 근육질의 갈색 팔이 더욱 두드러져 보였다.) 연보라색 혁대로 묶고 가장자리는 고급스러운 금으로 마무리를 했다. 아그리파만큼이나 덩치가 컸지만 움직임은 황소보다 고양이에 가까웠다. 굵은 뼈에 가무잡잡한 미남형인데, 여기저기 작은 흉터자국들이 보였다. 남부인 특유의 뾰족한 콧등 또한 한 번 정도 부러진 적이 있었다. 두꺼운 입술이 가장자리에서 살짝 올라가고 부드러운 갈색 눈은 노여움으로 이글거렸다. 목소리가 어찌나 쩌렁쩌렁한지 호의든 적의든 상대를 압도하기에 충분했다.

마에케나스와 아그리파는 크게 화가 났다. 마에케나스는 성격이 치명적이고 냉혹하며 절대 타협을 모른다. (정말 심각할 때면 예의범절 따위는 아랑곳하지 않고 심지어 온몸이 딱딱하게 변한다.) 아그리파는 평소에는 무신경하지만 역시 분노에 온몸을 떨고 있다. 얼굴을 붉히고 두 주먹을 불끈

쥐었다. 하지만 옥타비우스는(대중 앞에서는 카이사르라 부르기로 했다.) 묘하게 기분이 좋아 보인다. 전혀 화난 표정이 아니다. 미소를 짓고 가볍게 농담을 던지고 심지어 웃기까지 한다. (카이사르가 죽은 이후 소리 내어 웃은 것도 처음이다.) 가장 어려운 순간이건만 전혀 개의치 않는 듯 보인다. 그의 양부도 이런 식으로 위험에 빠졌을까? 이런저런 얘기들, 소문은 물리도록 들었다.

옥타비우스는 오늘 아침 얘기를 꺼내지 않는다. 대개는 공중목욕탕에서 목욕을 하지만 오늘은 언덕 위 옥타비우스의 집으로 간다. 모르는 사람들한테 아침 얘기를 하기 전에 먼저 우리끼리 토론을 하기 위해서야. 그는 그렇게 말했다. 우리는 한동안 공놀이를 한다. (기록. 아그리파와 마에케나스는 화가 나서 제멋대로다. 공도 툭하면 놓치고 아무렇게나 던진다. 옥타비우스는 맘껏 웃으며 실력 발휘를 한다. 나는 그에게 장단을 맞추기로 하고, 다른 둘을 에워싸고 춤을 춘다. 둘은 화를 내야 할 상대가 안토니우스인지 우리인지 갈피를 잡지 못한다.) 마침내 마에케나스가 공을 멀리 던지고는 옥타비우스에게 소리친다.

"바보! 우리가 어떤 상황에 처했는지 몰라서 이러는 겁니까?"

옥타비우스는 춤을 멈추고 미안한 표정을 짓는다. 그가 다시 웃더니 마에케나스와 아그리파에게 다가가 두 팔로 어깨를 안아준다.

"미안. 오늘 아침 안토니우스와 벌인 게임을 생각하느라고 그랬어."

아그리파가 따진다.

"이건 게임이 아니에요. 그자는 진짜로 심각했단 말입니다."

옥타비우스는 미소를 잃지 않는다.

"당연히 심각하겠지? 하지만 잘 봐. 그자는 우리를 두려워했어. 우리가 그를 두려워하는 것보다 더 많이. 그런데 그자는 그 사실을 모르고 있더군. 전혀 모르고 있었어. 그래서 더 재미있어."
 나는 고개를 젓지만 아그리파와 마에케나스는 이상하다는 듯 옥타비우스를 본다. 한참 동안의 정적. 마에케나스가 고개를 끄덕이며 얼굴을 밝힌다. 예전처럼 허세까지 부린다. 그리고 어깻짓을 하더니 짐짓 아무렇지도 않은 척 너스레를 떤다.
 "오, 좋습니다, 굳이 사제처럼 나서서 인간의 감정을 꿰뚫어보시겠다면야…" 그가 다시 어깨를 으쓱한다.
 우리는 목욕을 하러 간다. 얘기는 저녁 식사 후 할 생각이다.

 우리는 의견 일치를 보았다. 섣불리 나서지 않기로. 안토니우스 얘기도 했다. 그자는 분명 장애물이다. 아그리파는 권력의 원천이라 보았는데… 그런데 어떻게 권력을 손에 넣지? 행여 그에게서 빼앗으려 한들 우리한테 그럴 만한 힘이 있을 리 없다. 어떻게든 그가 우리를 의식하게 만들어야 한다. 그럴 수 있다면 작으나마 첫 승리가 되련만. 지금 군대를 일으키는 건 위험천만하다. 살인자에게 복수하는 일 또한 어불성설이다. 그 문제에 있어서 안토니우스의 입지는 너무 애매하다. 그도 우리처럼 복수를 원할까? 아니면 오로지 권력만 탐하는 걸까? 어쩌면 안토니우스 자신이 공모자일 수도 있다. 원로원에 법안을 제출해 살인자들을 사면하고 브루투스에게는 속주까지 하사하지 않았던가.
 마에케나스도 그를 위대한 실력자에 행동가로 보았으나 그 행동이 어디로 튈지는 알 수가 없었다. "저 양반은 계획이 아니라 음모를 꾸미고 있어." 마에케나스의 말이다. 피아를 확신할 수 없으면 움직이지 않는다. 어떻게든 그자를 움직이게 만들어야 한다. 그렇지 않으면 우리는 외통수에 몰릴 것이다. 문제는? 우리를 두려워한다는 사실을 깨닫지 못하게 하면서 어떻게 동시에 움직이게 만들지?

나는 조금 머뭇거리다가 입을 연다. 내가 너무 소심하다고 여길까? 안토니우스는 우리 자신과 목표가 같다고 생각한다. 권력. 군단의 지원 등등. 카이사르의 친구로서, 우리를 괄시한 건 용서할 수 없지만 이해는 가능하다. 잠깐. 그자한테 우리의 충성을 보여주고, 지지를 제시하자. 함께 공모를 하자. 그의 힘을 이용해서 우리가 바라는 바, 목표를 이룰 수 있다.

옥타비우스가 천천히 대답한다.

"그 양반을 믿지 못하겠어. 이유는, 그도 자기 자신을 믿지 못하기 때문이야. 그 양반한테 붙으면 우리도 그의 행보에 깊이 말려들고 말 텐데, 안토니우스도 우리도 그 길이 어디로 이어져 있는지 제대로 모른다. 우리가 원하는 대로 움직이려면 그 양반을 우리한테 오게 만들어야 해."

대화가 좀 더 이어지고 계획을 하나 도출한다. 옥타비우스가 사람들과 얘기를 한다. 장소는 어디든 상관없지만 규모는 작고 공식적이지 않아야 한다. 옥타비우스의 말이다. "안토니우스는 애써 우리가 애송이들이라고 믿고 있어. 그런 식의 자기기만이라면 우리한테야 나쁠 게 없지." 그래서 자극적인 얘기는 피하되, 살인자들을 왜 처벌하지 않는가, 카이사르가 시민들에게 전하려는 유증은 왜 실현되지 않는가, 로마는 왜 그렇게 쉽게 잊는지 등의 문제를 계속 물고 늘어질 것이다.

그리고 공식 연설에서 이렇게 선언한다. 안토니우스가 지불할 수 없다면(지불하기 싫다면?) 옥타비우스 자신이 사비를 털어서라도 카이사르의 약속을 지키고 말겠다.

다시 토론. 아그리파는 그 의견에 반대한다. 안토니우스가 돈을 내놓지 않아서 옥타비우스가 사재를 탕진할 경우, 정작 군대가 필요할 때 아무것도 할 수가 없게 된다. 옥타비우스는 시민의 호감이 없으면 군대는 무용지물일 수밖에 없으며, 우리는 권력에 아랑곳하지 않는 것처럼 보이면서 권력을 모아갈 것이라고 대답한다. 안토니우스는 어떤 식으로든 반응을 보일 수밖에 없다.

토론이 끝났다. 마에케나스가 연설 초안을 쓰고 옥타비우스가 마무리를 한다. 일은 내일 시작. 옥타비우스가 마에케나스에게 말한다. "잊지 말아. 연설은 간단해야 해. 시는 안 돼. 결국 자네의 터무니없이 복잡한 산문을 풀어내야 하겠지만 말이야."

옥타비우스가 틀렸다. 마르쿠스 안토니우스는 우리는 물론 그 누구도 두려워하지 않는다.

IX. 서한(서기전 13)

발신: 가이우스 클리니우스 마에케나스

수신: 티투스 리비우스

몇 년 전, 친구 호라티우스한테 어떻게 시를 쓰는지 배웠네. 우리는 와인을 마시면서 심각하게 대화를 나누었지. 내가 보기엔, 그때 그 친구 설명이 근자에 소위 〈피소스에게 보낸 서한〉에 담은 내용들보다 더 정확했어. 시의 기술을 논하는 글이지만 솔직히 별로 마음에 들지는 않았네. 그 책에 이런 내용이 있더군. "내가 시를 쓰는 이유는 시를 쓰고 싶은 강한 충동에 떠밀리기 때문이다. 다만, 그 감정이 단호한 의지로 굳어질 때까지 기다려야 한다. 그래야 비로소 시를 쓸 때만큼이나 자연스럽게 감정이 어디로 향하는지 깨달을 수 있다. (물론 그 과정을 늘 알지는 못한다.) 이제 소재를 최대한 활용해 시를 쓴다. 필요하다면 타인에게서 빌거나 (아무 문제없다.) 만들어낸다. (역시 문제없다.) 내가 아는 언어를 사용하고 그 한계 내에서 글을 쓴다. 핵심은 다음과 같다. 내가 궁극적으로 찾아내는 목표는 처음에 내가 인지한 목표와 크게 다르다. 어느 해법이든 새로운 선택을 내포하고 선택은 예외 없이 새로운 문제를 초래하기 때문이다. 역시 새로운 해법을 찾아내야 하며 그 과정은 무한 반복할 수밖에 없다. 시인은 마음속으로 시가 궁극적으로 다다른 곳을 바라보며 그때마다 놀라고 만다."

오늘 아침 옛 시절을 떠올리며 다시 대화를 되뇌다보니, 문득 호라티우스의 시 작법이 내가 우리 운명을 소재로 글을 쓰는 것과 놀랍도록 비슷하다는 생각이 들었네. (호라티우스가 당시의 대화를 떠올린다면 잔뜩 인상을 쓰며 이렇게 반박하겠지? "다 개소리요. 당신이 시를 쓰는 방식은, 화제를 찾아내 적절하게 배치하고, 비유와 비유를 대비하고, 또 저 언어의 의미와 운율을 이런 식으로 배치하고" 운운하면서 말이야.)

우리의 감정… 아니, 그보다 옥타비우스의 감정이라고 해야 할까? 독자가 시에 갇히듯 우리도 감정에 갇혔었네. 그리고 그 원흉은 분명 율리우스 카이사르의 믿기 어려운 피살이었어. 그때만 해도 그 세력이 점점 더 세상을 파괴할 것처럼 보였으니까. 결국 우리가 찾아낸 목표는 복수였네. 국가의 명예를 위해서. 아주 간단했네. 그 당시엔. 하지만 이 세상의 신들과 시의 신들은 실로 현명했다네. 우리 생각엔 바로 그 목표를 향해 죽어라 달려갔건만 신들은 그때마다 목표에서 멀어지게 만들었으니 말일세!

친애하는 리비우스, 자네한테 아버지 노릇을 할 생각은 없지만, 황제가 운명을 실현하고 세상의 주인이 되었을 때 자넨 로마에 오지도 않았네. 그 당시에 대해 조금 얘기해주지. 그럼 저 옛날 우리가 로마에서 맞닥뜨렸던 혼란이 어떠했는지 복원할 수 있을 거야.

카이사르는 죽었네…. 살인자들은 '시민의 의지'였다고 주장했으나, 오히려 처형을 '지시'했다는 시민들이 무서워 원로원에 숨어 지냈어. 이틀 후 원로원은 암살에 감사를 표하고 다음 순간 카이사르를 죽게 한 원흉인, 바로 그 카이사르 법안을 통과시켰네. 참으로 후안무치한 처사였네. 반역자들은 그렇게 과감하게 처리하고 첫 번째 조처를 취한 다음 다시 겁먹은 여인네들처럼 흩어져버렸어. 안토니우스는 카이사르의 친구로서 암살을 비난했지만 3월 15일 전날 밤엔 살인자들을 저녁 식사에 초대까지 했더군. 카이사르를 죽인 바로 그 순간 살인자 한 명과(트레보니우스) 담소하는 모습을 본 사람도 있었어. 이틀 후에는 다시 살인자들과 함께 식사를 했더군. 더 우스운 일은 그러고도 암살을 비난하고 사람들을 선동해 불태우고 약탈하게 만들더니, 다시 무법사태를 빙자해 그들을 체포하고 처형시켰지. 카이사르의 유서를 대중 앞에서 읽히는가 하면 전력을 다해 유언의 집행을 방해하기도 했어.

무엇보다 안토니우스를 믿을 수 없잖아? 그자가 만만찮은 적이라는 것도 알고… 예리하거나 노련해서가 아니라, 권력을 무모하게 휘두르기 때문이었다네. 어린 애들이야 지금 감상에 빠져 그를 우러러보고 있네만 근본적으로 그다지 지적인 자가 못 돼. 순간적으로 의지를 내기는 해도 근본적으로 궁극적인 목표가 없더군. 심지어 자살도 제대로 못했잖아. 무기력한 상황에 빠진 후였는데 그마저 때를 놓쳐 입장만 어정쩡하게 되고 말았지.

완전히 비합리적이고 예측 불가의 상대였다네. 그런데 그런 그와 어떻게 싸우겠는가? 동물적 에너지에 행운까지 겹쳐 너무도 끔찍한 권력을 획득한 자인데? (돌이켜보면, 신기하게도 우리는 원로원이 아니라 곧바로 안토니우스를 적으로 규정했네. 가장 확실한 적들이 그 안에 있건만. 아무래도 본능적으로 느꼈겠지? 안토니우스 같은 예측 불가능한 자가 원로원을 주무른다면, 때가 되었을 때 그자 심경을 건드리지 않았어야 했어.) 자네가 지금 어떻게 그와 대적하는지는 모르겠네. 난 과거에 우리가 어떤 일을 했는지만 알아. 지금부터 그 얘기를 하지.

안토니우스를 만났을 때는 금세 쫓겨나다시피 했어. 그자는 로마 최고의 권력자였지만 우리는 옥타비우스 말고는 말 그대로 빈털터리였지. 그래서 그에게 인정받는 것으로 최종 목표를 정했네. 그런데 호의로 불가능했기에 일단 적의를 드러낸 거야.

처음엔 우리도 대화를 시도했지…. 안토니우스의 적들은 물론 친구들까지. 아니, 그보다는 질문을 했다고 해야 할까? 카이사르 살해를 이해하려고 애쓰는 것처럼 연기하면서. 안토니우스가 언제쯤 카이사르의 유서에 관심을 보일까요? 폭군 살해자들은 다 어디 갔죠? 브루투스, 카시우스, 그리고 다른 사람들은요? 안토니우스가 공화주의자들한테 넘어갔을까요, 아니면 여전히 카이사르의 시민파에 충실한가요? 그런 질문들이었네. 우리는 의도적으로 이런 대화가 안토니우스의 귀에 들어가도록 만들었어.

반응은 쉬이 나오지 않았네. 우리는 계속 밀고 나갔지. 그러다 마침내 그가 화났다는 소리를 들었네. 옥타비우스를 어떤 식으로 욕했는지 얘기도 돌고 옥타비우스를 향한 소문과 비난이 입에서 입으로 전해졌어. 드디어 작전을 개시해 그자를 공개 석상으로 끌어낼 때가 된 셈이지.

옥타비우스는 내 도움을 받아 연설문을 작성했어. (서류 어딘가 사본이 있을 거야. 비서가 찾아내면 자네한테 보내주겠네.) 옥타비우스가 안타까운 표정으로 시민들에게 호소하는 내용이라네. 유서가 있는데도 안토니우스는 카이사르의 재산을 풀지 않는다. 하지만 옥타비우스 자신은 카이사르의 이름을 취한 바에 따라, 카이사르의 의무를 다하겠노라. 물론 유산은 바로 자신의 주머니에서 나갈 것이다. 그래, 옥타비우스는 그렇게 연설을 했네. 사실 그다지 자극적이지는 않았어. 목소리는 비애와 후회, 풋내기다운 당혹감을 담았지.

안토니우스의 반응은 섣부르기까지 했네. 우리도 기대하는 바였지. 곧바로 원로원에 법안을 넣어 옥타비우스의 법적 입양을 막으려 한 거야. 돌라벨라와 공모까지 했는데 당시에는 그의 공동 집정관으로 음모와도 크게 관련이 있는 자였네. 그자는 곧바로 마르쿠스 아이밀리우스 레피두스의 지원을 이끌어냈어. 레피두스는 암살 이후 곧바로 로마를 빠져나갔다가 갈리아의 자기 군단에 숨어 지내던 자였어. 그자가 옥타비우스를 죽이겠다고 공개적으로 협박하고 나서더군.

이젠 자네도 이해해야 하네. 실제로 병사들과 시민들 입장이 서로 극단적으로 달랐어. 적어도 그자들한테는 그렇게 보였지. 부자와 권력자들은 거의 예외 없이 율리우스 카이사르에 반대했고 당연히 옥타비우스도 적이었네. 병사들과 중산층 시민들은 율리우스 카이사르를 사랑했어. 옥타비우스도 마찬가지고. 문제는 마르쿠스 안토니우스가 카이사르의 친구였다는 사실이라네. 그런데 가만히 보니까, 그들이 치명적인 싸움을 벌이려고 하는 거야. 부자와 귀족과 맞서 자기들 편을 들어야 할 두 사람이.

그러던 중에 아그리파가 나섰네. 병사의 삶과 언어, 사고방식을 누구보다 잘 아는 사람이 아니겠나? 그가 하급장교들과 백인대장, 일반 병사들을 만나기 시작했는데, 우리도 알다시피 대개 전쟁 영웅들이자 카이사르의 친구들이었지. 아그리파는 공익과 충성심을 총동원해서 마르쿠스 안토니우스와 옥타비우스(군인들한테는 카이사르라고 호칭했다네.) 사이의 부질없는 논쟁을 막아달라며 군인들을 설득했네. 군인들은 옥타비우스의 사랑을 확신했고, 또 안토니우스가 자신들의 행동을 반역이나 불충으로 보지 않으리라고 확신했기에, 행동에 나섰다네.

아그리파는 군인들을 설득해(수백 명은 됐을 거야.) 옥타비우스의 언덕집으로 먼저 쳐들어가게 했네. 자네도 알겠지만 꼭 먼저 갈 이유가 있었다네. 옥타비우스는 짐짓 놀란 체를 하며 안토니우스와 관계를 회복하라는 청을 듣고 간단하게 연설을 했네. 물론 안토니우스의 모욕을 용서하고 두 사람 사이의 불화를 치유하겠다고 약속을 했지. 짐작하겠지만 안토니우스한테도 사절단 얘기를 흘렸다네. 행여 아무 예고 없이 들이닥칠 경우 군인들의 의도를 오해하고, 그가 옥타비우스의 목숨을 위협했다는 것 때문에 보복하러 온 줄 알았을 걸세.

그래, 그도 그들이 오는 줄 알고 있었어. 난 지금도 종종 상상해본다네. 저 거대한 저택, 왕년에 폼페이우스가 살았고, 카이사르를 살해한 후 차지한 저택에서 안토니우스 홀로 군인들을 기다리며 얼마나 화가 났을까? 울며 겨자 먹기로 기다려야 한다는 사실을 알았을 테니, 당연히 자신의 삶이 어디로 흘러갈지 어렴풋이 짐작도 했을 거야.

아그리파의 선동에 따라, 고참병들은 옥타비우스가 함께 가야 한다며 고집을 부렸네. 물론 따라가기는 했지만 명예로운 위치가 아니라, 행렬 뒤에서 에스코트를 받으며 쫓아가는 식이었어. 당연한 얘기겠지만 우리가 마당으로 몰려들었을 때 안토니우스도 합리적으로 처신했다네. 고참병 하나가 이름을 연호하자 그가 밖으로 나와 손님들을 맞았네. 그리고 고참병들이 이미 옥타비우스에게 했던 연설을 들어야 했지. 화해에 동의할 때는 다소 퉁명스럽고 시무룩한 표정이었네. 이윽고 옥타비우스가 앞으로 끌려 나와 안토니우스한테 인사를 했네. 안토니우스가 화답하자 군인들이 환호를 보냈지. 그곳에 오래 머물지는 않았어도 난 두 사람이 만날 때 아주 가까이에 있었어. 지금도 확신하고 있네만, 약간 유감을 드러내기는 했지만 악수를 할 때 안토니우스의 얼굴엔 분명 차라리 잘됐다는 뜻의 미소가 번졌다네.

그래, 그때가 우리가 작으나마 힘을 거머쥔 최초의 승리였네. 우리는 그 순간을 기반으로 차곡차곡 힘을 쌓아갔어.

피곤하구먼, 리비우스. 건강이 허락하는 대로 곧 다시 편지를 쓰겠네. 아직 할 말이 많아.

추신. 내가 한 말은 신중하게 다뤄주리라 믿네.

X. 서한 (서기전 44, 9월)

발신: 마르쿠스 툴리우스 키케로

수신: 유니우스 브루투스

지난 몇 개월간의 사건들 때문에 한숨만 쉬고 있소. 옥타비우스와 안토니우스가 싸운다. 내 바람이오. 불화는 가라앉고 둘은 툭 하면 붙어 다닌다. 두려운 일이지. 다시 다투고 반역의 소문이 돌아다닌다. 당혹스러울 수밖에. 그런데 다시 불화를 극복해? 이보다 최악이 어디 있겠소? 도대체 어떻게 돌아가는 꼬락서니인지. 둘 중 누구든 영문이나 알고 까부는 거겠소? 놈들이 싸우고 화해하는 동안 로마는 혼란에 빠지고, 독재자의 암살은 만인의 가슴에서 지워질 틈이 없소이다. 게다가 그 와중에 옥타비우스의 세력과 인기는 꾸준히 증가하고 있소. 이따금 우리가 꼬마를 과소평가했을지 모른다는 생각까지 들더군요. 아니, 아직은 운이 좋아서라고 믿기로 했소. 그저 실체보다 능력 있게 보일 뿐…. 글쎄, 모르겠소이다. 그저 참담하기만 하오.

아무래도 원로원에 나가 안토니우스 반대 연설을 해야겠소. 그래서 내가 위험에 처한다 해도 도리가 없어요. 은밀히 만났을 때는 옥타비우스가 나를 지지하겠다고 약조했지만 대중 앞에서는 아예 언급 자체가 없소이다. 어쨌든 안토니우스는 이제 내가 철천지원수라는 사실을 알고 있어요. 놈의 협박 때문에 원로원에서 두 번째 연설을 못하고 있지만 곧 연설문이 책으로 나오니 온 세상이 알게 될 거요.

XI. 서한(서기전 44, 10월)
발신: 마르쿠스 툴리우스 키케로
수신: 유니우스 브루투스

무모하고 무모하도다! 안토니우스가 마케도니아의 수 개 군단을 브린디시로 이동하고 자신도 합류했소. 옥타비우스는 캄파니아의 카이사르 군단 고참병들을 다시 불러들이고 있고. 안토니우스는 우리 친구 데키무스를 치겠다며 갈리아로 행군할 생각이오. 겉으로야 암살의 복수를 내세우지만 실제로는 갈리아 군단들을 손에 넣어 전력을 증강하려는 속셈이겠지. 소문에 따르면 병력을 이끌고 로마를 횡단하면서 옥타비우스에게 힘을 과시한다고 하더이다. 다시 이탈리아 전쟁의 광풍이 부는 걸까? 저렇게 어린 아이에 이름이 카이사르인데, 우리 명분에 끼워준다는 게 말이나 되겠소?

오, 브루투스! 당신은 지금 어디에 있소? 로마가 간절히 필요로 하는 이 순간에?

XII. 집정관 명령서, 서한 동봉(서기전 44)

수신: 가이우스 센티우스 타부스, 아폴로니아의 마케도니아 군사령관

로마 원로원 집정관, 마케도니아의 총독이자 루페르쿠스제의 대신관, 마케도니아 군단의 총사령관, 마르쿠스 안토니우스의 권위에 따라, 가이우스 센티우스 타부스는 마케도니아 군단의 고급장교들에게 지시를 내려 병력을 브린디시로 이동시킬 준비를 하고, 책임하에 최대한 빨리 이동을 마무리할 것이며, 최고 사령관이 도착할 때까지 병력을 그 장소에 주둔시킨다.

센티우스에게, 중요한 일이다. 그자는 지난해 아폴로니아에서 잠시 머무르며 장교들과 친분을 쌓았지. 다음 사항을 신중하게 조사해보게. 그에게 우호적으로 보이는 자가 있으면 당장 군단 밖으로 보내거나, 어떤 식으로든 처리하게. 단, 하나도 빠짐없이 제거해야 하네.

XIII. 비방문서: 브린디시의 마케도니아 군단에 배포(서기전 44)

살해당한 카이사르의 추종자들에게

갈리아의 데키무스 브루투스 알비누스를 치겠는가? 아니면 로마의 카이사르 아들을 공격하겠는가?

마르쿠스 안토니우스에게 물어보라.

죽은 지도자의 적들을 무찌르는 데 동원될 것인가? 아니면 암살자들

을 보호하겠는가?

마르쿠스 안토니우스에게 물어보라.

고(故) 카이사르의 유서는 어디 있나? 로마 시민 모두에게 은화 삼백 냥을 베풀라 하셨건만.

마르쿠스 안토니우스에게 물어보라.

마르쿠스 안토니우스가 인준한 원로원법에 따라 카이사르의 살인자들과 반역자들이 움직이고 있다.

마르쿠스 안토니우스가, 살인자 가이우스 카시우스 롱기누스를 시리아의 총독으로 임명하였도다.

마르쿠스 안토니우스가, 살인자 마르쿠스 유니우스 브루투스를 크레타의 총독으로 임명하였도다.

그의 적들 가운데 살해당한 카이사르의 친구들은 도대체 어디 있다는 말인가?

카이사르의 아들이 그대들에게 호소하노라.

XIV. 사형 집행 명령서, 브린디시 (서기전 44)

발신: 마르쿠스 안토니우스, 군단 총사령관

수신: 가이우스 센티우스 타부스, 마케도니아 군사령관

내용: 4군단 및 마르티우스에서의 반역행위

11월 12일 새벽, 군단사령관실에 하기 장교들이 출두할 것이다.

P. 루키우스　　　　　Cn. 세르비우스

Sex. 포르티우스   M. 플라비우스
C 티투스   A. 마리우스

당일 당시, 장교들을 참수형에 처할 것. 그 밖에도 4군단 및 마르티우스의 이십 개 대대에서 각각 병사 스무 명을 제비로 뽑아 같은 식으로 함께 처형할 것.

마케도니아 군단의 장교 및 병사들은 빠짐없이 참여해, 처형을 지켜볼 것.

XV. 카이사르 아우구스투스의 포고문(서기 14)

열아홉의 나이에 나는 자비와 자율로 군대를 모집했으며 그를 바탕으로 지금껏 도당의 폭군의 횡포로 도탄에 빠진 공화국의 자유를 회복하였다.

ism # 셋

I. 서한(서기전 13)

발신: 가이우스 킬니니우스 마에케나스

수신: 티투스 리비우스

친애하는 옛 친구, 자네가 이 편지들을 부탁했네만… 덕분에 이렇게 흘러간 옛 시절로 돌아가고 말았네. 그 여행 속에서 이렇게 복잡 미묘한 감정의 소용돌이에 빠지리라고는 생각하지 못했건만. 평온한 은퇴 생활을 보내고 세상의 시간은 종말에 접어들고 있는데도 그 시절은 오히려 주마등처럼 서두르는 것 같군. 지금은 온통 과거뿐이라 피타고라스의 말처럼, 다른 시대, 다른 몸으로 새로 태어난 것처럼 드나들 수 있다네.

머릿속에서 수많은 사건들이 휘몰아치는군. 그토록 혼란스러운 시대라니! 내가 과연 제대로 설명할 수 있을까? 아무리 자네가 우리 세계의 역사를 제일 잘 안다 한들? 그래, 나는 어렵지만 자네만큼은 내 말을 잘 이해하리라 믿겠네.

마르쿠스 안토니우스는 브린디시로 건너가 마케도니아 군단을 모두 소환했네. 덕분에 우리도 행동을 개시해야 했지. 문제는 돈이 없었어. 옥타비우스는 재산과 가산을 털어 율리우스의 유언을 집행했네. 우리한테는 권한이 하나도 없었어. 법에 따르면 향후 십 년 동안 옥타비우스는 원로원 멤버에 들어갈 자격조차 없었지. 게다가 안토니우스는 원로원이 제공하기로 했던 특권을 모조리 박탈했다네. 당연히 세력도 없었네. 카이사르의 로마 군대에서도 고참병 수백 정도가 확실하게 충성을 맹세했을 뿐이었지. 결국 우리한테는 이름과 결의뿐이었어.

옥타비우스와 아그리파는 곧바로 남쪽으로 떠났네. 캄파니아 해안농장, 바로 카이사르가 고참병들이 살도록 만들어준 정착촌이지. 안토니우스가 입대 장려금으로 뭘 제공하는지 알기에 우리는 그 다섯 배를 제안했다네. 물론 그런 돈이 우리한테 있을 리 없지만 그만큼 절박했기에 도박을 할 수밖에 없었어. 나는 로마에 남아 편지를 써서 마케도니아 군단마다 뿌렸네. 형식적으로야 안토니우스의 휘하지만 일찍이 약조를 받아둔 바도 있고, 또 일부가 탈영해 우리와 합류할 이유도 충분했네. 자네도 알듯이 편지는 나름대로 효과가 있었어. 딱히 우리가 기대했던 대로는 아니었지만 말일세.

안토니우스가 치명적인 실수를 많이 저질렀지만 첫 번째가 바로 그때였다네. 군단 두 곳에서 동요가 있었다더군. 내가 알기로는 마케도니아 4군단과 마르티우스 군단이었는데, 그가 장교와 병사 삼백 명을 참수했어. 나도 편지를 뿌리기는 했지만, 그보다는 그의 실착이 더 유리하게 작용했어. 로마로 행군하는 도중에 이 두 개 군단이 그대로 알바롱가로 빠져나와 옥타비우스에게 사신을 보내, 그와 운명을 함께하고 싶다는 뜻을 밝혔지. 안토니우스의 행동이 잔인했기 때문만은 아니었네. 병사들이야 가혹한 행위와 죽음에 익숙해 있으니까. 그보다는 그렇게 성급하고 무모한 자에게 목숨을 맡길 수 없었던 게지.

그동안 옥타비우스와 아그리파가 군대를 일으켜 안토니우스의 위협을 성공적으로 봉쇄하기도 했네. 작은 승리였지. 무장 군인 삼천 명이 옥타비우스의 휘하로 모여들었어. (우리가 속임수를 쓴 탓에 적들은 우리 전력을 그 두 배로 알았을 걸세.) 더욱이 비록 무장은 하지 않았지만 그만큼의 병사가 미래를 맡기겠다고 서약을 했네.

옥타비우스는 삼천의 대군을 이끌고 로마로 진격하고 나머지는 아그리파의 휘하에 맡겨두었네. 그에게는 병사들을 지휘해 아레조(기억하지? 내가 태어난 곳일세.)로 행군하면서 최대한 병력을 끌어모으라고 임무를 맡겼어. 적의 전력에 비하면 처참한 수준이었지만 그래도 처음을 생각하면 감지덕지였다네.

옥타비우스는 로마 외곽 수 킬로미터 지점에 병력을 주둔시키고, 몇 명만 경호원으로 삼아 도시 안으로 들어갔네. 그리고 원로원, 안토니우스 반대자들에게 의무를 다하겠다고 선서를 했지. 안토니우스도 로마로 향하는 중이었지만 그가 어떤 목적인지는 아무도 알지 못했다네. 아무튼 원로원은 무능한 데다 의견까지 분분해 결국 옥타비우스의 제안을 거부했지. 혼란스럽고 두려운 탓에 시민들도 한목소리를 내지 못했어. 끝내 애써 모은 병력마저 우리에게 상처만 입힌 채 뿔뿔이 흩어져 로마에 들어갔을 때는 전력이 기껏 천 명에도 미치지 못했다네. 아그리파도 수백 명을 이끌고 아레조에 들어갔지만 역시 헛수고였어.

옥타비우스는 양부의 살인자들에게 복수하겠다고 자신과 친구들, 사람들한테 서약을 한 바 있었지. 그런데 안토니우스가 로마를 거쳐 갈리아로 가겠다며 오는 중이었네. 말로는 암살자의 하나인 데키무스 알비누스를 처단하기 위해서라지만, 우리는 진짜 목표를 알고 있었어. 로마가 두려워하는 이유도 그 때문이었지. 요컨대 데키무스 휘하의 갈리아 군단을 손에 넣겠다는 얘기였다네. 그 군단만 손에 넣으면 말 그대로 무적이 된다네. 그럼 세계는 그의 무자비한 야망 앞에 문 열린 보물창고처럼 엎드려야 하는 거야. 카이사르가 목숨을 바쳐 로마를 지켰건만 우린 바로 그 로마의 죽음과 맞닥뜨린 셈이지.

우리 입장이 어떤지 알겠나? 범죄자에게 당하지 않도록 막아야 하는 거야. 우리 스스로 처단하기로 맹세했던 바로 그자 말이야. 분명한 사실은, 그때도 역시 예기치 않게 또 다른 결말이 우리를 기다리고 있었다네. 우리의 복수보다, 야망보다 큰 결말이. 세상도 우리 임무도 점점 커져 흡사 바닥 없는 무저갱을 들여다보는 기분이었다네.

돈 없이, 시민들의 지지 없이, 원로원의 권위 없이… 우리도 상황의 추이에 기댈 수밖에 없었네. 옥타비우스는 로마 변경에서 남은 병력을 빼 아레조로 목적지를 바꾼 뒤 아그리파의 소부대를 따라갔네. 그로서도 안토니우스의 갈리아행을 막을 방법은커녕 조금이나마 미룰 가능성도 없었다네.

그런데 안토니우스가 두 번째 대실수를 저지르고 말았지.

원래가 오만하고 부주의한지라 군단을 모두 이끌고 로마 시에 입성한 거야. 모두 완전무장한 채.

사십 년간, 그러니까 마리우스와 술라의 학살 이후로, 로마 시는 도시 성벽 안에서 무장군인을 본 적이 없었네. 당시 자갈밭이 검붉은 피로 덮였던 장면을 기억하는 사람들이 여전히 살아 있고, 일부 원로들은 젊었을 때 원로원 연단에 원로들의 머리가 수북이 쌓여 있던 참상까지 목격했었지. 시체들을 광장에 내놓고 개들이 뜯어먹게 한 사실도 기억하고.

안토니우스는 거들먹거리며 도시에 들어와 닥치는 대로 퍼마시고 계집질을 해댔어. 병사들은 정적들의 집을 약탈했네. 원로들은 겁에 질려 감히 저항도 하지 못했고.

그러다가 알바의 소식을 들은 거야. 마르티우스 군단이 그를 배신하고 우리에게 충성 서약을 했는데, 그 소식을 들었을 때 완전히 술에 취해 있었다더군. 아무튼, 행동은 딱 만취 상태였다네. 부랴부랴 원로원을 소집하더니(여전히 집정관이었지, 잊지 말게나.) 한참을 횡설수설하다가 끝내 옥타비우스를 공공의 적으로 선포하라고 윽박지르기까지 했어. 하지만 연설이 끝나기도 전에 다른 소식이 로마에 다다랐고, 심지어 안토니우스가 떠드는 와중에도 원로원들이 귓속말로 숙덕거리기 시작한 거야. 마케도니아 4군단도 마르티우스를 따라 옥타비우스에게 충성을 맹세하고 카이사르 편에 섰다는 얘기였어.

안토니우스는 분노에 사로잡혀 그나마 남은 체면마저 팽개치고 말았지. 무장군인들과 함께 도시에 들어온 것도 헌법에 위배되는 행위거늘, 한밤중에 원로원을 소집하면서도, 정적들이 참석하면 가만두지 않겠다며 협박을 해댔다네. 규약에 관습까지 완전히 무시한 처신이었지만, 바로 그 불법회의를 통해 다음과 같이 결과를 이끌어냈지. 마케도니아를 동생 가이우스에게 넘긴다. 아프리카, 크레타, 리비아의 속령들은 자신의 지지자들에게 위임한다. 그다음엔 재빨리 티볼리의 군단과 합류했다가 리미니로 행군을 개시했어. 그곳에서 전열을 정비해 갈리아의 데키무스를 포위할 심산이었다네.

옥타비우스가 조심성 때문에 머뭇거렸던 일이었건만 안토니우스가 대신 해준 격이라네. 안토니우스로서는 엄청난 실착이었고 우리한테는 절망 속에서 희망의 꽃이 핀 셈이었지.

자, 옛 친구여, 이제 아무도 모르는 사실 하나를 알려주겠네. 원한다면 자네 역사에 포함시켜도 좋아. 이런 일련의 사건들 속에서 옥타비우스는 오합지졸의 병사들과 함께 느릿느릿 아레조로 향했어. 그런데 안토니우스가 원로원과 법을 유린하는 바로 그때, 원로원과 시민들이 본래의 성격을 드러내는 순간, 나는 옥타비우스에게 비밀서신을 보내, 아무도 모르게 당장 로마로 돌아오게 했다네. 그래야 우리 계획을 마무리할 수 있기 때문이었지. 그리하여 안토니우스가 오만하게 도시를 빠져나갈 때 옥타비우스가 비밀리에 입성을 한 것이네.

마침내 우리는 계획을 실행해 옮길 수 있었네. 세상을 손에 넣을 위대한 계획을.

II. 서한(서기전 43, 정월)
발신: 마르쿠스 툴리우스 키케로
수신: 마르쿠스 유니우스 브루투스, 디라키움

친애하는 브루투스, 로마에서 아테네 소식을 듣고 감개가 무량하오. 기쁨과 희망으로 공화국을 찬양하겠소. 우리의 영웅들이 당신만큼 대담하고 단호하게 행동했던들 우리 나라는 지금 이 터무니없는 혼란에서 빠져나왔을 거요. 그렇게 생각하니, 마르쿠스 안토니우스가 불법적으로 얼치기 동생 가이우스에게 마케도니아를 넘겼지만, 오히려 그 직후 가이우스는 아폴로니아에서 두려움에 떨고 있는 지경이더군요. 부디 당신의 군대는 더욱 힘을 모아 언젠가 우리를 구원해주리라 믿겠소! 아홉 달 전, 3월의 거사 이후, 당신 사촌 데키무스가 당신처럼 과감하고 노련하기만 했던들.

안토니우스가 또다시 미쳐 날뛰었다는 소식은 디라키움에서도 들었으리라 믿소. 법과 관습을 깡그리 무시하고 우리 도시를 유린하더니, 이제는 데키무스를 치겠다고 갈리아에 입성하는군요. 몇 주 전이었다면,

그가 목표를 이루리라 믿어 의심치 않았으련만.

하지만 젊은 카이사르(여전히 거슬리는 이름이지만, 이제 그렇게 불러야겠소.)와 어린 친구 마에케나스가 비밀리에 나를 찾아왔소. 이전에도 내 조언을 구하고 내 허영심을 채워준 바 있지만 그 친구가 정말 능력이 있어서 우리를 도와주리라는 생각이 든 건 아주 최근이라오. 터무니없이 어리고 태도 또한 지나치게 신중하지만 지난 몇 달간 분명 놀라운 일들을 해냈으니.

현재 안토니우스를 저지할 세력이 있는 사람은 자신뿐이라고 하더군요. 그래, 정확한 판단이오. 현재 아그리파가 병력을 이끌고 아레조로 진격하고 있소. 안토니우스가 갈리아에 입성하려는 길목이라오. 또 다른 병력도 로마 외곽에 조심스레 진을 치고 있다가 그 뒤를 따르고 있소. 누가 알겠소? 가는 길에 고참병과 신병들이 얼마나 많이 합류하게 될지? 하지만 그 친구는 끝내 법을 지키려 하더군요. (이것이 내가 그 젊은 지도자를 믿는 이유라오.) 아직은 원로원과 시민의 재가를 받아야 하기에 그 때문에 내 공직을 빌고자 하더이다. (지금도 어느 정도 힘이 남아 있지 않겠소?)

청은 수락했소이다. 서로 합리적인 조건도 주고받았소. 옥타비우스 카이사르 편에서는, 군대를 모을 수 있도록 원로원의 재가를 받아주고, 마케도니아 4군단과 마르티우스 군단들처럼, 그에게 합류한 고참병들에게 시민들의 존중과 감사를 보장할 것이며, 징집 병력의 지휘권을 부여하되 옥타비우스 위에 그 어떠한 군사 지휘권도 인정하지 말 것을 요구했소. 그 밖에는 국가가 군사비용을 지불하고, 모병시 약속한 대로 충분히 대가를 제공할 것이며, 전역 후에는 병사들에게 토지를 불하하고, 원로의 연령 제한을 종전으로 환원해, 무티나에서 데키무스를 성공적으로 구원하고 로마에 돌아올 경우, 그를 원로로서 인정하고 집정관에 출마할 자격을 허락하라는 조건 등도 내걸었소.

시간과 상황이 달랐다면 물론 지나친 요구였겠지요. 하지만 데키무스가 무너지면 우리는 끝장이오. 친애하는 브루투스, 솔직히 고백하는데 난 거의 모두 약속했다오. 그래도 체통은 잃지 않았다고 확신하오. 내 요구도 어느 정도 제시했고.

우선 무엇보다 데키무스에게 복수하지 않아야 한다고 못을 박았소. 옥타비우스 자신도 종전에 공언한 바였고. 그리고 갈리아에서 데키무스의 지위를 법적으로 인정하는 법안을 제출할 경우 원로로서 반대 의견을 제시하지 않으며, 원로원이 재가한 군대이므로 마케도니아의 당신이나 시리아의 카시우스를 상대로 그 어떤 도발도 시도하지 말라는 요구도 잊지 않았소.

그도 모두 동의했소. 원로원이 합의사항을 준수하는 한, 결코 그런 명령을 내리지 않겠으며 휘하의 그 누구도 그렇게 하도록 허용하지 않겠다고 약조도 했지.

그런 식으로 합의는 무르익고, 이미 원로원 연설을 통해 제안을 공표까지 했소. 하지만 당신도 알다시피, 진짜 일은 연설 이전에 이루어졌고 덕분에 도무지 쉴 틈이 없소이다.

III. 퀸투스 살비디에누스 루푸스: 일기를 위한 메모,
로마(서기전 44, 12월)

초조하게 운명을 기다린다. 가이우스 옥타비우스는 로마에 잠입했다. 아그리파는 북쪽으로 행군하고 마에케나스는 피아를 구분하지 않고 닥

치는 대로 음모를 꾸민다. 어제는 오후를 풀비아와 지낸 후 돌아왔다. 붉은 얼굴의 노파. 바로 우리의 적 안토니우스의 아내다. 원로원은 옥타비우스 카이사르에게 권력을 허락했다. 불과 한 달 전만 해도 상상도 하지 못한 일들이 벌어진 것이다. 차기 집정관, 히르투스와 판사의 군단이 우리한테 넘어오고, 옥타비우스는 군의 최고 실력자로 등극했다. 우리가 갈리아 전투에서 돌아가면 곧바로 원로 지위까지 부여받는단다. 옥타비우스가 직접 원로원의 재가를 얻은 덕에 나도 일개 군단의 사령관이 된단다. 그동안 꿈도 꿔보지 않은 영예가 아닐 수 없다.

그럼에도 불구하고 초조하다. 불안해서 미치겠다. 처음으로 우리의 길이 옳은지 자신이 없어졌다. 성공은 언제나 예기치 못한 난제를 드러내고 승리는 예외 없이 패배의 가능성을 키워준다.

옥타비우스는 변했다. 아폴로니아의 친구는 더 이상 없다. 이제는 거의 웃지도 않고 와인도 마시지 않으며 한때 여자들과 누렸던, 가볍고도 무해한 유희도 경멸하는 듯 보인다. 내가 아는 한 로마에 돌아온 후 그가 여자를 품어본 적은 없다.

'내가 아는 한'이라. 무심코 그렇게 썼다. 한때는 서로에 대해 뭐든지 알았건만 지금 그는 꼭꼭 닫힌 채 비밀 속에 숨어 지낸다. 한때는 그가 뭐든지 털어놓고 얘기하고 나 또한 한 점 비밀 없이 함께 은밀한 꿈까지 나누었건만… 이젠 더 이상 그를 모르겠다. 양부를 향한 슬픔이 그렇게 크기 때문일까? 그 슬픔이 굳어 야심이 된 것일까? 아니면 내가 모르는 다른 이유라도 있을까? 차가운 슬픔이 그를 휘감아 우리에게서 멀리 떼어놓누나.

로마에서 집정관 군대를 모집하다가 잠시 여유가 생기면 이 문제를 생각해보고 고민해보리라. 더 나이 들고 현명해지면 그때야 그를 이해하려나?

키케로에 대한 가이우스 옥타비우스의 평. "키케로는 구제불능의 모사꾼이다. 친구들한테 글로 쓰지는 않아도 노예한테는 떠들어댄다."

이런 불신은 언제 비롯했을까? …정말로 불신이긴 한 걸까?

옥타비우스와 마에케나스가 내게 계획을 설명하던 날?

내가 물었다. "데키무스를 돕겠다는 겁니까? 율리우스 카이사르의 살인자를?"

옥타비우스의 대답. "우리 자신을 돕는 것이다. 그래야 살아남을 수 있다."

나는 대답하지 않았다. 마에케나스도 입을 다물었다.

옥타비우스가 다시 말했다. "우리 맹세를 기억하나? 그날 밤 아폴로니아에서? 너와 나, 아그리파와 마에케나스."

내가 대답했다. "잊지 않았습니다."

옥타비우스가 미소 지었다. "나도 잊지 않았어…. 데키무스를 증오해도 구해줘야 한다. 바로 그 맹세를 위해서. 그리고 법을 위해 살려줄 것이다." 순간 그가 차가운 눈으로 나를 노려보았다. 아니, 어쩌면 상대가 내가 아닐 수도…. 그가 다시 미소를 짓는다. 자신의 본모습을 의식한 걸까?

그때부터 그랬던 걸까?

사실 관계. 데키무스는 카이사르 살인자 중 한 명이다. 옥타비우스는 그를 도우러 간다. 카스카도 카이사르를 죽였다. 그가 호민관 선거에 나설 때 옥타비우스는 반대하지 않기로 했다. 마르쿠스 안토니우스는 카이사르의 친구였다. 옥타비우스는 이제 그를 적으로 여긴다. 키케로는 공공연히 암살을 지지한다. 옥타비우스는 그와 동맹을 맺었다.

마르쿠스 브루투스와 가이우스 카시우스가 동방에서 군대를 일으키고 속령의 보물을 약탈하고 매일 힘을 키운다. 마르쿠스 아이밀리우스 레피두스는 서방에서 자기 군단을 거느리고 느긋하게 대기하고 있으나 어떤 목적인지는 아무도 모른다. 남쪽에서도 섹스투스 폼페이우스가 제멋대로 바다를 농락하고 우리를 파괴하기 위해 야만적인 군대를 훈련시키고 있다. 내가 지휘하는 군단, 이탈리아의 군단 전체는 너무 버거운 임무일까?

하지만 가이우스 옥타비우스는 내 친구다.

IV. 서한(서기전 43)

발신: 마르쿠스 툴리우스 키케로, 로마

수신: 마르쿠스 아이밀리우스 레피두스, 나르본

친애하는 레피두스, 나 키케로가 안부 여쭙니다. 부디 원로원과 공화국에 대한 의무를 기억하시길. 원로께서 보여주신 무한한 친절에 대해 감사의 염이 가득하지 않다면, 내 어찌 원로께서 누려야 할 영예를 일일이 열거하겠습니까? 지난날, 우리가 서로 약조했듯이 우리의 견해 차이는 언제나 바람직했습니다. 결국 공화국을 향한 상호 충성에서 비롯하지 않았겠소이까?

행여 그럴 리야 없겠습니다만, 로마에서 소문을 듣자니 원로께서 마르쿠스 안토니우스와 힘을 합쳐 데키무스를 공격한다더군요. 당연히 헛

소문이리라 믿사오만 아무튼 그런 소문 또한 우리 공화국이 사회 불안으로 신음한다는 반증이 아니겠습니까? 아무려나 소문이 질기다는 사실 정도는 유념하셔야 합니다. 원로 자신의 안위와 명예를 위해서라도 그 소문이 뿌리가 없음을 최선을 다해 증명하여야 할 것이오이다.

젊은 카이사르는 원로원과 공화국의 재가 아래 무티나로 떠납니다. 무법자 안토니우스가 데키무스를 포위하고 있기 때문이죠. 필경, 그 친구도 원로의 도움이 필요할 터이니, 원로께서는 과거 법의 질서를 준수하고 무법의 혼란을 거부하여 주시길 앙망하나이다. 물론 원로의 지위와 공화국의 안보를 위함이오이다.

V. 서한(서기전 43)
발신: 마르쿠스 안토니우스, 무티나
수신: 마르쿠스 아이밀리우스 레피두스, 나르본

레피두스, 현재 무티나에서 카이사르 암살군과 싸우고 있습니다. 데키무스는 포위되어 빠져나가지 못합니다.

키케로 일당이 원로께 편지를 보내, 비명에 죽어간 율리우스의 추모에 먹칠을 하고 반역을 꾀했다 들었습니다. 부하의 보고를 들었으나 원로님의 의향은 여전히 향방을 가늠하기 어렵더군요.

소인은 섬세한 인간이 못 됩니다. 입바른 말도 잘하지 못합니다. 원로께서도 바보는 아니시리라 믿습니다.

원로께서 선택할 길은 셋입니다. 캠프를 떠나 소인과 함께 데키무스와 카이사르의 적들을 파멸하시죠. 그렇다면 소인의 영원한 우정을 확인하고, 시민들도 그 은공을 기려 권력을 부여할 것입니다. 또 하나 캠프에 머무르셔도 됩니다. 그 경우 소인의 비난이나 시민들의 저주만큼은 피하실 수 있습니다. 물론 시민들의 사랑은 공염불이 됩니다. 마지막으로 반역자 데키무스와 그의 '구원자', 즉 카이사르의 가짜 아들을 도우러 올 수도 있겠죠. 물론 소인은 물론 시민들이 영원히 저주를 내릴 것입니다.

바라건대, 지혜롭게 첫 번째 길을 선택하십시오. 소심하게 두 번째를 선택할까 우려스럽기도 하나, 부디 간원하오니, 원로 자신의 안위를 위해서라도 세 번째는 절대 불가합니다.

VI. 마르쿠스 아그리파의 회고록: 발췌(서기전 13)

우리가 입성했을 때 로마는 분쟁과 야욕으로 갈가리 찢긴 터였다. 마르쿠스 안토니우스는 율리우스 카이사르의 친구임을 빙자해, 살인자들과 놀아나고 우리의 옥타비우스 카이사르가 양부께 물려받은 명예와 권력마저 허락하지 않았다. 옥타비우스 카이사르는 침탈자 안토니우스의 야심을 확인하자마자, 양부의 노병들이 땅을 일구고 있는 정착촌으로 달려가 다시 군사를 일으켰다. 때마침 암살당한 지도자를 애통해하던 터라 퇴역군인들은 충성을 맹세하고 우리와 함께 약탈자들과 싸워 국가의 꿈을 되찾기로 했다.

마르쿠스 안토니우스는 법을 무시한 채 마케도니아 군단을 이끌고 로마에 들어갔다. 그것도 모자라 무티나로 건너가서는 데키무스 브루투스 알비누스를 포위하기도 했다. 데키무스가 카이사르를 암살한 일당에 속하나, 국가와 국가의 질서와 갈리아의 합법적 통치를 위해, 옥타비우스 카이사르는 무법자 안토니우스와 싸우기로 하였다. 그리하여 우리는 원로원의 감사와 재가를 등에 지고 군대를 소집해 무티나로 행군했다. 안토니우스가 데키무스의 군단을 포위하고 진을 친 곳이다.

바로 그 무티나 전투에 대해 이야기하련다. 옥타비우스 카이사르와 로마를 위해 내가 첫 번째 지휘를 맡은 싸움이다.

당시 원로원 군단은 당해 연도의 두 집정관, 가이우스 비비우스 판사와 아울루스 히르투스가 통솔하는데, 특히 히르투스는 생전의 율리우스 카이사르가 크게 신뢰한 인물이었다. 옥타비우스 카이사르는 마르티우스와 마케도니아 4군단을 이끌었다. 물론 마케도니아 4군단의 군사지휘권은 내게 있었다. 우리는 캄파니아 교외에서 새로 신병을 징집해 퀸투스 살비디에누스 루푸스에게 맡겼다.

안토니우스는 성을 완전히 포위한 뒤, 데키무스의 군단이 굶주림에 지쳐 포위를 뚫으려 달려들 때까지 느긋하게 기다리겠다고 선언했다. 우리는 데키무스가 무티나 성에 식량을 충분히 확보했다고 확신하고 이몰라에 겨울 캠프를 마련했다. 무티나에서 불과 두 시간 행군 거리였기에, 데키무스가 안토니우스 군을 공격할 경우 재빨리 지원할 수 있었다. 어쨌거나 데키무스는 소심하게 성에 처박혀 싸울 생각을 하지 않았고, 덕분에 봄이 오자 우리가 직접 안토니우스 전선을 깨고, 겁쟁이 데키무스를 구해야 할 형국에 처했다. 작전은 4월 초에 이루어졌다.

무티나 주변은 습지가 많고 땅도 고르지 않으며, 여기저기 도랑과 개울이 앞길을 막았다. 습지를 지나자 바로 안토니우스의 캠프였다. 우리는 비밀리에 가로지를 길을 모색한 끝에 감시가 허술한 협곡을 찾아냈다. 그리하여 칠흑같이 어두운 밤, 판사가 이끄는 다섯 개 대대와 합류한 뒤, 옥타비우스 카이사르와 살비디에누스, 내가 마르티우스 군단을 비롯해 병사들을 이끌고 협곡으로 들어갔다. 칼과 창은 모두 헝겊으로 감싸 적들이 접근을 눈치채지 못하게 했다. 보름달이 떴지만 짙은 안개 덕분에 바로 앞에 누가 있는지 보이지 않았다. 병사들은 앞사람의 어깨를 짚고 조금씩 조금씩 어슴푸레한 안개 속을 더듬어 나갔다. 도대체 어디로 가고 있는지, 눈앞에 뭐가 나타날지 알 도리가 없었다.

우리는 밤새 기어가다가 아침에야 늪지 대로에 올라선 뒤 안개가 걷힐 때까지 기다렸다. 앞에는 적이 없었건만, 어느 순간 숲 속에서 뭔가 어른거리더니 탁한 목소리가 들려왔다. 결국 포위되고 만 것이다. 나팔 소리가 전투 개시를 알리고 병사들은 고지에서 전투대형을 취했다. 젊은 신병들은 판사의 지시를 받아 옆으로 물러났다. 고참병들의 싸움에 거치적거리기 때문이었지만 필요하다면 언제든 싸움에 합류할 것이다.

이들은 마르티우스 군단의 고참병들이었다. 때문에 브린디시에서 학살당한 전우들을 똑똑히 기억했다. 바로 안토니우스의 짓이었건만 마침내 외나무다리에서 만난 것이다.

공간이 협소한 탓에 어느 쪽도 상대의 측면을 공략할 수가 없었다. 병사들은 투기장 검투사처럼 일대일로 싸웠다. 먼지가 밤안개처럼 자욱이 일고 검과 검이 부딪쳤다. 소리를 지르는 자는 없었다. 오로지 부상병의 비명과 죽어가는 자들의 침통한 신음뿐.

선두가 지치면 후미가 앞으로 나서기를 거듭하며, 우리는 오전 내내 싸우고 오후에도 싸웠다. 옥타비우스 자신도 자칫 목숨을 잃을 뻔했다. 독수리 기수가 부상을 당해 부대기를 떨어뜨리자 대신 잡으려다가 일어난 일이었다. 집정관 판사도 와중에 치명적인 부상을 당했다. 안토니우스가 전열을 재정비해 투입하는 바람에 우리는 조금씩 밀리기 시작했다. 다행히 살비디에누스 휘하의 신병들이 고참만큼이나 용감하게 싸운 덕에 다시 우리 진지에 돌아갈 수는 있었다. 전날 밤, 떠난 자리로 돌아온 것이다. 안토니우스도 해가 지자 공격을 중지했다. 우리는 늪지에 들어가 부상병들을 후송했다. 전우들의 시체가 즐비했다. 그날 밤 늪지 너머 안토니우스 군의 모닥불을 보고 승전가 소리를 들어야 했다.

우리는 이튿날 학살의 광풍이 불어 닥칠까 두려웠다. 크게 지친 데다 병력도 절반으로 줄었다. 반면에 안토니우스한테는 아직 전투에 투입하지 않은 예비 병력까지 남아 있었다. 그런데 그날 밤 집정관 히르티우스가 지원 병력을 이끌고 합류한 덕에, 아예 안토니우스의 기지까지 공격했다. 안토니우스의 군대는 승리를 오판한 터라 흥청망청에 난장판이 따로없었다.

싸움은 여러 날 이어졌다. 그동안 안토니우스의 군단도 절반으로 줄었다. 우리 쪽 손실은 미미했다. 살비디에누스는 죽어가는 판사의 군단을 인수해 용감하고 노련하게 이끌었다. 마침내 우리는 안토니우스의 기지까지 밀고 들어갔다. 히르티우스도 용감하게 싸웠으나 아깝게도 안토니우스의 경비에게 살해당했다. 안토니우스가 얼마 전까지 휴식을 취하던 텐트 바로 밖이었으나 그는 이미 달아난 후였다.

당시의 패배로 안토니우스는 크게 상심했다. 그래서 남은 병사들을 끌어 모아 북쪽 알프스 방향으로 행군하다가 더 큰 대가를 치른 다음에야, 간신히 마르쿠스 아이밀리우스 레피두스의 병력과 합류했다. 레피두스는 나르본에서 꼼짝도 않고 처박혀 있었다.

안토니우스가 달아난 뒤 데키무스도 포위에서 벗어나 성벽 밖으로 나왔다. 그는 옥타비우스 카이사르에게 사신들을 보내 감사를 전하고 율리우스 카이사르의 살해에 개입한 까닭은 다른 반역자들이 꼬드긴 탓이라며 발뺌을 했다. 증인의 입회하에 옥타비우스 카이사르에게 회담도 제의했다. 그가 진심으로 고마워하고 있음을 전하고 싶었겠지만 옥타비우스 카이사르는 그의 사의를 거절하며 이렇게 전했다. "데키무스를 구하러 온 것이 아니기에 사의를 받아들일 수 없다. 양부의 살인자와 얼굴을 맞대고 대화할 생각도 없다. 그자가 죽지 않았다 해도 내 덕이 아니라 원로원의 권위 덕분이다."

여섯 달 후, 데키무스는 갈리아 부족장에게 살해당했다. 그는 데키무스의 머리를 잘라 마르쿠스 안토니우스에게 보냈으며 안토니우스도 덕분에 다소 위안을 받았다.

Ⅶ. 원로원 회의록(서기전 43, 4월)

4월 3일. 반역자 마르쿠스 안토니우스 상대의 갈리아 전투 전황보고서 낭독. 장소 원로원, 낭독자 마르쿠스 툴리우스 키케로.

데키무스 브루투스 알비누스는 포위에서 풀려나고, 마르쿠스 안토니우스의 군대는 심한 타격을 입어 현 상황에서는 공화국에 위협이 되지 못한다. 안토니우스의 패잔병들은 혼비백산 북쪽으로 달아났다. 집정관 아울루스 히르티우스와 가이우스 비비우스 판사는 사망했으며, 두 사람의 군단은 잠정적으로 C. 옥타비우스의 휘하에 둔다. 옥타비우스는 현재 무티나 외곽에서 대기 중이다.

4월 6일. 마르쿠스 툴리우스 키케로의 결의안.

오십 일간의 추수감사절 행사를 선포. 그동안 로마 시민은 마르쿠스 안토니우스를 괴멸시킨 원로원 군대와 데키무스 브루투스 알비니우스의 구출을 기려 신들께 감사한다.

고인이 되신 히르티우스와 판사 집정관은 최고 서훈과 함께 국민장의 영광을 부여한다.

공공 기념비를 세워 히르티우스와 판사 군단의 영예로운 무용을 기린다.

데키무스 브루투스 알비누스는 원로원 개선식을 열어 반역자 마르쿠스 안토니우스를 패퇴한 영웅적 무용을 칭송한다.

하기의 지시사항은 무티나의 가이우스 옥타비우스에게 보낸다. (사본 동봉)

"법무관, 호민관, 원로원, 로마의 시민과 평민 일동은, 집정관 군단 임시 총사령관 가이우스 옥타비우스를 환영합니다.

데키무스 브루투스 알비누스가 마르쿠스 안토니우스의 반란군을 물리치는 과정에서 귀하가 헌신적으로 도와주신 데 원로원을 대표해 감사드립니다. 알려드릴 사항은, 안토니우스의 패잔병들을 계속 추적하기 위해, 원로원은 데키무스 브루투스를 단독 사령관으로 임명합니다. 따라서 귀하는 지체 없이 히르티우스와 판사의 집정관 군단들을 데키무스 브루투스에게 인계하고, 또한 귀하의 권위로 모병한 군단 또한 해산할 것을 명합니다. 원로원은 그들의 노고와 무용에 감사하는 마음으로 위원회를 구성해 정당한 대가를 제공하도록 최선을 다할 것입니다. 이 문제들을 상의하고자 원로원 사신을 무티나로 보내니 그에게 전권을 양도하시기 바랍니다."

마르쿠스 툴리우스 키케로의 결의안. 원로원 통과.

VIII. 서한(서기전 13)

발신: 가이우스 클리니우스 마에케나스

수신: 티투스 리비우스

키케로의 말장난은 잘 들었네. "우리는 그 아이를 존중하고 그 아이를 찬양하고 그 아이를 우리 편으로 끌어들여야 한다." 하지만 옥타비우스조차 원로원과 키케로한테 그렇게 뻔뻔스럽고도 모욕적으로 버림받을 줄은 몰랐어. 못난 키케로…. 그가 아무리 우리를 곤란에 빠뜨리고 해를 끼치려 해도 지금껏 늘 존중했다네. 그런데 이번엔 너무 멍청했어. 그의 행동은 열정과 허영, 맹신에서 비롯했겠네만, 우리는 진작부터 그런 식의 허영을 부릴 여유가 없었지. 행동해야 할 때 행동했지만 그 기반은 예외 없이 계산과 정책, 필요였으니까.

물론 무티나에서 이런 일이 있을 때 난 로마에 있었네. 지금껏 열심히 군대를 통솔했지만(그래, 그렇게 나쁘지는 않다고 믿고 싶군.) 늘 그 일이 따분하기도 했어. 불안감은 더 말할 나위도 없고. 그래서 만일 자네가 실전에 대해 자세히 알고 싶으면 다른 곳에 물어야 할 걸세. 우리 친구 아그리파가 그놈의 무시무시한 자서전을 완성한다면 그곳에서 쓸 만한 정보를 얻을 수도 있겠으나… 문제가 문제니만큼(무슨 말인지 알 리라 믿네.) 아무래도 자서전은 완전히 물 건너간 모양이구먼.

옥타비우스도 막연한 소문이 아니라 정확한 소식이 훨씬 더 필요했지. 누구든 믿을 만한 소식통이 최근의 추이를 계속 알려주어야 하니까. 원로원의 변덕, 최근의 음모, 결혼 등등, 뭐든지. 그 임무라면 내가 제격이었을 걸세. 당시에는(그러고 보니 벌써 삼십 년이 지났군.) 내 자신이 매우 냉소적이었기에 야심은 어떤 식으로든 추하고 천하다고 여겼다네. 더욱이 타고난 험담꾼이라 아무도 나에 대해 크게 신경 쓰지 않았지. 그래서 옥타비우스에게 매일 편지를 쓰고 그도 갈리아의 상황을 계속 알려주었다네.

그러니까 키케로와 원로원의 처사가 그렇게 느닷없지는 않았다네.

친애하는 리비우스, 종종 자네의 공화주의 신념과 폼페이우스를 향한 공감이 원망스럽네. 이따금 악의 없이 놀리기는 하네만 내 꾸지람에도 조금은 아쉬움이 배어 있다는 사실은 자네도 알 걸세. 자네는 북부 지방 파두아 특유의 고요함 속에서 어른이 되었어. 수 세대 동안 갈등이 전혀 없던 곳이지. 게다가 악티움 전투와 원로원 개혁이 다 끝난 다음에야 로마에 발을 디디지 않았던가. 기회가 있었다면 자네도 마르쿠스 브루투스의 편에서 우리와 맞서 싸웠겠지. 오래전 우리 친구 호라티우스가 필리피에서 그리하였듯이.

지금도 자네가 받아들이기 꺼려하는 문제라면 바로 이 점일 걸세. 구 공화국을 지탱하는 이상이 구 공화국의 실상과 하등 관계가 없으며, 허황된 언어로 가혹행위를 감추고, 전통과 질서의 명목으로 부패와 혼란의 실체를 보지 못하게 하며, 자유에의 호소가 심지어 착취와 억압, 허가된 살상의 현실에 호소하는 사람들의 정신까지 닫아버렸으니 왜 아니겠는가. 해야 할 일은 당연히 해야 한다고 배웠네. 그러니 악이 어떤 모습으로 세상을 기만하든 흔들리지 않아야겠지.

요컨대, 옥타비우스는 원로원의 요구를 거부했네. 자신이 징집한 군단을 해산하지도 않고 히르티우스와 판사의 군대를 데키무스한테 넘기지도 않았어. 로마의 사신들이 데키무스와 접촉도 하지 못하게 막았지. 그렇게 여름이 되었네. 결국 원로원이 두려움에 떨기 시작하더군.

데키무스도 겁이 많아 멀뚱멀뚱 구경만 했지. 그쪽 병사들도 덜떨어진 사령관한테 실망하고는 수천 명이 우리 쪽으로 넘어왔다네.

키케로도 우리 도발에 당황했던 모양이야. 결국 원로원을 부추겨 마르쿠스 브루투스한테 명령을 내렸네. 이탈리아의 군대를 이끌고 마케도니아로 돌아오라고.

우리는 기다렸어. 이윽고 안토니우스가 갈리아에 입성해 레피두스 병력과 합류했다는 소식이 들리더군.

우리에게는 여덟 개 군단이 있었네. 군단을 지지해줄 기병도 충분하고 경무장의 예비군들도 수천이나 되었지. 옥타비우스는 세 개 군단과 예비군을 무티나의 살비디에누스 휘하에 두고 어머니 아티아와 누이 옥타비아에게 사신을 보내 베스타 신전에 몸을 숨기라 일렀네. 그곳이라면 보복에서 안전할 수 있으니까. 그리고 우리는 로마로 진격했어.

자네도 이해하겠지만 필요한 행동이었다네. 행여 권력을 포기하고 은둔하고 싶어 했다 해도 옥타비우스는 목숨을 걸고라도 그렇게 했을걸세. 비록 늦기는 했지만 원로원이 이제 막 암살의 후속조치를 시행하려 했기 때문이라네. 카이사르 가의 멸문. 안토니우스는 결국 집정관 군단들에게 괴멸당할 거야. 이미 브루투스와 카시우스의 대군이 합류해 막강한 세력이 되었는데 원로원의 요청으로 동로마, 아드리아 해 너머에 주둔해 있었다네. 이탈리아를 치기 위해 대기 중이었지. 옥타비우스도 당할 수밖에 없었네. 원로원의 포교도 포교지만, 그보다 암살 가능성이 더 컸지. 결국 안토니우스와 마찬가지 신세가 된 격이라네. 생존. 생존은 동맹에 달려 있고 동맹은 우리 힘이 얼마나 강하냐에 따라 결정된다네.

우리는 군단을 이끌고 로마로 진격했네. 전쟁이라도 치를 듯, 완전 무장 상태였지. 물론 우리가 간다는 소식도 바람처럼 먼저 달려갔다네. 옥타비우스는 도시 외곽, 에스퀼리노 언덕에 진을 쳤어. 사람들과 원로들이 눈을 들어 동쪽만 보아도 우리 위세를 알 수 있도록 하기 위한 조처였네.

상황은 이틀 만에 끝이 났네. 로마의 피는 한 방울도 흘리지 않고.

우리 병사들은 무터나 전투 이전에 약속한 보상을 받았네. 율리우스 카이사르가 옥타비우스를 입양한 것도 합법화되고 공석으로 남은 히르티우스의 집정관 직도 물려받았지. 그리고 열한 개 군단을 우리 휘하에 둘 수 있었다네.

8월 11일(아, 당시 자네들은 섹스틸리스, 즉 여섯 번째 달이라고 불렀겠군그래.) 옥타비우스는 로마에 들어가 집정관 계승을 위해 제례에 참석했네.

그리고 한 달 후 스무 해 생일을 맞았지.

IX. 서한(서기전 43, 8월)
발신: 마르쿠스 툴리우스 키케로
수신: 옥타비우스 카이사르

타당한 말씀이오, 친애하는 카이사르. 국가를 위한 내 노고는 평안과 휴식으로 보상받아 마땅하오. 이제 곧 로마를 떠나 투스쿨룸으로 물러나 여생을 연구에 매진하리다. 사실 이 나라 다음으로 학문을 사랑한다오. 과거에 귀하를 오해했다면 모두 애국심 때문이었다고 이해해주시오. 애국심은 종종 인간적이고 자연적인 경향을 외면하고 우리 모두에게 가혹한 선택을 강요하는구려.

어쨌든 이 몸이 필리푸스로 물러날 수 있도록 허락해주시니 감사할 따름이오. 과거를 용서하고 미래에 관용을 베푸신다는 뜻이니 왜 아니겠소이까.

X. 서한(서기전 43, 9월)

발신: 마르쿠스 안토니우스,

아비뇽 인근, 마르쿠스 아이밀리우스 레피두스의 진영

수신: 옥타비우스 카이사르

옥타비우스, 내 친구이자 부관 데키우스의 전언을 받았소. (우선, 그를 무티나에서 풀어주어 돌려보내주신 점 감사드리오.) 내 병사 포로들을 존중해주고 친절하게 대해주었다니, 그 점 또한 감사드리리다. 물론 나한테 사적인 감정이 없고 병력을 데키우스한테 반환하지 않기로 했다는 등등의 얘기도 들었소.

도움이 된다고 여긴다면 우리가 대화하지 못할 이유는 없을 듯하오. 당연히 원로원의 저 말종들보다는 내 명분에 공감할 것이오. 그런데, 저들이 우리 친구 레피두스를 공공의 적으로 만들었다는 말이 사실이오? 몇 개월 전만 해도 광장에 조각상까지 세워 칭송해놓고? 그저 아연하기만 하외다.

데키무스가 죽었다는 소식은 들었으리라 믿소. 한심한 사건이었다오. 갈리아 야만인들 몇이 기습을 했다더군. 후일 직접 그와 담판을 하고 싶었건만.

다음 달에 보노니아에서 만납시다. 그곳에서 할 일이 있는데 주로 데키무스의 잔류병 관련 용무요. 내게 합류하기로 결정을 했다고 들었다오. 아, 단 만날 때 등 뒤에 병사들을 포진하지 않았으면 하오. 안전을 위해 몇 개 대대 정도면 족할 듯싶소. 대규모 병력은 아무래도 통제하기도 어려울 테니, 레피두스도 이 점을 고려해 귀하를 만나라 이르겠소. 아무튼 자세한 사항은 담당자들이 상의하도록 합시다.

XI. 원로원 회의록(서기전 43, 9월)
퀸투스 페디우스와 옥타비우스 카이사르의 집정관 취임

마르쿠스 아이밀리우스 레피두스 및 마르쿠스 안토니우스의 추방 선고는 폐기하고, 두 사람과 장교들에게 조정과 사과를 종용하는 서한을 보냄. 원로원 통과.

원로원 재판. 율리우스 카이사르의 암살 관련 살인자들과 공모자들. 공소, 루키우스 코르니피키우스 및 마르쿠스 아그리파.

궐석 살인자 마르쿠스 유니우스 브루투스는 로마의 관용을 금하고 국외 추방한다.

궐석 살인자 가이우스 카시우스 롱기누스는 로마의 관용을 금하고 국외 추방한다.

호민관 P. 세르빌리우스 롱기누스는 유죄 판결을 두려워해 원로원에 출석하지 않았으므로, 로마의 관용을 금하고 유죄를 선고한다.

궐석 공모자이자 약탈자 섹스투스 폼페이우스는 로마의 관용을 금하고 국외 추방한다.

공모자 및 살인자 모두에 대해 원로원 배심은 유죄를 확정하고 형을 집행한다.

XII. 서한(서기전 12)
발신: 가이우스 킬니우스 마에케나스
수신: 티투스 리비우스

친애하는 리비우스, 자네 질문 덕분에 내 영혼의 기억들을 애써 끌어

내기는 하네만, 문득 가장 슬픈 얘기가 떠오르고 말았네. 며칠씩 편지가 늦어진 이유도 예전의 고통과 다시금 맞닥뜨려야 함을 알기 때문이었다네.

　볼로냐에서 안토니우스를 만나기로 하고 다섯 개 군단을 끌고 로마를 떠났네. 안토니우스와 레피두스도 비슷한 병력을 준비하기로 합의했다네. 회담 장소는 라비니우스의 작은 섬이었지. 강이 넓어지면서 바다로 흘러드는 곳인데 좁은 다리 두 개가 양쪽 제방과 섬을 이어주더군. 병력은 강에서 어느 정도 떨어진 위치에 멈췄지만 완전히 평지라 서로를 한눈에 지켜볼 수 있었네. 다리 양쪽으로 백 명 정도의 경비병들이 지키기로 했네. 그리고 우리 셋, 나, 아그리파, 옥타비우스가 천천히 나아갔지. 맞은편 제방에서는 레피두스와 안토니우스가 각각 수행원 둘을 데리고 우리와 같은 속도로 접근했고.

　지금 기억으로는 비도 내렸어. 궂은 날이었지. 다리에서 몇 미터 거리에 오두막이 한 채 있었지. 돌을 쌓아 만든 집으로 우리는 그곳에 걸어가 문에서 안토니우스와 레피두스를 만났네. 안으로 들어가기 전에 레피두스가 무기 수색을 했는데, 옥타비우스가 웃으며 이렇게 말하더군.

　"서로 해할 이유가 없습니다. 이곳에 온 이유는 암살자들을 처단하기 위해서지 흉내 내자는 건 아니니까요."

　우리는 허리를 굽히고 낮은 문으로 들어갔네. 옥타비우스는 방 한가운데 조잡한 탁자에 앉았어. 당연한 얘기겠지만 회담 내용은 이미 대체로 합의가 된 상태였네. 옥타비우스, 안토니우스, 레피두스는 율리우스 카이사르, 그나이우스 폼페이우스, 크라수스의 합의를 바탕으로 삼두정치 체제를 수립하기로 했지. 이들 삼두 권력은 오 년간 유지하는데 그렇게 된다면 로마를 완전히 통치하는 셈이야. 도시 행정관을 임명하고 속령 군대를 통솔할 수도 있으니까. 서로마의 속령들은(카시우스와 브루투스가 동로마 속령을 차지하고 있네.) 삼두가 각각 나눠 갖기로 했다네. 우리는 이미 남북 아프리카, 시칠리아의 섬들, 사르디니아, 코르시카 등을 확보한 상태였지만, 현재 가장 가치가 떨어지는 지역인 데다 섹스투스 폼페이우스가 시칠리아를 불법 장악하고 지중해 지역 대부분을 통치하고 있기에 소유 자체가 매우 불확실했다네. 하지만 우리가 회담에서 얻고자 한 바는 땅이 아니었어. 레피두스는 자신이 일찍이 요구한 지역을 얻었네. 나르보넨시스와 두 개의 스페인. 안토니우스도 남북 갈리아를 모두 차지했는데 그때까지는 그나마 제일 부유하고 중요한 지역들이었어. 다만 그 이면에 우리가 세력을 규합해 동로마의 브루투스와 카시우스를 정복하고, 율리우스 카이사르의 살인자들을 벌하고 이탈리아의 평화를 회복해야 한다는 전제가 있었다네.

레피두스가 안토니우스의 수족이라는 사실은 금세 알 수 있었어. 오만하고 허풍도 심한 자였지. 그나마 말을 하지 않을 때면 풍채만으로도 위압적이긴 했네. 그런 유형 알지? 한눈에도 원로처럼 생긴 자. 안토니우스는 그가 떠벌이게 두었지만 마침내 짜증을 내더군.

"세부사항은 나중에 상의하지. 지금은 더 급한 일이 있으니까." 그가 그렇게 말하며 옥타비우스를 보았네. "우리한테 적이 있다는 사실은 알겠소?"

"예." 옥타비우스가 대답했어.

"당신이 자리를 뜰 때 원로 전부가 절을 하고 손바닥을 비빈다 해도 지금은 어떻게든 음모를 꾸미고 있을 거요."

"예, 압니다." 옥타비우스는 짧게 답하고 안토니우스가 계속 말하기를 기다렸네.

"원로원뿐 아니라 로마 전체가 그렇소. 알다시피 본인은 양부 율리우스를 지금도 기리고 있다오." 그러다가 고개를 젓더니 이렇게 덧붙이더군. "하지만 아무도 믿지 못하겠지?"

"예." 옥타비우스가 대답하고 가볍게 미소를 지었어.

"본인은 늘 그자들을 생각하오…. 돈 많고 우유부단한 뚱보 돼지들. 그러고도 여전히 돈만 밝히는 놈들." 그가 주먹으로 책상을 치자 서류 몇 장이 흙바닥으로 떨어졌어. "반면에 우리 병사들은 늘 굶주리고 있소. 앞으로도 점점 더 배를 곯을 테고. 고픈 배로는 절대 싸울 수 없소. 물론 전쟁이 끝난 후에 기댈 언덕까지 만들어주어야 힘이 날 거요."

옥타비우스가 그를 보았네.

"지금도 율리우스를 그리워하오. 다만 그때 놈들을 좀 더 가혹하게 다루셨던들…." 그가 다시 고개를 저었다네.

다시 긴 침묵.

"얼마나 됩니까?" 옥타비우스가 조용히 물었네.

안토니우스가 씩 웃으며 다시 자리에 앉고는 아무렇지도 않은 듯 대답했네.

"나한테 서른에서 마흔 정도 이름이 있소. 레피두스도 몇 될 게요."

"레피두스와 이 문제를 상의하셨습니까?"

"레피두스도 동의했소이다." 안토니우스가 그렇게 대답했네.

레피두스가 목을 가다듬더니 두 손을 책상 위에 놓고 상체를 뒤로 젖히더군.

"유감스럽게도 이 길밖에 없다는 쪽이 내 결론이야. 이보게, 청년, 내 장담하지만…."

"청년이라뇨. 난 율리우스 카이사르의 아들이고 로마의 집정관입니다. 다시는 그렇게 부르지 마십시오." 옥타비우스는 목소리 하나 높이지 않았어. 얼굴만큼이나 전혀 표정이 없었다네.

레피두스는 말하다 말고 안토니우스를 보았고, 안토니우스는 웃었네. 레피두스는 두 손을 어찌해야 할지 몰랐지.

"내 장담컨대… 다짐하네만… 아니, 절대 기분 나쁘게… 기분…."

옥타비우스는 그대로 돌아서서 안토니우스를 상대했네.

"추방입니까? 술라의 경우처럼?"

안토니우스가 어깻짓을 했네.

"무엇이라 부르든 무슨 대수겠소. 어쨌든 필요한 일이오. 당신도 알다시피."

"압니다. 하지만 마음에 들지는 않는군요." 옥타비우스가 천천히 대답했네.

"익숙해질 거요. 조만간." 안토니우스가 가볍게 말했다.

옥타비우스는 가볍게 고개를 끄덕이고 외투로 몸을 감싼 뒤 자리에서 일어나 창가로 향했네. 비가 오고 있었지. 난 그의 얼굴을 볼 수 있었어. 빗방울이 창틀을 때리고 그의 얼굴에 튀었지만 옥타비우스는 그래도 꼼짝도 하지 않았네. 얼굴은 완전히 돌처럼 굳어 있었지. 그렇게 한참 동안 미동도 않더니 다시 안토니우스를 돌아보며 이렇게 말하더군.

"아까 말씀하신 명단을 주시죠."

"지지할 줄 알았소. 맘에 들지 않아도 어쩔 수 없는 일이오." 안토니우스가 천천히 말했네.

"지지하겠습니다. 명단을 주시죠." 옥타비우스가 다시 요구했지.

안토니우스가 손가락을 튕기자 부관 하나가 서류를 건넸네. 안토니우스가 잠깐 훑어보고는 옥타비우스를 올려다보며 고개를 끄덕였어.

"키케로." 안토니우스가 조용히 되뇌었네.

옥타비우스는 고개를 끄덕이며 천천히 이렇게 말하더군.

"그 양반 덕분에 상황이 꼬인 것도 알고 원로님을 모욕했다는 사실도 압니다. 그래도 은퇴하기로 제게 약조하셨습니다."

"키케로의 약속이라." 안토니우스가 그렇게 말하고는 바닥에 침을 뱉었네.

"노인입니다. 얼마 살지도 못할 겁니다." 옥타비우스가 주장했네.

"일 년 더… 육 개월… 한 달도 길어. 권력이 너무 강하오. 패배할 때조차 막강했으니까."

"나도 그분 때문에 고생 좀 했죠. 그래도 좋아합니다." 옥타비우스가 혼잣말처럼 중얼거렸어.

"이건 시간낭비요. 언제든… 다시 논의는 하겠지만 그래도 키케로는 협상의 대상이 될 수 없소." 안토니우스가 두루마리를 툭툭 건드리며 선언했네. 그 말에 옥타비우스도 슬며시 미소를 짓더군. 적어도 내가 보기엔 그랬어.

"예, 키케로는 협상의 대상이 아닙니다."

옥타비우스는 더 이상 협상에 의욕을 잃은 듯 보였어. 안토니우스와 레피두스가 다른 이름들을 읊으며 이따금 동의 여부를 물었지만 그저 대수롭지 않게 고개를 끄덕이기만 했지. 한 번은 안토니우스가 목록에 더 올릴 이름이 없는지 물었는데 그의 대답은 이랬네.

"난 아직 젊습니다. 아직 적이 많을 나이는 못 되죠."

그날 늦게 목록이 완성되었네. 바람이 불 때마다 등불이 깜박였어. 최고 부자와 최고 권력자 원로 열일곱을 즉각 사형에 처하고 재산을 몰수하기로 했지. 그 밖에는 일백삼십 명을 추방하고 이름을 공표해 로마 시민들이 누구나 분수를 알게 해주기로 했네.

"어차피 해야 할 일이라면 머뭇거릴 필요 없잖아." 옥타비우스의 술회는 그랬다네.

그리고 우리도 잠자리에 들었네. 일반 병사들과 마찬가지로 담요를 두르고 오두막 흙바닥에 누웠다네. 세부사항까지 모두 확정할 때까지는 병사들에게 아무 얘기도 하지 않기로 했지.

친애하는 리비우스, 자네도 짐작하겠지만 추방 얘기라면 지금껏 말도 많고 탈도 많았어. 잘했다는 평도 있고 저주를 받기도 했지. 사실 사건을 처리하는 과정에서 상황이 걷잡을 수 없이 돌아간 측면도 있기는 했네. 안토니우스와 레피두스는 계속 이름을 추가하고, 병사들 일부가 혼란을 틈타 은원을 해결하고 돈을 챙기기도 했지만 그 정도야 예상 가능한 일이었지. 사랑이든, 전쟁이든, 열정은 늘 지나친 법이니까.

하지만 태평성대에 찬사나 비난의 문제를 제기할 때마다 늘 당혹스럽기만 하다네. 어느 쪽이든 다 부적절하다는 생각이 들기 때문이지. 판단하는 사람들도 옳고 그름을 걱정해서가 아니라, 단지 필요하다는 이유로 마구잡이로 밀어붙이는 데 찬성하거나 저항하기 위해서였다네. 그렇지만 필요란 이미 일어난 일을 뜻하네. 과거에 불과하다는 얘기지.

우리는 늦게 잠이 들었다가 동이 트기 전에 일어났네. 자, 친구여, 이 편지 머리말에 언급했듯이, 이제 슬픔에 대해 써야겠네. 어쩌면 이렇게 질질 끄는 이유도 슬픔에 이르기가 그만큼 고통스럽기 때문일 터이니 부디 이해해주리라 믿네.

추방과 몰수 대상을 정리한 후, 이제 삼두가 향후 오 년간 로마 정사를 어떻게 담당할지의 문제가 남아 있었어. 이미 합의된 사항이라면, 옥타비우스가 최근에 원로원으로부터 집정관 직위를 물려받았지만 두 사람을 위해 내놓기로 했다네. 삼두는 이미 집정관의 권력을 포함하는 데다, 대리인을 내세워 원로 행정을 수행토록 하는 쪽이 더 현명하다고 판단했기 때문이지. 그렇게 해야 원로원 기반의 권력을 확대하고 삼두가 자유롭게 군사에 몰두할 수 있다네. 이틀째는 향후 오 년간 도시를 관할할 집정관 열 명을 선택하고, 삼두가 어떻게 군단을 분할할지 다루기로 했지.

우리는 형편없는 빵과 대추야자 열매로 아침 식사를 했네. 안토니우스는 식사가 형편없다고 투덜대더군. 비는 여전히 내리고 있었고. 정오쯤 군대를 분할하고 그 과정에서 옥타비우스는 기존에 통솔하던 열한 개 군단 외에 군단 셋을 더 얻었네. 오후에는 집정관 선택에 집중하기로 했지.

알겠지만 중요한 협상이었다네. 말은 안 했지만 우리가 어떻게 합의하든 간에 마르쿠스 안토니우스와 옥타비우스 카이사르의 목표는 확연히 달랐기에 문제는 여전히 남을 수밖에 없었어. 집정관들은 사적으로나 공적으로 로마에서 삼두의 이해관계를 대변할 사람들이야. 믿을 수 있는 사람들을 뽑아야겠지만 물론 상대방이 인정해야 했겠지. 짐작하겠지만 상당히 미묘한 문제였다네. 결국 오후 늦게나 되어서야 사 년째까지 진척이 있기는 했어.

그리고 옥타비우스가 살비디에누스 루푸스의 이름을 꺼냈네.

다들 그렇겠지만 신기하게도 통찰력이 발휘될 때가 있을 걸세. 그러니까 논리와 인과관계를 넘어, 말 한 마디, 아니면 눈 한 번 끔벅하는 순간에 뭔가 예감이 오는 거야. 글쎄, 그게 뭔지는 모르겠지만 말일세. 내가 종교인은 아니네만 이따금 신들이 우리에게 말을 건다고 믿고 싶을 때가 있네. 다만 경계를 완전히 풀어야 그 말씀을 들을 수 있겠지.

"살비디에누스 루푸스." 옥타비우스가 말했을 때 문득 내 속에서 욕지기가 치밀었어. 마치 저 절벽 위에서 떨어지기라도 하는 기분이었지.

한순간 안토니우스는 꿈쩍도 하지 않더군. 그러다가 하품을 하더니 졸린 목소리로 되묻는 거야.

"살비디에누스 루푸스라…. 분명하오? 그 친구를 선택한 게?"

"예, 그렇습니다. 반대는 불허하겠습니다. 내가 이곳으로 온 덕분에 지금 그 친구가 대신 군단을 통솔하고 있죠. 그렇지 않았다면 여기 아그리파와 마에케나스와 함께 이 자리에 있었을 겁니다. 기억하시죠? 무티나에서 원로님을 상대로 얼마나 잘 싸웠는지?" 옥타비우스는 아무렇지도 않게 뒷말을 덧붙였네.

안토니우스가 씩 웃었지.

"물론 기억하오. 사 년…. 그동안 그 친구가 조급해졌다는 생각은 해본 적 없소?"

"카시우스와 브루투스를 상대하기 위해서라도 그가 필요합니다. 섹스투스 폼페이우스도 있고. 우리가 그 싸움에서 살아남는다면 그도 당연히 집정관 자격이 생기겠죠." 옥타비우스도 지지 않았다네.

안토니우스는 이상하다는 듯 한참 동안 옥타비우스를 보다가 마침내 고개를 끄덕이더군. 뭔가를 결심하기라도 한 사람 같았어.

"좋소, 그 친구를 선택하지. 다만 집정관이냐 아니면 추방이냐는 당신이 선택하도록."

"농담이신가요?" 옥타비우스가 되물었어.

"농담 아니오." 안토니우스가 손가락을 퉁기자 수행원 하나가 서류 한 장을 건넸네. 안토니우스는 대수롭지 않다는 듯, 옥타비우스 앞에 두루마리를 내려놓았어.

"그 친구를 내주리다."

옥타비우스가 두루마리를 펼쳐 읽는데 얼굴 표정이 전혀 변하지 않았어. 그렇게 한참을 읽더니 내게 서류를 건네더군.

"살비디에누스의 필체가 맞아?" 그가 조용히 물었어.

나도 글을 읽고 얼떨결에 대답을 했다네.

"살비디에누스의 필체입니다."

그가 내 손에서 편지를 받고 한참 동안 멍하니 정면을 응시하더군. 그의 얼굴을 지켜보는데, 빗물이 초가지붕을 때리는 소리가 유독 답답하게 느껴지더군.

"대단한 선물은 아니오. 합의한 이상 그 아이는 더 이상 필요 없으니까. 우리가 함께하는데 나라면 그를 믿지 않으리다. 이런 식의 비밀은 우리 중 누구에게도 도움이 되지 않소. 이 편지는 내가 아비뇽에서 레피두스와 합류한 직후에 받았지. 솔직히 혹하기도 했지만 이 모임의 결론을 볼 때까지는 기다리기로 했다오." 그가 편지를 가리키며 설명을 이어갔어.

옥타비우스가 고개를 끄덕였네.

"그래, 그래도 이 목록에 그 아이 이름을 넣겠소?"

"아뇨." 옥타비우스가 고개를 젓고 나지막이 대답했네.

"이런 일에도 익숙해져야 할 게요. 이제 그 아이는 우리한테 위험인물이오. 아니면 나중에라도. 그럼 이름을 목록에 올리리다."

옥타비우스가 대답했을 때 목소리가 크지 않았는데도 온 방을 가득 채웠다네. 안토니우스를 돌아보았을 때는 마치 푸른 빛의 불을 보는 기분이었어.

"아뇨. 추방하지 않습니다." 그가 그렇게 말하고 안토니우스한테서 시선을 돌리더군. 눈빛은 흐려지고 목소리도 작아졌어. "그 문제는 더 이상 거론하지 않겠습니다." 그가 잠시 입을 다물더니 나를 보더군. "살비디에누스한테 편지를 보내서 이렇게 말해. 더 이상 내 군대의 장군이 아니며, 더 이상 나를 보좌하지도 않을 것이다. (잠시 침묵) …그리고 더 이상 내 친구도 아니다."

나는 그 편지를 다시는 보지 않았네. 그럴 필요도 없었지. 그 글은 내 머릿속에 박혀 지금도 그대로 있으니까. 이십오 년이 지났건만 오랜 상처가 되어 더욱더 나를 괴롭히는군그래. 그 편지를 있는 그대로 자네한테 보여주겠네.

"퀸투스 살비디에누스 루푸스가 마르쿠스 안토니우스께 인사 올립니다. 소인은 로마 세 개 군단을 통솔하오나 데키무스 브루투스 알비누스가 군대를 조직해 귀하와 귀하의 군대를 쫓을 때까지 대기하라는 지시를 받았습니다. 옥타비우스 카이사르는 원로원에 배신당한 데 앙심을 품고 로마에 돌아갑니다. 전 그의 결심에 절망하고 우리 미래에 절망합니다. 그리하여 오로지 원로님의 목적과 의지만이 율리우스 카이사르의 살인자들을 처단하고, 로마에서 귀족 독재를 제거할 수 있다고 믿습니다. 따라서 제게 원로님과 동등한 지휘권을 주시고, 또 옥타비우스 카이사르와 함께 추구하였으나 야심과 타협에 꺾이고 만 명분을 쫓는 데 동의하신다면, 제 군단을 모두 원로님께 맡기고자 합니다. 언제든 아비뇽으로 달려가 원로님을 뵈올 준비는 되어 있습니다."

그래, 슬프지만, 옛 친구한테 편지를 보냈네. 사신으로는 데키무스 카르풀레누스를 불렀는데, 바로 무티나에서 살비디에누스와 함께 군을 통솔했던 장본인일세. 후에 결과를 알려준 것도 카르풀레누스 바로 본인이었지.

살비디에누스는 막사에서 혼자 기다리고 있었다는군. 카르풀레누스가 어떤 임무로 오는지 소문을 들어 알고 있었어. 카르풀레누스 말로는, 안색이 창백했지만 침착해 보였다더군. 의식에 따라 면도를 한 뒤 수염을 작은 은상자에 넣고 뚜껑을 연 채로 테이블 위에 놓아두었지.

"어린 시절은 떼어놓았으니 이제 전갈을 받을 수 있습니다." 살비디에누스가 상자를 가리키며 말했네.

카르풀레누스도 마음이 벅차 말을 못하고 그냥 편지를 넘겼어. 살비디에누스가 선 채로 편지를 읽고 의자에 앉으면서도 카르풀레누스한테서는 시선을 떼지 않았다네.

"변론을 하고 싶소?" 카르풀레누스가 마침내 그렇게 물었지.

"아뇨." 살비디에누스는 그렇게 대답했지만 곧 마음을 바꿨어. "예, 하겠습니다." 그는 느리지만 망설임 하나 없이 토가 주름에서 단검을 꺼내 카르풀레누스가 보는 앞에서 온 힘을 다해 가슴을 찔렀어. 카르풀레누스가 황급히 달려갔지만 살비디에누스가 왼손을 들어 그를 막았지. 그리고는 숨을 조금 몰아쉬며 나지막이 이렇게 말했네. "옥타비우스한테 전해요. 살아서 친구로 남을 수 없다면 죽어서라도 그렇게 하겠다고."

그는 눈빛이 죽을 때까지 의자에 앉아 있다가 마침내 먼지 바닥 위로 고꾸라졌어.

XIII. 서한 (서기전 43, 11월)

발신: 익명

수신: 마르쿠스 툴리우스 키케로, 로마

은퇴 후 귀하의 평온과 안식을 바라는 사람입니다. 이 나라를 사랑하시는 줄 아오나 당장 떠나옵소서. 누군가 목숨을 노리고 있사옵니다. 이탈리아에 있는 한은 벗어나지 못합니다. 냉혹한 필요 탓에 그가 인간적이고 당연한 본분을 잠시 접은 결과이옵니다. 당장 실행에 옮기소서.

XIV. 『로마사』, 티투스 리비우스 저: 발췌(서기 13)

삼두가 입성하기 직전, 마르쿠스 키케로는 도시를 떠났다. 카시우스와 브루투스도 옥타비우스 카이사르를 피하지 못했는데, 그리고 안토니우스를 당할 수 없다고 생각했겠는데 정확한 판단이었다. 처음에는 투스쿨룸의 빌라로 피신했다가 다시 횡단도로를 따라 포르미아의 빌라로 옮겼다. 가에타에서 배를 탈 생각이었다. 실제로 여러 차례 바다로 나갔으나 역풍 때문에 돌아온 것으로 보인다. 극심한 파도와 요동치는 배를 견딜 수 없기도 했다. 결국 도피생활에 질려 고지의 빌라로 돌아왔는데 바다에서는 불과 이 킬로미터 남짓이었다.

"내 나라에서 죽고 싶다. 내가 몸소 위기에서 구해낸 조국이 아니더냐." 그는 그렇게 말했다.

소문에 의하면, 노예들이 용맹하고 충성스럽게 싸우려 했으나, 그는 오히려 가마를 내려놓고 겸허히 운명의 선택을 받아들이라 지시를 내렸다. 그는 가마에 앉은 채 상체를 숙여 목을 내놓았으며 그때 목이 떨어져 나갔다. 야만적인 병사들은 그에 만족하지 못하고 두 손을 마저 끊었는데, 그 손으로 글을 써서 안토니우스를 비난했다는 이유였다. 그의 머리는 안토니우스에게 실려 갔으며, 안토니우스는 연단 위에 끊긴 두 손을 올려놓고 그 사이에 머리를 놓으라 일렀다. 키케로가 생전에 집정관으로서 얘기를 경청하였으며 바로 그해 유창한 독설로 안토니우스를 욕하면서 박수갈채를 받았던 곳이다.
 사람들은 눈물이 나서 감히 고개를 들지 못했다. 우상의 처참한 주검을 올려다볼 수도 없었다.

넷

I. 서한(서기전 43)
발신: 아마시아의 스트라보
수신: 다마스쿠스의 니콜라우스, 로마

친애하는 니콜라우스, 우리의 옛 친구이자 스승이신 티라니온이 하셨듯, 자네한테 안부 전하네. 이곳은 로마라네. 지난주에 도착했지. 알렉산드리아에서 코린토스를 경유하는 길고도 힘겨운 여행 끝이었어. 돛배를 타기도 하고 직접 노를 젓기도 했으며, 마차, 수레, 말 등 시도하지 않은 교통수단이 없다네. 심지어 이 무거운 책들을 이고 진 채 낑낑거리며 걷기도 했으니 오죽했겠나. 지도만 보아서는 세상이 얼마나 넓고 다채로운지 제대로 이해하지 못해. 여행은 새로운 차원의 교육이나 굳이 스승이 필요하지도 않다네. 실제로 여행을 많이 한다면 학생이 스승이 될지도 모르겠군. 티라니온 선생님께서도 다방면으로 박식하시네만, 내가 여행 중에 목격한 바에 대해선 그분도 질문을 삼가시지 않던가.

지금은 스승님과 머물고 있네. 언덕 위에 오두막이 몇 채 선 곳으로 저 아래로 도시가 내려다보이네. 내가 보기엔 정착촌 같은데 이곳에도 유명한 선생들이 살고 있더군. (로마에서는 그분들을 철학자라고 부르지 않다네. 워낙에 철학이 의심스러운 곳이기 때문이겠지?) 그 밖에는 나 같은 젊은 학자들을 초빙해 그들의 옛 스승들과 살며 공부를 하게 한다네.

티라니온 스승님이 나를 이곳에 데려왔을 때 솔직히 의외였네. 도시에서도 먼 곳이지만 그보다는 스승님께서 일러주신 이유 탓에 훨씬 충격이 컸어. 로마의 공공도서관은 완전히 엉망진창이야. 장서도 터무니없이 적고 필사는 대개 엉망진창이라네. 게다가 저 끔찍한 라틴어가 우리 그리스어만큼이나 많더라니까! 다행히 스승님께서는 내가 필요하다면 어떤 책이든 구할 수 있다고 확언을 해주시네. 비록 개인 장서이긴 하네만, 스승님의 친구 분이 이곳에서 함께 기거하는데, 바로 타르수스의 아테노도루스시더군. 알렉산드리아에서 고명을 수도 없이 듣지 않았던가! 스승님 말씀에 따르면 그분이 도시 최고의 개인 장서에 자유롭게 드나드는데, 우리처럼 난감해하는 학자들에게 늘 열려 있는 곳이라네.

아테노도루스에 대해 몇 마디 해야겠어. 정말 대단한 분이시더군. 기껏 오십 대 중반인지라 티라니온 스승님보다 불과 몇 살 더 많으시건만 온갖 세대의 지혜를 주무르는 듯한 인상을 받았다네. 초연하고 냉정하지만 그렇다고 무정한 분은 아니셨어. 말도 거의 없고 우리와 달리 가벼운 토론에는 절대 개입하지 않으시더군. 화두를 잡지도 않으시는데도 도무지 따라가기가 어렵고, 유력한 친구들도 많으시다면서도 이름 하나 흘리지 않았다네. 워낙에 유명인이신지라 우리도 감히 그런 문제를 논할 수가 없었지. 그분이 자리에 계시지 않을 때조차 그랬네. 하지만 그 많은 권세와 지혜에도 불구하고 어딘가 슬퍼 보였는데 솔직히 이유는 찾지 못했네. 그래서 비록 두렵긴 하지만 어떻게든 뵙고 뭐든 알아내기로 마음을 굳혔지.

실제로 자네는 그분의 도움 덕분에 이 편지들을 받게 될 걸세. 그분이 매주 다마스쿠스로 떠나는 외교행낭을 사용하는 데 이 편지를 동봉할 수 있을지 알려주겠다고 하셨네.

친애하는 니콜라우스, 그렇게 난 세상의 모험을 시작하네. 약속한 대로 정기적으로 서한을 보내 새로운 소식이 있을 때마다 알려주겠네. 함께 오지 못해 아쉽군. 가족 문제 때문에 다마스쿠스에 묶여 있다 하니, 하루 속히 해결이 되어 이 기이한 신세계를 함께 구경하고 싶네.

나를 나쁜 친구에 형편없는 철학자라고 여기겠지? 전자는 천부당만부당한 소리겠지만 어쩌면 철학자로서는 점점 낙오하는지도 모르겠네. 우선 자네한테 매주 편지를 쓰기로 결심했네, 종이에 글을 써본 지도 벌써 한 달이 되어가는군.

아무튼 이곳은 신기하기 짝이 없는 도시라네. 아무리 강철 같은 정신이라도 다 삼켜버릴 것만 같으니. 서로 들뜬 마음으로 보낸 지가 벌써 며칠이건만 솔직히 조용한 알렉산드리아에서 함께 조용히 연구하던 시절엔 상상도 할 수 없는 일들뿐이로군. 내가 전하고자 하는 분위기를 이해할 수 있겠나? 다마스쿠스에서 그렇게 여유롭고 평화롭게 사는데?

나는 종종 의혹에 빠지고 만다네. (그저 기분이겠지?) 우리가 혹시 그리스 역사와 언어의 자긍심에 빠져 너무 느긋한 것은 아닐까? 너무 쉽게 서로마의 '야만성'을 무시하는 것은 아닐까? 정작 이들은 우리 주인으로 자처하는데? (이해하게나, 점점 더 철학자가 아니라 속세인이 되어가는 모양일세.) 우리 속령들도 물론 나름대로 특징과 문화가 있네만, 이곳 로마에는 생명력 같은 게 있다네. 그래, 일 년 전만 해도 전혀 아름답다고 여기지 않았겠지. 그때는 로마 이름만 알고 있었으니까. 이제 로마를 직접 보았네. 그리고 이 순간 솔직히 모르겠군. 동로마나 내 고향 폰투스로 돌아가야 할까 잠깐 고민도 해보네.

　한번 상상해보게. 어린 시절 우리가 알렉산드리아에서 공부를 하지 않았나? 로마는 넓이는 절반에 불과하지만 인구는 두 배가 넘는다네. 내가 지금 거주하는 로마는 바로 그런 곳이야. 듣기로는 거의 일백 만에 가까운 사람들이 산다 하네. 지금껏 내가 본 어느 곳과도 비교를 할 수 없군그래. 이곳에는 전 세계에서 사람들이 몰려든다네. 불타는 아프리카 사막 출신의 흑인들, 동토의 북쪽에서 건너온 금발을 비롯해, 온갖 나라의 온갖 피부색을 볼 수 있지. 게다가 그 다양한 언어들이라니! 그래도 조금씩은 라틴어나 그리스어를 하는 탓에 이방인 같은 이는 하나도 없다네.

　이 로마인들, 얼마나 함께 몰려다니는지! 도시 성벽 너머로 상상 이상으로 아름다운 교외가 펼쳐지건만 이곳 사람들은 어망에 걸린 물고기처럼 함께 엮여서는 좁고 구불거리는 도로들을 버둥거리며 아무 생각 없이 몰려다닌다네. 도시 전체가 다 그런 식이야. 대낮이면 어느 거리나 말 그대로 사람들로 미어터진다네. 소음과 악취도 상상 이상이야. 죽기 몇 개월 전, 위대한 율리우스 카이사르는 해 질 녘과 동틀 녘 사이 야심이 아니면 마차와 수레, 짐 실은 가축들이 도시에 들어오지 못하도록 포교령을 내렸는데, 그 포교가 있기 전에는 어떠했을지 상상조차 어렵다네. 가지각색의 말과 소와 짐마차들이 사람들과 함께 저 좁디좁은 거리를 가득 메우지 않았겠나?

　모르긴 몰라도 평범한 도시의 로마인이라면 이 로마에서 밤에 잠도 자지 못했을 듯싶으이. 이곳은 해가 저물어도 소음이 여전하다네. 몰이꾼들이 말과 소들을 다그치고, 거대한 나무수레들이 삐걱거리고 덜컹거리며 자갈길을 오가니 왜 아니겠는가.

어두워진 후엔 아무도 혼자 밖에 나오지 않는다네. 오로지 장사꾼들 아니면 경호원을 대동한 부자들뿐이지. 휘영청 달 밝은 밤에도 거리는 칠흑 같다네. 저 허름한 공동주택들은 또 어찌나 높게 지었는지 달빛 한 자락 어쩌다가 거리에 내려앉는 법이 없지 뭔가. 거리마다 절박한 거지들도 득시글거려서 언제든 강도로 돌변해 목을 끊고 옷과 돈을 빼앗아 간다네.

저 위태로운 마천루 주민들도 밤거리를 방황하는 사람들보다 별로 안전하지 못하다네. 끊임없이 화재 위험에 시달리기 때문이지. 밤이면 나는 안전한 언덕 오두막에서 저 멀리 어둠 속 꽃이 피듯 불길이 솟아오르는 광경을 보고 두려움과 고통의 비명소리를 듣는다네. 물론 소방대가 있기는 하지만 하나같이 부패한 데다 그 수도 너무 적어 전혀 도움이 되지 못한다네.

그런데 이 혼란스러운 도시 한가운데 마치 다른 세상이기라도 하듯 거대한 포룸이 하나 있네. 속령의 시에서 흔히 보던 광장이지만 규모가 훨씬 웅장하지. 거대한 대리석 열주들이 공관 건물들을 받치고 동상들도 십여 개나 되더군. 다른 곳에서 빌려온 로마 신들한테도 그만큼의 사원을 지어 예를 바치고 있지. 작은 건물들은 그보다 훨씬 많았는데 대개는 정부 청사들이라네. 광장은 꽤 많이 있지만 신기하게도 주변 거리의 소음과 악취와 연기들이 이곳까지 침투하지는 못하는 것 같더군. 이곳에서는 사람들이 맘 놓고 활개를 펴고 느긋하게 대화하거나 소문을 나누고, 또 원로원 주변의 다양한 연단에 붙여놓은 소식을 읽네. 나는 거의 매일 이곳 포룸에 오는데 그때마다 세상의 중심에 선 기분이지 뭔가.

로마 사람들이 철학을 무시하는 태도를 이해할 수 있네. 이들의 세계는 매우 직접적이라네. 원인과 결과, 소문과 사실, 혜택과 박탈이 한데 어우러져 있지. 지식과 진리의 추구에 평생을 바쳤네만, 솔직히 철학 경시 풍조를 야기한 원인에 대해서도 공감할 수 있네. 이들은 학문을, 목적을 위한 수단으로 여기고 진리는 효용으로만 평가하려 한다네. 심지어 신들조차 나라에 이바지해야 하지. 그 반대가 아니라.

오늘 아침 이 시를 발견했네. 도시로 들어오는 주요 성문마다 붙어 있더군. 번역은 하지 않겠네. 라틴어 그대로 이 편지에 옮겨보이.

멈추라, 여행자여, 이 농가에 들기 전,
그리고 자신을 돌아보라. 이곳에 한 가문의 이름으로
한 소년이 산다네. 그대는 목숨을 걸고
소년과 식사를 할지니, 오, 행여 질문을 해도 두려워 말라.
누구에게나 질문하는 아이이니. 지난달 소년의 아비가 세상을 떠나
이제 소년은 역겨운 와인으로 자유를 만끽하고 가축들은
망가진 울타리 넘어 사방으로 달아났다네. 단 하나,
새끼 돼지 한 마리, 소년은 돼지를 집 안으로 들였네.
딸이 있는가? 그럼 그 딸을 잘 돌보게. 소년은 한때
자네 딸만큼 예쁜 소녀들을 좋아했다네.
어쩌면 다시 변해 소녀를 좋아할지도.

우리 옛 스승님들 식으로 주해를 달아보겠네. "가문의 이름으로 사는 소년"은 물론 가이우스 옥타비우스 카이사르, 소년에게 이름을 준 "아버지"는 율리우스 카이사르라네. "새끼 돼지"는 클로디아겠지? "어미 돼

지"가 마르쿠스 안토니우스의 아내, 풀비아일 테니. (정적들이 그녀에게 그런 별명을 붙여주었다네.) 옥타비우스는 안토니우스와 싸우기도 하고 화해도 하는 사이야. 마지막 행에 언급한 "소녀"는 세르빌리아라네. 전직 집정관의 딸인데 옥타비우스와 약혼자 사이라네. 듣기로는 그의 군대와 안토니우스의 군대가 압력을 넣는 바람에, 결국 안토니우스의 수양딸과 약혼을 받아들였다더군. 물론 계약 관계일 뿐이야. 내가 알기로도 세르빌리아는 기껏 열세 살이니 왜 아니겠나. 그래도 덕분에 병사들이야 크게 안도했겠지. 옥타비우스와 안토니우스가 사이좋게 지내기를 바랐을 테니까. 시 자체야 그 지방의 암시를 담고 있겠지만 거기까지는 나도 모르겠네. 다만, 누군가 원로 한 명이 옥타비우스와 안토니우스의 화해를 방해하기 위해 그런 시를 붙였을 걸세. 천박한 짓이지만…. 그래도 뭔가 그럴듯하지 않나?

놀랍더군. 누군가 옥타비우스 카이사르의 이름을 입에 올리네. 옥타비우스는 로마 안에 있어. 아니, 로마 밖에 있어. 옥타비우스는 나라의 구세주야. 이제 곧 나라를 망칠 거야. 율리우스 카이사르의 살인자들을 벌할 거야. 아니, 오히려 상을 줄 거야. 진실은 모르겠지만 이 신비의 청년은 로마의 상상력을 사로잡았다네. 물론, 나도 예외는 아니야.

아테노도루스가 로마 안팎에서 오래 살았기에 어제 저녁 식사를 마친 후 기회를 노려 몇 가지 질문을 해보았네. (요즘 내게 잘 대해주신 덕에 이제는 한 번에 대여섯 단어 정도는 의사소통이 가능하다네.)

난 그가 어떤 사람인지 물었지. 스스로 옥타비우스 카이사르라 부르는 남자. 그리고 조금 전의 시도 보여주었네.

아테노도루스는 매부리코를 거의 종이에 닿을 듯 집중해서 시를 읽더군. 여윈 볼은 푹 꺼지고 입술은 삐죽 내밀고 말이야. 이윽고 시를 돌려주었네. 평소 그에게 봐달라고 글을 보여주곤 하지만 그 종이를 돌려줄 때와 비슷한 동작이었다네.

"운율은 불안하고 주제는 하찮아." 그가 그렇게 내뱉더군.

아테노도루스와 대화할 때는 인내가 필요하지. 잠시 후 난 다시 옥타비우스라는 인물에 대해 물었어.

"다른 사람과 다를 바 없어…. 나중에 뭐든 되겠지. 그야 저 아이의 성격과 운명의 장난이 결정할 일이니."

그가 어렸을 때 보거나 얘기한 적이 있는지도 물었네. 아테노도루스가 인상을 찡그리며 신음을 흘리더군.

"그 아이 선생이었다. 양부가 죽었을 때도 아폴로니아에서 함께 있었다만 결국 자기 길을 선택하더구나. 그래서 여기까지 온 거야."

난 잠시 아테노도루스가 은유를 이용해 말하는 줄 알았네. 그런데 눈을 보니 진심이었어. 갑자기 말이 막히지 뭔가?

"아…. 알고 계신다고요?"

아테노도루스는 씁쓸하게 미소를 지었네.

"지난주에 함께 식사도 했다."

그러고는 더 얘기도 않고 내 질문에 답도 하지 않았다네. 질문들을 하찮게 여기는 듯했어. 다만 그가 원했다면 훌륭한 학자가 되었을 거라며 한탄은 했다네.

말하자면 나는 생각보다 세상의 중심에 훨씬 더 가까이 들어온 거야.

장례식에 참석했네.

옥타비우스 카이사르의 어머니, 아티아가 죽었어. 사신이 거리를 돌아다니며 장례식이 다음 날 아침 포럼에서 있다고 알려주었네. 덕분에 로마는 물론 전 세계 최고 권력자가 된 사내를 직접 볼 수 있었지.

아침 일찍 포룸에 나가 미리 연단 가까이 좋은 자리를 잡고 기다렸네. 옥타비우스 카이사르가 연설을 하기로 했기 때문인데 새벽 다섯 시에 벌써 포룸이 거의 다 차더군.

마침내 행차가 당도했네. 안내자들이 횃불을 들고 악단은 오보에와 나팔, 클라리온으로 느린 행진곡을 연주하고 시신을 담은 관이 그 위에 놓여 있었지. 그리고 상제들이 그 뒤를 따랐는데 그 뒤로 날렵한 사람이 혼자 걸어오더군. 토가 가장자리를 보라색으로 장식한 터라 처음에는 보통 청년이라고 생각했네. 그렇게 젊은이가 어찌 원로가 될 수 있겠는가. 그런데 바로 그가 옥타비우스더군. 그가 지나자 군중들이 술렁였어. 조금이라도 잘 보려고 애를 쓰기도 했네. 운구자들은 관을 연단 앞에 두고 상주가 그 앞의 작은 의자에 앉았네. 그러자 옥타비우스 카이사르는 천천히 관으로 다가가 잠시 어머니의 시신을 보고 바로 연단에 올라 사람들을 둘러보았네. 장례 행사에 모인 사람이 일천 명은 넘는 듯했어.

나는 아주 가까이 서 있었지. 기껏 십 미터 정도? 어찌나 창백하고 조용한지 자신이 시체처럼 보일 정도였다네. 다만 두 눈만은 살아 있었어. 놀랍도록 파란색이었지. 군중은 쥐 죽은 듯 조용했어. 멀리서 도시 특유의 경망스러운 소음이 마치 말 못 하는 짐승의 신음소리처럼 들렸네.

이윽고 그가 연설을 시작했네. 목소리는 나지막했지만 무척 분명하고 또렷해 저 뒤까지 충분히 들을 수 있을 정도였네

여기 그의 연설을 적어 보내네. 필경사들이 메모첩을 들고 자리를 한 터라 다음 날 연설문이 도시 책방마다 배포가 되었더군.

"로마는 어머니를 다시 뵙지 못하겠지만, 당신이 곧 로마셨습니다. 비

록 너무도 커다란 상실이오나 우리는 어머니의 미덕을 기려 끝내 감내하렵니다. 너무 깊이, 너무 오래 슬퍼하면 어머니 삶의 가치를 오히려 욕보이게 될 것이기 때문입니다.

 어머니는 제 아버지께도 헌신적이셨나이다. 마케도니아의 법무관이시자 총독이신 가이우스 옥타비우스, 역시 갑작스러운 죽음 때문에 위대한 성품으로도 집정관에 이르지 못하신 분이시죠. 어머니는 지금 어머니 관 앞에서 울고 있는 딸 옥타비아, 그리고 마지막으로 어머니 앞에 서서 부질없이 이 송사를 읊는 아들에게 엄격하고도 자애로우셨습니다. 어머니는 또한 충실하고 올바른 조카이셨나이다. 율리우스 카이사르, 마침내 운명에 속으셨으나 어머니의 아들에게 아버지가 되어주신 분, 어머니가 지금 고귀하게 누워 있는 이 자리에서도 아주 가까운 곳에서, 참혹하게 살해당하신 분이셨나이다.

 위대한 로마의 이름으로, 어머니는 이 땅의 옛 가치를 온전히 품으셨습니다. 역사가 존재할 때부터 이 나라를 키우고 지켜온 가치들. 어머니는 또한 옷을 지어 가족들을 입히시고, 노예들을 자식처럼 여기시고, 가문과 도시의 신들을 섬기셨나이다. 자상한 성품 덕분에 시간 말고는 적이 없으셨건만 마침내 시간이 어머니를 앗아가는군요.

 오, 로마여, 여기 누워계신 분을 보라. 그대가 낳고 키운 이들 중에서도 최고이신 분. 우리는 이제 그분을 도시 성벽 너머로 모시고자 하노라. 그곳에 화톳불이 있어 어머니 아티아의 시신을 온전히 소진할 것이나, 오, 보라 로마 시민들이여, 내 그대들에게 청하노니, 부디 그녀의 가치가 그녀의 재와 함께 묻히지 않고 로마의 삶 속에 영원히 남게 하라. 그리하여, 육신은 재로 남되 의지는 계속 살아, 온 로마인들의 영혼 속에 살아 있게 하라.

오, 사자의 정령들이여, 어머니의 안식을 지켜주소서."
 정적이 오랫동안 군중을 사로잡았네. 옥타비우스는 잠시 연단에 서 있다가 내려가고, 운구자들이 시신을 포룸 밖으로, 도시 밖으로 데려갔다네.

 지금 목격한 광경도, 귀로 들은 얘기도 솔직히 믿을 수가 없네. 이 혼란 와중에 공식적 소식도 없고 원로원 게시판에도 대자보 하나 붙지 않았더군. 더 이상 원로원이 문을 열 수 있을까? 그마저 아는 사람이 없다네. 옥타비우스가 안토니우스, 레피두스와 공모해 군사 독재관에 올랐네. 원로 일백 명 이상이 처형당하고 재산과 돈을 몰수당했다네. 그보다 몇 배나 되는 부자들과 귀족들이 살해당하거나 로마를 탈출하고 그들의 재산과 돈은 삼두의 손으로 흘러들어갔어. 추방된 사람들 중에는, 레피두스의 친동생 파울루스, 안토니우스의 숙부 루키우스 카이사르도 들어 있었어. 심지어 명성이 자자한 키케로까지 명단에 있더군. 이 셋은 필경 도시를 빠져나가 피신했을 걸세.
 가장 끔찍한 참상은 안토니우스의 병사들 차지였다네. 나도 두 눈으로 똑똑히 목격했지만 원로들의 목 없는 시신들이 광장에 아무렇게나 나뒹굴더군. 불과 일주일 전만 해도 그 사람들이 명예를 떨치던 바로 그곳에서! 이 언덕이야 안전하네만, 이곳에서도 부자들의 비명소리가 들린다네. 기회를 놓쳐 로마와 재산을 버리지 못한 사람들이지. 가난한 자들, 재산이 많지 않은 사람들, 카이사르의 친구들이 아니라면, 누구나 내일 어떤 일이 있을지 두려워하고, 자신들의 이름이 방에 붙을지 아닐지 두려워하며 지내고 있네.
 옥타비우스 카이사르는 자기 집에 숨어, 얼굴을 드러내지도 않고 과거 동료들의 시신을 보지도 않는다고 들었네. 옥타비우스가 직접 추방령을 시행하라고 지시를 내렸다는 소문도 있네. 그것도 지금 당장, 가혹하고도 철저하게. 지금은 누가 누구를 믿어야 할지 한 치 앞도 모르는 시기일세.

이제 간신히 이해할 수 있다고 여겼건만… 이곳이 정녕 로마란 말인가? 몇 달 동안 왁자지껄 부대끼며 살아온 곳이라고? 내가 이곳 사람들을 조금이라도 이해는 했을까? 아테노도루스는 그 문제를 언급조차 피하고 티라니온은 슬픈 표정으로 고개만 젓더군.

어쩌면 지금껏 생각했던 것보다 더 세상 경험이 부족한지도 모르겠군그래.

키케로는 피신하지 않았네.

어제 오후, 차고 맑은 12월의 오후, 포룸 뒤쪽 상가 책방들을 돌아다니는데, 갑자기 웅성거리는 소리가 들리더군. (지금은 거리를 돌아다녀도 위험하지 않아.) 언젠가 이놈의 호기심 때문에 이름을 얻을지 위험에 빠질지 모르겠네만, 그때도 나도 모르게 포룸 성문 안으로 걸음을 옮겼다네. 사람들이 원로원 인근의 연단 주변으로 몰려들고 있더군.

"키케로다." 누군가 중얼거리자 그 이름이 속삭임처럼 사람들 사이로 번졌네. 키케로, 키케로….

어떤 일이 벌어질지는 모르겠지만, 난 눈앞의 광경에 전율을 느끼며 군중들 속으로 밀치고 들어갔네.

원로원 연단 위, 잘린 두 손 사이에, 마르쿠스 키케로의 마르고 뒤틀린 머리가 가지런히 놓여 있었네. 누군가의 말에 따르면, 안토니우스가 직접 그곳에 놓으라고 지시했다더군.

불과 삼 주 전, 옥타비우스 카이사르가 어머니를 보내며 연설을 했던 바로 그 연단이었어. 그때도 죽음이 있었건만 또다시 죽음이 그 위에 놓여 있었어. 그 순간 아들이 빚어놓은 참상을 보지 않고 먼저 죽었으니, 아티아로서는 다행일지 모르겠다는 생각이 머릿속을 스치더군.

II. 서한(서기전 42)

발신: 마르쿠스 율리우스 브루투스, 스미르나

수신: 옥타비우스 카이사르

지금의 지위가 얼마나 위중한지 자네가 제대로 이해할 것 같지는 않구먼. 내게 애정이 남아 있지도 않겠지. 나 또한 바보가 아니니 자네를 걱정하는 척 위선을 부릴 생각은 없네. 이 편지를 쓰는 이유도 자네가 아니라 이 나라를 걱정해서일세. 안토니우스는 미친놈이니 편지를 받을 수 없고 레피두스는 멍청이라 편지를 이해조차 못할 터이니. 자네는 미치지도 않고 바보도 아니니, 내 마음에 귀를 기울여주리라 믿겠네.

카시우스와 내가 무법자 낙인을 얻고 추방 명령을 받은 배후에도 자네 입김이 작용했겠지. 역시, 잘 알고 있네. 하지만 그런 명령에 법의 권위가 허용되지도 않을 테고 저 혼란과 타락에 빠진 원로원에 그럴 권위가 있다고는 자네도 믿지 않겠지? 그러니 그런 판결이 영원하거나 타당하리라고 주장하지도 말게나. 나도 할 말만 간단하게 하겠네.

시리아, 마케도니아, 에피루스, 그리스, 아시아는 모두 우리 땅이야. 동로마도 하나같이 자네를 적대시하네만, 동로마의 힘과 부(富)는 가볍게 여길 문제가 아니라네. 우리는 지중해 동부를 완벽하게 통제하고 있네. 그러니 죽은 양부의 이집트 창녀한테서 도움을 기대할 생각은 아예 하지도 말게. 그렇지 않다면야 부와 병력을 모조리 긁어 자네한테 바칠 위인이기는 하지. 자네를 좋아하지는 않네만, 약탈자 섹스투스 폼페이우스가 서쪽에서부터 자네 뒤꿈치를 야금야금 갉아먹고 있다는 사실은 알려줌세. 당장 전쟁이 임박했지만 내가 두려워해야 할 만큼 나도 세력이 일천하지만은 않네.

그보다는 로마를 걱정하고, 나라의 미래를 불안해한다네. 자네와 친구들이 로마에 뿌려놓은 추방령들은 바로 그 두려움의 구현이거늘, 어찌 이 슬픔을 감당할 수 있겠는가.

그러니 우리 추방과 암살을 잊게나. 자네가 카이사르의 죽음을 용서할 수 있다면 나도 키케로의 죽음을 용서하겠네. 우리가 친구는 될 수 없네. 둘 다 원치도 않고, 가능하지도 않으니까. 하지만 로마와 친구가 될 수는 있을 걸세.

부탁하네. 마르쿠스 안토니우스와 함께 공격할 생각일랑은 삼가게. 로마인들끼리 또 한 번 전쟁을 벌인다면, 얼마 남지 않은 국가의 가치마저 파국을 맞고 말 걸세. 그리고 안토니우스도 자네가 아니면 공격할 생각이 없을 거야.

자네가 공격하지 않는다면 나도 존중과 고마움으로 보답하겠네. 자네 미래도 보장하지. 우정으로 함께 일하지는 못한다 해도 로마를 위해 함께할 수는 있네.

황망하나마 한마디만 더 하겠네. 자네가 이번 우호의 제안을 거부한다면 나 또한 전력을 다해 저항하겠네. 그럼 자네는 무사하지 못해. 슬픈 현실이지만 어쩔 수 없군그래.

III. 마르쿠스 아그리파의 회고록: 발췌(서기전 13)

　그리하여 삼두정치를 시작하고 율리우스 카이사르와 카이사르 아우구스투스의 로마 정적들을 제거했지만 아직 서로마에는 약탈자 섹스투스 폼페이우스의 세력이, 동로마에는 신성(神聖) 율리우스의 살인자들이 남아 있었다. 특히 브루투스와 카시우스는 로마의 안전과 질서를 위협했다. 카이사르 아우구스투스는 맹세에 따라 아버지의 살인자들을 처단하고 국가의 질서를 회복하기로 했다. 일단 섹스투스 폼페이우스의 문제는 잠시 미루고, 다만 국가의 안전을 위해 필요할 경우에만 폼페이우스를 상대하기로 했다.

　당시 나는 온통 이탈리아에서 군단병들을 모집하는 데 주력했다. 바로 동로마의 브루투스와 카시우스를 포위하고 그 먼 타지에서 싸울 수 있도록 보급선을 조직하기 위해서였다. 안토니우스는 마케도니아의 에게 해 연안, 암피폴리스에 여덟 개 군단을 보내 브루투스와 카시우스의 군대를 괴롭히기로 했다. 그곳이라면 지형이 유리하지 않다. 그런 데다 병력의 출동을 지연한 탓에 결국 필리피 서쪽 저지대의 불리한 위치에 갇히고 말았다. 바로 브루투스의 군대가 숨어 지내던 곳이다. 안토니우스는 부랴부랴 마케도니아 병력을 지원하기 위해 다른 군단들을 급파했으나 브루투스와 카시우스의 해군이 브린디시의 항구 주변을 떠돌고 있었다. 그에 따라 아우구스투스는 나를 보내 안토니우스가 안전하도록 길을 터주게 했다. 우리는 이탈리아에서 모집한 함대와 군단들을 이끌고 마르쿠스 유니우스 브루투스의 해군 전력을 뚫고 마케도니아 해변 디라키움에 열두 개 군단을 상륙시켰다.

　그런데 디라키움에 도착하자 아우구스투스가 심하게 아팠다. 생명까지 위독한 탓에 그곳에 대기하려 했으나 그가 계속 행군을 명했다. 당장 반란군을 공격하지 않으면 모두 당할 것을 알기 때문이다. 따라서 우리 여덟 개 군단은 국토를 가로질러 암피폴리스에서 안토니우스의 선견부대와 합류했다. 당시만 해도 포위된 상태였다.

우리도 브루투스와 카시우스의 기병대에 막혀 크게 손실을 입었다. 간신히 암피폴리스에 이르렀지만 병사들은 지치고 사기도 바닥이었다. 브루투스와 카시우스 군이 필리피의 고지에 안전하게 진을 치고 있으며, 북쪽은 산악지대, 남쪽 또한 캠프에서 바다까지 온통 늪지였다. 나는 카이사르 아우구스투스에게 긴급 메시지를 보내기로 했다. 이번 임무는 우리 병사들로는 가망이 없는 데다 무엇보다 곤두박질친 사기를 북돋울 필요가 있었다.

아우구스투스는 중병임에도 불구하고 국토를 가로질러 우리와 합류했다. 들것에 실린 채 들어온 까닭도 너무 허약해 걸을 수가 없었기 때문이다. 그나마 얼굴은 유령처럼 하얘도 두 눈만은 강렬하게 불꽃이 일었으며 목소리도 카랑카랑했다. 그의 존재 덕분에 병사들도 힘을 얻고 각오를 다졌다.

우리는 즉시, 과감하게 돌격하기로 결정했다. 브루투스와 카시우스가 바닷길을 모두 장악해 보급품을 확보하는 터라, 하루라도 늦으면 우리에게 치명적일 수밖에 없었다. 적군의 남쪽 측면을 거대한 늪지가 가로막았는데, 나는 우선 아우구스투스의 세 개 군단을 넘겨받아 통로를 구축하는 척하며, 공화파 주력군이 우리를 공격하도록 유도했다. 그 순간 마르쿠스 아우구스투스의 군단들이 취약해진 전선을 공략해 돌파한 뒤, 카시우스가 황급히 전선을 재정비하기 전에 진지를 약탈했다. 그때 카시우스가 잔류병들과 함께 언덕으로 피했는데, 문득 북쪽을 보니 브루투스의 군대가 도주하고 있었다. 그는 패배를 직감하고 크게 절망해, 검으로 자신의 몸을 찔러 필리피의 먼지와 핏물 속에서 삶을 마감했다. 이 년 칠 개월 전 신성 율리우스의 살해에 대해 스스로 벌을 준 격이었다.

하지만 그건 카시우스의 오해였다. 브루투스의 군대는 후퇴한 것이 아니었다. 오히려 그는 우리 계획을 꿰뚫어보고 있었다. 아우구스투스 군이 술책을 부리고 있다고 판단해, 황급히 우리 진지를 포위하고 장악한 뒤, 많은 병사들을 포로로 잡고 더 많은 병사를 처형했다. 아우구스투스는 혼수상태에 거동도 불가능했으나, 의사의 도움으로 텐트를 빠져나가 늪지에 숨었다. 전투가 끝나고 석양이 지자, 몰래 우리 잔류병들이 후퇴한 지역으로 돌아와 마르쿠스 안토니우스의 병력과 합류했다. 그때 의사는 꿈을 꾸었다며, 당장 병든 아우구스투스를 옮기지 않으면 목숨이 위태로울 수도….

IV. 서한(서기전 42)

발신: 퀸투스 호라티우스 플라쿠스
수신: 그의 부친, 필리피 서부

친애하는 아버님, 어렵사리 편지를 올리옵니다. 아들 호라티우스는 하루 전만 해도 마르쿠스 유니우스 브루투스 군대의 자신만만한 병사이었사오나, 이 추운 가을밤, 텐트에서 깜빡이는 등불 아래 이 글을 쓰고 있습니다. 전우도 없이 저 혼자 앉아 제 자신을 멸시하고 있답니다. 하오나 그래도 최근 몇 달간 저를 괴롭혔던 강박에서는 기이할 정도로 자유로워졌습니다. 행복과는 거리가 멀다 해도 적어도 자신을 보기 시작한 것이죠…. 오늘 첫 번째 전투를 했습니다. 그리고 첫 번째 위기와 맞닥뜨린 순간, 전 방패와 검을 버리고 달아났답니다.

애초에 왜 이런 식의 모험에 몸을 맡겼는지 이해할 수가 없군요. 아버님도 누구보다 지적인 분이시니 역시 모르시겠죠. 자라면서 아버님의 자상함에 익숙해진 탓에 이따금 깨닫지 못할 때가 있습니다. 몇 년 전 공부를 위해 아테네로 보내셨을 때만 해도 어리석은 정치 놀음에 빠져들리라고는 상상도 못했답니다. 제가 브루투스와 공모해 군내 호민관 직을 받아들인 게, 천박하게도 분수를 넘어 귀족이 되고자 했기 때문일까요? 호라티우스가 자유인의 아들임이 창피했기 때문에? 아니, 그럴 리는 없습니다. 젊고 오만했을 때조차 전 아버님을 지고지순한 존재로 여겼습니다. 세상에 더 고귀하고 관대하고 자애로운 아버지는 어디에도 없습니다.

방패를 버리고 전장에서 달아난 이유가 단순히 겁이 나서는 아닙니다. (물론 전혀 무섭지 않았다는 말은 아닙니다.) 그보다는 문득 옥타비우스 카이사르(아니 안토니우스였을지도 모르겠습니다.)의 병사 하나가 두 손과 두 눈에 치명적인 무기를 휘두르며 다가왔을 때 갑자기 시간이 멈춘 듯 하더군요. 순간 아버님 생각이 났습니다. 아버님께서 제 미래에 기대하셨던 온갖 바람도. 아버님은 노예로 태어나 어렵사리 자유를 사들이시고 당신의 노고와 삶을 일찍이 아들에게 의탁하셨죠. 지금껏 고생만 하셨으니 이제 편안하고 안락하고 안전하게 여생을 보내실 자격이 충분하십니다. 그런데 그 아들은 사랑해본 적도 없는 곳에 와서 이해하지도 못하는 명분을 위해 무의미하게 살상을 하고 있다니요…. 순간 아들이 목숨을 잃을 경우 아버님의 삶이 어떻게 될지 깨달을 수 있었습니다. 그래서 달아났습니다. 쓰러진 병사들의 시체를 뛰어넘었습니다. 저 텅 빈 눈으로 다시 보지 못할 하늘을 노려보는 병사들…. 저들이 아군인지 적군인지도 더 이상 의미가 없었습니다. 그저 달리고 또 달렸죠.

운명이 도와준다면 이탈리아로 돌아가 아버님을 뵐 수 있을 겁니다. 더 이상 싸우지는 않겠습니다. 내일 이 편지를 부치고 준비를 하겠습니다. 공격 받지 않는다면 위험하지는 않겠죠. 공격을 받는다면 또 달아나겠습니다. 아무튼 이런 식의 끝 모를 학살에는 더 이상 개입하지 않을 생각입니다.

누가 승자가 될지는 모르겠습니다. 카이사르 진영이든 공화파 진영이든. 사실 우리 나라는커녕 제 앞길도 모릅니다. 어쩌면 아버님께서 제게 실망하실 수도 있겠군요. 어쩌면 아버님처럼 징세원이 될 수도 있겠죠. 아버님 눈에야 하찮아 보이시겠지만, 그래도 아버님이 계시는 한, 제게는 존엄하고 자랑스러운 직장입니다. 전 아버님의 아들, 호라티우스입니다. 그 사실이 자랑스럽습니다.

V. 마르쿠스 아그리파의 회고록: 발췌(서기전 13)

그리하여 브루투스는 다시 한 번 필리피 고지의 참호로 철수했다. 더 이상은 후퇴도 불가능했다. 보급품마저 이미 고갈되는 참이라 하루하루가 치명적일 수밖에 없었다. 그 정도는 브루투스보다 우리가 더 잘 알았다. 바다는 브루투스 해군 관할이라 아무것도 넘어올 수가 없었다. 등 뒤는 마케도니아의 황폐한 평야이고 앞으로는 그리스 특유의 험준하고 황량한 언덕지대였다. 우리는 브루투스 군장교들에게도 똑같이 소심한 겁쟁이들이라고 비난하고 놀려댔다. 밤에도 모닥불 너머 욕설을 퍼붓는 통에 병사들은 명예롭게 잠들지 못하고 수치심 속에서 꾸벅꾸벅 졸아야 했다.

브루투스는 삼 주를 버텼다. 마침내 그의 병사들은 그렇게 갇혀 지내는 데 지쳐 당장이라도 폭발할 지경이었다. 브루투스 또한 병사들이 탈진할까 두려워 드디어 참호에서 내려가 우리 진영을 공격하라고 지시를 내렸다.

그들은 오후 늦게 언덕에서 폭풍처럼 밀려 내려왔다. 고함도 비명도 지르지 않았다. 구름처럼 밀려드는 먼지 속에서 말발굽 소리와 가죽신 소리만 들렸다. 나는 최초의 선발대가 밀려들기 전 병사들에게 뒤로 물러날 것을 지시했다. 그리고 적들이 방어진 안으로 들어왔을 때 양쪽에서 방어선을 좁혀 들어갔다. 브루투스는 한 번에 양쪽 측면과 싸워야 했다. 결국 적은 둘로 나뉘고 각각의 무리는 또다시 둘로 갈라졌으며, 더 이상 전열을 재정비하는 것도 그대로 우리 공격을 버텨내는 것도 불가능했다. 해가 저물녘 전투는 끝이 나고 밤하늘 가득 부상자의 신음소리가 들렸다. 별들이 덤덤한 시선으로 시신들을 내려다보았다.

브루투스는 패잔병들을 챙겨 필리피 참호 너머 광야로 달아났으나, 그곳 역시 이미 우리가 포위한 뒤였다. 브루투스가 잔류병들과 함께 재공격을 하려 했다 해도 장교들이 거부했을 것이다. 누가 개죽음을 바라겠는가. 11월 16일 이른 새벽, 작은 언덕, 그는 자신의 의지와 결심이 빚어낸 대학살을 내려다보며, 충실한 장교 몇 명과 함께 검으로 자결했다. 이제 공화파 군은 더 이상 남지 않았다.

이렇게 율리우스 카이사르의 살인에 대한 복수를 마무리했다. 반역과 파벌의 혼란도 비로소 질서와 평화의 시대에 길을 넘겨주었다. 우리 국가의 황제, 가이우스 옥타비우스 카이사르는 이제 아우구스투스 황제가 되었다.

VI. 서한(서기전 13)

발신: 가이우스 클리니우스 마에케나스

수신: 티투스 리비우스

필리피 대전을 끝낸 후 그가 로마로 돌아왔네. 오는 도중에 여러 차례 멈춰 휴식을 취해야 했기에 속도는 느릴 수밖에 없었네. 안타깝게도 산 자보다 죽은 자가 더 많았어. 어쨌든 그는 해외의 적들로부터 이탈리아를 구했네. 이제 산산조각 난 국가를 치유할 일이 남아 있었지.

친애하는 리비우스, 나도 몇 개월 만에 처음으로 그를 보았네만 그 충격을 말로 다할 수가 없군그래. 병사들이 들것에 실어 몰래 팔라티네의 집으로 모셨네. 나야 옥타비우스의 지시에 따라 전시 내내 로마에 남아 있었지. 계속 상황을 주시하며 레피두스의 음모나 무능을 막고 이탈리아 정부가 온전히 무너지지 않도록 나름대로 할 바를 다했다네.

그가 전투에서 돌아왔을 때 더 이상 스물두 살이 아니었네. 그 두 배, 아니 세 배는 늙어 보였어. 얼굴은 밀랍처럼 창백한 데다 어찌나 말랐던지 살이 정말로 뼛속으로 빨려 들어간 것 같았어. 목소리는 갈라지고 말에는 힘이 하나도 없었네. 솔직히 그를 보는 순간 가망이 없다고 판단했다네.

"사람들이 모르게 해. 내가 아프다는 사실을 알면 안 돼. 당연히 레피두스도 몰라야 한다." 이 짧은 말을 하면서도 두어 차례 숨을 골랐는데, 그 자체로 진기를 빼앗기는 듯 보이더군.

"분부대로 하겠습니다, 옥타비우스." 내가 대답했네.

사실 그가 아프기 시작한 건 일 년 전이었네. 추방령 시기였는데 그 후로 꾸준히 악화됐지. 담당 의사들한테 돈도 많이 주고, 생명까지는 아니더라도 생계를 위협도 해가며 비밀 유지를 당부했지만 그래도 소문은 꾸준히 새어나갔어. 차라리 의사를 불러들이지 말았어야 했을지도 모르지. 지금이나 그때나 지긋지긋한 인간들이라네. 끔찍한 허브나 처방하고 열이나 한기를 다루는 것 말고는 하는 일이 아무것도 없으니 하는 말일세. 그때 옥타비우스는 거의 아무것도 먹지 못했어. 피를 토한 것도 여러 차례였다네. 하지만 기력이 쇠할수록 의지는 더욱 강해지는 것만 같더군. 오히려 건강할 때보다 아플 때 훨씬 더 격렬하게 자신을 몰아붙였지.

"안토니우스는 아직 로마에 돌아오지 않았을 거야. 동로마로 가서 노획물을 챙기고 입지를 강화해야 할 테니까. 나도 동의했어. 로마보다 아시아나 이집트에서 약탈하는 쪽이 차라리 낫거든…. 아무래도 내가 죽을 줄 알겠지? 내가 죽기를 바라니까. 당연히 내가 죽었을 때 이탈리아에 있고 싶지 않을 테고." 그가 끔찍한 목소리로 말했어.

옥타비우스는 침대에 누운 채 숨을 몰아쉬고 두 눈을 꼭 감았네. 마침내 다시 기운을 차린 다음 이렇게 덧붙이더군.

"도시 소식 좀 알려줘."

"쉬세요. 건강을 회복한 뒤에도 시간은 많습니다."

"알려줘. 몸은 움직이지 못해도 정신은 가능하니까." 그가 우겼네.

괴로운 소식이 몇 가지 있기는 했네. 하지만 내가 얼버무린다면 옥타비우스는 절대 용서하지 않을 거야. 그래서 솔직하게 얘기했네.

"레피두스가 비밀리에 약탈자 폼페이우스와 내통하고 있습니다. 제가 보기엔, 폼페이우스와 동맹을 맺고 폐하나 안토니우스 어느 쪽이든 보다 취약한 상대를 공략할 겁니다. 증거는 있지만 그래 봐야 로마의 평화를 위한 고육지책이었다고 우기겠죠…. 필리피 밖에서는 안토니우스가 영웅이고 폐하는 겁쟁이로 통합니다. 안토니우스의 돼지 여편네와 악귀 같은 동생 놈이 헛소문을 퍼뜨리고 다닙니다. 폐하께서 겁먹고 염습지에 숨어 떨고 있는 동안 안토니우스가 카이사르의 적들을 용맹하게 무찔렀다는 식이죠. 풀비아는 병사들에게 이렇게 경고까지 합니다. 안토니우스가 현상금을 약속했지만 폐하께서 지불하지 않으려 한다고. 루키우스도 교외를 돌아다니며 지주와 농부들을 선동합니다. 고참병들의 정착을 위해 이제 곧 그들의 재산을 몰수한다는 소문을 퍼뜨리는 거죠. 더 듣고 싶으십니까?"

옥타비우스는 가볍게 미소까지 지었네.

"별수 없잖아?"

"국가는 파산 지경입니다. 레피두스가 세금을 조금 걷기는 하지만 재정에는 쥐꼬리만큼 들어가고 나머지는 레피두스 자신이 챙기죠. 풀비아도 챙깁니다. 들리는 바로는 법적으로 안토니우스에게 지정된 군단 외에 따로 군단을 모집하고 있다더군요. 증거는 없지만 제가 보기엔 사실입니다. 아무래도 로마에서의 거래가 쉽지만은 않겠습니다."

"강력한 동로마보다는 허약한 로마가 더 좋아. 안토니우스 생각은 그 반대겠지. 내가 죽지 않는다 해도, 이곳 문제로 골머리를 썩으리라 여길 거야. 하지만 난 죽지 않아. 이곳에서 망하지도 않고. 할 일이 많잖아?"

그때는 정말 어느 정도 기력을 찾는 것처럼 보였다네.

그리고 다음 날, 여전히 허약한 몸으로도 자리에서 일어나더군. 질병 따위는 중요하지도 대수롭지도 않다는 듯 그냥 밀쳐두는 듯 보였어.

할 일이 많아. 친애하는 리비우스, 그는 그렇게 말했네. 자네의 자랑스러운 역사는 필리피 이후 몇 년간의 흥청거림과 느긋함, 승리와 패배, 기쁨과 절망을 어떻게 일깨울 생각인가? 물론 불가능하겠지. 해서도 안 되고. 하지만 자네를 생각해서라도 일탈은 곤란하겠지? 그랬다간 또 자네의 치도곤을 당해야 할 테니 말일세.

 황제를 위해 내가 어떤 일을 했는지 구체적으로 설명하라고 했던가? 이런, 자네 역사에 어찌 나 같은 놈이 한자리를 차지한단 말인가. 당연히 내 분수를 넘어선 영광이네만 아무튼 기억해줘서 고마우이. 공직에서 물러난 지 이렇게나 오래건만.

 내가 황제를 위해 어떤 일을 했을까…. 솔직히 말하자면 지금 생각해보니 우스꽝스럽기까지 하군그래. 아, 그 당시엔 그렇게 생각하지 않았네. 예를 들어 결혼이 그래. 황제의 영향력도 있고 명령도 있었으니 지금이야 부와 야망을 지닌 사내가, 합리적이라는 이유로 혼인한다고 누가 뭐라겠나. '합리적'이라는 말이 그런 기이하고 부자연스러운 관계를 묘사하기에 그다지 이율배반적인 단어 같지는 않네. 하지만 그런 관계가 당시에는 가능하지 않았다네. 적어도 로마의 공직자들한테는 아니었어. 당시는 누구나 이익과 정치적 필요에 따라 결혼을 했네. 나도 마찬가지였지. 아, 그래도 테렌티아는 이따금 나를 즐겁게 해주었다네.

 그런 식의 계약은 꽤나 성공적이었네. 다만 이제 고백하네만, 결국 어느 하나 이로운 것은 없었다네. 아니, 사실은 처음부터 필요도 없었어. 몇 년 후 옥타비우스가 혼인법을 제정한 것도 그 때문이었다는 생각을 이따금 해본다네. 그 법마저 그다지 성공적이지는 않았네만. 아무튼 갑자기 '도덕적'이 되었기 때문은 아니었어. 당시 초기엔 내가 충고를 하면 폐하께서 도리어 꾸짖기도 했는데 사실 조언이 아니라 완전히 헛소리거든.

 예를 들어 내가 그를 위해 고안한 첫 번째 결혼은 아주 초기였네. 삼두정치가 만들어지기도 전이었지. 여자는 세르빌리아, P. 세르빌리우스 이사우리쿠스의 딸이었어. 키케로가 무티나 이후 옥타비우스를 적대적으로 대했을 때 원로원 집정관으로, 옥타비우스와 함께 키케로와 맞선 인물이라네. 그 딸과의 결혼은 유사시에 우리 군이 그를 지켜주리라는 일종의 안전장치였지. 나중에 드러났지만 세르빌리우스는 키케로를 제대로 다루지 못했고 결국 우리한테도 전혀 소용이 없었어. 결혼은 이루어지지 않았지.

두 번째는 훨씬 더 한심했네. 클로디아, 풀비아의 딸이자 마르쿠스 안토니우스의 수양딸이었지. 결혼은 삼두정치 실현을 위한 협약이었어. 병사들도 원했고. 의미는 없었지만 그렇다고 병사들의 바람을 거부할 이유도 딱히 없었네. 나이가 열셋이었는데 제 어미만큼이나 추물이었다네. 옥타비우스도 여자를 딱 두 번 보았지만 끝내 그의 집에 발을 들여놓지도 못했다네. 자네도 알다시피 그 결혼이 풀비아나 안토니우스를 잠재우지도 못했지. 둘은 계속 음모와 배신을 이어갔어. 필리피 전투 이후 안토니우스가 동로마에 있을 때 풀비아는 노골적으로 옥타비우스를 상대로 다시 내전을 일으키겠다고 위협을 해댔고, 우리도 이혼을 결정하는 식으로 우리 입장을 분명히 했지.

하지만 세 번째 정략결혼은 옥타비우스도 강하게 반대를 했다네. 상대는 스크리보니아, 클로디아와 이혼한 지 일 년도 채 되지 않았을 때였어. 안토니우스의 이탈리아 반란군이든, 섹스투스 폼페이우스의 남쪽 공략이든, 우리가 패배할 것만 같은 때라 시기가 아주 절박하기도 했네. 당시만 해도 휴전밖에 대책이 없어 보였기에 난 섹스투스 폼페이우스와 협상을 위해 시칠리아로 떠났다네. 애초에 불가능한 임무였어. 폼페이우스 자체가 불가해한 인물이니까. 내가 보기엔 살짝 미쳤을 뿐 아니라 인간보다는 짐승에 가까웠다네. 무법자이기도 했지만 그것도 법적인 의미로서만이 아니었어. 지금껏 대화 자체가 어려운 자들을 몇 명 만났는데 그자가 바로 그랬네. 실로 역겨운 자였지.

친애하는 리비우스, 자네가 그의 부친을 존경한다고 들었네만, 자넨 둘 다 만나지 못한 데다 그 아들은 알지도 못하잖나…. 아무튼 폼페이우스와 대화를 하고 합의 비슷한 걸 얻어내고 스크리보니아와의 결혼으로 합의를 마무리했다네. 그녀는 폼페이우스의 처제였어. 스크리보니아, 스크리보니아…. 나한테는 늘 여자의 전형이었다네. 의심이 많고 은근히 사악하고 지독하게 이기적인 여자. 옥타비우스가 나를 용서하지 않는 것도 놀랄 일은 아니었네. 어쩌면 그가 로마만큼 사랑하는 단 하나의 대상, 딸 율리아가 그 결혼에서 태어났기 때문일지도 모르겠네. 스크리보니아와는 딸이 태어난 날 곧바로 이혼했네. 그 후 다시는 결혼하지 않을 줄 알았는데 그렇지는 않았어. 게다가 그 결혼은 내가 전혀 끼어들지 못했지.

나중에 알았지만 스크리보니아와의 결혼은 애초부터 사기였다네. 나와 협상을 할 때 폼페이우스는 이미 안토니우스와 협상을 마무리 짓고 있었거든. 요컨대, 결혼 계약은 우리의 의심을 잠재우기 위한 술책이었던 게야. 친애하는 리비우스, 당시 정치는 그런 식이었다네. 그래도 돌이켜 보면, 그런 일들조차 나름대로 흥미로운 측면이 있었지. (물론 이 이야기는 황제께 전하지 않았네.)

이런저런 결혼을 기획했네만 하나만큼은 늘 부끄럽기만 하네. 그 때문에 지금까지 크게 잘못된 점은 없는 듯하네만, 여전히 가볍게 넘길 수가 없군그래.

폼페이우스와 협상을 하고 스크리보니아와의 결혼을 준비하는 즈음에, 풀비아와 루키우스 안토니우스의 사주로 야만족 무어인들이 봉기를 일으켰네. 목표는 외스페인의 우리 측 총독이었지. 한편으로는 풀비아의 농간에 넘어가 아프리카의 장군들이 서로 전쟁을 벌이기 시작했어. 루키우스는 생명을 위협한다는 구실을 만들어 자신과 풀비아의 군단을 이끌고 로마로 돌격했지만, 우리 친구 아그리파에 밀려 페루시아 마을에서 포위를 당했네. 그곳 주민들은 대부분 폼페이우스와 공화파를 지지했기에 용감하고도 열정적으로 그들을 도왔어. 의심은 가지만 이 과정에 마르쿠스 안토니우스가 어디까지 개입했는지 우리도 잘 알지 못했네. 결국 루키우스를 칠 수가 없었지. 정말로 개입했다면 마르쿠스 안토니우스가 이를 핑계로 동쪽에서 공격할 테고, 그렇지 않다 해도 우리 행동을 비난하며 복수를 하려 들 테니까. 그래서 루키우스를 벌하는 대신 그를 도운 자들을 무자비하게 응징했다네. 적극 가담자는 사형에 처하고 덜 위험한 자들은 추방하고, 일반 시민들은 풀어주었지. 이들 추방자들 중에(이에 대해서는, 친애하는 리비우스, 특유의 풍자를 잘 읽어주게나.) 티베리우스 클라우디우스 네로가 있었어. 우리는 그와 새로 태어난 아들 티베리우스, 어린 아내 리비아를 시칠리아로 보내주었네.

    몇 달 이탈리아가 혼란스러운 동안 우리도 종종 안토니우스한테 서한을 보내 아내와 동생의 경거망동을 설명하고 그 혼란에 그가 어디까지 개입했는지 확인하려 했네. 안토니우스도 편지를 보내기는 했지만 우리 질문에는 전혀 대답하지 않았어. 아니, 아예, 우리 편지를 한 장도 받지 못한 척하더군. 겨울이라 우리도 편지를 다급하게 썼고 바닷길은 거의 열리지 않았으니 정말로 받지 못했을 수도 있긴 해. 어쨌든 딱 부러진 대답 하나 듣지 못한 채 봄이 지나고 여름이 깊어졌네. 이윽고 브린디시에서 긴급 메시지가 당도했지. 안토니우스의 함대가 항구로 향하고 폼페이우스 해군이 그와 합류하기 위해 북쪽에서 오고 있다는 내용이었어. 몇 달 전, 풀비아가 함대를 이끌고 아테네로 건너가 남편과 만났다는 얘기는 알고 있었지.

　상황은 여전히 오리무중이었지만 더 이상 선택의 여지가 없었네. 우리는 약하고 군단은 국경과 국내의 문제들을 처리하느라 뿔뿔이 흩어졌지만, 그래도 브린디시로 떠나야 했어. 안토니우스가 상륙해 우리를 공격할까 불안했기 때문이지. 그런데 브린디시 시가 안토니우스의 부두 성문 진입을 거절했다는 얘기가 들리더군. 그래서 우리도 진지를 구축하고 상황을 주시하기로 했네. 안토니우스가 전력을 다해 공격했다면 우리는 절대 살아남지 못했을 거야.

　그런데 공격하지 않았어. 우리도 하지 않고. 우리 병사들은 굶주리고 군장도 변변치 않았고 안토니우스 군은 오랜 여행으로 지친 데다 이탈리아에 두고 온 가족 생각만 했던 게지. 어느 쪽이든 현실을 무시하고 돌격을 강행했다면 모르긴 몰라도 폭동이 일어났을 걸세.

　그러던 중, 우리가 안토니우스 군에 심어둔 첩자가 놀라운 소식을 들고 왔더군. 안토이우스와 풀비아가 아테네에서 심하게 싸웠다는 거야. 안토니우스는 화가 나서 떠나고 풀비아는 갑자기 이유도 없이 죽었다더군.

　우리는 믿을 만한 병사 몇을 선발해 안토니우스 병사들을 꼬드기도록 지시를 내렸어. 그리고 얼마 후 양쪽 대표단이 서로의 지도자들을 찾아가 안토니우스와 옥타비우스가 다시 한 번 의견 조율을 해서 로마인이 로마인과 싸우지 않도록 요구했네.

　그래서 지도자 둘이 만나고 그렇게 다시 한 번 전쟁을 피했지. 안토니우스의 주장에 따르면 풀비아와 동생은 자기 허락 없이 움직였어. 옥타비우스 또한 두 사람의 행동에 어떤 처벌도 하지 않았으며, 물론 안토니우스와의 관계를 중시했기 때문이라고 강조했지. 조약에 서명하고 과거 로마의 적들에 대해 대규모 사면령을 내리고, 그리고⋯ 혼인을 준비했다네.

내가 결혼 문제를 담당했네만 이번 대상은 안토니우스와 옥타비아, 즉 황제의 맏누이였네. 불과 몇 달 전에 과부가 되었는데 어린 아들 마르켈루스가 있었지.

친애하는 리비우스, 자네야 내 취향을 알지만, 여자들이 옥타비아 같았다면 정말로 사랑할 수 있었을 걸세. 지금도 그렇지만 난 당시에도 옥타비아를 흠모했다네. 상냥하고 정직하고 아주 아름다웠지. 철학과 시에 대해 폭넓고 깊이 이해하는 여성을 두 명 만났는데 옥타비아가 그중 하나였어. 다른 여성은 옥타비우스 자신의 딸, 율리아였네. 옛 친구 아테노도루스도 입버릇처럼 말했지만, 그녀가 남자에 조금만 덜 영리했다면 정말 위대한 철학자가 되었을 걸세.

옥타비우스가 누이한테 결혼을 설명할 때 나도 옆에 있었어. 알겠지만 옥타비아는 옥타비우스도 매우 좋아했네. 때문에 말하면서도 누이의 얼굴을 보지 못했지. 하지만 옥타비아는 가볍게 미소 지으며 이렇게 대답했다네.

"아우님이 해야 한다면 해야겠죠. 열심히 노력해서 안토니우스에게 좋은 아내가 되고 아우님께도 좋은 누나로 남으리다."

"로마를 위해서요, 누이." 옥타비우스가 말했네.

"우리 모두를 위해서." 옥타비아의 대답은 그랬네.

내 생각엔 필요한 결혼이었어. 결혼을 통해 평화가 지속되기를 기대했네. 적어도 몇 년 동안은 숨을 돌릴 수 있을 거야. 하지만 지금도 안타깝고 슬프기는 마찬가지라네. 옥타비아로서는 어차피 고통스러운 나날들이었을 테니.

나중에 알았지만 안토니우스는 거의 매일 집을 비웠네. 어쩌면 그 덕분에 옥타비아도 견딜 수가 있었겠지. 그래도 그녀는 마르쿠스 안토니우스를 나쁘게 말한 적이 없어. 먼 훗날에도.

다섯

I. 서한(서기전 39)
발신: 마르쿠스 안토니우스, 아테네
수신: 옥타비우스 카이사르

안토니우스가 옥타비우스께 안부 전하네. 내게서 뭘 기대하는지 모르겠군. 나는 죽은 아내를 단념하고 동생의 지위를 박탈했네. 알다시피, 처신이 부적절했기 때문이지. 그리고 우리 연합을 공고히 하고자 자네 누이와도 결혼했네. 물론 좋은 여인이긴 해도 내 취향은 아니라네. 그 밖에도 신의를 지키기 위해 섹스투스 폼페이우스의 해군까지 시칠리아로 보내지 않았던가? 잘 알듯이 애초에 나와 연합해 자네와 싸우려고 했던 친구일세. 자네의 권력 강화를 위해, 레피두스의 속령을 모두 빼앗고(이제 아프리카만 남았지.) 자네 누이와 결혼한 후에는 죽은 율리우스의 지명 사제가 되는 데에도 동의했어…. 옛 친구의 사제가 되니까 기분은 이상하더군. 함께 계집질을 하고 술을 마신 친구 아니던가. 솔직히 사제직을 받아들였네만 내 이름보다 자네 이름에 더 유리한 일일세. 마지막으로 난 조국을 떠나야 했네. 동로마에서 돈을 모아야 우리의 미래 권력을 공고히 하고, 동부 속령들의 혼란을 진압하고 질서를 유지할 수 있을 테니까. 그런데, 말했듯이, 자네가 도대체 뭘 기대하는지 모르겠네.

　그리스인들이 내가 부활한 바쿠스라고 믿는다면(아니면 디오니소스로 할까?), 그들이 나를 사랑하고 어느 정도는 통치를 허용하겠다는 의미라네. 내가 '그리스인' 흉내를 내고 아테나 축제에서 바쿠스의 현신 노릇을 한다고 비난하는데, 내가 그렇게 하기로 동의했을 때는 다 이유가 있지 않겠나? 나는 천상의 아테나에게 지참금을 가져오라고 고집을 부렸네. 그 바람에 세금을 거두는 것보다 훨씬 더 재정이 튼튼해졌지만 징세를 강제할 경우의 불필요한 저항도 피할 수 있었지.

　이집트 문제도 조심스레 건드리던데 내 설명함세. 우선, 여왕의 종복 일부를 측근으로 받아들인 건 사실이네. 내 일에도 도움이 되고 외교적으로도 필요했기 때문이지. 하지만 그 일이 온전히 내 유희 때문이라고 해도 자네가 반대할 이유가 어디 있단 말인가. 자네도 암모니우스를 잘 알지? 죽은 자네 종조부(아, 지금은 '아버지'라 부르던가?) 친구였으니까. 지금은 내 밑에서 일하네. 율리우스를 섬기고 여왕을 섬길 때만큼이나 충성스럽게 섬기더군. 에피마코스도 마찬가질세. 자네는 단순히 '점쟁이'라고 부르지만 그런 식의 호칭이야말로(부디 용서하게나) 동로마 문제에 대해 크게 무지함을 드러내는 행위라네. 자네의 소위 '점쟁이'는 지극히 중요한 인물이야. 바로 헬리오폴리스의 대사제이자 토트의 현신이며, 『마법서』의 소유자이니까. 그는 우리의 어느 '사제'보다 훨씬 더 중요한 동시에 내게도 유용하다네. 게다가 아주 유쾌한 친구이기도 하고.

　두 번째, 이 년 전 알렉산드리아에서 여왕과의 관계 얘기라면 사실 비밀일 것도 없네. 아무튼 이 년 전 일임을 상기해주게나. 자네 매형이 되리라고는 상상도 못했을 때야. 게다가 클레오파트라가 선물한 쌍둥이 문제도 거론하지 말기를 바라겠네. 내 아이들일 수도, 아닐 수도 있겠지만, 어느 쪽이든 상관은 없네. 어쨌든 전 세계에 아이들이 있다는 얘기는 비밀도 아니지 않나. 이 신생아들도 그 아이들과 마찬가지로 내 아이들일세. 나는 잠시 여가가 생길 때면 쾌락을 찾고, 어디든 가능할 때마다 즐긴다네. 당연히 앞으로도 그럴 걸세. 처남, 적어도 기호를 숨기지는 않아. 난 위선자는 아닐세. 굳이 지적하자면, 자네의 외도는 자네 생각과 달리 그렇게 잘 숨기지는 못하더군.

내가 관계를 유지하기 위해, 클레오파트라의 이집트 통치를 인정한다고 생각한다면(아무래도 그렇겠지?) 날 몰라도 한참 모르는 얘기일세. 클레오파트라의 집권은 나뿐 아니라 자네한테도 쓸모가 있다네. 이집트는 동로마 국가 중에서 최고 부국이고, 필요하다면 재정을 우리한테 개방하기로 했지. 동로마 국가 중 유일하게 군대를 일부나마 우리가 쓸 수 있는 곳이기도 하고. 마지막으로, 강한 군주가 현재의 위치에 안주하려 하는 편이, 허약한 군주가 불안해할 때보다 훨씬 다루기 용이하다네.

자네도 바보가 아니니, 저간의 상황들을 이해하리라 믿겠네.

어떤 장난을 획책하는지는 모르겠지만 그게 뭐든 난 절대 받아들일 생각이 없어.

II. 서한(서기전 38)

발신: 마르쿠스 안토니우스

수신: 가이우스 센티우스 타부스

저 건방지고 빌어먹을 위선자 놈! 웃을 수도 울 수도 없으니 더 화가 나는군! 그놈의 위선이 우습고 저 위선 속에 뭘 감추고 있는지 아니 더더욱 열불이 난다.

이곳 아테네에서는 아무 정보도 듣지 못한다고 생각하는 거야? 솔직히 그놈이 무슨 짓을 하든 개의치 않는다. 저 위선적이고 도덕적인 말투도 상관없어. 원한다면 스크리보니아와 얼마든지 이혼할 수도 있겠지 자기 딸을(당연히 제 딸이지. 스크리보니아가 누군가?) 낳은 바로 그날이면 또 어때? 이혼한 지 일주일 만에 다른 여자를 들여도 좋다. (그런데 그 여자 전남편 애를 배고 있다며?) 이런 식으로 공공연하게 추문을 이어가도(자네가 보고한 추악한 소문까지 모두!) 절대 비난할 생각 없어. 사적인 문제라면 얼마든지 변태처럼 놀란 말이다.

하지만 처남의 최근 모습을 알잖아. 절대 감정이나 변덕에 휘둘릴 인간이 아니었다. 어쩌나 냉혈한인지 자칫 존경할 뻔까지 했건만!

스크리보니아와의 이혼으로, 우리가 더 이상 그녀의 가족, 섹스투스 폼페이우스와 이해관계가 없음을 만천하에 공개한 셈이다. 내가 어떻게 이해해야 하지? 왜 나한테 상의도 하지 않은 거야? 섹스투스와 전쟁을 하라는 뜻이야 뭐야? 아니면 옥타비우스 혼자 치르겠다고?

새 여편네는 또 뭐야? 리비아라고 했나? 자네 말에 의하면, 옥타비우스는 여자 남편을 이탈리아에서 추방했어. 공화주의자인 데다 페루시아에서 그에게 반대했다고. 이번의 결혼으로 공화파 잔류자들과 다시 관계를 개선하려고 시도하는 걸까? 도대체 무슨 꿍꿍이인지 알아야지…. 편지를 자주 보내게, 센티우스. 정보를 알아야겠어. 지금은 믿을 만한 놈이 없네. 로마에 있으면 좋겠지만 이곳 일을 버려둘 수도 없어.

지금의 삶을 유지할 수만 있다면 이런 골칫거리야 얼마든지 상관없다고 지금껏 나 자신을 설득해왔다. 비록 동생은 위선자라도 지금의 아내는 지극히 차분하고 예의도 바르다네. 내 비록 여기저기에서 쾌락을 찾기는 하나, 그 쾌락에 특별히 의미를 두지 않으려 최선을 다하고 있네. 매일 아내를 쫓아낼 궁리는 하네만 아직은 명분이 없어. 아이까지 밴 탓에 지금 이혼하면 처남과도 갈라서야 하는데, 아직 때가 아니야.

III. 보고서: 발췌

대사제 에피마코스가 현신 이시스이자 이집트 세계의 여왕 클레오파트라에게(서기전 40~37)

고귀한 여왕 폐하께 문안 올리옵니다. 오늘 마르쿠스 안토니우스가 옥타비우스 카이사르와 주사위놀이를 했습니다. 처음에는 재미였다가 어느 순간부터 심각해지더군요. 게임은 세 시간이나 이어지고 안토니우스가 매번 패배했나이다. 승률은 기껏 사 대 일 수준. 옥타비우스는 크게 좋아하고 반면 안토니우스는 화를 냈죠. 소인은 모래를 뿌리고 황홀경에 접어들어 에우리스테우스의 얘기를 들려주었습니다. 신들이 게으름을 부리는 바람에 헤라클레스가 그의 하인이 되었죠. 폐하께서 다음에 서한을 보내실 때 염원을 보다 강하게 밝히실 필요가 있습니다. 그보다 약하고 위대하지 않은 사람들을 위해 해야 할 일이 있지 않습니까? 소인은 심각하고 진중하나 폐하께옵서는 경쾌하고 밝아야 하옵니다.

점괘가 아무 소용이 없었습니다. 그가 정적의 누이 옥타비아와 결혼했습니다. 대중과 병사들을 만족시키기 위한 담보이옵니다.

폐하께 밀랍인형 두 개를 보내옵니다. 궁 내에 가장 내밀하되 방이 하나밖에 없는 방을 찾으셔서, 안토니우스의 인형은 문이 있는 쪽에, 옥타비아의 인형은 없는 쪽에 두시옵소서. 폐하께옵서 직접 하셔야 하옵니다. 어느 누구도 도와서는 안 되옵니다. 인형과 인형 사이에 바닥에서 천장까지 두껍게 벽을 쌓되 절대 틈이 없도록 하옵소서. 매일 해가 뜰 때와 해가 질 때 제 사제 에피크테타스를 부르면 방 밖에서 주문을 외울 것이옵니다. 그도 어떻게 해야 하는지 아옵니다.

우리는 옥타비아와 함께 아테네로 갑니다. 옥타비아는 현재 임신 중이고 삼 개월 내에 출산 예정이옵니다. 안토니우스에게 똑같이 생긴 그레이하운드를 두 마리 선물했는데, 경주를 시키며 무척 좋아하는 눈치였습니다. 옥타비아의 아이가 태어나는 날, 개들이 사라지도록 할 생각이옵니다. 그럼 폐하께서 몇 주 내에 안토니우스에게 서한을 보내 쌍둥이 꿈을 알려주셔야 하옵니다.

옥타비아가 딸을 낳았습니다. 따라서 그의 이름에 아직까지 상속자가 없사옵니다. 태양신께서 우리의 소망을 듣고 우리 요구에 응답하였사옵니다.

그가 옥타비우스와 싸우면 옥타비아가 중재를 하는데, 동생이 아니라 남편의 편을 듭니다. 안토니우스도 더 이상 그녀를 의심하지는 않습니다. 아니 머뭇머뭇 그녀를 좋아하는 것 같기도 하오나, 아직은 그녀의 차분함과 온화함을 못 견뎌 하옵니다. 에피크테타스가 지시대로 성실하게 주술을 시전하였사옵니까?

꿈을 꾸었답니다. 그가 카우치에 묶여 있는데 막사가 활활 타올랐습니다. 병사들은 불타는 막사를 지나가지만 아무리 소리쳐도 들은 척도 하지 않더군요. 정말 듣지 못한 것 같았답니다. 간신히 속박을 끊기는 했지만 불이 어찌나 가열차게 타는지 어느 쪽으로 탈출할지 갈피조차 잡지 못했죠. 결국 두려움 속에 깨어나 저를 불렀사옵니다.

사흘간 단식을 한 후, 그에게 꿈을 해석해주었사옵니다. 불은 로마의 음모이며 옥타비우스 카이사르가 원흉이다. 텐트 안 상황은 두 가지를 드러낸다. 그의 입지(로마세계에서 그의 입지는 안전하지도 않고 영원하지도 않사옵니다.), 그리고 그의 본질(그는 군인입니다.). 카우치에 묶여 있는 상황은 이렇게 해석되옵니다, 지금까지 아무 조처도 취하지 않은 탓에 자신의 본질을 배신하고 크게 나약해졌으며, 따라서 음모는 물론 운명에도 무기력해졌다. 병사들이 그의 부름에 답하지 않은 것도 그래서이옵니다. 본질을 배신했기에 병사들을 통솔할 자격을 상실했으니까요. 그의 본질은 말이 아니라 행동입니다. 병사들도 그의 언술이 아니라 행동에 복종하겠죠.

그 말에 심각해지더군요. 그러더니 잠시 지도를 살핍니다. 소인은 아무 말 하지 않았사오나 파르티아를 상대로 싸울 가능성을 저울질하고 있을 것이옵니다. 이 때문에라도 결국 폐하의 도움이 필요할 수밖에 없습니다. 그의 뜻대로 따를 것임을 알려주시되 신중해야 하옵니다. 그럼 그를 다시 우리 쪽으로 끌어들이고 이집트의 찬란한 미래를 확보할 것이옵니다.

IV. 서한(서기전 37)
발신: 클레오파트라, 알렉산드리아
수신: 마르쿠스 안토니우스

사랑하는 마르쿠스, 오랫동안 연락 못 드렸지만 이해하셔야 해요. 당신도 소식이 없긴 마찬가지였으니까요. 또 하나 용서하실 일은, 지금 저는 여인으로서가 아니라, 여왕으로 편지를 쓰고 있답니다. 당신의 충실한 동맹이자 언제든 힘을 빌려줄 수 있는 여왕이죠. 지난 몇 달간 아주 심각하게 앓았지만 당신께 걱정 끼치고 싶지 않았어요. 당연히 이 편지도 쓰지 않아야 했으나, 제 나약함과 당신을 향한 마음이 여왕의 체면을 이기고 말았군요.

잠을 청한들, 어이 눈을 감겠나이까. 힘 또한 열병에 빼앗겨 주치의 올림푸스조차 어쩌지 못하는군요. 식사도 거의 하지 못하고 절망은 뱀처럼, 텅 빈 내 영혼 안으로 기어들어옵니다.

오, 마르쿠스, 이런 말들로 또 당신을 지루하게 만들고 마는군요. 하지만 친절하신 분임을 압니다. 약해빠진 옛 친구를 너그러이 용서해주세요. 늘 당신을 생각하고 가슴 가득 추억을 간직한 여인네인 걸요.

아마도 올림푸스의 조언이 아니라 바로 그 추억 때문이겠죠. 결국 알렉산드리아를 벗어나 테베까지 여행을 하기로 했답니다. 올림푸스께서 이르시기를, 그곳 사원에 지고의 신, 아멘라가 계시어 제 병을 거두고 힘을 돌려주신답니다. 제가 이집트 신들을 너무 따른다고 놀리셨던가요? 늘 그렇지만 그 말씀도 옳을지 모릅니다. 실제로도 올림푸스 신을 잊기도 했답니다. 그러다가 문득 옛 추억을 떠올렸죠. (아아, 벌써 이렇게 아득하다니!) 어느 봄날 함께 배를 타고 나일 강을 내려가던 날 기억나시죠? 우리는 나란히 카우치에 누워 비옥한 강둑이 미끄러져 내려가는 광경을 지켜보았죠. 시원한 강바람이 우리 두 사람의 몸을 핥으며 지나고 농부들과 양치기들이 무릎을 꿇었어요. 심지어 염소와 새끼 고양이들도 걸음을 멈추고 고개를 우러러 우리를 지켜보고 숭앙하는 듯했죠. 멤피스에서는 우리를 찬양하기 위해 투우경기를 열고, 헤르모폴리스와 아케타톤에서는 신과 여신, 오시리스와 이시스가 되었어요. 그리고 일백 개의 성문이 있는 테베, 그 나른한 낮과 흥겨운 밤들….

옛일을 추억하니, 문득 힘이 돌아오는 것만 같군요. 그래서 올림푸스께 말씀드렸습니다. 아멘라 신전에 가겠다고. 하지만 행여 건강을 되찾는다면, 온전히 여행길마다 엮어놓은 추억들 덕분일 겁니다. 제 생명만큼이나 소중한 추억들이니까요.

V. 서한(서기전 37)

발신: 마르쿠스 안토니우스
수신: 옥타비우스 카이사르

자네는 섹스투스 폼페이우스와의 조약을 깨뜨렸네. 내가 보증한 서약이었어. 그와 전쟁을 벌이려고 한다는 소문은 들었다만 그 문제에 대해 한 마디도 상의가 없었잖나. 내 명예를 계속 훼손하는데 지금껏 자네나 자네 누이한테 해를 끼친 적이 한 번도 없네. 이탈리아에 기껏 작은 힘이 남아 있을 뿐이야. 그런데 그마저 빼앗으려 하는가? 지금 자네의 힘 대부분은 내가 충성 차원에서 부여한 것이야. 요컨대, 내 충성을 자넨 배신으로 갚았어. 존중은 음모로 갚고 관대함은 이기심으로 돌려주는군.

로마라면 뭘 하든 무슨 상관인가? 더 이상 신경 쓸 생각 없어. 올해 초 삼두정치를 연장하기로 합의했을 때 마침내 우리도 함께 일할 수 있으리라는 기대도 했건만, 역시 불가능했군그래.

자네 누이와 조카들을 보내겠네. 그녀가 도착하면 돌아올 필요 없다고 전해주게나. 좋은 여인이기는 하네만 자네 집안과 더 이상 관계를 유지하고 싶지 않아. 이혼 문제라면, 자네한테 일임하지. 자네 좋을 대로 문제를 이끌어가겠지만 상관없네.

더 이상 자네 눈치는 볼 생각 없네. 그럴 필요도 없어. 자네도 자네의 음모도 두렵지 않아.

올해 초봄, 파르티아 전투를 시작하겠네. 자네가 약속한 군단은 필요 없으니 보내지 말게. 클레오파트라를 안티오케이아로 불렀네. 내게 필요한 병력을 지원하기로 했어.

자네가 짜놓은 거미줄에 로마가 갇혀 죽어간다 해도 이집트는 내가 제공할 힘 덕에 크게 번창할 걸세. 송장은 자네에게 넘기네. 나 자신은 살아 있는 몸을 더 좋아하니까.

VI. 서한(서기전 37)

발신: 마르쿠스 안토니우스

수신: 클레오파트라

나일의 여제, 살아 있는 태양의 여왕, 내 사랑하는 벗이여. 폰테이우스 카피토가 이 편지를 전하오리다. 그대의 두 손에 전하라 친히 일렀으니 나를 믿듯 그를 믿고 이 편지에 적혀 있지 않더라도 뭐든 질문하기 바라오. 지금까지 보았으니 잘 아시겠지만 나는 행동하는 사내라오. 말만 번지르르한 놈이 아니라오.

그렇기에 당신이 중병으로 고생한다는 소식에 내 가슴이 얼마나 아팠으며, 추억의 테베에서 돌아오는 여행 중 건강을 회복하고 있다는 사실을 알고 그 아픈 가슴으로 얼마나 기뻐했는지 도저히 형언할 수가 없구려. 내가 어떻게 알았는지 궁금하오? 솔직히 고백하자면, 그대의 무리 중에 우호적인 첩자 몇을 들였다오. 물론 우리 둘 모두를 사랑하며, 내 깊은 우려를 배려해 내게 그대의 안녕을 전하는 이들이오. 세월이 어수선하여 비록 떨어져 지내나 그대를 향한 근심은 이리도 떠나지 않는구려. 이따금 서한을 띄우지 못한다면, 편지로 말미암아 과거의 행복했던 기억이 떠오르고 그 상실감을 도저히 감당하기 어렵기 때문이라 이해해주시오.

폰테이우스가 전하겠지만, 지금 마치 악몽에서 깨어난 기분이라오. 오, 나의 소중한 연인이시여, 이렇게 오래 떨어져 지내면서 내가 얼마나 값비싼 대가를 치르는지 아오? 물론 알겠죠. 분명 이해할 것이오. 그대가 어렸을 때 왕족이라는 이유로 부친께서 그대를 어린 동생과 혼약을 시켜 프톨레마이오스의 혈통을 이으려 했을 당시 얼마나 불행했는지 얘기한 적이 있으니까. 하지만 그대의 여성성은 넘치고도 넘친다오. 그리고 이시스가 여인이 되듯 헤라클레스 또한 사내가 되어야 하오. 언제나 신과 여신, 왕과 여왕으로 남기란 너무 버거운 짐이구려.

폰테이우스와 함께 안티오케이아로 오지 않겠소? 내 그대를 기다리리다. 나를 향한 사랑이 식었다 해도 꼭 다시 봐야겠소. 직접 보고 그대가 잘 있음을 확인해야겠소. 게다가 심장의 문제를 거부한다손 쳐도 아직 우리에겐 국사가 남아 있구려. 부디 오구려. 우리 둘이 기억해야 할 추억들을 존중해서라도.

VII. 마르쿠스 아그리파의 회고록: 발췌(서기전 13)

필리피 전투 이후, 삼두 안토니우스가 동로마 세계의 모험에 빠진 탓에 내전의 상처를 치유하고 로마의 이탈리아에 질서를 심는 일은 온전히 카이사르 아우구스투스의 몫이 되었다. 그는 동료 안토니우스의 음모를 헤쳐 나갔지만 비틀거리지 않았다. 페루시아에서 내 휘하의 군인들이 안토니우스 동생 루키우스의 반란군을 진압하였다. 그의 범죄는 비록 위중했으나 카이사르 아우구스투스는 너그럽게도 그 목숨을 살려두었다.

카이사르 아우구스투스가 질서를 확립해 로마를 구원하기까지 난제가 산적했지만, 무엇보다 반역자이자 약탈자 섹스투스 폼페이우스가 심각했다. 그는 무법적으로 시칠리아와 사르디니아의 섬을 장악하고 함대를 끌고 마구잡이로 바다를 휘저으며 곡물선과 상선들을 약탈하고 파괴해 로마의 생존을 위협했다. 섹스투스 폼페이우스의 약탈이 어찌나 심각했던지 도시는 말 그대로 아사지경이었다. 사람들은 절망과 두려움에 빠져 거리에 나가 폭동을 일으키거나, 스멀거리는 절망에서 벗어나기 위해 안간힘을 썼다.

카이사르 아우구스투스는 시민들을 걱정해 폼페이우스에게 화의를 제안했다. 사실 전투에서 이길 능력도 없었다. 조약은 성사되고 한동안 곡물이 로마로 흘러들어왔다. 나는 카이사르 아우구스투스의 지시대로 트란살피나 갈리아의 총독으로 부임했다. 내 임무는 군단을 조직해 점점 거세지는 갈리아 야만족의 반란을 진압하는 것이었다. 임무를 마치면 이듬해 로마에 돌아와 집정관이 되기로 했다.

하지만 조약에 잉크가 마르기도 전에 섹스투스 폼페이우스는 안토니우스와 음모를 꾸미기 시작했고, 화의는 깨졌다. 섹스투스는 해적질과 약탈을 재개했다. 카이사르 아우구스투스는 해가 끝나기도 전에 나를 로마로 불러들였다. 로마를 굶주림에서 해방시키기 위해서라도 우리에게 선택은 전쟁뿐이었다.

로마의 본령은 땅과 토양이다. 바다에서는 한 번도 편해본 적이 없다. 하지만 섹스투스 폼페이우스를 극복하고자 한다면 무대는 반드시 바다여야 한다. 비정상적인 종족이 다 그렇듯, 그의 주무대가 바다였기 때문이다. 육지에서 쫓아낸들 바다에 숨어버리면 그만 아닌가. 카이사르 아우구스투스와 원로원은 나를 로마 해군 제독으로 임명하고 역사상 처음으로 강력한 로마 함대를 구축하는 임무를 맡겼다. 군함 삼백 척을 건조하고 카이사르 아우구스투스 휘하의 선박들을 강화하고 해군 병력을 증강하는 말 그대로 대사업이었다. 아우구스투스는 성실한 근무를 대가로 이만여 명의 노예에게 자유를 주었다. 그리고 광활한 바다에서 훈련을 할 수 없는 탓에(이따금 해적 폼페이우스가 이탈리아 해안 근처까지 배를 몰고 들어왔다.) 나폴리의 루크린 호수와 아베르누스 호수 사이에 수로를 깊이 파, 그 자체를 거대한 호수로 만들었다. 그리고 헤르쿨레아나 길을 (헤라클레스가 직접 지었다고 한다.) 콘크리트로 강화하고 양쪽에서 수문을 통해 바다로 열리게 만들어, 지금의 소위 율리우스만을 만들어냈다. 물론 율리우스는 내 상관이자 친구를 기리기 위한 이름이다.

율리우스만은 사방이 뭍이기에 악천후와 적 함대로부터 자유로웠다. 나는 집정관 임기와 그 이듬해까지 그곳에서 해군을 훈련시켜 해적 폼페이우스의 노련한 병사들과 대적할 준비를 했다. 마침내 그해 여름 우리는 만반의 준비를 끝냈다.

이윽고 신인 율리우스를 기리기 위해 최근에 명명한 달, 즉 8월이 돌아왔다. 그리고 그 첫날, 우리는 시칠리아를 향해 남쪽으로 항해를 시작했다. 그곳에 이르면 동쪽에서 안토니우스의 예비 함대가, 북쪽에서는 레피두스 함대가 우리를 맞으러 나타날 것이다. 철 이른 강풍이 휘몰아치는 통에 피해도 적지 않았다. 하지만 안토니우스와 레피두스의 함대가 피신하는 동안, 아우구스투스의 로마 함대는 황제와 내 지휘하에 태풍을 뚫고 전진했다. 그리하여 비록 지체는 했으되 기어이 시칠리아의 북쪽 해안 밀레에서 적 함대와 부딪쳤다. 우리가 거칠게 밀어붙인 끝에 놈들은 얕은 물로 달아났다. 우리로서는 쫓아갈 수 없는 곳이기에 대신 밀레의 마을을 수색했다. 해적들이 보급품 대부분을 의지하는 곳이기 때문이었다.

우리 능력을 과소평가한 탓에 폼페이우스의 군함들은 우리가 공격도 하기 전에 망가졌다. 우리는 내가 고안한 갈고리를 이용해 상대의 배에 승선했다. 그 덕에, 침몰시킨 배보다 빼앗은 배가 더 많았다. 우리 함대는 점점 위력을 더해 기어이 히에라와 틴드루스 해안 요새까지 장악했다. 폼페이우스가 우리 함대를 섬멸하지 못하는 한 해안 요새는 우리 손에 떨어지고 보급품도 잃게 된다. 그럼 그의 패배는 뻔한 일이다.

그래서 그는 모험을 걸기로 했다. 자기 함대에 유리한 지점을 택해 항구도시 나울로쿠스를 수호하려 한 것이다. 이미 제일 처음에 정복을 했지만 수호에 실패할 경우 남쪽 몇 킬로미터 거리의 요새 밀레를 지키기도 쉽지 않을 것이다.

폼페이우스가 아무리 노련하다 해도 우리 중량급 함대를 공략할 수는 없었다. 전술면에서는 우리보다 뛰어났지만, 그는 끝내 마음을 접고 기껏 노꾼들을 쓸어버리는 데 집중했으며, 그 와중에 선박을 더 잃고 회복 불능 지경에 빠지고 말았다. 폼페이우스의 군함 스물여덟 척이 병력과 함께 침몰하고 나머지는 붙잡히거나 치명타를 당했다. 우리 공격을 빠져나간 군함은 기껏 열일곱 척에 불과했다. 패잔병들은 동쪽으로 달아났는데 그 위에서 섹스투스 폼페이우스가 마지못해 지시를 내리고 있었다.

소문에 따르면, 폼페이우스가 동쪽으로 달아난 까닭은 삼두 안토니우스와 합류한 뒤 전열을 정비해 카이사르 아우구스투스를 칠 심산이었다. 다만 그곳엔 아무도 없었다. 파르티아의 야만인 왕 프라아테스와 연합하려 했다고 주장하는 의견도 있었다. 하지만 그 부족 역시 동로마 속령들을 상대로 전쟁을 하던 참이었다. 어쨌든 폼페이우스는 아시아의 속령까지 건너가 강탈과 약탈을 일삼다 백인대장 티투스에게 잡혔다. 한때는 폼페이우스가 티투스를 살려주었으나 티투스는 폼페이우스를 일반 강도와 마찬가지로 사형에 처했다. 로마의 이탈리아 주변 바다를 괴롭히던 약탈의 공포는 이렇게 막을 내렸다.

전투에 지치긴 했지만 아직 시칠리아의 해안 도시들이 남아 있었다. 폼페이우스를 지지했기 때문인데, 그중에서도 메시나에는 폼페이우스의 육상군 대부분이 진을 치고 있었다. 우리는 카이사르 아우구스투스의 지시에 따라 도시를 봉쇄하고 그가 오기를 기다렸다. 필요하다면 전투를 마다할 이유는 없었지만 이번에는 기어이 삼두 레피두스 휘하의 함대와 메시나에서 충돌했다. 레피두스는 지금껏 해전에서 누구와도 연합해본 적이 없었다. 내가 그에게 카이사르 아우구스투스의 지시를 전했으나, 그는 오히려 지역 사령관과 협상에 들어갔다. 아프리카에서 오는 도중 전투를 겪은 적이 없는 터라 사기도 높아서 이번에는 내 통솔권을 박탈한다고 헛소리까지 했다. 그는 메시나에서 폼페이우스 군단을 모두 접수하고 충성 서약을 받은 뒤 자신의 휘하로 받아들였다. 우리는 탈진과 고통 속에서 카이사르 아우구스투스의 도착만 기다렸다.

VIII. 군사명령(서기전 36, 9월)

발신: 마르쿠스 아이밀리우스 레피두스, 로마 최고사령관 겸 삼두, 아프리카 총독, 아프리카 군단 최고 사령관, 로마 원로원 집정관 겸 최고 대신관

수신: L. 플리니우스 루푸스, 폼페이우스 메시나 군단 사령관

주제: 시칠리아 폼페이우스 군단의 인수 건

금일, 섹스투스 폼페이우스의 패배에 따라 휘하 군단을 인수했으므로, 귀하는 소속 장교 및 병사들에게 다음 사항을 주지시켜야 한다.

첫째, 금일 이전까지 로마의 합법적 권위를 부정한 데 따른 범죄 사실을 모두 말소한다.

둘째, 내 휘하 이외의 어느 군단 장교 및 병사와 협상하거나 대화할 수 없다.

셋째, 병사들의 안전과 복지는 오로지 내 책임하에서만 보장한다. 따라서 나와 내가 지목한 장교가 아니면 그 누구의 지시도 따를 수 없다.

넷째, 내 휘하의 군단과는 자유로이 왕래가 가능하며 서로 적이 아니라 전우로 인식하여야 한다.

다섯째, 메시나는 피정복 도시로서, 내 병사들뿐 아니라 적들의 편의에도 이용될 수 있음을 직시한다.

IX. 서한(서기전 13)

발신: 가이스 콜리니우스 마에케나스

수신: 티투스 리비우스

친애하는 리비우스, 오늘 아침 막 소식을 들었네. 마르쿠스 아이밀리우스 레피두스가 키르케이에서 죽었다네. 은퇴 생활을 하는 줄 알았건

만. 그래 이십 년 동안 수치스럽게 살기는 했어. 우리의 적이었으니⋯. 그런데 오래전부터 옛 정적의 죽음이 기이하게도 옛 친구의 죽음처럼 느껴지네. 슬프군. 폐하께서도 슬퍼하시더군. 부고도 폐하께 들었네. 그의 식솔이 원한다면 로마에서 사회장을 허락하시겠다고 하셨어. 옛 방식으로. 그 덕분에, 세월이 많이 지났지만 레피두스도 로마에 돌아오게 되었네. 당시 시칠리아에서의 사건을 잊는다는 조건이겠지만, 아아, 벌써 사반세기나 지난 일이거늘⋯.

문득 그 일은 자네한테 알려주지 않았다는 생각이 들더군. 일주일 전이었다면 모르긴 몰라도 다소 가볍게 지나갔을 거야. 그저 과거의 씁쓸한 기억에 불과하다 여겼으니까. 하지만 그가 죽었다니 기억은 다시 새 빛을 드리워 어쩐지 묘하게 슬프기까지 하군그래.

싸움은 길고 가슴 아프고 또 참혹했네. 해적 섹스투스 폼페이우스는 패했지. 마르쿠스 아그리파와 옥타비우스의 함대와 군단이 이룬 쾌거였지만 레피두스의 도움도 없지는 않았어. 레피두스와 아그리파는 시칠리아 해안 도시 메시나를 봉쇄하기로 했네. 그래야 항구를 차단해 사방으로 흩어진 섹스투스 폼페이우스 함대가 전열을 재정비하지 못하게 할 수 있기 때문이지.

하지만 도시의 사령관이 플리니우스라는 자였는데, 섹스투스가 패배했다는 소식에 레피두스의 협박까지 겹치자, 싸움 한 번 하지 않고 도시와 여덟 개 군단을 그냥 넘겼네. 레피두스는 도시를 접수한 뒤, 아그리파의 항의에도 불구하고 군단을 모두 자기 휘하에 두었네. 그리고는 자신의 열네 개 군단뿐 아니라 폼페이우스의 군단들까지 더해 도시를 약탈하기 시작했지. 항복을 했으니 당연히 보호해주어야 하거늘.

친애하는 리비우스, 자네도 이해하겠지만 전쟁이 아름다울 수는 없네. 병사들의 야만성도 당연히 각오해야겠지. 아그리파와 옥타비우스가 도시에 입성한 것은 하룻밤의 약탈이 끝나고 나서였네. 아그리파는 그 당시 얘기를 조금 들려주긴 했지만 황제께서는 한 마디도 하지 않으려 하셨다네.

부자든 빈자든 이유도 차별도 없이 불태우고, 단지 폼페이우스 군단에 마을을 빼앗겼다는 이유만으로 마을 사람들 수백 명이 학살과 고문을 당했네. 노인, 여자, 아이들까지 모두. 아그리파는 그렇게 말하더군. 그와 황제께서 말을 타고 들어갔을 때가 늦은 오후였는데, 대학살이 끝났건만, 부상당하고 죽어가는 이들의 신음과 비명이 하늘을 온통 뒤덮었다고.

그리고 황제께서 마침내 레피두스를 마주했네. 병사들을 풀어 고통받는 마을 사람들을 돌보게 한 이후였어. 황제는 형언불가의 슬픔에 크게 상심하신 상태이셨건만, 레피두스는 멍청하게도 그 침묵을 나약함으로 오인하고 말았다네. 그러니까 예기치 않게 불로소득으로 스물두 개 군단이 휘하에 떨어지자 그 막강한 세력에 옥타비우스가 겁을 먹었다고 판단하고, 아예 당장 시칠리아를 떠나라고 협박까지 서슴지 않았다네. 말투 또한 위협적이고 오만하기 짝이 없었지. 그뿐 아니라, 옥타비우스가 삼두로 계속 남고 싶다면 아프리카에 만족하라는 말까지 했어. 그 정도라면 나 레피두스가 기꺼이 물려줄 수 있다면서…. 기가 찰 노릇이었지.

멍청한 레피두스. 불쌍한 레피두스. 어쩌다가 그다지도 황당한 착각에 빠졌는지. 황제는 그의 터무니없는 요구에 아예 대답조차 하지 않았다네.

다음 날, 황제는 아그리파와 경호원 여섯만 데리고는 작은 광장에 들어가 레피두스의 병사들과 섹스투스 폼페이우스의 패잔병들을 상대로 연설을 했네. 레피두스의 약속은 자신의 동의가 없었기에 효력이 없으며, 행여 가짜 지도자를 따를 생각이면 로마의 보호를 받지 못하고 버림받게 된다는 내용이었어. 어차피 카이사르의 이름을 보유한 사내 아닌가. 사실은 그 이름만으로도 병사들은 제정신을 차렸을 걸세. 그런데 거기에 레피두스의 치명적인 오판이 이어졌다네. 그자의 경호원 하나가 레피두스의 눈앞에서 직접 황제를 시해하려 든 거야. 그래, 황제의 경호원이 몸을 던져 투창을 막고 대신 목숨을 바치지 않았던들, 황제는 크게 다치거나 목숨을 잃었을 걸세.

아그리파의 전언에 따르면, 경호원이 황제의 발아래 쓰러지자 병사들이 기이하게 수군대기 시작했네. 심지어 레피두스의 경호원들도 얼어붙고 말았어. 옥타비우스는 쓰러진 경호원을 슬픈 눈으로 바라보다가 마침내 고개를 들어 눈앞의 무리를 바라보았지.

정말로 조용한 목소리였네. 하지만 그 목소리는 병사들 모두에게 들렸어.

"이렇게 마르쿠스 아이밀리우스 레피두스의 지시로, 용감하고 충성스러운 로마 병사가 타국에서 숨을 거두었다. 그가 전우들에게 그 어떤 해를 끼쳤단 말이던가."

황제는 경호원들에게 시신을 높이 들어 올리게 하고는, 경호원들 앞에서 그 어떤 보호도 없이 마치 장례를 치르듯 군중 속을 헤쳐 나갔어. 병사들이 마치 바람 앞의 밀밭처럼 길을 내주었네.

그리고 섹스투스 폼페이우스의 군단병들이 하나씩 레피두스를 버리고 도시 밖 우리 군에 합류했어. 뒤이어 레피두스의 군단병들도 지도자의 게으름과 무능력에 진저리를 치고는 우리 편으로 넘어왔지. 결국 레피두스는 무기력하게 도시 성벽 안에 갇히고 말았지. 휘하에 남은 병사들도 극히 일부뿐이었네.

레피두스도 체포나 처형을 우려했을 거야. 하지만 옥타비우스는 움직이지 않았어. 그 지경이라면 자결을 해야 마땅했건만 레피두스는 그마저 하지 못했네. 오히려 옥타비우스에게 사신을 보내 용서를 구했지. 목숨만 살려달라고. 옥타비우스는 동의했네. 단 조건을 하나 내걸기는 했어.

초가을 어느 밝고 추운 날 아침, 옥타비우스는 마르쿠스 아이밀리우스 레피두스와 섹스투스 폼페이우스 군단의 장교들과 백인대장은 물론 자기 군단의 장교들, 백인대장까지 모두 메시나 광장에 집합시켰네. 그리고 레피두스는 그들 앞에서 자비를 빌었다네.

흰머리가 희끗희끗 바람에 날리고 공직자 색이 하나도 없는 일반 토가 차림이었어. 그는 수행원 하나 없이 천천히 기나긴 포룸을 가로질러, 옥타비우스가 서 있는 연단에 올랐네. 그리고 무릎을 꿇고 자신의 죄를 용서해달라고 애원한 뒤 권력을 모두 내려놓겠다고 대중 앞에서 선언했어. 아그리파 말로는 얼굴에 핏기도 표정도 없었다더군. 목소리는 마약에 취한 사람처럼 아련하고.

옥타비우스는 이렇게 말했네.

"이자를 용서한다. 이제 여러분 사이를 걸어갈 테니 절대 해하지 말라. 향후 로마에서 추방이야 되겠지만 그래도 로마의 보호를 받는다. 대신관 직책을 제외하고는 공직에서 모두 물러난다. 대신관은 오로지 신들만이 빼앗을 수 있는 직책이기 때문이다."

레피두스는 아무 말없이 일어나 자기 막사로 돌아갔네. 그런데 아그리파가 내게 묘한 얘기를 해주더군. 레피두스가 떠나갈 때 아그리파가 옥타비우스에게 이렇게 말했다는 거야.

"죽음보다 더 심한 형벌을 내리셨습니다."

그러자 옥타비우스가 미소를 지었다더군.

"어쩌면, 어쩌면 덕분에 행복해질 수도 있어."

키르케이에서 망명 생활은 어땠을까? 행복했을까? 권력을 주물렀던 이들이 권력은 빼앗기고 목숨을 부지했어…. 그런 삶은 도대체 어떨까?

X. 마르쿠스 아그리파의 회고록: 발췌(서기전 13)

우리는 로마에 돌아가 로마 시민들의 환영을 받았다. 우리가 굶주림에서 구해준 것이다. 북부지방의 아레조에서 남부의 비보까지, 이탈리아 도시의 사원들마다 옥타비우스 카이사르의 대리석상을 세우고 사람들은 그를 난로의 신으로 추대했다. 원로원과 로마인들도 황금상을 세워, 바다와 육지에 돌아온 질서를 축복했다.

행사를 축하하기 위해 옥타비우스 카이사르는 사람들의 부채와 세금을 탕감하고, 마르쿠스 안토니우스가 동로마의 파르티아를 진압했을 때처럼, 마침내 궁극적인 평화와 자유를 되찾았다고 선언했다. 그리고 로마의 꿋꿋함에 감사한 후 내 머리에 금관을 씌워주었다. 우리 함대로 장식한 금관…. 이는 그 이전은 물론 그 이후 아무도 받지 못한 영예였다.

이렇게 멀리 동로마에서 안토니우스가 야만인 파르티아 족을 사냥하는 동안, 이탈리아에서는 카이사르 아우구스투스가 조국의 국경을 지켰다. 오랫동안 로마를 괴롭혔던 불화도 이제 끝이 났다. 우리는 판노니아 족을 정복하고 부족 침략자들을 달마티아 해안에서 몰아냈다. 이제 이탈리아는 북쪽의 어느 위협에서도 자유롭게 되었다. 이들 전쟁을 치르는 동안에도 옥타비우스 카이사르는 몸소 군대를 통솔하고 전쟁터에서 영광의 상처들을 입기도 했다.

여섯

I. 서한(서기전 36)
발신: 다마스쿠스의 니콜라우스, 안티오케이아와 알렉산드리아
수신: 아마시아의 스트라보

친애하는 스트라보 형, 어느 사건을 목격했는데 그 의미를 아무래도 형이 제일 잘 알 것 같소. 오늘 날짜로 로마의 삼두, 마르쿠스 안토니우스가 이집트의 임페라토르, 독재관이 되었어요. 직접 그렇게 부르지는 않지만 사실상의 왕이라오. 이시스의 현신이자 이집트의 여왕이며 나일 왕국의 여제 클레오파트라와 결혼을 했기 때문이라오.

내가 보기엔 로마인들은 아직 아무도 이 소식을 모를 게요. 형이 그렇게 자주 언급하고, 그렇게 흠모해 마지않는 젊은 황제도 들었을 리가 없소. 결혼이 워낙에 갑작스러운 일이라 동로마 제국에서도 예식이 있기 불과 며칠 전에 알았으니까요. 오, 스트라보 형, 이 순간 형 얼굴 표정을 볼 수만 있다면, 비록 형과 함께 그렇게 애썼다 해도, 이놈의 지혜 따위는 얼마든지 포기하리다! 아연실색일까요? 아니면 원통해하시려나? 형을 나무라고 놀려도 용서해주시오. 바라건대 우정 어린 질투라도 있어 자꾸 약 올리고만 싶으니 난들 어쩌겠소? 사실 형의 세속적 성공 때문

에 나도 똑같이 질투를 했다오. 형의 로마 편지들, 나도 그만큼 부러워 했음을 알아야 한다 그 말씀이오. 몸은 다마스쿠스에 있건만, 그곳에 형과 함께 있고 싶어 얼마나 몸이 달았는지 모른다오. 형 말마따나, '세상의 중심'에서 형이 그렇게 자주 언급하고 가깝게 지낸다고 얘기한 위인들과도 대화를 하고 싶었소. 이제 나도 세상에 나왔답니다. 아직도 믿기가 어렵지만, 내게도 큰 행운이 있어 상당한 지위까지 얻었지 뭡니까? 지금은 클레오파트라 영식, 영애의 가정교사이자 왕립 도서관장이며, 왕립 학교들의 교장이 되었다오.

이런 일들이 얼마나 급작스럽게 일어났는지 여전히 믿기가 쉽지 않구려. 아니, 나를 임명한 이유조차 이해하기가 쉽지 않다오. 어쩌면 명목상 유대인 철학자나 광신도가 아니어서일 수도 있고 내 부친께서 헤로데 왕궁과 작게 사업을 하고 있기 때문인지도 모르겠소. 헤로데 왕이야 마르쿠스 안토니우스가 최근 유대의 왕으로 인정하고 평화롭게 살고자 했으니까요. 그런데 정치가들이 어떻게 나처럼 비정치적인 사람을 건드릴 수 있죠? 차라리 이런 얘기들이 지나친 겸손이라면 좋겠구려. 어쩌면 학자로서의 명성 덕분에 그 일에 적임자로 낙점되었다고 생각하고 싶으니 왜 아니겠소.

아무튼 여왕의 사절이 알렉산드리아로 찾아왔다오. 아버님과 사업 문제로 방문했다가 여가를 내어 왕립 도서관을 방문했을 때였답니다. 그때 사절이 찾아왔고 난 곧바로 승낙했답니다. 지위 자체가 물질적 이익도 많지만(기대해도 좋아요.) 왕립 도서관은 내가 방문한 그 어느 도서관보다 인상적이었구려. 거의 아무도 펼쳐보거나 심지어 구경해본 적도 없는 귀서를 얼마든지 참고할 수가 있으니까요.

이제 왕가의 일원이니 여왕이 가는 곳마다 수행을 하오. 자녀는 알렉산드리아 궁정에 남아 있지만 나는 사흘 전 이곳 안티오케이아에 도착했소. 예식이 왜 여기서 열리는지 잘 모르겠소. 알렉산드리아의 궁전이 맞을 듯한데, 안토니우스가 로마법을 노골적으로 무시할 수 없기 때문일 수도 있겠지만 그보다는 이곳 동로마에 미래를 맡긴 듯싶소. (전처와도 합법적 이혼 절차를 밟으려 하지 않았다면서, 이제 로마 율법을 거론하는 이유가 뭘까요?) 아니면 이집트인들에게 여왕의 권위를 침해하지 않았음을 분명히 하고 싶었을 테고, 어쩌면 정말 특별한 의미가 없을지도 모르겠소.

아무튼 예식은 끝나고 여왕과 마르쿠스는 이제 부부가 되었소. 그리고 로마가 어떻게 생각하든, 둘은 이 동로마 세계의 연합 통치자라오. 마르쿠스 안토니우스는 공개적으로 카이사리온(한때 그와 친구였던 율리우스 카이사르의 아이로 알려졌죠.)을 클레오파트라의 왕위 계승자로 선언했고 여왕이 낳은 쌍둥이는 그의 합법적 자녀로 공언했다오. 게다가 그는 이집트의 속국을 크게 확장시키기도 했어요. 여왕은 이제 페트라와 시나이 반도를 포함해 아라비아 전역, 요르단에서도 사해와 예리코 사이의 지역, 갈릴리와 사마리아 일부, 페니키아 해안 전역, 레바논, 시리아, 킬리키아에서도 가장 부유한 지역들, 키프로스 섬 전체, 크레타 일부를 지배하게 되었소. 따라서 나도 과거에 시리아계 로마인이었지만 지금은 시리아계 이집트인이라오. 아니, 난 둘 다 아니오. 스트라보 형처럼 그저 학자에 철학자일 뿐이라오. 아리스토텔레스가 그리스인이 아니듯 나 또한 로마인도 이집트인도 될 수 없소. 아리스토텔레스가 고향 이오니아를 향한 사랑과 자부심을 잃지 않았듯, 나도 세계 최고의 위인을 기려 다마스쿠스 인에 만족하고자 하오.

아무튼 형께서 자주 언급했듯, 세상사는 매우 흥미롭구려. 모르긴 몰라도 우리 둘 다, 아무리 젊고 오만했다 하나, 아무래도 연구실을 떠나지 않았어야 했는지도 모르겠소. 앞의 길은 오랜 여행이고 목표는 멀다오. 궁극의 지경에 다다랐을 때 그곳이 끝임을 알고자 한다면, 그 길을 따라 수없이 많은 곳에 들러야 할 것이오.

멀리서 보기는 했지만 아직 고용주인 여왕과 면담조차 하지 못했다오. 마르쿠스 안토니우스는 어디에나 등장하오. 유쾌하고 친숙하며 그다지 위협적으로 보이지도 않더군요. 어딘가 아이 같기도 하고. 아, 머리는 희끗거리고 다소 살도 찌고 있소.

알렉산드리아에 돌아가면 다시 행복할 것 같아요. 우리가 공부하던 그 시절들.

지난 편지에서 언급한 것 같은데, 여왕은 아주 멀리서 한 번 봤을 뿐이오. 마르쿠스 안토니우스와 로마의 권력을 그녀에게 가져다준 결혼식이었는데, 왕가와 관련 있는 사람들만 참석이 허락되었죠.

안티오케이아 궁전은 알렉산드리아 궁전들처럼 인상적이지는 않아도 위엄은 충분하오. 결혼식에서는 기다란 홀 뒤쪽에 섞여 있었는데 그곳에서는 거의 아무것도 볼 수가 없었소. 다만 흑단 연단을 놓고 그 위에 클레오파트라와 안토니오가 서 있다는 정도는 알겠더이다. 여왕에게서 알 수 있는 건, 보석 장식의 가운이 횃불에 반짝이는 것과 왕관 위에 태양을 상징하는 거대한 금원반을 장식했다는 정도였다오. 여왕은 느리고 진중하게 움직였는데 마치 직위가 아니라 정말로 여신이라도 되는 듯했구려. 예식은 공을 아주 많이 들였으나(아, 새 친구들 중 다소 싱거웠다고 하는 이도 있긴 하오.) 그 의미는 잘 이해가 가지 않더이다. 사제들이 돌아다니며 고대 언어로 다양한 주문을 노래하고 다양한 성유를 바르고 지팡이를 흔들어댔지만, 솔직히 말해, 무슨 짓인지 전혀 모르겠다였소.

문명인답지 않게 야만적이기도 하고.

그래서 여왕과 첫 면담을 하러 갈 때도 느낌이 기이했답니다. 마치 메데아나 키르케를 알현하러 가는 기분이었으니까요. 여신도 아니고 여인도 아니지만 그 어느 쪽보다 더 부자연스럽더군요.

친애하는 스트라보 형, 의외라서 얼마나 불행하고, 의외라 생각할 수 있어 얼마나 행복했는지 모를 거요. 사실 어느 정도 가무잡잡하고 다소 살찐 여인을 기대했다오. 시장에서 흔히 보는 여자 말이오. 내가 만난 여인은 연갈색 머리에 날씬하고 피부가 매끄러웠다오. 눈은 아주 크더이다. 기품과 위엄은 물론 아주 특별한 매력까지 갖추었는데, 만나는 순간 나를 편하게 대해주면서 바로 옆자리를 내주며 앉으라 이르셨소. 카우치 또한 그녀만큼이나 화려했다오. 그리고 소박하고 친근한 이웃집 주인처럼 대해주었소. 우리는 일상적인 주제를 골라가며 교양 있게 대화를 이어갔다오. 여왕은 잘 웃었지만 웃음소리는 차분했소. 상대방과의 대화에도 집중하는 듯 보였소. 그리스어는 흠잡을 데 없고 라틴어 또한 나와 비교해도 모자람이 없더이다. 노예들한테는 가벼운 사투리로 지시했는데 그건 알아듣지 못했소. 독서량도 많고 지적 수준도 아주 높았어요. 나와 똑같이 아리스토텔레스를 찬양했어요. 그의 철학에 대한 내 글을 알고 있었고 내 글을 읽고 더 많이 배웠다는 말도 해주었다오.

형도 알다시피, 난 별로 허영심이 없소. 설령 있다 한들 그 허영심마저 지극히 특별한 여인을 향한 감사와 감탄으로 한 풀 꺾였으리라 믿으리다. 그렇게 매력적인 인물이야말로 세상에서 가장 부유한 나라를 다스릴 자격이 있다오. 바로 내가 믿는 바요.

알렉산드리아로 돌아온 지 삼 주가 지났소. 임무도 벌써 시작했다오.

마르쿠스 안토니우스와 여왕은 안티오케이아에 남았소. 그곳에서 안토니우스가 전쟁을 준비 중인데, 올 후반, 파르티아와 싸운다 들었소. 내 임무는 어렵지 않아요. 여왕의 도서관을 운영하기 위해 노예도 얼마든지 쓸 수 있고 가정교사 일도 거의 시간을 빼앗지 않는다오. 태양의 알렉산더와 달의 클레오파트라, 쌍둥이는 겨우 세 살이니 아직 가르침을 알 나이가 아니지만 그래도 매일 잠시라도 대화를 하라는 지시가 있었소. 그리스어는 물론 (여왕의 고집에 따라) 라틴어도 들려줄 참이오. 그래야 나이가 들었을 때 해당 언어가 낯설지 않을 터이니 말이오.

하지만 프톨레마이오스 카이사르는(사람들이 카이사리온이라 부릅디다.) 벌써 열두 살이라 얘기가 다르다오. 내가 보기엔 분명 위대한 율리우스 카이사르의 아들이오. 그도 자신의 운명을 알고 각오를 하고 있더이다. 암살 직전 아버지가 로마의 모친 침소에 있던 기억도 잊지 않고 있었소. 참사가 있던 날, 겨우 네 살도 채 되지 않았을 거요. 아주 진중하고 농담은 절대 하지 않더이다. 그래도 자기가 하는 일만은 기이할 정도로 집중력이 높았소. 어린 시절은 즐겨본 적도 없고 원치도 않는 것 같았어요. 여왕 얘기가 나오면 마치 어머니가 아니라 강력한 지배자를 대하듯 얘기합니다. 더욱이 여왕의 왕위를 물려받을 그날을 고대한다오. 조급하지는 않아도 마치 아침 해가 떠오르듯 당연하다는 투였소. 그 덕분에 나도 종종 놀라곤 한다오. 마치 어머니의 막대한 권력이 벌써부터 자기 것인 양 행동하니 말이오.

그래도 좋은 학생이라 즐거이 가르치고 있답니다.

미신을 잘 믿는 사람들에겐 불길한 겨울이었소. 비도 거의 내리지 않고 올해는 추수도 형편없었다오. 강한 폭풍이 동쪽에서 불어와 시리아와 이집트 땅을 폐허로 만들고는 바다로 빠져나간 적도 여러 번이었다오. 안토니우스는 파르티아를 치겠다고 안티오케이아를 떠났소. 마케도니아 시대 이후 최대의 원정대라고들 하더이다. 알렉산더 대제는(소문이 맞는다면 그의 피가 클레오파트라의 혈관에 흐릅니다.) 갈리아와 스페인에서 노련한 고참병 육만여 대군과 일만의 기마병을 이끌었고, 그 밖에도 동양의 속국에서 이만의 보충 병력을 모집해 기간병을 지원토록 하였다죠? 어린 카이사리온은, 무모한 소년답게, 동양의 야만족 따위에 그 정도 대군은 낭비라며 코웃음을 치더이다. 자기가 왕이라면(지금도 그렇지만 전쟁을 늘 게임으로 여깁니다.) 군대를 서양으로 돌리겠다는 말도 했소. 그곳에 약탈할 물건이 더 많다면서.

여왕도 안티오케이아에서 돌아왔소. 도중에 다마스쿠스에 들렀다더군요. 이제 안토니우스가 파르티아와의 전쟁을 마무리할 때까지 알렉산드리아에 머무를 것이오. 여왕은 다마스쿠스가 내 고향임을 알고는 나를 처소로 불러 소식을 들려주기도 했소. 그렇게 위대한 인물이 이다지도 사려 깊고 인간적일 수 있다니 신기하기만 했소. 다마스쿠스에서는 헤로데 왕과 만나 전나무숲 임대료와 관련해 볼 일이 있었는데, 문득 예전에 나와의 대화가 생각나 아버지 안부를 묻고, 헤로데 왕에게도 아들과 여왕이 인사 여쭙는다고 전해달라고 부탁까지 했다더이다.

안부를 전했다는 소식은 듣지 못했지만 아버님도 기뻐하셨으리라 믿소. 이제 연세는 많고 힘은 부치실 게요. 그 시기가 되면 누구나 과거를 돌아보고 가치를 가늠한다더이다. 이제는 자기 확신이 필요하실 나이라는 뜻이겠지요.

II. 서한(서기전 36, 11월)

발신: 마르쿠스 안토니우스, 아르메니아

수신: 클레오파트라

그리운 당신, 지금 나는 로마의 신과 그대의 이집트 신들께 감사하오. 신들 덕분에 내 자신의 바람과 그대의 고집에 굴하지 않고 이 전쟁 통에 그대와 함께 오지 않았으니 왜 아니겠소. 싸움은 기대보다 훨씬 어렵기만 하구려. 올가을에 끝내고자 했건만, 아무래도 상황은 내년 봄까지 이어질 모양이오.

파르티아 야만인들은 생각보다 교활하고 물자도 풍부하더이다. 지형을 활용하는 것도 예상보다 훨씬 정교했소. 크라수스와 벤티디우스가 이곳에서 싸울 때 만들었다는 지도는 차라리 없는 것만 못한 데다, 속령 군단 일부가 반란을 일으키는 바람에 우리 명분에도 타격이 크다오. 게다가 이 지긋지긋한 땅은 작황도 형편없어 군단의 겨울 식량을 대기에도 턱없이 부족하기만 하오.

결국 프라아스파의 포위를 풀고 철수해야 했소. 그곳에서 이 추위를 견딜 재간이 없구려. 우리는 카스피아 해 인근에서 스물일곱 날 동안 나라를 가로질러 지금은 상대적으로 안전한 아르메니아에서 휴식 중이오. 다들 지친 데다 병 때문에 부대가 몸살을 앓는구려.

병사들은 크게 지쳤소. 그렇기에 이 말에 동의하지 않을지도 모르나 그래도 내 생각엔 전쟁은 성공적이었소. 이제 파르티아의 술수를 파악하고 그 지역의 지도 또한 정교하게 작성해두었으니, 내년엔 크게 도움이 되리라 믿소. 이번 승전보는 로마로 보내두었소.

그대도 이해해야 하오. 기술적으로 승전이라 해도 상황은 사실 너무도 절박하구려. 더 이상은 아르메니아에 머물 수도 없소. 이곳의 주인 아르타바스데스를 믿을 수가 없기 때문이오. 이미 파르티아에서 위중한 순간에 우리를 버린 바 있지만, 이렇게 신세를 지는 탓에 함부로 비난을 할 수도 없구려. 우선 몇 개 군단을 이끌고 시리아로 가야 할 것 같소. 나머지 병력은 어느 정도 회복한 이후에 합류할 것이오.

시리아에서도 겨울을 나기 위해선 보급품이 필요하오. 지금은 거지가 따로 없구려. 식량과 옷도 필요하고, 고장 난 무기도 수리하려면 장비도 있어야겠소. 말도 전투와 날씨에 빼앗겼으니 다시 채워야 하오. 그래야 훈련을 하고 내년 봄 전쟁에 대비할 것이오. 아, 군자금도 있어야겠소. 몇 개월 동안 녹을 받지 못한 터라 병사들 중에 반란을 꿈꾸는 무리가 있구려. 시급한 문제요. 이 편지에 덧붙여 당장 필요한 사항, 그리고 후일 겨울에 대비할 품목들을 자세히 목록으로 첨부하리다. 실로 촉박하고 위중한 상황임을 다시 한 번 강조하오.

우리는 레우케 코메의 작은 마을에서 월동할 참이오. 베이루트 바로 남쪽 지역인데 그대는 들어보지 못했을 게요. 부두 설비는 충분하니 정박 걱정은 할 필요 없소만 조심은 해야 하오. 그대가 이 편지를 받을 때쯤엔 미친 파르티아 놈들이 해안선을 어슬렁거릴 수 있으니까. 그래도 레우케 코메의 봉쇄망은 끄떡없소. 겨울 바다가 거칠긴 하나 이 편지가 빨리 그대에게 닿았으면 좋겠구려. 보급품이 없으면 몇 주일 버티기도 어려운 실정이라오.

막사 밖에 눈이 내리고 있소. 이제 야영장의 들판도 보이지 않는구려. 다른 막사도 보이지 않고 소리도 들리지 않소. 춥구려. 정적이 깊으니 외로움도 깊디깊어 그대의 따뜻한 품이 그립고 따뜻한 목소리도 듣고 싶소. 함대를 이끌고 시리아로 오구려. 난 부대와 함께 이곳에 머물 수밖에 없어요. 그렇지 않으면 봄이 오기 전에 산산이 흩어지고 우리의 희생은 그야말로 물거품이 될 거요. 그런데도 그대 없이 한 달을 더 고통스러워해야 하다니. 어서 오구려. 이곳 베이루트를 또 하나의 안티오케이아로 만듭시다. 테베나 알렉산드리아로 만듭시다.

III. 보고서(서기전 36, 11월)

발신: 에피마코스, 헬리오폴리스 대사제, 아르메니아

수신: 클레오파트라

존경하옵는 여왕 폐하, 마르쿠스 안토니우스보다 용자는 어디에도 없사옵니다. 폐하의 존재로 영예롭게 하시고 바로 옆에 두사 세상을 내려다볼 수 있게 해주신 분이옵니다. 전혀 몸을 사리지 않고 용맹하게 싸우며 가장 노련한 병사들도 가당치 않을 고난과 역경을 이기십니다. 허나, 불행히도 그분은 장군이 아니며 전쟁은 파국에 이르렀나이다.

폐하께서도 다른 출처로부터 소식을 듣고 계시리라 믿사옵니다. 혹여, 제 보고가 다르다 하더라도, 제가 부군을 위하고 폐하를 존중하고 이집트와 이집트의 미래를 걱정하옵기에 이 글을 쓰고 있음을 혜량하여 주옵소서.

봄이 오자, 우리는 안티오케이아에서 유프라테스 강, 제우그마까지 행군했습니다. 그리고 강을 따라 북쪽으로 향하는데 다행히 그곳은 식량이 풍부했사옵니다. 그곳에서 다시 유프라테스와 아락세스 강 사이의 분수선으로 갔다가 남쪽으로 방향을 바꾸어 프라아스파의 파르티아 요새로 향했나이다. 하오나 마르쿠스 안토니우스는 시간을 줄이기 위해 프라아스파에 이르기 전에 부대를 양분해, 보급 행렬은 식량과 행낭을 지어 보내고, 공성 무기들과 포위 마차들은 보다 평지를 택하게 하였나이다. 나머지 병력은 먼저 목적지로 가게 했사옵니다.

하지만 부대가 행군하는 동안 파르티아 군이 산에서 내려와 후미의 병력을 공략했사옵니다. 마침내 피격 소식을 듣기는 했으나 우리가 당도했을 때는 이미 늦어 회복 불능 상태였습니다. 호위대는 학살당하고 보급품은 불에 탔으며 포위 마차와 전쟁 무기는 모두 부서졌습니다. 그저 병사 몇 명만이 급히 지은 요새 뒤에 무사히 몸을 숨겼더군요. 우리는 급히 파르티아 놈들을 쫓았습니다만, 이미 충분히 임무를 수행한 터라 별 저항 없이 산으로 후퇴를 했습니다. 물론 그곳까지 따라갈 수는 없었죠.

바로 마르쿠스 안토니우스가 로마에 '승리'라고 보고한 전투였사옵니다. 우리가 죽인 파르티아 군은 고작 여든이었죠.

포위 장비, 보급품, 식량까지 모조리 파괴되었음에도 불구하고 마르쿠스 안토니우스는 고집스럽게 프라아스파의 도시를 계속 포위했습니다. 파르티아 군이 대비를 하지 못했다 해도 포위는 처음부터 무모한 시도였사옵니다. 우리한테는 기껏 양 측면을 보호할 무기밖에 없었으니까요. 적을 광장으로 유인해낼 수도 없었습니다. 식량을 확보하러 나가려 해도 파르티아 궁사들이 어디선가 나타나 병사들을 죽이고 다시 사라졌습니다. 이제 겨울이 머지않았습니다. 두 달간은 어찌어찌 버텼습니다. 다행히 안토니우스가 프라아테스 왕으로부터 약조를 얻어내 아무런 방해 없이 그 나라를 떠날 수 있었죠. 10월 중순, 굶주리고 지친 채 오 개월 전 떠났던 곳으로 다시 돌아가기 시작한 겁니다.

혹독한 추위, 흩날리는 눈발, 휘몰아치는 바람을 뚫고 우리는 스물일곱 날 동안 산을 넘고 위험천만한 들판을 건넜습니다. 그리고 배신자 프라아테스의 말 탄 궁사들에게 무려 열여덟 차례나 공격을 받았사옵니다. 놈들은 뒤, 옆, 앞을 가리지 않고 나타나 우리가 미처 정신을 차리기도 전에 화살을 쏘고 어두운 밀림 속으로 달아났습니다. 우리는 눈 먼 먹이 신세가 되어 터덜터덜 무거운 발길을 옮겨야 했죠.

이 끔찍한 후퇴 와중에도 마르쿠스 안토니우스는 대장부의 면모를 잃지 않았습니다. 부하들과 함께 역경을 이겨내고, 동료들과 동일한 음식이 아니면 절대로 받지 않으셨습니다. 기껏 뿌리를 갉아먹거나 썩은 나무에서 벌레를 잡아먹는 정도였죠. 병사들보다 따뜻한 옷 또한 절대 사양했사옵니다.

지금은 아르메니아에 있지만 역시 오래 머무를 수는 없습니다. 이 나라의 왕은 겉으로는 동맹이오나 적보다 믿을 수 없는 인물이옵니다. 그가 약간의 식량을 내주기는 했습니다만 어차피 곧 시리아를 향해 떠나야 합니다. 우리 손실을 계산해 첨부하오니 혜량하여 주옵소서.

다섯 달 동안 사만에 가까운 병사를 잃었습니다. 파르티아 화살에도 크게 당했으나 그보다 추위와 질병 때문이었죠. 그중 이만 이천 명이 안토니우스의 로마 고참병들이자 세계 최고의 전사들이기에, 대체가 불가능합니다. 옥타비우스 카이사르가 고참병을 보내준다면 얘기는 다르겠지만 현재로서는 가능성이 거의 없습니다. 말은 거의 남지 않고 보급품도 재고가 바닥이옵니다. 옷은 입고 있는 넝마가 전부이며, 우리 뱃속이 아니면 어디에도 식량은 없습니다.

존경하옵는 폐하, 행여 이 패잔병들이나마 구하실 요량이오면 부군의 보급품 요청에 응하셔야 합니다. 자존심 때문에라도 부군께서는 현재 상황이 얼마나 절박한지 폐하께 알리고 싶어 하지 않으실 것입니다.

IV. 기록(서기전 36)

발신: 클레오파트라

수신: 병참관

이에 따라 다음과 같이 선적 물량을 확보하고 준비하여 시리아의 레우케 코메 항으로 출항, 임페라토르 마르쿠스 안토니우스에게 전달할 것을 명한다.

마늘: 3톤

밀 또는 스펠트밀, 확보 물량에 따라: 30톤

염장 생선: 10톤

치즈(염소): 45톤

꿀: 600통

소금: 7톤

도살용 양: 600두

와인: 600배럴

상기 항목 외에도 저장고에 건채소 여유분이 충분할 경우 선적에 포함한다. 여유분이 없으면 상기 항목만 선적해도 좋다.

또한 이등급의 두꺼운 양모를 충분히 확보하여(너비 이백 킬로미터 분량) 겨울 외투 육만 벌, 저급한 리넨(중간 너비로 일백 킬로미터)을 확보해 동일 수량의 군용 튜닉, 염장한 말가죽이나 소가죽(이천 두 분량)을 확보하여 동일 수의 군화를 제조한다.

최대한 신속한 처리 요망. 재단사와 제화공을 최대한 확보 후, 해당 선박에 태워 상기 항목들을 그곳에서 만들기 시작해 여드레에서 열흘 간의 항해 동안 완성하여야 한다.

선박은 모두 열두 척으로 로열 항에 대기 상태이며, 사흘 내에 항해

준비를 완료하고, 그동안 보급품 확보와 선적을 모두 마무리해야 한다. 지시에 따르지 못할 경우 여왕 폐하께서 준엄하게 책임을 물을 것이다.

V. 기록: 발췌(서기전 36)

발신: 클레오파트라

수신: 재정관

마르쿠스 안토니우스의 사신이나 본인으로부터 어떤 지시나 요청을 받든 간에, 여왕 폐하의 명징한 승인과 공인 없이는 왕정 국고의 자금을 절대 인출하지 않도록 하라. 승인 및 공인의 주체는 오로지 여왕 본인이 허가한 대행인이 직접 전달할 것이며, 서류에는 반드시 왕가의 봉인이 포함되어야 한다.

VI. 기록: 발췌(서기전 36)

발신: 클레오파트라

수신: 이집트군 장관 제위

마르쿠스 안토니우스의 사신이나 본인으로부터 어떤 지시나 요청을 받든 간에, 여왕 폐하의 명징한 승인과 공인 없이는 절대 이집트 군으로부터 병력을 지원하거나 약속하지 않도록 하라. 승인 및 공인의 주체는 오로지 여왕 본인이 허가한 대행인이 직접 전달할 것이며, 서류에는 반드시 왕가의 봉인이 포함되어야 한다.

VII. 서한(서기전 34, 겨울)
발신: 클레오파트라, 알렉산드리아
수신: 마르쿠스 안토니우스

　친애하는 안토니우스, 당신의 용맹한 군대에 부족함이 없도록 지시를 내렸어요. 당신 아내도 소녀처럼 설레며 당신을 만나러 갑니다. 저 심술궂은 겨울 바다가 데려다주겠죠. 당신이 편지를 읽을 때쯤엔 저도 보급선단의 선두, 뱃머리에 서서 사랑하는 이가 기다리는 시리아 해안을 뚫어져라 노려보고 있을 거예요. 비록 날씨는 추우나 사랑하는 이의 품이 기다리니 어찌 따뜻하지 않겠나요?
　여왕으로서 당신의 성공에 찬사를 보내오나 여인이기에 우리를 떼어놓는 운명을 한탄합니다. 허나, 당신 편지를 받은 후 바쁜 나날을 보내며 마침내 깨달을 수 있었답니다. 마침내 여성과 여왕이 하나가 될 수도 있다고 말이에요. 어이 아닐 수 있겠나요?
　이제 저한테 돌아오세요. 파르티아의 승리는 다음을 위해 남겨두고 알렉산드리아의 온기와 안위를 누리세요. 한 여인으로서 기꺼이 당신을 설득하고자 합니다. 여왕으로서 당연히 당신을 설득할 것입니다.
　동로마에서 당신이 목격한 반역은 서로마에 그 뿌리가 있답니다. 옥타비우스는 여전히 당신을 음모에 빠뜨리려 하고 당신을 사랑하는 사람들에게조차 당신을 비방하고 다니는군요. 듣자하니 헤로데도 전복하려 했답니다. 믿을 만한 소식통에 따르면, 속령 군단들을 꼬드겨 당신이 파르티아에서 승리하지 못하게 만든 것도 옥타비우스의 농간이라네요. 파르티아뿐 아니라 로마에도 분명 야만인들은 있어요. 당신의 충정과 선한 마음을 이용하려는 자들이죠. 그런 자들이 파르티아의 화살보다 훨씬 더 위험하답니다. 동로마는 약탈뿐이나 서로마엔 세상이 있어요. 가장 위대한 자만이 꿈꿀 수 있는 권력도 있죠.

하지만 지금 이 순간조차 내 말에 집중을 할 수가 없네요. 세상에서 가장 강한 남자, 당신 생각 때문이에요. 나는 다시 여인이 됩니다. 그리하여 왕국, 전쟁, 권력 따위는 아무래도 좋답니다. 마침내 당신께 가는군요. 한 시간이 하루처럼 더디기만 합니다.

VIII. 서한 (서기전 12)

발신: 가이우스 클리니우스 마에케나스

수신: 티투스 리비우스

친애하는 리비우스, 이 교활한 친구. 허나 그 교활함 이면에 대안은 또 얼마나 분명하고 가치 없는지! 우리가 "속았던가?" 그럼 우린 바보겠군. 아니면 우리가 사실을 "숨겼을까?" 그렇다면 거짓말쟁이겠지. 그래, 자네 질문보다 예리하지야 못하겠지만 질문에 답하겠네.

아니라네, 파르티아 문제라면 우린 속지 않았어. 어떻게 우리가 속을 수 있었겠나? 안토니우스가 전황을 보고하기 전에 이미 실체를 알고 있었는데. 거짓말은 우리가 로마 시민들에게 했다네.

솔직히 말하자면, 자네 질문보다는 그 이면에 깔린 배려 때문에 더 화가 나는군. 자넨 나 자신이 예술가라는 사실을 잊었던가? 범인들에게 이따금 모욕적이고 오만하게 보일 질문도 해야 한다는 정도는 나도 알고 있다네. 나 자신이 수도 없이 그런 만행을 저질렀으니 어떻게 상처를 받겠는가? 오해이기를 바라네만, 자네한테서 도덕주의자의 냄새가 난다네. 내가 보기엔 도덕주의자야말로 가장 쓸모없고 경멸스러운 존재들이야. 쓸모없는 이유는 지식을 얻기보다 판단을 내리는 데 에너지를 쏟기 때문이지. 단순히 판단은 쉽고 지식은 어렵기 때문에 말일세. 경멸스러운 까닭은 그들의 판단은 자신의 이미지를 투영하고 무지와 오만의 힘으로 세상에 강요하려 하기 때문이라네. 부디 간언하건대, 도덕주의자는 되지 말게나. 기필코 예술과 정신을 망치고 말걸세. 더군다나 아무리 우리 우정이 깊다한들 그 부담을 어찌 감당하려는가?

말했듯이 우리는 거짓말을 했네. 거짓말의 이유를 대라면, 나를 변호하기 위해서가 아니라, 자네가 세상에 대해 더 잘 이해하고 깨달을 수 있도록 설명하겠네.

파르티아의 패퇴 이후, 안토니우스는 원로원에 사자를 보내 더할 나위 없이 강렬하고도 모호한 말로 '승리'를 설명했네. 그러고는 궐석 개선식까지 요구하더군. 그래, 우리는 거짓말을 받아들이고 널리 알리고 개선식까지 치러주었어.

이탈리아는 두 세대에 걸쳐 내전으로 심한 몸살을 앓았네. 강하고 자랑스러운 시민의 근대사는 곧 패배의 역사였지. 내전에서는 아무도 승자가 될 수 없으니까. 섹스투스 폼페이우스가 패한 후 평화가 가능할 줄 알았네. 그렇게 압도적 승리가, 오히려 우리 정부의 안정은 물론 시민들의 영혼에 치명적일 수 있다는 생각은 하지도 못했어. 치명적인 패배라면 흔들리지 않고 얼마든지 감내할 수 있네. 여전히 미래의 가능성과 희망이 남아 있으니까. 그런데 그 희망이 어느 순간 갑자기 사라진 걸세.

당시의 거짓말엔 더 특별한 이유가 있었네. 섹스투스 폼페이우스와의 종전은 우리가 파르티아 소식을 듣기 직전의 일이었지. 보충 군단은 모두 해산해 약속의 땅에 정착했어. 그런데 다시 불려나올지도 모른다고 생각했다면, 로마 외곽의 땅값은 완전히 무너지고 그렇지 않아도 위태로운 경제도 치명상을 입었을 걸세.

마지막으로 무엇보다 분명한 이유가 하나 있네. 안토니우스가 동로마 황제의 꿈을 버리고 다시 로마인으로 돌아오리라는 희망이 어느 정도 남아 있었다네. 물론 헛된 바람이었네만 당시에는 꽤나 개연성이 있었어. 개선식을 거부하고 로마인들에게 '사실'을 얘기했다면 그가 명예롭게, 평화롭게 귀국하는 일은 아예 불가능해졌겠지.

상황 설명을 하며 난 계속 '우리'를 얘기했네만, 부디 이해해주게나. 섹스투스 폼페이우스의 패배 이후, 옥타비우스와 아그리파는 거의 로마에 있지 않았어. 대개는 일리리아에서 지내며 국경을 지키고 야만족들을 진압해야 했네. 달마티아 해변을 제멋대로 오르내리고 심지어는 이탈리아의 아드리아 해안 마을까지 약탈했기 때문일세. 그동안 나는 옥타비우스의 공문들을 처리했지. 당시 결정은 거의 대부분 내가 내렸네. 자랑은 아니네만, 가끔 사실 여부를 묻기는 했어도 황제는 예외 없이 승인을 해주었다네. 언젠가 로마에 돌아왔을 때 일이 기억나는군. 일리리아 부족과의 싸움에서 부상을 입고 치료를 하기 위해서였는데, 농담처럼 이렇게 말하는 게 아닌가. 군의 통솔자가 아그리파고, 비록 비공식이나마 정부 수장에 나를 앉히고 나니, 국가의 안위를 위해서라도 자신이 두 위치를 모두 내려놓고 시인 나부랭이들의 수장이나 되어야 할까, 하면서 말일세.

마르쿠스 안토니우스…. 몇 년간 그 터무니없는 공격에 반격이라니! 하지만 진실은 그 이면에 있었다네. 그래, 세상이야 절대 이해하지 못하겠군. 우리가 줄다리기를 한 것은 아니야. 그럴 필요도 없었지. 주로 구닥다리 원로들이 제멋대로 서약을 뒤집고, 과거의 영예를 돌려줄 인물로 안토니우스를 점지했기에 우리를 적대시하고 안토니우스 편을 들었지만 그래도 시민들은 우리 편이었어. 군대도 있고 원로원에도 힘이 있기에 적어도 중요한 법안은 대부분 통과가 가능했네.

동로마에 있는 한 마르쿠스 안토니우스도 참을 만했어. 독립 속령의 총독을 하든 임페라토르를 하든 로마인으로 남아 있는 한, 누구를 약탈해도 개의치 않았다네. 아니, 로마에 돌아와 도발을 하고 음모를 꾸민다 해도 감내했을 걸세. 하지만 그리스의 알렉산더가 되겠다면 얘기가 달라지는 거야. 그런데, 그 양반, 아예 그 꿈에 홀딱 빠져 있었어.

개선식까지 치러주었네. 그 덕분에 원로원의 입지도 커졌지만 끝내 로마로 돌아오지는 않더군. 집정관직을 제의해도 거부하고 로마엔 발도 들이지 않았어. 우리는 향후의 참극을 막겠다며 지푸라기라도 잡는 심정으로 일흔 척 함대를 돌려주고(우리를 도와 섹스투스 폼페이우스를 몰아낸 바로 그 함대였네.) 병력 이만을 보내 그의 로마군단을 강화시켜주기도 했네, 심지어 옥타비아가 함대와 병사들을 이끌고 아테네로 건너가기까지 했다네. 그러면 안토니우스가 끔찍한 야심을 버리고 남편, 로마인, 삼두로서의 임무로 돌아올지 모른다고 생각했지.

안토니우스는 함대를 접수했네. 병력도 받아들였지. 하지만 옥타비아는 끝내 만나지 않았지. 아예 아테네에 거주지도 마련해주지 않고 강제로 로마로 돌려보냈지. 그리고 그를 업신여기는 자들한테 한 점의 의혹도 남기지 않겠다는 듯 알렉산드리아에서 개선식까지 거창하게 치렀다네. 알렉산드리아에서! 전리품으로 포로 몇 명을 내놓았지만 그 대상은 원로원이 아니라 클레오파트라였군. 외국의 군주가 아닌가. 안토니우스 자신보다 지위가 높아 황금 옥좌에 앉은 인물일세. 소문에 듣자 하니, 개선식 다음에 황당한 의식까지 치렀다더군. 안토니우스는 오시리스의 분장을 하고 클레오파트라 옆에 앉았어. 클레오파트라는 기이하기 짝이 없는 여신 이시스의 가운을 입었다더군. 더욱이 자기 정부를 왕들의 여왕으로 선언하고 그 아들 카이사리온을 이집트와 키프로스의 연합군주로 선언한 뒤 아예 기념주화까지 주조했네. 한 면에는 자기 모습을 다른 면에는 클레오파트라의 모습을 그린 동전이었지.

그러고는 깜빡 잊었다는 듯 옥타비아에게 이혼서류를 보내고 의식도 경고도 없이 자신의 로마 저택에서 내쫓아버렸어.

더 이상 미래의 비극을 막을 수가 없더군. 옥타비우스는 일리리아에서 돌아와 대비를 하기 시작했지. 동로마에서 그 어떤 미친 도발이 비롯할지도 모를 일이니까.

IX. 원로원 의사록, 로마 (서기전 33)

금일, 집정관이자 로마 함대 제독, 로마 원로원 조영관 마르쿠스 아그리파는, 로마 시민의 건강과 복지, 로마의 영광을 위해 다음과 같이 선언한다.

첫째, 국가 재정과 무관하게 온전히 마르쿠스 아그리파의 사재로써, 버려진 공공건물들을 모두 보수하고 복원하며, 공공하수도를 청소하고 수리하여 로마의 오물이 티베르 강으로 원활히 씻겨 내려가게 한다.

둘째, 마르쿠스 아그리파는 자신의 사재로 로마의 자유 시민 모두에게 일 년간 필요한 올리브기름과 소금을 넉넉하게 배급한다.

셋째, 자유 시민과 노예, 남녀를 불문하고, 향후 일 년간 대중 목욕탕을 무료로 개방한다.

넷째, 순진하고 무지하고 가난한 시민을 보호하고, 이국의 미신이 전파되지 않도록 하기 위해 점성술과 동로마의 예언가, 마법사들의 도시 입성을 불허하며, 현재 사악한 기술로 영업 중인 자들은 도시 밖으로 추방한다. 자진 이주하지 않을 경우, 사형에 처하고, 재산과 부동산 일체를 모두 몰수한다.

다섯째, 속칭 세라피스와 이시스 사원에서 이집트 미신을 부추기는 장신구는 더 이상 판매와 구매를 불허한다. 향후 판매자와 구매자는 모두 추방형에 처한다. 사원 자체는 율리우스 카이사르의 이집트 정복을 기념하기 위해 세웠으므로, 유적으로 용도를 국한한다. 로마 시민과 로마 원로원이 동로마의 잡신들을 숭배하는 행위를 절대 금한다.

X. 청원서(서기전 32)

청원자: 퀸투스 아피우스, 백인대장, 에페수스

접수: 무나티우스 플랑쿠스, 임페라토르 마르쿠스 안토니우스의 아시아 군단 사령관

귀관, 아피우스는 루키우스 아피우스의 아들이자, 코르넬리아 부족, 캄파니아 가문 출신입니다. 부친은 농부라서 벨레트리 인근에 땅 몇 에이커를 물려주셨고, 그 땅을 열여덟에서 스물셋까지 경작해 보잘것없는 생계를 꾸렸습니다. 집은 지금도 그 자리에 있으며, 어렸을 때 혼인한 아내가 돌보고 있습니다. 아내는 자유인이며 물론 순결하고 정숙한 여자입니다. 토지는 아들 셋이 살아남아 경작하고 있습니다. 두 아들은 잃었습니다. 하나는 병으로, 장남은 스페인 전쟁에서 전사했는데, 오래전 율리우스 카이사르 휘하에서 섹스투스 폼페이우스와 싸웠습니다.

이탈리아와 제 후대를 위해 스물셋 되던 해 병사가 되었습니다. 툴리우스 키케로와 가이우스 안토니우스 집정관 시절이었으며, 지금도 그분

의 조카 마르쿠스 안토니우스의 군에서 복무 중입니다. 처음 이 년 동안 가이우스 안토니우스의 일반 병사로 복무하며 영예로운 전투에서 반역자 카틸리나를 무찔렀으며, 삼 년차에는 율리우스 카이사르와 함께 스페인 전쟁에 참여, 어린 나이에도 불구하고 그 용맹함을 인정받아 율리우스 카이사르가 마케도니아 4군단의 2급 백인대장으로 임명하셨습니다. 지금은 삼십 년간 병사로 복무 중입니다. 열여덟 개 전투에 참여하여, 그중 열네 차례 백인대장을 역임했으며 한 번은 군사 호민관 부름을 받기도 했습니다. 스페인, 갈리아, 아프리카, 그리스, 이집트, 마케도니아, 브리튼, 게르마니아에서 근무하는 동안, 세 번의 개선식에 행군하고, 동료의 목숨을 구한 공로로 다섯 차례 월계관의 영예도 받았으며, 전쟁 무공으로 스무 차례 훈장을 받았습니다.

젊은 병사 시절, 본인은 서약을 통해 행정관, 집정관, 원로원 앞에 내 나라를 수호하겠다고 맹세하고, 지금껏 충실하게 서약을 지키며 명예를 다해 로마에 이바지하였습니다. 이제 나이가 쉰셋에 이르니 이제 부득이 군복무 전역을 요청드립니다. 이제 벨레트리로 돌아가 여생을 조용히 지내고자 합니다.

나이와 장기 복무에도 불구하고 제 의지로 또 다른 전쟁에 자원하였기에, 법적으로 이 요청을 거부할 수 있음을 압니다. 또한 지금부터의 간언으로 본인이 위험에 처할 수 있음도 잘 알고 있습니다. 설령 그렇다 해도 기꺼이 운명을 받아들이겠습니다.

마르쿠스 아그리파의 군에서 아테네로 파견, 다시 알렉산드리아를 거쳐 이곳 에페수스, 마르쿠스 안토니우스의 군에 왔을 때에도 아무 말 하지 않았습니다. 병사의 운명이라 여기고 차츰 익숙해지기도 했죠. 전에도 파르티아와 싸운 적이 있어 두려울 것도 없었습니다. 하지만 지난 몇 주간의 상황들은 정말 이해하기가 어려워, 사령관님께 이렇게 청원서를 보냅니다. 율리우스 카이사르의 휘하에서 함께 갈리아에서 싸워 사령관께서 얼마나 영예로운 분이신지 알고 있기에, 제 무례를 벌하시기 전에 제 말을 들어주시리라 함부로 믿어봅니다.

우리는 파르티아, 메디아를 비롯해 동로마의 어느 군과도 싸우지 않아야 하지만, 어쨌든 무장을 하고 훈련을 하고 무기를 만듭니다.

귀관은 집정관과 로마 원로원에 맹세를 한 뒤 지금까지 깨뜨린 적은 없습니다.

하지만 지금 원로원은 어디 있죠? 귀관의 맹세는 어디에서 명분을 찾아야 합니까?

원로 삼백 명과 올해의 집정관 두 분이 로마를 떠나 이곳 에페수스에 와 있다고 들었습니다. 임페라토르 마르쿠스 안토니우스가 소집했다죠? 로마에는 그에 반대하는 원로들 칠백 명이 남아 있고, 더욱이 집정관을 새로 뽑아 이곳에 온 분들을 대체했다더군요.

그럼 내 서약은 어디로 갑니까? 원로원이 로마 시민을 대변한다면, 그 원로원은 어디에 있죠? 마르쿠스 안토니우스를 좋아하지 않지만, 그를 위해 죽기는 할 겁니다. 내 의무니까요. 병사는 정치를 생각해서도 안 되고 증오하거나 사랑해서도 아니 되니까요. 병사는 의무대로 서약만 지키면 되겠죠.

비록 피눈물을 흘리기는 했지만 과거 로마인으로서 로마인과 싸운 적도 있습니다. 하지만 외국 여왕의 깃발 아래서 로마인과 싸운 적은 결단코 없습니다. 내 조국과 동포를 향해 창칼을 앞세워 행군한 적도 없습니다. 내 동포가 얼굴에 색칠을 한 이국 속령의 야만인들입니까? 그래서 약탈하고 진압해야 하는 건가요?

이제 전 늙고 지쳤습니다. 전역을 허락해주시면 조용히 고향으로 돌아가겠습니다. 다만 사령관님은 제 상관이므로 상관의 명령을 거부할 생각은 없습니다. 전역을 불허하신다면 명예롭게 그 결정에 따르겠습니다. 지금껏 명예 하나로 버텨온 삶입니다.

XI. 서한(서기전 32)

발신: 무나티우스, 아시아 군단 사령관, 에페수스

수신: 옥타비우스 카이사르

아무리 의견 차이가 있다 해도, 소인은 폐하의 적이 아니라, 그저 마르쿠스 안토니우스의 친구일 뿐입니다. 그와는 폐하의 고귀하신 부친, 율리우스 카이사르 휘하에서 함께 장군으로 일했기에 당연히 오랜 지기죠. 지금껏 평생 로마에 충성을 다하고자 노력했습니다. 물론 옛 친구한테도 충실해야겠죠.

이제 더 이상은 로마와 친구 모두에게 충실할 수는 없게 되었습니다. 미혹에라도 빠진 듯, 마르쿠스 안토니우스는 클레오파트라가 이끌면 뭐든 맹목적으로 따르는군요. 예, 여왕은 야망이 이끄는 대로 움직이겠지만, 그 야망은 바로 세계를 정복하고 자신의 후손이 왕위를 계승해 세상을 통치하려고 합니다. 알렉산드리아를 세계의 수도로 정하겠다고 선언합니다. 마르쿠스 안토니우스를 설득하려 했으나 재앙의 길을 포기하지 않으려 하는군요. 지금도 아시아 속령의 병력이 속속 에페수스에 모여, 비극의 로마 군단과 합류하고 있습니다. 예, 안토니우스가 로마를 향해 로마 군단의 칼을 겨냥할 터이니 비극적일 수밖에요. 클레오파트라의 국고 또한 대 이탈리아 전쟁을 실현하기 위해 활짝 열려 있습니다. 여왕은 마르쿠스 안토니우스의 곁을 떠나지 않고 그의 옆구리를 찔러 기어이 폐하를 몰아내고 자신의 야망을 이루려 할 것입니다. 소문에 따르면, 여왕은 전투까지 따라가 안토니우스 옆에서 지시를 한다더군요. 저뿐 아니라, 그의 친구들은 하나같이 클레오파트라를 알렉산드리아로 돌려보내라고 간청하고 있습니다. 그곳이라면 여왕의 존재가 로마 군대의 울분을 자극하지 않겠지만, 안토니우스는 끝내 꿈쩍도 하지 않고 또 할 수도 없습니다.

때문에 부득불 떠나가는 우정과 조국을 향한 변함없는 사랑 사이에서 양자택일을 해야 합니다. 이제 동로마의 모험을 끝내고 이탈리아로 돌아가려 합니다. 다만 혼자는 아닙니다. 평생을 로마 군대와 함께했기에 그 마음을 누구보다 잘 압니다. 그 누가 있어 외국 여왕의 깃발 아래 싸우고 싶겠습니까? 싸운다 한들, 혼란과 슬픔과 거부감을 떨쳐내지 못할 터이니, 당연히 전투력과 군인정신은 나약해질 수밖에 없습니다.

전우로서 폐하께 돌아갑니다. 폐하께 제 충성을 바치고자 합니다. 전자를 인정하지 않으신다 해도 후자로서나마 효용이 되리라 믿사옵니다.

XII. 마르쿠스 아그리파의 회고록: 발췌 (서기전 13)

이제 중요한 사건들 얘기를 해야겠다. 그로써 악티움 전투가 일어나고 마침내 그렇게나 오랫동안 갈망하던 평화가 도래했으니 왜 아니겠는가.

마르쿠스 안토니우스와 클레오파트라 여왕은 동로마에 전력을 집중시키고 에페수스의 군대를 사모스 섬을 경유, 아테네로 이동한 뒤, 그곳에 진을 치고 이탈리아의 평화를 위협했다. 카이사르 아우구스투스의 2

차 집정관 시기, 내가 로마의 조영관으로 일할 때였다. 우리는 임기를 마친 후, 이탈리아 군대를 재정비하는 일에 매달렸다. 동로마 반역자들의 위협에 맞서기 위해서라도 몇 개월 동안 로마를 떠날 수밖에 없었다. 그 후 돌아와 보니 원로원은 안토니우스의 친구들이자 로마 시민의 적들에게 넘어가 있었다. 우린 그들과 싸웠다. 결국 이탈리아를 혼란에 빠뜨리려는 음모가 여의치 않자 그해의 집정관 둘을 포함해, 고국에 신념도 애정도 없는 원로 삼백 명이 이탈리아를 빠져나가 안토니우스와 합류했다. 그들이 떠날 때 카이사르는 방해도 협박도 하지 않았다. 그런 상황을 지켜보며 슬프기는 했겠지만 노여움 따위는 전혀 없었다.

그동안 동로마에선, 충성스러운 로마 병력들이, 처음엔 수십 명씩, 그러다가 수백 명씩 외국 여왕의 굴레를 끊고 이탈리아로 넘어왔다. 전쟁을 피할 길이 없다는 얘기를 들은 것도, 곧 전쟁이 일어난다는 얘기도 그들로부터였다. 병사들의 이탈 때문에 전력이 점점 더 약해지는 데다, 오래 미루다 보면 결국 무지하고 무능력한 야만인 군단과 아시아 사령관들한테 의존해야 하기 때문이었다.

2차 집정관을 마친 이듬해 늦가을, 카이사르 아우구스투스는 원로원과 로마 시민의 동의하에, 로마 시민과 이집트의 여왕 클레오파트라가 곧 전쟁을 벌인다고 선언했다. 그리고 카이사르 아우구스투스를 선두로, 원로원은 결연하게 캄푸스 마르티우스, 그리고 벨로나 사원으로 이주했다. 사신이 선전포고문을 읽고 사제들은 하얀 암소를 잡아 여신께 바쳐, 향후 어느 전투에서든 로마군이 안전하기를 기도했다.

섹스투스 폼페이우스와의 전쟁이 끝난 후, 아우구스투스는 로마 시민들에게 이렇게 맹세한 바 있었다. 마침내 내전이 끝났으며, 다시는 이탈리아의 땅에 이 땅의 아들들이 피를 흘리지 않게 하겠노라고. 겨우내 우리는 육지에서 병사들을 훈련시키고 함대를 재정비, 증강했으며 날씨가 허락하면 바다에서도 실전 훈련을 했다. 봄이 오자 마르쿠스 안토니우스가 코린토스만의 항구에 함대와 병력을 집중시켰다는 소식이 들렸다. 그곳에서 재빨리 이오니아 해를 가로질러 이탈리아 동해를 공략할 계획이었다. 우리는 그를 맞으러 나갔다. 이탈리아를 전쟁의 상처에서 보호해야 했다.

우리와 맞선 상대는 동로마 세계의 무력군이었다. 십만 대군. 그중 삼만이 로마인이었다. 그 밖에 전함 오십 척이 그리스 해변을 따라 진을 치고, 이집트와 시리아에 예비 병력 팔만이 남아 있었다. 그에 반해 우리는 로마군 오만에 불과했으나 그중 상당수가 폼페이우스와의 해전에서 뼈가 굵은 베테랑들이었다. 전함은 이백오십 척으로 내 휘하에 있었다. 그 밖에는 보급선이 일백오십 척이었다.

그리스 해안은 방어가 가능한 항구가 거의 없다. 따라서 우리도 안토니우스와 육상에서 싸우기 위해 병력을 상륙시킬 필요가 거의 없었다. 나는 우리 전함으로 시리아와 이집트에서의 보급로를 봉쇄했다. 이제 클레오파트라와 마르쿠스 안토니우스의 병력은 자신들이 식량과 보급품을 위해 침략한 땅에서 방어를 해야 한다.

가급적 로마인의 피를 흘리지 않기 위해, 봄이 다 갈 때까지 큰 싸움을 피했다. 전면전보다는 방어를 통해 목표를 이루고 싶었다. 여름이 오고 우리는 전력을 악티움만으로 옮겼다. 그곳에 적의 최대 전력이 집중되어 있었다. 우리의 가짜 침공에 놈들이 나서게 할 생각이었는데 작전은 성공적이었다. 안토니우스와 클레오파트라는 함대와 병사들을 구하기 위해 총공세를 취했지만 정작 우리는 공격할 의도가 없었다. 우리는 적의 함대가 진격해 들어오기 전에 후퇴를 하고 놈들이 만 안으로 들어가도록 유인했다. 결국 적들은 그곳에서 빠져나오려고 할 것이다. 요는 해전을 불사할 수밖에 없다는 뜻인데 문제는 그들의 본진이 육지에 있었다.

악티움만의 입구는 너비가 팔백 미터에 불과하다. 다만 만의 내부 자체는 상당히 넓기에 적함들이 정박하기엔 공간이 충분하다. 병사들이 해변에 상륙해 진을 치고 군함들이 휴식을 취하는 동안 카이사르 아우구스투스는 보병과 기병을 보내 주변을 포위하게 했다. 행여 퇴로를 육로로 잡을 경우 적군으로서는 희생이 클 수밖에 없다. 굶주림과 질병으로 고통을 겪기에 육로로 달아날 힘조차 없다는 사실도 알고 있었다. 결국 해전밖에 대안은 없었다. 우리는 그 자리에 대기했다.

우리가 안토니우스에게 돌려준 전함은 제일 대규모 함대였다. 그런데 정보에 따르면, 안토니우스가 우리와 싸우기 위해 건조한 전함들이 훨씬 더 컸다. 노열이 열 개나 되고 충돌에 대비해 측면을 무쇠로 보완한 전함들도 있다고 들었다. 그런 선박들과 전면전을 치를 경우, 특히 조종 공간이 여의치 않으면 소형 선박으로서는 승산이 없다. 그래서 애초에 좀 더 가볍고 조종이 용이한 선박들을 활용하기로 마음을 정한 터였다. 노열이 적으면 둘, 많아야 여섯 열 이하로, 동로마 함대를 열린 바다로 끌어내 끈질기게 기다려야 했다. 나울로쿠스에서 폼페이우스와 싸울 당시, 적 함대를 바닷가에 묶어두어야 했다. 해변에서는 속도가 아무 의미가 없기 때문이다.

우리는 대기했다. 그리고 9월의 첫날, 드디어 적함들이 전투 대형으로 등장했다. 불에 탄 배들도 보았는데 물론 그런 배엔 조수(漕手)들도 없었다. 우리는 내일의 상황에 대비하기로 했다.

아침은 밝고 쾌청했다. 그 너머 항구와 바다도 수정판처럼 매끄러웠다. 동로마 함대는 바람만 불면 언제든 돌진해 들어오겠다는 듯 돛을 올리고 조수들이 노를 담갔다. 이윽고 함대가 단단한 벽처럼 천천히 물을 가로질렀다. 안토니우스 자신은 세 개 함대의 우측 군함들을 지휘했다. 군함들이 가까이 붙은 탓에 맞은편 노가 서로 충돌하기도 했다. 클레오파트라 함대는 어느 정도 거리를 두고 중앙 함대를 따라왔다.

내 함대는 안토니우스와 부딪쳤다. 카이사르 휘하의 선박들은 항구에 머물렀다. 우리는 만의 입구를 지나면서 곡선을 그리며 분산했기에 우리 뒤에 배는 한 척도 없었다.

적 함대가 다가올 때도 우리는 움직이지 않았다. 안토니우스는 입구에 멈추고는 몇 시간 동안 노를 물속에 담그지 않았다. 우리가 선공하기를 기다리는 것이다. 우리는 움직이지 않았다. 끝까지 기다렸다. 마침내 조바심 탓인지 용기가 과해서인지 부두함대의 사령관이 전진하기 시작했다. 카이사르 아우구스투스는 위험을 피하려는 양 뒤로 물러났다. 함대가 무모하게 그를 쫓고 동로마 함대가 모두 뒤를 쫓았다. 중앙 함대가 후퇴했다가 전선을 옆으로 길게 넓히자 적 함대가 마치 물고기가 그물 속으로 달려드는 것처럼 보였다. 결국 포위망 속으로 빨려든 것이다.

어스름 나절까지 치열한 싸움이 이어졌다. 사실 결론은 처음부터 분명했다. 우리는 돛을 올리지 않아 대형 군함 주변을 빠르게 움직일 수 있었다. 반면 적 함대는 돛을 올린 탓에 갑판 공간이 좁고, 투석기도 활도 효과적으로 사용할 수 없었다. 게다가 돛은 그 자체로 우리가 쏜 화구에 쉽게 불이 붙었다. 우리 갑판은 거치적거리는 장애물이 없기에 군함을 한 척 잡으면, 병사들이 우르르 건너가 손쉽게 장악할 수 있었다.

안토니우스는 쐐기 진을 만들어 방어선을 뚫으려 했으나, 우리가 선공으로 진을 깨뜨리는 바람에 결국 단독으로 싸울 수밖에 없었다. 다시 진을 만들려 들면 다시 깨뜨렸다. 마침내 싸움은 각자 도생이 목적이 될 수밖에 없었다. 승리는 완전히 뒷전이었다. 이내 바다는 불붙은 군함들로 아수라장이었다. 으르렁거리는 화염 너머 배와 함께 병사들이 불길에 휩싸인 채 비명을 질렀다. 바다는 피로 검게 물들었다. 병사들은 갑옷을 벗어던진 뒤 불과 칼과 창과 화살을 피하기 위해 물속으로 뛰어내렸다. 덕분에 바다는 시체들로 가득해졌다. 아아, 비록 적이기는 했지만 그렇다 해도 모두 로마인들이었다. 헛된 주검들에 욕지기가 났다.

클레오파트라의 배들은 내내 항구에 물러나 있다가, 바람이 불자 바람에 돛을 맡기고는 전투 중인 군함들을 에둘러 넓은 바다로 달아났다. 우리로서도 쫓을 여력은 없었다.

병사들은 누구나 전세의 급변에 익숙하지만 그야말로 기이한 광경이 아닐 수 없었다. 카이사르 아우구스투스와 내 배가 아주 가깝게 붙어 있던 터라 우리는 서로의 눈을 바라볼 수 있었다. 소리를 지르면 함성 너머로 대화까지 가능한 거리였다. 불과 삼십 미터 거리에는 마르쿠스 안토니우스의 배도 있었다. 지금껏 쫓기다가 잠시 멈춰 선 참이었으니, 우리 셋 다 클레오파트라의 기함과 보라색 돛을 동시에 보았을 것이다. 아무도 움직이지 못했다. 안토니우스는 마치 조각상이라도 되듯 뱃머리에 얼어붙은 채 떠나는 여왕을 바라보았다. 이윽고 그가 돌아섰다. 우리 중 누군가를 봤는지는 모르겠으나, 얼굴은 송장만큼이나 무표정했다. 그가 한 팔을 빨리 들었다가 떨구었다. 그러자 돛이 바람 속으로 빨려들고 거함이 천천히 돌며 가속을 받았다. 마르쿠스 안토니우스가 여왕을 쫓기 시작한 것이다. 우리는 살아남은 적함들을 지켜보았다. 안토니우스를 쫓지는 않았다. 그 후 다시는 보지도 못했다.

지도자들이 떠나자 남은 군함들이 항복했다. 우리는 부상당한 적을 돌보고 안토니우스의 배들은 불태웠다. 그들도 동포가 아닌가! 비록 우리의 적이었다 해도 용맹하게 싸운 로마 병사들이었다. 카이사르 아우구스투스도 책임을 묻지 않기로 했다. 적군 역시 명예롭고 안전하게 로마로 돌아갈 것이다.

드디어 세상을 정복했건만 그날 밤 승전가는 없었다. 기뻐하는 사람도 없었다. 밤늦도록 들리는 소리라고는 파도가 철썩거리며 폐선을 때리는 소리와 부상자들의 나지막한 신음뿐이었다. 불줄기가 항구를 덮었다. 카이사르 아우구스투스는 자기 뱃머리에 서서 굳은 표정으로 바다를 내다보았다. 전우든 적이든 용자들의 시신을 품은 바다. 둘 사이에 차이는 없었다.

XIII. 서한(서기전 12)

발신: 가이우스 클리니우스 마에케나스
수신: 티부스 리비우스

자네 질문에 답함세.

마르쿠스 안토니우스가 목숨을 살려달라고 애원했느냐고? 그 문제라면 잊는 게 좋겠네. 편지 사본이 있었지만 태워버렸어. 옥타비우스는 답장을 보내지 않았고 안토니우스도 살해되지 않았지. 자살도 하지 않았네만 싸움에서 진 후 천천히 죽어가기는 했네. 죽은 사람이야. 편히 쉬게 해주게나. 너무 깊이 파지 말자고.

클레오파트라의 문제. (1) 아니, 옥타비우스는 그녀를 죽일 생각이 없었어. (2) 맞네, 여왕이 자살하기 전 알렉산드리아에서 대화를 나누긴 했다네. (3) 그래, 옥타비우스는 살리려고 했을 거야. 비록 명목상이겠지만 이집트의 통수자로 남을 수도 있었고. (4) 아니, 알렉산드리아에서 무슨 얘기가 오갔는지는 나도 모르네. 옥타비우스도 그 얘기는 하지 않았어.

카이사리온 문제. (1) 그래, 그때 기껏 열일곱 살이었지. (2) 맞네, 그를 처형하기로 결정했지. (3) 그래, 내 판단에는 분명 율리우스의 아들이었어. (4) 아니, 그를 죽인 이유는 이름 때문이 아니라 야심 때문이었네. 그것만은 분명했어. 옥타비우스한테 나이가 어리다고 얘기했지만, 옥타비우스는 자신도 열일곱 살 때 야심이 있었다고 상기시켜주더군.

마르쿠스 안토니우스의 아들, 안틸루스의 문제. 옥타비우스는 그도 사형에 처했네. 역시 열일곱 살이었지만 아버지와 너무 닮았어.

옥타비우스가 로마에 돌아가는 문제. (1) 그때 나이가 서른셋이었네. (2) 그래, 당시 세 배로 장엄하게 개선식을 거행했지. 다섯 번째 집정관 등극일이었네. (3) 그래, 그해 그가 병에 걸렸고 우린 다시 그가 죽을 줄 알았어.

친애하는 리비우스, 대답이 간결함을 용서해주게나. 화가 나서가 아니라 피곤하기 때문일세. 옛날을 회상할 때마다 그 일이 다른 사람한테 일어난 것처럼… 그러니까 실제가 아닌 것처럼 대한다네. 솔직하게 말하면 기억하는 것만으로도 괴롭군그래. 부디 내일은 기분이 좋아지기를 빌어봄세.

BOOK II

하나

I. 대필 기록: 히르티아가 말하고 아들 퀸투스가 받아씀,
발레트리(서기전 2)

나는 히르티아다. 내 어머니 크리스피아는 한때 아티아 집안의 노예였다. 아티아는 원로 가이우스 옥타비우스의 아내, 신성 율리우스 카이사르의 조카, 그리고 세상이 아우구스투스라 칭하는 옥타비우스의 모친이다. 나는 글을 몰라 이 글을 내 아들 퀸투스에게 받아쓰게 한다. 아들은 발레트리에서 아티우스 사비누스의 장원을 돌보니, 후일 우리의 후손이 과거의 삶을 이해하고, 선조들이 그 시대를 어떻게 살았는지 알게 해주기 위해 이 글을 쓴다. 나는 이제 일흔두 살의 나이로 살날이 얼마 남지 않았다. 신들이 내 눈을 영원히 감기기 전에 이 글을 마무리하고 싶다.

사흘 전 아들이 나를 로마로 데려가 내 눈이 흐려 빛을 잃기 전 다시 한 번 내가 어릴 때 자란 도시를 볼 수 있게 해주었다. 그때 사건이 있었다. 그리고 그로써 머나먼 과거의 기억을 되살려내고 말았다. 다시는 돌아가지 못할 줄 알았건만. 오십여 년 전, 지금 세계의 주인이자, 내 무지한 머리로 기억해내기엔 너무도 많은 직함을 받은 이를 보았다. 옛날에

는 "우리 타비우스"라고 부르며 내 아들처럼 품에 안고 살았지만, 그 얘기는 나중에 하기로 하자. 지금은 그보다 더 옛날 얘기를 하고 싶다.

어머니는 율리우스 가문에서 노예로 태어나, 처음에는 놀이 상대로, 후에는 노예의 신분으로 아티아의 시중을 들었다. 하지만 충실하게 일한 덕에 어렸을 때 이미 자유를 얻었으며, 덕분에 법적 자유인 히르티우스와 결혼도 했다. 아버지 히르티우스는 발레트리의 옥타비우스 영지에서 올리브 나무를 관리하였다. 내가 태어난 곳도 올리브 숲 너머 언덕의 오두막집이었고 나는 열아홉 살이 되기까지 가문의 친절함을 누리며 살았다. 이제 발레트리로 돌아왔다. 행여 신들이 자비롭다면 어린 시절을 회상하며 이 오두막에서 죽고자 한다.

여주인과 그녀의 남편이 장원을 자주 찾지는 않았다. 두 분은 주로 로마에 기거했다. 가이우스 옥타비우스 원로가 당시 정부 요직에 있었기 때문이다. 아티아가 아들을 낳았다는 얘기도 내가 열 살 때 어머니께 들었다. 아이가 병약한 탓에 아티아는 도시의 악취와 매연을 떠나 시골에서 키워야겠다고 결심했다. 어머니도 얼마 전 사산아를 낳은 터라 여주인의 아들에게 젖을 먹일 수 있었다. 어머니는 아기를 친자식처럼 품에 안았다. 내 어린 마음도 다르지 않았다. 아기를 키우는 꿈을 꾸기 시작한 것이다.

나도 어린 나이였지만, 아기의 몸을 씻기고 포대기로 감싸고 첫 걸음마를 뗄 때는 손도 잡아주며 자라는 모습을 지켜보았다. 어린 시절 소꿉놀이에선 그가 내 타비우스였다.

내 타비우스가 다섯 살 때 그의 부친이 마케도니아에서 오랫동안 체류하다 귀국해 며칠간 가족과 함께 머물렀다. 그런데 그가 곧 남쪽 놀라의 저택으로 이사할 계획을 세우는 바람에 겨울엔 우리도 그곳에 가서 합류하기로 했다. 문제는 우리가 떠나기도 전에 그가 갑자기 병에 걸려 숨을 거둔 것이다. 내 타비우스가 아버지를 알기도 전이었다. 나는 아이를 품에 안고 위로해주었다. 지금도 기억하지만 아이는 어린 몸을 떨면서도 울지는 않았다.

타비우스는 사 년을 더 우리 보살핌을 받았다. 그 사이에 로마에서 선생이 와서 가르치기도 하고 이따금 어머니가 찾아오기도 했다. 내가 열아홉 살에 내 어머니가 돌아가셨다. 내 여주인 아티아는 상을 마치고 의무에 따라 재혼한 뒤, 아들을 로마로 데려가 성인으로 키워야겠다고 마음을 굳혔다. 그녀는 친절하게도 내 미래를 위해 영원히 부족하지 않게 살 만큼 넓은 땅을 맡겼다. 게다가 내 행복을 위해 그녀의 식솔 중 자유인과 결혼도 시켜주었다. 남편은 로마의 북쪽 무티나 인근의 산골마을에서 양떼를 치며, 검소하지만 부족하지 않게 살고 있었다.

이렇게 나는 소녀에서 여인이 되고 친동생처럼 키우던 아이와도 작별을 고했다. 소꿉놀이할 때가 지난 것이다. 타비우스가 떠날 때 정작 울었던 사람은 나였다. 그는 나를 위로하듯 안아주며 절대 잊지 않겠다고 다짐했다. 후일 꼭 다시 만나자고 맹세도 했다. 물론 둘 다 그 말을 믿지는 않았다. 그렇게 내 타비우스는 제 길을 떠나 세계의 주인이 되고 나는 신들께서 점지해준 삶 속에서 행복하고 보람 있게 지냈다.

무지한 노파가 무슨 수로 한 인물의 위대함을 알아보겠는가? 그것도 젖먹이 시절이나, 친구들과 소리치며 뛰어놀던 개구쟁이 때가 아니었던가. 이제 로마 밖 어디에서든, 교외의 마을이나 도시 어디에서나 그는 신이다. 무티나의 우리 마을에도 그의 이름을 내건 사원이 있지만 다른 곳에도 많다고 들었다. 그의 모습은 전국 어디든 촌로들의 벽로에 걸려 있다.

세상이 어떻게 돌아가고 신들은 또 무슨 생각을 하는지 모르겠다. 내가 기억하는 사람은 내가 낳지는 않아도 내 자식과 다를 바 없는 아이다. 그리고 이제 내가 기억하는 일을 얘기해야 한다. 그의 머리는 가을걷이 낟알보다 색이 연하고 햇볕을 거부하듯 살갗이 창백했다. 이따금 재빠르게 움직이거나 즐겁게 웃기도 했지만, 대개는 조용하고 우울한 표정이었다. 툭하면 화를 내고 또 쉽게 풀어지기도 했다. 그를 사랑하기는 했지만 그렇다고 다른 아이보다 특별했다는 생각은 해본 적이 없다.

그때 이미 신들이 그를 위대하게 만들어 온 세상이 배우도록 했을지는 모르겠으나 그랬다 해도 타비우스는 맹세코 그 사실조차 몰랐다. 친구들은 동년배들이었고 천한 노예 출신도 있었다. 일이든 놀이든 그는 받은 만큼 주었다. 그래, 신들이 지혜롭게 그가 모르게 손을 댔을지도 모르겠다. 나중에 들었지만 태어날 때 경이로운 징조들도 있었다. 그의 모친이 태몽을 꾸기도 했다. 신이 뱀의 형태를 하고 몸 안으로 들어왔다는 것이다. 그의 부친은 아내의 사타구니에서 태양이 떠오르는 꿈을 꾸었다고 했다. 그가 태어나는 순간, 이탈리아 전역에서 상상을 초월하는 기적들이 일어나기도 했다. 하지만 나는 오로지 내가 들었던 얘기들, 내가 기억하는 얘기들만 기록할 것이다.

이제 그때의 만남 얘기를 하련다. 이 머리로 과거를 떠올리게 만든 바로 그 만남.

아들 퀸투스가 내게 위대한 포룸을 보여주겠다고 했다. 아들은 종종 그곳에 나가 고용주를 위해 용무를 처리했다. 아들은 그날 동이 트자마자 나를 깨웠다. 사람들이 모이기 전에 도착하기 위해서였다. 우리는 새로 지은 원로원 건물을 보고 사크라 길을 올라가 율리우스 카이사르 사원 방향으로 이동했다. 사원은 아침 햇살을 받아 서설만큼이나 새하얀 색이었다. 내가 어렸을 때 율리우스 카이사르가 신이 되기 전 딱 한 번 본 적이 있다. 맙소사, 이렇게 대단한 세상에 내가 살다니 감개가 무량하지 않을 수가 없군!

우리는 잠시 걸음을 멈추고 사원 옆에서 휴식을 취했다. 나이가 나이라 요즘엔 쉬이 지친다. 쉬는 동안 남자들이 이쪽으로 올라왔는데 한눈에 봐도 원로들이었다. 토가에 보라색 줄무늬를 하지 않았는가. 그 가운데 마른 사내가 하나 있었는데, 내가 인사를 하자 가볍게 고개도 숙여주었다. 그는 챙이 넓은 모자를 쓰고 손에는 지팡이를 들었다. 다른 사람들도 저마다 그에게 말을 건네는 것처럼 보였다. 시력이 좋지 않아 알아보지는 못했지만 그래도 육감의 힘까지 늙지는 않았다. 난 퀸투스에게 이렇게 속삭였다.

"그분이야."

퀸투스가 미소를 지으며 되물었다.

"그분이라뇨, 어머니?"

"그분. 내가 얘기했잖아. 옛날에 내가 돌봤던 주인님." 나는 목소리까지 떨렸다.

퀸투스가 나를 다시 보더니 내 팔을 잡고 좀 더 앞으로 나가 그가 지나가는 모습을 보게 해주었다. 다른 시민들도 그를 알아본 터라 군데군데 무리지어 있었다.

사실 말할 생각은 없었다. 그런데 그가 지나자 어릴 적 기억이 갑자기 솟구쳐 나도 모르게 이름이 흘러나오고 말았다.

"타비우스."

기껏 속삭임에 불과했건만 하필 그가 바로 내 앞을 지날 때였다. 말을 걸 의도는 전혀 없었다. 결국 당사자가 당혹스러운 듯 걸음을 멈추고 나를 바라보더니 기어이 주변 사람들에게 기다리라 손짓하고 내게 다가왔다.

"뭐라고 했소, 노인장?"

"예, 폐하, 용서해주세요."

"당신은 내가 어렸을 때 이름을 불렀소."

"제가 히르티아입니다. 폐하께서 어린 시절 벨레트리에 계셨을 때 제 어미가 유모였답니다. 기억 못하시겠지만요."

"히르티아." 그는 그렇게 되뇌며 미소를 짓더니 한 걸음 가까이 다가와 나를 보았다. 얼굴에는 주름이 지고 두 볼은 늘어졌으나 어린 시절 모습까지 지울 수는 없었다. "히르티아." 그가 다시 내 이름을 부르며 손을 잡아주었다. "기억나오. 얼마나 오랜만이…."

"오십 년도 넘었사옵니다." 내가 대답했다.

동료 몇이 다가왔으나 그가 다시 손짓으로 물렸다.

"오십 년. 세월이 그대에게 친절했던가요?"

"아이 다섯을 길렀습죠. 그중 셋은 죽지 않고 잘 살고 있답니다. 남편도 좋은 사람이라 편안하게 살았지만 오래전 신들께서 데려갔죠. 예, 지금은 저도 삶이 끝날 때를 기다리고 있습니다."

그가 나를 보더니 물었다.

"아이들 중에 딸도 있소?"

이상한 질문이었다.

"다행스럽게도 아들뿐이랍니다."

"다들 그대를 존중하고?"

"예, 다들 존중하고말고요."

"그럼 행복한 삶이었소. 그대가 아는 것보다 나은 삶이었을 게요."

"신들이 불러도 만족스럽게 떠날 정도는 될 것 같군요."

그가 고개를 끄덕이더니 갑자기 심각한 얼굴을 했다. 그리고 씁쓸한 목소리로 말했지만 무슨 뜻인지 이해할 수는 없었다.

"그럼 나보다 행운아요, 노인장."

"하지만 폐하께서는… 폐하께서는 보통 사람과 다르십니다. 교외마다 폐하의 모습이 벽로를 보호하는 걸요. 교차로와 사원도 그렇고요. 세상이 모두 존경하는데 어이 행복하지 않으십니까?"

그는 나를 보기만 하고 말은 하지 않았다. 그러다가 내 옆에 서 있는 아들, 퀸투스를 보았다.

"아들이로군요. 노인장을 닮았소."

"퀸투스입니다. 벨레트리의 아티우스 사비누스의 영지를 총괄하죠. 과부가 된 후로 이곳에 와서 아들 가족과 함께 지낸답니다. 좋은 아이들이에요."

그는 한참 동안 아무 말없이 퀸투스를 보았다.

"내겐 아들이 없소. 딸 하나뿐이지. 로마하고."

"시민들이 모두 폐하의 아이들입죠." 내가 말했다.

그가 미소를 지었다.

"지금이라면 아들 셋을 낳고 아이들의 존중을 받으며 살고 싶구려."

난 무슨 말을 할지 몰라 그냥 입을 다물었다. 대답은 아들이 했다.

"폐하, 소인들은 천한 사람들이옵니다. 삶이랄 것도 없사옵니다. 오늘 폐하께서 원로원에서 연설을 하신다 들었습니다. 그렇게 세상에 지혜와 조언을 전하지 않사옵니까? 폐하의 삶에 비하면, 소인들의 삶은 미천하기 이를 데 없나이다."

"퀸투스라고 했나?" 그가 묻자 아들이 끄덕였다. "퀸투스, 오늘 내 지혜를 통해 조언을 해야 한다. 원로원에 지시를 내려 내 평생 가장 사랑해 마지않던 것을 가져가라 할 생각이라네." 잠시 그의 눈이 이글거렸지만 곧 표정이 누그러졌다. "로마에 자유를 주었지만 정작 나는 즐길 수도 없구나."

"자유를 주셨으나 아직 찾지 못하셨을 뿐입니다." 내가 말했다.

"운명이 이러니 그마저 감내해야겠지." 그의 대답이었다.

"폐하께서 행복하시길 바랍니다." 내가 말했다.

"고맙소, 노인장, 내가 뭐 도와드릴 일은 없겠소?"

"저는 만족하옵니다. 아들도 만족하고요." 내가 대답했다.

그가 고개를 끄덕였다.

"이제 의무를 다해야 할 때요." 그가 말했다. 하지만 한참을 아무 말도 없으면서도 정작 돌아서지는 않았다. "결국 다시 만났군요. 오래전 약속대로."

"예, 폐하." 내가 말했다.

그가 미소를 지었다.

"옛날엔 나를 타비우스라고 불렀소."

"예, 타비우스."

"잘 있어요, 히르티아. 이제는… 어쩌면 우린…."

"우린 다시 만나지 못할 겁니다. 벨레트리로 돌아가면 로마에 돌아오지 못할 테니까요." 내가 대신 대답을 해주었다.

그가 끄덕이더니 입술을 내 뺨에 대고 곧바로 돌아섰다. 그리고 천천히 사크라 길을 내려가 기다리던 사람들과 합류했다.

이 이야기는 9월 12일 내 아들 퀸투스에게 불러주었다. 이야기를 한 이유는 아들과 아들의 아이들, 그리고 미래의 아이들을 위해서다. 그래야 가족이 영속하는 한, 아무리 세월이 흘러도 세상의 중심, 로마에서 그 가족이 어떤 위치에 있었는지 알 수 있기 때문이다.

II. 율리아의 일기, 판다테리아(서기 4)

창밖으로 오후 햇살이 찬연하다. 암회색 바윗돌들이 바다를 향해 무더기로 굴러떨어진다. 판다테리아 섬 바위가 다 그렇듯 이 바위들도 화산암이다. 기공이 많고 무게가 가벼워 그 위를 걸을 때는 늘 조심해야 한다. 까딱하면 날카로운 모서리가 발을 찢기 십상이다. 이 섬에 다른 바위도 있지만 나로서는 보러 갈 수가 없다. 동반자나 보호자 없이는 바다 쪽으로 기껏 일백 미터 밖의, 손톱만 한 검은 모래 백사장까지만 허락되기 때문이다. 이 작은 돌집에서 오 년을 지냈건만 사실 어느 쪽으로든 일백 미터 너머로는 가본 적이 없다. 덕분에 다른 어느 곳보다 이 황량한 땅이라면 구석구석 너무도 잘 안다. 거의 사십 년을 내 집처럼 지냈다 해도 로마도 이곳에 비하면 낯설 수밖에 없다. 그런데… 이곳에서 나갈 수는 있는 걸까?

청명한 날, 햇빛이나 바람에 바다 안개가 걷히면 나는 동쪽을 본다. 이따금 이탈리아 본토가 보이는 것 같기도 하다. 감미롭고 부드러운 바다 위에 나폴리가 떠 있는 모습도 본 듯하지만 거기까지는 자신이 없다. 어쩌면 이따금 수평선 위를 떠도는 검은 구름일지도 모르겠다. 하지만… 무슨 대수랴. 구름이든 땅이든 어차피 더 가까이 가지 못할진데.

아래층 부엌에서 어머니가 하인한테 소리친다. 하녀도 단 한 명만 허락했다. 단지와 프라이팬이 쩽그랑거리더니 다시 고함소리. 지난 몇 년간 오후만 되면 일과는 이렇게 무의미하게 되풀이된다. 하녀는 벙어리다. 귀는 뚫렸으되 우리 라틴어를 알아듣는 것 같지도 않다. 그럼에도 어머니는 지치지도 않고 소리를 질러댄다. 그러면 감정이라도 전달이 되고 그러다 보면 언젠가 정신을 차리리라는 희망을 버리지 않기 때문이리라. 어머니 스크리보니아는 대단한 여성이다. 일흔다섯이 얼마 남지 않았음에도 열정과 의지는 젊은 여자 못지않다. 나름의 질서로 주변을 통제하며 다녀도 결코 만족하는 법은 없다. 그래봐야 단 한 사람한테만 적용하는 원칙이건만 세상이 원칙대로 움직이지 않는다며 원통해하기도 한다. 나와 함께 이곳 판다테리아에 온 이유는 모성애 때문은 아니다. 그보다는 자기 존재에 대한 불만을 다시 한 번 확인시켜줄 상황이 필요했을 것이다. 내가 어머니의 동반을 용인한 이유도, 자포자기의 심정에서 비롯했겠다.

나는 어머니를 모른다. 어렸을 때 몇 번 보고 소녀 시절에는 더 보지 못했으며 성인이 된 후에는 비공식, 공식 사교 모임에서만 만났을 뿐이다. 어머니를 좋아해본 적도 없다. 그래도 오 년을 강제로 가까이 지내니 한 가지 확신은 들었다. 어머니를 향한 감정이 전혀 바뀌지 않은 것이다.

나는 율리아, 옥타비우스 카이사르, 아우구스투스 황제의 딸이다. 이 글은 내가 마흔세 살의 나이에 쓴다. 이 글을 쓰는 목적이 있기는 하지만, 아버지의 친구이자, 옛 스승 아테노도루스라면 절대 허락하지 않았을 것이다. 오로지 나 자신, 나 자신의 만족을 위해 쓰기 때문이다. 그렇지 않다 해도, 다른 사람이 읽게 될 일도 없겠지만 솔직히 그 밖에 다른 목적은 없다. 나를 세상에 설명할 생각도 없고 세상이 나를 이해해주었으면 하는 바람도 없다. 이미 우리 둘 모두에게 관심이 없다. 이 육신으로 얼마나 더 살지는 모르겠다. 오랜 세월 그렇게 애지중지 공을 다해 몸을 가꾸었으나 삶의 황금기는 끝이 났다. 이제 학자답게 초연한 시각으로 반추하고 싶을 뿐이다. 아테노도루스도 언젠가 그렇게 말하지 않았던가. 내가 남자로 태어나고 황제이자 신의 딸이 아니었던들 학자가 되고도 남았다고.

…하지만 오랜 습관의 힘이 얼마나 무서운지! 지금도 이 일기 첫 구절을 쓰면서, 그 누구보다 괴팍한 독자, 나 자신만 읽는다는 사실을 알면서도, 이토록 머뭇머뭇 적절한 화제를 찾고 그 위에 논지를 덧붙이려 하지 않는가! 적합한 논지, 논지의 구성, 효과적인 배열, 심지어 일화들을 드러낼 문체까지. 그 필력으로 진리로 이끌어야 할 상대도 나 자신이며, 포기하도록 만들어야 할 대상도 나 외에 아무도 없건만. 어리석다. 하지만… 해가 될 것도 없겠다. 나는 하루 종일 글에 빠진다. 내가 머물러야 하는 이 섬, 해변 바위와 백사장에 부서지는 파도를 세듯.

그래, 어쩌면 내 삶은 끝나지 않았다. 어제까지만 해도 그 사실을 어디까지 이해하는지 정확히 깨닫지 못했다. 어제, 이 년 만에 처음으로 로마에서 편지 한 장을 받을 수 있었다. 두 아들 가이우스와 루키우스가 죽었다. 가이우스는 아르메니아에서 부상을 당하고, 루키우스는 병이란다. 어떤 병인지는 모르지만 스페인으로 가는 도중, 마르세유 도시였다는데 편지를 읽는 도중 갑자기 만사가 심드렁해졌다. 아무래도 그만큼 충격적이었다는 얘기겠으나, 아무리 기다려도 막상 슬프거나 그러지는 않았다. 그래서 마치 타인처럼 내 삶을 들여다보며 슬픔과 멀어진 순간들이 언제였는지 떠올려보았다. 이제는 분명해졌다. 이제 완전히 슬픔이 끝난 것이다. 자아를 돌아보지 않는다고 무슨 대수겠는가. 다만 사랑했던 사람들마저 개의치 않는 건 또 다른 문제다. 그런데 이제 어느 누구 할 것 없이 알량한 호기심마저 그저 담담하고 무의미할 뿐이다. 이

글에 그간 배운 장치들을 채택하는 이유도 이 위대한 무관심으로의 추락에서 벗어날 수 있는지 확인하고 싶어서일까? 아니, 그럴 개연성은 거의 없다. 그보다는 저 거대한 바위들을 밀어 비탈 아래 어두운 근심의 바다에 빠뜨리는 쪽이 쉽겠다. 심지어 내 의심에도 관심이 없지 않은가.

나는 율리아, 옥타비우스 카이사르, 아우구스투스 황제의 딸이다. 나는 루키우스 마르쿠스와 가이우스 사비누스가 집정관에 등극한 해 9월 3일, 로마 시에서 태어났다. 어머니는 스크리보니아이며, 외삼촌은 섹스투스 폼페이우스, 다시 말해서 내가 세 살배기일 때 로마를 지킨다는 명목으로, 아버지가 살해한 약탈자 해적이다.

이런 식의 시작이라면 아테노도루스라도 인정할 수밖에 없을 것이다. 불쌍한 아테노도루스….

III. 서한(서기전 39)

발신: 루키우스 바리우스 루푸스, 로마

수신: 푸블리우스 베르길리우스 마로

친애하는 베르길리우스, 자네 병세가 더 나빠지지 않는다 들었네. 나폴리의 따뜻한 햇살이 그나마 효험이 괜찮나보이. 자네 친구들이 안부를 전하라더군. 우리의 안녕이 자네의 안녕에 달렸다는 사실도 꼭 확인해주라는 협박까지 했다네. 어젯밤 클라우디우스 네로의 집에서 연회가 있었는데 자네가 참석하지 못해 다들 아쉬워했어. 얼마나 마셨는지 오늘 오후에나 정신이 조금 드는군그래. 대단한 밤이었네. 그래, 조금 얘기해주면 자네도 기분이 좋아질까?

클라우디우스 네로는 알지? 자네의 주인이 될지도 모르는? 그렇잖아도 자네를 잘 아는 듯 얘기하기에 한 번쯤 두 사람이 만난 모양이라 생각했지. 행여 모른다면, 기억하게나. 불과 이 년 전만 해도 페루시아에서 옥타비우스 카이사르에게 반란을 일으킨 죄로 추방당했던 인물이야. 지금은 겉으로야 정치를 등진 터라 옥타비우스와도 더없이 가깝게 지낸다네. 나이가 워낙 많아, 부인 리비아가 배우자가 아니라 딸처럼 보이더군. 자네도 곧 이해하겠지만 오히려 다행이라 할 수 있지.

클라우디우스의 의도는 아니었네만 파티는 흡사 문학의 밤 같았다네. 노인은 좋은 양반 같았어도 학식이 바닥이더군. 사실 배후는 옥타비우스였다네. 우리도 나중에야 눈치를 챘지. 그러니까 클라우디우스는 대리 주인인 셈이야. 행사는 우리 친구 폴리오를 기리기 위해 마련했다네. 약속한 대로 도서관을 로마 시민에게 헌정하기로 했거든. 일반 시민들도 많이 배울 수 있도록 말일세.

잡다한 계층이 모였네만 그래도 좋은 모임이었네. 대부분은 우리 친구였지. 폴리오, 옥타비우스와 (맙소사!) 스크리보니아, 마에케나스, 아그리파, 나, 아이밀리우스 마케르…. 자네를 숭배하는 메비우스도 왔던데, 클라우디우스한테 용케 초대장을 받아낸 모양이더군. 클라우디우스가 그만큼 어리석다는 얘기겠지. 처음 보는 사람도 하나 있었네. 아마시아 출신의 땅딸보였는데 이름이 스트라보라더군. 내가 보기엔 딱 철학자 나부랭이었어. 이름은 기억이 나지 않지만 분위기용의 예쁘장한 아가씨들도 몇 명 있었어. 그리고 놀랍게도(자네는 좋아하겠군.) 다소 둔하면서도 매력적인 젊은이도 하나 있었다네. 그 친구 작품을 자네가 침이 마르도록 칭찬하지 않았던가. 바로 호라티우스였네. 마에케나스가 초대했겠지만, 사실 몇 개월 전엔 호라티우스가 무례하게 군 덕에 고생도 좀 했지.

옥타비우스는 이례적으로 기분이 좋았다네. 스크리보니아가 언제나처럼 잔뜩 인상을 썼지만 그럼에도 거의 수다쟁이처럼 보일 정도였어. 알겠지만 몇 달간 갈리아에서 생고생을 하다 막 돌아온 터였으니, 그만큼 문명사회에 굶주렸는지도 모르지. 게다가 마르쿠스 안토니우스와 섹스투스 폼페이우스와의 난제도 거의 대부분 해결했다지 않던가? 아니면 클라우디우스의 아내, 리비아가 참석했기 때문인지도 모르겠네. 리비아에게 크게 환상을 품고 있는 것 같았으니까.

아무튼 옥타비우스는 와인 전문가 역할을 고집해서 평소보다 훨씬 독하게 와인을 섞었다네. 물과 비슷한 양이라 몇 순배 돌기도 전에 대부분 얼큰하게 취했지. 클라우디우스 옆자리 상석에도 자신이 아니라 폴리오가 앉아야 한다고 고집을 부리더니, 기어이 말석을 고집했다네. 바로 리비아 옆자리였어.

상황을 고려하더라도 옥타비우스와 클라우디우스는 서로 지나칠 정도로 공손하더군. 그래, 모종의 밀약이라도 있는 듯 보였다네. 스크리보니아는 다른 테이블에 앉아 여자들끼리 수다를 떨다가도 우리 자리를 노려보곤 했는데, 누가 알겠나? 왜 그렇게 노려봤는지? 스크리보니아는 옥타비우스만큼이나 둘의 결혼 생활을 싫어한다네. 아이를 낳자마자 이혼하리라는 사실도 전혀 비밀이 아니야. 도대체 무슨 장난들인지. 권력자들의 짓거리가 무상하기만 하더군. 도대체 뮤즈께 얼마나 우스꽝스러워 보이겠는가! 신들께 가까울수록 신의 손안에 있다는 사실을 왜 모를까. 우리야 차라리 다행일세, 베르길리우스, 자손을 낳기 위해 결혼하는 대신 영혼의 아이들을 만들어 미래에 아름답게 울려 퍼지게 할 수 있으니까. 게다가 우리 아이들은 죽지도 변하지도 않아.

파티는 진수성찬이었네. 식사 전에는 아주 깔끔한 캄파니아 와인, 후에는 고급 팔레르노가 나왔지. 음식도 지나치게 화려하지도 않고, 평범해 보이려 애쓰지도 않았더군. 처음에는 굴, 달걀, 양파가 나오고 연이어 새끼염소구이, 닭구이, 잉어구이, 그리고 신선한 채소들이 종류별로 나왔네.

식사가 끝나자, 옥타비우스가 음악의 뮤즈들께 건배를 제안하고는 신들의 기능에 대해 대화를 하고 싶다고 했네. 그리고 고대의 3대 신으로 할지 최근 신으로 할지 혼자 끙끙대는 척하더니 마침내 후자로 결정했지.

그리고 슬쩍 클라우디우스를 보며 미소를 지었어.

"하지만 뮤즈들은 이 정도까지만 숭배해야 합니다. 절대 정치 얘기를 꺼내 파티를 망치게 해서는 안 되죠. 정치 얘기는 누구나 당혹스러운 주제 아닌가요?"

사람들이 웃었지만 어딘가 다들 어색했어. 문득 그런 생각이 들더군. 과거든 잠재적이든 그 방에 정적이 하나둘이 아니었다는…. 클라우디우스는 옥타비우스가 추방한 지 이 년도 되지 않았고 주빈 폴리오 자신도 마르쿠스 안토니우스의 옛 친구였으며, 젊은 호라티우스는 불과 삼 년 전에 반역자 브루투스 편에서 싸우지 않았던가. 그리고 메비우스, 불쌍한 메비우스의 원한은 너무도 깊어 그 누구도 저주에서 벗어나지 못할 정도였지.

당연히 주빈인 폴리오가 먼저 나섰네. 그는 옥타비우스에게 사과하듯 절을 하고는 기억의 뮤즈, 므네메를 선택해 찬양했어. 그는 인류를 하나의 몸에 비유하고, 인류의 경험 총체를 그 몸의 정신과 비교한 뒤, 자신이 로마에 세우고 있는 도서관 얘기를 꺼냈지. 마치 그 일을 정신, 기억에서도 가장 중요한 속성처럼 말하더군. 결론은 기억의 뮤즈가 다른 뮤즈를 자애롭게 지배하고 주재한다였지.

메비우스가 파르르 한숨을 내쉬더니, 다들 들을 수 있도록 이렇게 속삭였네. "아름다워요. 오, 정말 아름답군." 그러자 호라티우스가 그를 흘기며 무슨 얘기냐는 듯 눈썹을 치켜세웠지.

아그리파는 역사의 뮤즈, 클리오를 노래했네. 메비우스는 또다시 큰 목소리로 사나이의 용맹 운운하며 수군댔고, 이번에도 호라티우스가 노려보았어. 내 차례에는 칼리오페에 대해 얘기했다네. 어쩌면 조금 대담했는지도 모르겠어. 비록 시라고 해도 살해당한 율리우스 카이사르를 언급하는데 어찌 정치를 거론하지 않겠나.

다소 지루하기도 했지만 그래도 옥타비우스는 기쁜 표정이었네. 횃불 아래 리비아 옆에 앉아 있으니 왜 아니겠는가. 애초에 불가능했을 일을 가능하게 만든 것도 그가 저렇게 활기 있고 즐거웠기 때문이었어.

옥타비우스는 메비우스에게 탈리아, 희극의 뮤즈를 부탁했네. (살짝 비아냥거림까지 비쳤지만 정작 메비우스는 자신한테 빠진 터라 눈치채지 못했지.) 메비우스는 선택받았다는 사실에 신이 나서, 길고 긴 익살 시로(필경 아테네의 안티파네스한테서 훔쳤을 걸세.) 옛 아테네의 속물들을 비판하기 시작했다네. 주로 노예, 자유인, 상인들로, 스스로를 신분이 높은 사람들과 동급으로 여기고, 용케 위인들의 집에 초대를 받아 거지처럼 처먹으며, 고귀한 주인의 친절과 아량을 욕되게 하기 때문이다. 희극의 여신 탈리아는 그런 불청객들을 벌하고 고통으로 분수를 깨닫게 하고 귀족들을 보호한다. 일부는 난쟁이로 만들고 머리를 헛간 지푸라기처럼 만들어 그들이 태어난 마구간의 격식을 따르게 한다 등등등.

메비우스는 분명 자네의 젊은 친구 호라티우스를 공격하고 있었네. 그 이유도 모르고 어떻게 대처해야 할지도 몰라, 다들 옥타비우스를 바라보았지만 정작 황제는 표정이 무덤덤하기만 했다네. 마에케나스 역시 관심이 없는 듯했어. 아무도 호라티우스를 보지는 않았다네. 나를 제외하고는. 바로 옆에 앉아 있기 때문이지. 그런데 깜빡이는 불빛 속에서도 얼굴이 백짓장처럼 하얗더군.

메비우스가 노래를 마치고 자리에 앉았네. 주인의 비위를 맞추고 잠재적 경쟁자도 엿 먹였으니 지극히 만족스러웠겠지. 사람들이 여기저기서 수군거렸네. 그때 옥타비우스가 그를 치하하며 이렇게 말했어.

"누가 시의 뮤즈 에라토를 노래하겠습니까?"

대답은 메비우스가 했네. 자신의 시도를 성공으로 확신한 터라 잔뜩 신이 났겠지.

"오, 물론, 마에케나스가 해야겠죠. 뮤즈께 구애해 자기 것으로 만든 분 아닙니까. 당연히 마에케나스입니다."

마에케나스가 맥없이 손을 저었네.

"전 사양하겠습니다. 벌써 몇 달째 뮤즈가 정원을 떠나 돌아올 생각을 하지 않는군요…. 저보다는 젊은 친구 호라티우스가 그녀를 더 잘 노래할 것입니다."

옥타비우스가 웃으며 호라티우스를 돌아보고는 아주 예의바르게 부탁했네.

"오늘 저녁에 처음 본 손님이신데 어딘가 안면이 있구려. 그래, 노래를 하시겠소, 호라티우스?"

"예, 하겠습니다." 호라티우스가 대답했네. 하지만 그러고도 한참 동안 가만히 있더니, 하인도 부르지 않고 직접 와인을 따라 단숨에 들이켰네. 물을 타지도 않고. 그리고 얘기를 시작했는데 기억나는 대로 이곳에 적겠네.

"그리스 오르페우스 얘기는 다들 아십니다. 오늘은 오지 못했지만 우리의 베르길리우스가 아름답게 노래했죠. 아폴로와 뮤즈 칼리오페의 아들. 신은 그를 남자답게 만들어 축복했죠. 황금 리라의 상속자로서 빛을 세상에 보내어 돌과 나무들까지 반짝이게 만들었습니다. 지금껏 인간들이 한 번도 보지 못한 아름다움이었죠. 그리고 에우리디케를 향한 사랑도 아시죠? 어찌나 순수하고 우아하게 노래했는지 에우리디케도 자신이 노래하는 사람의 영혼 속에 있다고 여기고 그를 찾아와 결혼을 했답니다. 그로 인하여 히멘이 그 누구도 상상 못할 운명에라도 빠진 듯 울어댔고요. 역시 아시다시피, 에우리디케는 어리석게도 남편의 안전한 마법에서 벗어나는 바람에, 결국 땅속에서 기어 나온 뱀한테 걸려들어 삶의 빛에서 지하의 어둠으로 끌려들어갔죠. 오르페우스도 비탄에 빠져 따라 들어갔습니다. 그리하여 상상 불가의 어둠에 두 눈을 고정한 채 노래를 불렀죠. 노래는 너무도 아름다워 빛이 되고 어둠을 밝혔습니다. 귀신들은 눈물을 흘리고 익시온은 두려움에 질려 바퀴를 돌리다가 우뚝 멈췄습니다. 어둠의 마귀들마저 마음이 약해져 에우리디케를 남편이 있는 빛의 세계로 돌려보내겠다고 약속도 했고요. 다만 오르페우스의 눈을 가리고 아내를 돌아보지 않아야 한다는 조건을 붙였죠. 에우리디케가 그의 뒤를 따라갔지만….

왜 오르페우스가 맹세를 깼는지 전설에도 이유는 나오지 않습니다. 다만 맹세를 어겼다고만 얘기하죠. 결국 뒤를 돌아보는 바람에 에우리디케가 다시 땅속으로 빨려들고 땅이 닫혀 더 이상 쫓아갈 수도 없었죠. 그 후 오르페우스는 슬픔을 노래합니다. 그러자 처녀들이 다가와 슬픔을 잊게 해주겠다며 유혹하죠. 오직 빛 속에서만 살아, 그가 지금 어디에서 나왔는지 상상도 못하는 여자들이었습니다. 오르페우스가 제안을 거절하자 여자들은 화가 나서 악다구니를 썼습니다. 그리하여 노래는 고함에 묻히고 노래의 마법은 효험이 꺼지고 말죠. 여자들은 그의 몸을 갈가리 찢어 헤브루스 강에 던져버렸습니다. 그의 머리는 잘린 채 말없는 노래를 계속 부르고 해변은 어디나 갈라지고 넓어져 노래하는 그의 머리가 안전하게 땅 없는 바다로 흘러나가게 해주었죠…. 여기까지가 베르길리우스가 얘기하고 우리가 들었던 그리스의 오르페우스 이야기입니다."

정적이 방을 뒤덮었네. 호라티우스는 잔을 와인 단지에 담아 다시 한 잔을 마셨네.

"신들은 지혜롭게 우리 모두에게 우리 삶을 들려줍니다. 다만 우리가 귀를 기울여야 들립니다. 전 지금부터 여러분께 또 다른 오르페우스 얘기를 해드릴까 합니다. 신과 여신의 아들이 아니라, 아버지가 노예이고 어머니는 이름조차 없는 이탈리아 오르페우스죠. 그런 오르페우스를 비웃는 분도 있겠지만, 그런 분들은, 로마인들은 누구나 신에서 유래해 그 아들의 이름을 지니며, 인간 여성으로부터 그녀의 인간성을 간직하고 있다는 사실부터 상기해야 할 겁니다. 머리 위에 지푸라기를 얹은 난쟁이도, 마르스가 그렇게 사랑했던 이 지구에서 태어난다면 역시 신의 손길을 입었겠죠…. 제가 말하는 오르페우스는 미천한 아비로부터 황금 리라가 아니라 횃불을 물려받았습니다. 아버지는 아들이 태몽처럼 가치 있는 인물이 된다면 자기 목숨이라도 주실 분이셨답니다. 이 젊은 오르페우스의 어린 시절은 그랬습니다. 부자와 권력자의 자제들과 마찬가지로 로마의 빛을 보았죠. 청년기에는 아버지의 보잘것없는 재산을 털어, 지식의 본산지 아테네에서 들어왔다는 소위 온 인류의 빛도 보았습니다. 그가 사랑하는 연인은 여인이 아니었습니다. 그의 에우리디케는 지식이었죠. 그가 노래를 바치는 바로 그 세상의 꿈이었습니다.

하지만 세상의 빛이자 지식의 꿈은 내전으로 어두워지고 말았답니다. 그리하여 젊은 오르페우스는 빛을 버리고 어둠 속으로 들어갔죠. 꿈을 되찾기 위해서요. 필리피에서는 노래마저 잊고 어둠의 세력을 대변한다는 자와 싸웠습니다. 그런데 신들이(아니 마귀들일 수도 있지만 전 모르겠습니다.) 그에게 겁쟁이의 재능을 주고, 꿈과 지식의 힘이 아직 남았을 때 전장을 빠져나가라 부추기더군요. 절대로 뒤돌아보지 말라는 얘기도 덧붙였습니다. 하지만 신화의 오르페우스와 마찬가지로 그도 탈출하자마자 어둠을 돌아보고 말았답니다. 꿈이 증기처럼 시간과 상황의 어둠 속으로 사라졌죠. 그는 세상을 보고 자신이 혼자임을 깨달았습니다. 아버지도 재산도 희망도 꿈도 없었죠…. 그제야 비로소 신들이 황금 리라를 주며, 신들이 아니라 오르페우스 자신이 원할 때만 연주를 하라 지시하셨죠. 신들은 현명하면서도 가혹했습니다. 이제 그가 노래를 합니다. 전에는 하려고도 않았답니다. 트라키아 처녀들도 유혹하지 않고 매력을 드러내지도 않습니다. 그에겐 정직한 창녀만으로도 족합니다. 정당한 대가죠. 그가 노래를 할 때 목소리를 죽이기 위해 짖어대는 건 세상의 개들입니다. 그가 노래를 할수록 개들도 늘어납니다. 개 짖는 소리에 맞서 노래를 하는 한, 끝내 수족을 뜯기고 말겠죠. 그리고 우리 모두를 받아줄 망각의 바다에 던져지며 또 노래를 할 겁니다…. 자, 내 주인이시며 부자들이시여, 여러분께 시골 오르페우스에 대해 지루하게 늘어놓았습니다. 부디 그의 잔해로 포식들 하시옵소서."

친애하는 베르길리우스, 정적이 얼마나 오래 이어졌는지 모르겠네. 왜 사람들이 하나같이 입을 다물었을까? 충격? 두려움? 아니면 (나를 포함해서) 다들 진짜 오르페우스의 리라에 매혹된 걸까? 횃불들도 꺼질 듯 깜빡거렸네. 그리고 묘한 기분이 들더군. 우리 모두 정말로 호라티우스의 지하에 갇혀 있다가 이제 막 빠져나온 기분이었어. 그래서 차마 돌아보지 못했던 걸세. 메비우스가 꼼지락거리더니 신경질적으로 중얼댔네. 그래, 노골적으로 옥타비우스가 들으라고 하는 말이었지.

"필리피. 어둠의 세력이라고? 그럼 삼두께 대한 반역 아닌가? 반역 맞잖아?"

옥타비우스는 호라티우스가 얘기하는 동안 꼼짝도 하지 않다가, 리비아 옆에 일어나 앉았네.

"반역? 그건 반역이 아니오. 메비우스, 다시는 내 앞에서 그 따위로 나불대지 마시오." 그가 카우치에서 일어나 호라티우스가 앉은 자리로 건너갔네. "호라티우스, 내가 자리를 함께 해도 되겠나?"

우리 젊은 친구는 멍한 표정으로 고개를 끄덕였네. 옥타비우스는 그의 옆에 앉아 둘이 조용히 대화를 이어갔어. 메비우스는 당연히 그날 밤 더 이상 입을 열지 못했지.

친애하는 베르길리우스, 우리의 호라티우스는 일찍이 우리의 마음을 앗아갔듯, 그렇게 옥타비우스 카이사르의 사랑을 차지했다네. 아무튼 아름다운 밤이었네.

IV. 서한(서기전 38, 정월)

발신: 메비우스, 로마

수신: 푸리우스 비바쿨루스

친애하는 푸리우스, 지난 9월 클라우디우스 네로의 집 얘기라면 길게 쓰고 싶지 않습니다. 끔찍한 밤이었죠. 유일하게 마음에 드는 점이라면 선생님의 '친구' 베르길리우스가 빠졌다는 사실인데…. 예, 어쩌면 그 이상일 수도 있겠습니다. 그날 밤 이후 이런저런 일들 때문에 사건 전체가 그때보다 더 우스꽝스럽게 꼬였으니까요.

그곳에 누가 참석했는지 다 기억하지는 못합니다. 물론 옥타비우스가 있고, 정신 나간 친구들이 있었죠. 에트루리아 출신의 마에케나스는 보석과 향수를 잔뜩 처바르고 나타나고, 아그리파는 땀과 가죽 냄새로 범벅이었죠. 겉으로 보기엔 문학의 밤이었다지만…. 맙소사 문학이 그렇게 망가질 수 있다니! 그런 자리라면 돌팔이 글쟁이 카툴루스조차 시인으로 보였을 것입니다. 아, 얼간이 허풍쟁이 폴리오를 빼놓을 수는 없겠군요. 돈과 권력이 없다면 누구도 거들떠보지 않을 위인, 그의 파티에 참석할 정도로 어리석지 않았다면 그 누가 그의 졸작에 저렇듯 귀를 기울이며, 비극에 멋쩍은 웃음을 짜내고 운율에 어설픈 감정을 꾸며내겠습니까? 다시 마에케나스 얘기를 하죠. 그자는 라틴어로 애처로운 시를 쓰지만 거의 외국어처럼 들린답니다. 마케르는 말 그대로 열 번째 뮤즈, 현신한 지루함의 뮤즈였죠. 그리고 벼락치기 출세꾼 호라티우스가 있군요. 사실은 그날 밤, 제가 교묘하게 정체를 까발리기도 했습니다. 말 많은 정치꾼에 거짓말쟁이, 무지한 촌놈들이 뮤즈의 정원을 더럽히고 있으니까요. 그러니 선생님과 제가 글을 쓰는 것조차 민망하고 무색할 따름입니다.

하지만 그날 밤 사교적 음모가 문학적 음모보다 훨씬 더 흥미로웠답니다. 예, 제가 이 편지를 쓰는 것도 그 때문입니다.

우리는 모두 옥타비우스의 여성 편력이 어떤지 알고 있습니다만, 사실 그 이전에는 소문을 별로 믿지 않았답니다. 사람이 너무도 작고 창백해서 물 탄 와인과 열정적인 포옹만으로 황천길로 갈 것처럼 보였거든요…. 그런데 어쩐지 사실일 수도 있다는 생각이 드네요.

주최인의 아내는 리비아라는 여자였습니다. 보수적인 공화파 명문가 출신이죠. (듣기에는 여자 부친이 필리피에서 옥타비우스 군에 살해당했다더군요.) 선생님께서 그런 스타일을 좋아하신다면, 분명 아름답고 아름다운 여자이옵니다. 수수하면서도 고상한 매력도 있고, 금발에 다소 얇은 입술, 부드러운 말투, 몸매도 적당히 균형이 있죠. 뭐, 예를 들자면 많습니다만, 아무튼 '이상적인 규수'라 할 수 있을 겁니다. 나이는 열여덟 정도? 아주 어린 나이지만, 그녀보다 세 배는 나이가 많은 남편한테 아들을 하나 선물하고, 지금도 임신을 한 것처럼 보이더이다.

사실 우리 모두 상당히 많이 마셨습니다. 아무리 그렇다 해도 옥타비우스의 행동은 정말 기괴하더군요. 그는 상사병에 걸린 카툴루스처럼 여자 옆에 달라붙어서는, 머리를 어루만지고 귀에 속삭이고 아이처럼 (아무리 지위가 높다고 해도 아이는 아이겠지만요.) 웃는 등, 온갖 기행을 서슴지 않았답니다. 자기 아내가 온전히 지켜보는 앞에서 말입니다. (그 여자 역시 임신 중이지만 옥타비우스는 전혀 개의치 않더군요.) 리비아의 남편도 마찬가지였습니다. 외간 남자가 아내의 정조를 희롱하고 있건만, 아예 보지를 못하는지, 야심만만한 아비처럼 너그럽게 미소만 짓고 있지 뭡니까? 당시만 해도 저도 거의 신경 쓰지 못했습니다. 다소 천박한 행동이라는 생각은 들었지만, 그 정도라면 촌구석 고리대금업자 손자들이 늘 하는 짓일 테니까요. 그러니까 마차 하나를 다 채우면 다른 마차까지 채워 끌려고 드는 겁니다. 그게 자기 일이죠.

하지만 그 이후 사 개월이 지나고 나자 그런 식의 기괴한 추문이 로마를 진동합니다. 제가 말씀드리지 않으면 선생님께서도 저를 용서하시지 않을 정도랍니다.

두 주일 전, 그의 전처 스크리보니아가 여자아이를 낳았습니다. 아무리 신의 양자라 해도 아들을 낳도록 조절할 수는 없었겠죠? 그리고 바로 그날 옥타비우스는 스크리보니아에게 이혼 문서를 보냈습니다. 그 자체로는 그다지 놀랄 일이 아닙니다. 그렇게 되기까지 미리 이런저런 물밑 작업이 있었다고 들었으니까요.

하지만 진짜 추문은 다른 곳에 있답니다. 다음 주 티베리우스 클라우디우스 네로가 리비아와 이혼을 하더니, 그다음 날 옥타비우스에게 아내를 선물한 겁니다. 임신한 상태로 지참금까지 잔뜩 챙겨서 말입니다. 그리고 원로원은 그 모두를 재가하고 사제들은 제물을 바쳤죠. 그 얼빠진 거래를 말입니다.

어떻게 그런 작자를 정상으로 여길 수 있죠? 예, 그런데도 다들 좋아한답니다.

V. 율리아의 일기, 판다테리아(서기 4)

내가 태어난 상황은 온 세상에 알려졌지만 난 한참이 되어서야 눈치를 챘다. 마침내 그 상황을 이해할 나이가 되었을 땐 이미 아버지는 세상의 지도자이자 신이 되었다. 세상은 오래전부터 신을 맹신한다. 신의 행동이란 인간들에게 아무리 이상하게 보여도 자신에게만은 지극히 당연하며, 신을 숭배해야 하는 사람들에게는 심지어 불가피하기까지 한 것이다.

리비아가 내 어머니가 되었지만 나도 이상하지 않았다. 스크리보니아는 손님처럼 드문드문 우리 집을 찾았을 뿐이다. 멀지만 꼭 필요한 친척이라 사람들은 막연한 의무감으로 그녀를 감내했다. 당시의 기억은 아련하지만 솔직히 그 기억조차 믿을 수 없다. 어쨌거나 지금 생각해봐도 그 시절은 평범하고 즐거웠다. 리비아는 심지가 곧고 위엄이 있었으며 차가우면서도 애정이 깊었다. 사람들도 내게 리비아와 같은 모습을 바랐으리라.

아버지는 높은 사람답지 않게 나를 옛날 방식으로 키우려 했다. 아버지 집에서, 유모가 아닌 리비아의 손으로. 옛날처럼 수를 놓고 바느질을 하고 요리하는 법도 가르치고, 동시에 황제의 딸에 걸맞은 교육도 잊지 않았다. 그래서 어릴 때부터 노예들과 함께 수를 놓고, 아버지의 노예 파이드루스에게 라틴어와 그리스어를 배웠으며, 후에는 아버지의 옛 친구이자 스승 아테노도루스 아래서 지혜를 공부했다. 당시에는 전혀 몰랐지만 내 삶에서 가장 중요한 상황은 아버지한테 다른 자식이 없다는 사실이었다. 실로 율리우스 가문의 오점이 아닐 수 없었다.

당시 몇 년간 아버지를 거의 보지 못했건만 그의 존재감만은 그 누구보다 강했다. 눈을 감으면 난 허공 속에 내동댕이쳐지고, 한 아이가 두려움에 떨며 자지러지게 웃는 소리가 들렸다. 그러면 누군가가 나를 무저갱 속에서 꺼내 중후한 목소리로 따뜻하게 위로해주었다. 머리를 쓰다듬는 손길도 느끼고 공과 자갈 놀이도 떠오른다. 나는 두 다리를 끌며 팔라티네의 집 정원 뒤 작은 언덕에 오른다. 언덕에 오르면 도시가 거대한 장난감처럼 눈앞에 펼쳐진다. 하지만… 하지만 아무리 해도 얼굴은 기억이 나지 않는다. 그는 나를 로마라고 불렀다. 내 "작은 로마."

아버지 기억이 제일 선명한 때는 내가 아홉 살 시절이다. 아버지의 다섯 번째 집정관 등극, 그리고 달마티아, 악티움, 이집트의 승리로 삼중 개선식이 그랬다.

그 이후로, 로마에서 그런 식의 개선식 행사는 없었다. 후일 아버지 설명에 따르면, 그가 참석한 개선식도 천박하고 야만적이었지만 그 당시엔 정치적으로 필요했단다. 따라서 당시의 광경이 특별히 웅장해서인지, 그 후 개선식이 없어서인지, 아니면 내 기억이 왜곡됐기 때문인지는 모르겠다.

당시 아버지를 본 것도 일 년도 더 전이었다. 아버지는 개선 행진이 도시에 들어오기 전 로마를 찾을 기회가 없었다. 그래서 리비아와 나, 다른 아이들까지 도시 성문에서 그를 만나야 했다. 우리는 원로원 행렬의 호위를 받으며 상석에 앉아 아버지가 오기를 기다렸다. 나한테는 일종의 게임이었다. 리비아 말로는 행진에 참가하니까 얌전해야 한단다. 하지만 난 참지 못하고 의자에서 뛰어내려 굽잇길 저 아래로 아버지가 오는지 확인했다. 마침내 그가 보였다. 나는 웃고 박수를 치며 달려가려 했는데 리비아가 붙잡았다. 아버지도 우리를 알아보고는 박차를 가해 앞으로 달려 나왔다. 그가 나를 안고 웃어주었다. 리비아는 그다음이었다. 아버지는 그런 사람이었다. 그가 보통 아버지와 같다고 생각한 것도 그때가 마지막이었을 것이다.

만난 것도 잠시, 원로원의 법무관들이 아버지를 데려가더니 보라색과 금색 망토를 입힌 뒤 포탑이 달린 마차에 태웠다. 리비아와 나는 그 옆에 섰다. 마차는 천천히 포룸을 향해 움직였다. 그때의 두려움과 실망은 정말! 아버지가 곁에 서서 부드러운 손으로 어깨를 잡아주기는 했지만, 사실 너무도 낯설기만 했다. 행렬 선두의 뿔나팔과 트럼펫이 참전가를 불어댔다. 릭토르들도 월계관으로 장식한 도끼를 들고 천천히 앞서 나갔다. 그렇게 우리는 성안으로 들어갔다. 사람들이 광장에 모여 있다가 우리가 지나가자 함성을 질렀다. 그 소리가 어찌나 크던지 뿔나팔소리는 아예 들리지도 않았다. 행렬은 마침내 포룸에서 멈추었다. 그곳 역시 로마인들이 가득해 바닥의 돌이 하나도 보이지 않을 정도였다.

개선식은 사흘 동안 이어졌다. 나는 기회가 닿을 때마다 아버지에게 말을 걸었다. 아버지가 연설을 하고 제물을 바치고 선물을 받는 동안 리비아와 함께 내내 곁에 있었지만 기분으로는 아버지는 내게서 멀어지기만 했다. 나는 그제야 세상을 처음 보기 시작했건만, 아버지는 벌써 저 깊숙이 들어가버린 것이다.

그래도 나한테는 친절했다. 내가 뭐든 물으면 정말로 소중한 사람을 대하듯 대답도 해주었다. 한번은 행렬 중에 그림을 하나 보았다. 금과 청동으로 장식한 마차 위에, 어느 여인의 부조가 실물보다 더 크게 그려져 있었다. 여자 양쪽에 아이들이 누워 있었는데 다들 잠을 자는지 두 눈을 감고 있었다. 나는 아버지에게 누군지 물었다. 아버지는 한참 동안 나를 바라보다가 대답을 해주었다.

"클레오파트라란다. 위대한 나라의 여왕이고 로마의 적이었지만 그래도 용감했어. 로마인이 조국을 사랑하듯이 자기 나라를 사랑했지. 그래서 자기 나라가 패배하는 걸 보고 싶지 않아 목숨을 버렸구나."

오랜 세월이 흘렀건만, 지금도 그 상황에서 그 이름을 들었을 때의 이상한 기분을 기억한다. 물론 익숙한 이름이었다. 그전에도 자주 들었다. 나는 그때 고모 옥타비아를 생각했다. 리비아와 함께 가계를 책임지고 있었는데 내가 듣기로 한때 죽은 여왕의 남편 마르쿠스 안토니우스(역시 죽었다.)와 결혼한 사이였다. 옥타비아 고모가 보살펴주는 아이들 생각도 했다. 나와 매일 뛰어놀고 일하고 공부하는 아이들. 마르켈루스와 여동생 둘, 첫 번째 결혼의 열매. 그녀와 마르쿠스 안토니우스의 결혼에서 태어난 안토니우스 가문이다. 율리우스는 그 이전 결혼에서 낳은 아들이고, 마지막으로 집안의 귀염둥이 소녀 클레오파트라는 바로 마르쿠스 안토니우스와 여왕이 낳은 딸이었다.

하지만 그 기이한 운명 때문에 가슴이 두근거리고 불안한 것은 아니었다. 당시에는 어떻게 표현할지 몰랐지만, 분명 여자도 세계의 파도에 휩쓸릴 수 있으며, 그로써 얼마든지 파괴될 수도 있다고 생각했을 것이다. 생전 처음으로.

둘

I. 우편 행낭(서기전 27)

갈리아의 옥타비우스에게 보내는 서한, 로마

리비아가 남편에게 인사를 보내고 안부를 묻는다. 그의 지시에 따라 그가 관심을 보인 문제들 설명.

당신이 북쪽으로 떠나기 전 시작했던 일들은 지시대로 진행 중이에요. 플라미니아 가도 수리는 끝났어요. 마르쿠스 아그리파한테 지시한 일정보다 두 주나 빨랐는데, 그분이 다음 행낭에 자세히 설명할 겁니다. 마에케나스와 아그리파는 매일 저와 상의합니다. 호구조사도 당신이 귀국하기 전에 끝난다고 확인해드리라는군요. 마에케나스 예상으로는 이번 개정세법 기준으로 볼 때 세수가 예상보다 훨씬 증가할 것 같답니다.

마에케나스가 전하라고 부탁한 얘기가 하나 더 있어요. 브리튼을 공격하지 않으시기로 하셨다니 다행이랍니다. 협상만으로도 그만큼 성과는 거둘 수 있고, 또 협상이 실패한다 해도 원정 비용이 그간의 공물을 회수하는 것보다 크다고 하네요. 저도 당신 결정을 환영하지만, 오로지 당신이 위험에 빠지지 않아도 되기 때문입니다.

편지는 간략하게 쓰겠습니다. 어차피 관계자들이 떠나기로 했으니

인편으로 더 자세하게 들으실 거예요. 더욱이 내게 듣고 싶은 소식은 이런 문제들이 아니겠죠? 당신 딸은 건강합니다. 안부 전하라는군요. 예, 당신 편지들도 매일 읽어주고 이따금 당신 얘기도 한답니다.

기쁘게도 지난주에는 집안 하인들을 대하는 태도도 상당히 발전했답니다. 오늘 아침에는 물레에서 거의 두 시간을 놀고, 함께 일하는 사람들에게 불평을 하거나 무례하게 대하는 일도 없었답니다. 마침내 어른이자 황제의 딸이라는 신분에 조금씩 익숙해지는 것 같더군요. 건강은 걱정하지 않으셔도 돼요. 앞으로도 당신이 알아보기 힘들 만큼 건강하게 자랄 것입니다.

다른 교육 얘기는 다른 사람들에게 맡기겠습니다. 그에 대해서는 저도 마지못하나마 당신 고집을 따르기로 했지만 아무튼 그 얘기도 이 행낭에 들어 있을 것입니다.

당신이 즐거워하고 흐뭇해할 소문이 조금 있어요. 마에케나스가 당신 바람에 따라 아내를 들이기로 했답니다. 꼭 당신께 얘기를 전해달라 부탁하더군요. 나한테 맡기는 이유는 당신이 직접 하기가 난감해서라 했습니다. 허나 짐작하시듯, 그분, 그 문제로 엄살깨나 부리겠지만 실제로는 은근히 지금 상황을 즐기는 듯합니다. 신부는 테렌티아라는 아가씨로 그다지 명문가 출신은 아닙니다. 마에케나스는 코웃음을 치며 둘 다 귀족일 필요는 없다고 말합니다. 신부는 예쁘고 자그마한데 역시 결혼에 만족하는 듯 보입니다. 마에케나스의 성향도 완벽하게 파악해 그대로 이해하는 듯하더군요. 당신도 마음에 드시리라 믿어요.

옥타비아도 인사를 보냅니다. 당신이 마르켈루스한테도 똑같이 애정을 보여주셨으면 하시네요. 그녀는 마르켈루스가 삼촌의 즐거운 동반자가 되리라 확신하고 있습니다. 저도 사랑을 보내며 당신이 티베리우스한테 똑같이 사랑을 보여주시기를 기원합니다. 로마의 가족들 모두 당신이 돌아오시기를 손꼽아 기다립니다.

가이우스 옥타비우스 카이사르에게(갈리아의 나르본), 하인이자 성실한 친구 파이드루스로부터. 가이우스에게 가족 문제에 대해 보고함.

영애 율리아는 더 이상 제가 가르칠 수 없을 정도로 교육 성취도가 빠릅니다. 말씀드리기 송구하오나 폐하의 판단이 틀리셨습니다. 여식이 동등한 위치의 사내만큼 빠르고 효율적으로 배울 수 있다고는 생각지 않습니다. 성실도와 이해도 역시 마찬가지입니다. 폐하께서는 황공하옵게도 비슷한 연배의 왕가 후손들을 제가 돌볼 수 있도록 안배하셨사오나, 기이하게도 성별과 무관하게 율리아의 성취가 가장 빠릅니다. 비록 열한 살의 나이임에도 저로서는 더 이상 가르칠 내용이 없사옵니다. 율리아는 그리스어로도 쉽게 글을 쓰고, 수사학의 기본 요소도 완벽하게 익혔습니다. 교육 내용 자체가 숙녀에 걸맞은 주제가 아니옵기에 동료 학생 사이에서 사소한 잡음이 일어나기는 했사오나…. 지금은 폐하의 친구 호라티우스가 이따금 자신의 모국어로 시를 가르칩니다. 저도 시를 가르칠 수 있사오나 폐하의 율리아한테는 충분치 못합니다. 교육 과목에서도 여성적인 분야라면 율리아가 그다지 선호하지 않는 듯하옵니다. 음악에서는 크게 두각을 드러내지 못하며, 아름다운 체형을 타고났음에도 형식적인 무용 수업에는 별로 열정이 보이지 않습니다. 물론 그런 식의 사교적 성취가 폐하의 관심사가 아니라는 것도 알고 있습니다. 소인이 불민하여 폐하께서 아첨을 좋아한다고 판단했다면, 신의 아들이자 세계 황제의 영애께서 이토록 대단한 성취를 이루었다 해서 놀라거나 호들갑을 부릴 필요도 없사오나, 폐하도 저도 알다시피, 율리아의 성격은 율리아 자신의 것으로 대단히 강합니다.

이 기회에 제안하오니, 가까운 미래에 율리아의 교육을 저보다 현명하고 학식이 많은 분께 맡겨야 할 것이옵니다. 아테노도루스는 한때 폐하의 스승이자 지금은 친구이옵니다. 그분이 율리아의 마음을 잘 읽고 잘 지내시는데, 제가 주제넘게 제안하자 선뜻 동의까지 해주셨습니다. 그분이 다른 문제로 직접 서한을 쓰시기로 했는데 그때 다시 이 문제에 대해 견해를 밝히실 것입니다.

갈리아 문제로 따님과 너무 오래 떨어져 계시지 않으리라 믿습니다. 소인과 함께한 공부 중 단 하나 문제가 있다면, 율리아가 아버지를 너무 보고 싶어 합니다. 폐하의 충실한 친구이자 부족한 친구, 코린트의 파이드루스가 인사 여쭈었습니다.

아테노도루스가 옥타비우스께 안부 전합니다. 당연한 말씀이지만, 갈리아에 학교 시스템을 설립하기로 하셨다니 그 결정에 찬사 올립니다. 지당하신 말씀입니다. 그곳 사람들도 로마의 일부가 되려면 로마어를 익혀야 합니다. 그래야 자신들이 호흡해야 할 역사와 문화를 이해할 테니까요. 부디 이곳 로마의 사교계 쓰레기들도(그중에는 폐하께서 친구라고 부르는 이들도 있습니다만) 폐하께서 머나먼 땅의 피지배자들을 위해 쏟는 것만큼 자기 자식들 교육에 신경 좀 썼으면 좋겠습니다. 이러다가는 세상의 중심에 남은 우리보다 타지 속령인들이 더 로마인다워질까 걱정스럽습니다.

학교 선생 모집엔 별 어려움이 없을 듯합니다. 원하신다면 구체적으로 추천할 수도 있습니다. 폐하께서 이 나라에 평화와 번영을 선물한 덕에 식자 계층에 학식이 만개하기 시작하였습니다. 아, 그러고 보니 만개는 지나치게 강한 단어일 수도 있겠군요. 대체로 제 제안은 다음과 같습니다. 첫째, 부잣집 젊은이들의 안이한 이상주의에 기대하지 마세요. 그런 식의 열정은 속령에 고립될 경우 십중팔구 꺾이기 마련입니다. 둘째, 가능한 한 로마인들한테서 스승을 구하셔야 합니다. 그리스인이나 이집트인은 곤란합니다. 로마 문화를 정말로 이해하고 싶다면 적어도 로마인이 어떤 사람인지 정도는 알아야 하니까요. 셋째, 노예들도 안 됩니다. 자유인들을 지나치게 많이 등용해도 좋지 않습니다. 왜 이런 말씀을 드리는지 이해하셔야 합니다. 학식이 많을 경우 로마는 전통적으로 신사보다 노예를 우선 등용해왔습니다. 로마에서야 부자가 될 수 있다면 노예 신분에도 만족하지만 갈리아에서는 로마와 달리 회계부정 따위가 존재하지 않을 겁니다. 특히 학식과 재산이 많은 경우 노예들은 대부분 (물론 우리 친구 파이드루스는 예외입니다.) 로마와 로마의 가치를 타락시키고 자신의 몸값을 지불할 의사도 없으면서 무조건 시스템에 불만부터 토로합니다. 요컨대, 갈리아는 질서를 위해 이곳처럼 복잡한 세력 관계를 고려해야 할 필요가 없습니다. 또한 도농 어디든 이탈리아인들이 충분합니다. 보수와 명예만 충분히 챙겨준다면 기꺼이 폐하의 목적을 위해 헌신할 것이옵니다.

따님 문제에 대해 파이드루스와 얘기를 나누었습니다. 물론 저는 찬성이며 폐하께서도 동의하시리라 믿습니다. 지금껏 옥타비우스 가문의 자제를 많이 가르쳤으니, 폐하께서 다른 자를 찾는 것도 우스꽝스러울 것입니다. 지금은 세계의 황제라 하시지만 제 관심과는 거리가 멉니다. 그 문제라면 전 언제나 폐하의 스승으로 남겠습니다. 율리아의 최종 교육이옵니다. 나 외에 다른 사람의 손을 빌리고 싶지 않습니다.

II. 율리아의 일기, 판다테리아(서기 4)

판다테리아 섬에 도착하고 지난 몇 년간 습관처럼 새벽에 일어나 동쪽에서 첫 해가 뜨는 모습을 지켜보았다. 이런 식의 불면은 거의 의식이 되었다. 나는 동쪽 창가에 꼼짝도 않고 앉아 빛이 변하는 모습을 가늠한다. 회색, 노란색, 오렌지색, 붉은색…. 마침내 색은 없어지고 상상 이상으로 밝은 해가 세상 하늘에 떠오른다. 햇빛이 방을 채우면 오전은 서재에서 책을 몇 권 꺼내 이것저것 번갈아가며 읽는다. 책이라고 해봐야 사실 로마에서 가져오도록 허락받은 종류들뿐이다. 이 화려한 서재는 내게 허락된 몇 안 되는 사치이나, 그 어느 것보다 이 망명 생활을 견딜 수 있게 해준다. 몇 년 전에 다시 학문을 익히기 시작했다. 행여 고독의 징벌에 처하지 않았던들 결코 가능하지 않은 일이다. 세상이 나를 벌하려 들면, 오히려 기이한 방식으로 보상이 되지 않나 생각할 때가 있다.

문득 그런 생각이 들었다. 그러고 보니 새벽의 불면과 이런 식의 공부는 오래전 이미 겪었던 교육 훈련이었다. 아주아주 어렸을 때.

열두 살 때 아버지는 내가 유아 교육 과정을 떠날 때가 되었다고 판단해 그 뒤로 그의 늙은 선생 아테노도루스의 손에 맡겼다. 그 이전에는 리비아가 여자의 본분을 가르쳤고, 그 밖에는 그리스어와 라틴어 읽기와 쓰기 연습, 그리고 셈법이 고작이었다. 언어는 매우 쉬웠다. 산수도 쉬웠지만 재미는 없었다. 선생은 그 외의 시간을 내가 마음도록 쓰도록 허락해주었으며, 엄격히 따라야 할 일정 따위도 없었다.

하지만 아테노도루스는 나 자신, 가족, 그리고 로마 너머 세상을 볼 수 있도록 해주었다. 그는 언제나 엄격하고 가차가 없었다. 학생들은 몇 명 되지 않았다. 옥타비아의 수양아들과 친아들, 리비아의 아들 드루수스와 티베리우스, 아버지의 이런저런 친척 아들들…. 여자는 나 혼자였다. 제일 어리기도 했다. 아버지는 아테노도루스가 스승임을 나를 포함해 모두에게 분명히 전했다. 따라서 가문과 부모 권력에 상관없이, 가타부타 그에게 시비를 걸 사람은 없었다.

　우리는 동이 트기 전에 일어나 아침 일곱 시에 아테노도루스의 집에 모여, 그 전날 숙제로 받은 호머와 헤시오드, 아이스킬로스의 시를 외워야 했다. 그 시인들의 문체로 직접 시를 짓기도 했다. 정오에 가볍게 점심 식사를 하고 나면 오후 수업을 받았다. 그런데 남자아이들은 수사학과 웅변을 연습하고 법을 공부했으나, 선생은 그런 주제들이 나와는 무관하다며 다른 과제를 내주었다. 내가 선택한 주제는 철학 공부, 그리고 라틴어와 그리스의 시 해석이었다. 나는 특히 창작에 관심이 많았다. 오후 늦게 귀가하면 다시 리비아의 지도하에 가계의 의무들을 수행해야 했다. 처음에는 해방감을 느꼈지만 그 일들도 점차 따분해졌다.

　내 몸이 점점 어른스럽게 변하기 시작할 무렵 마음도 변하기 시작했다. 과거에는 상상도 못했던 환상이 자라기 시작한 것이다. 후에 친구가 된 후 아테노도루스와 자주 대화를 나누었다. 그때 처음 알았는데, 로마는 실용적이지 않으면 그 어떤 학문도 경시하는 풍조가 있었다. 언젠가 그가 그런 말도 했다. 내가 태어나기 일백 년도 더 전에 문학과 철학 선생들이 원로원 포고령에 따라 모두 로마에서 추방당했단다. 세상에, 어떻게 그런 일이 가능했을까?

　그래도 그때는 행복했다. 어쩌면 그 어느 때보다 행복했으리라. 하지만 삼 년도 되지 않아 그 생활은 끝나고 난 여자가 될 준비를 해야 했다. 이제 막 알기 시작한 세상이건만 그 세상에서 추방을 당한 격이었다.

III. 서한(서기전 25)

발신: 퀸투스 호라티우스 플라쿠스

수신: 알비우스 티불루스

친애하는 티불루스, 자네는 좋은 시인이자 친구지만, 이번엔 정말 바보짓을 했네.

최대한 분명하게 말하지. 결국 마르켈루스와 황제 따님의 결혼 축시를 쓰고 말았군그래. 바보 같은 짓이었어. 전에 조언을 구했을 때 내가 분명히 말하지 않았던가? 그때도 몇 가지 이유를 나열했네만 이곳에 덧붙여서 다시 얘기하겠네.

첫째, 옥타비우스 카이사르가 한 얘기가 있네. 가장 친한 친구인 나와 베르길리우스한테도 확실하게 선언했지. 요컨대, 직접이든 간접이든, 누구든 자기 가족의 개인사를 시에 언급할 경우 가만두지 않겠다는 경고였어. 황제께서도 철저하게 지키는 원칙이나 나 역시 그 심정을 충분히 이해하네. 자네는 반대로 얘기했지만 옥타비우스는 아내와 딸을 무척 애지중지하네. 어쨌든 형편없는 시가 두 사람을 찬양하는 것도, 좋은 시로 비난하는 것도 절대 원치 않아. 이 혼란스러운 세상을 물려받아 경영하는 분이 아니신가? 당연히 온갖 버겁고 어려운 일들뿐이라네. 그분께 가족과의 삶은 그 운명에 대한 유일한 보상이나 마찬가지야. 자네 같으면 위태롭게 만들고 싶겠나?

두 번째, 자네의 재능이 어디에 있는지 착각하고 있네. 자네는 이런 주제로 좋은 시를 쓸 위인이 못 돼. 여자 친구들을 그린 시야 칭찬했지만, 자네 친구이자 사령관인 메살라를 찬양했을 때 어디 내가 좋아하던가? 위험한 주제를 무덤덤한 시로 다루다니 그야말로 어리석은 짓이야.

그리고 세 번째, 재능을 십분 활용해 다른 분야에도 적용해보겠다고?

아니, 자네가 편지에 암시한 몇몇 태도를 볼 때, 아무래도 그만두는 쪽이 낫겠네. 주제의 가치를 확신하지도 못하면서 어찌 좋은 시를 쓴단 말인가? 그 어떤 시인도 불안감을 쉽사리 떨쳐내지는 못한다네. 아니, 신념이 부족하다고 자네를 힐난하자는 게 아니야. 그보다는 자네가 어서 빨리 그 사실을 깨우쳤으면 좋겠군그래. 행여 내가 그런 시를 써야 한다면, 나 역시 자네처럼 자신이 없을 걸세.

물론 난 절대 사양하겠네. 황제가 딸을 대할 때 어딘가 살갑지 않다고 했던가? 그리고, 국가의 목적을 위해 딸을 "이용하고" 있다고? 후자는 맞지만 전자는 잘못 짚었네.

옥타비우스 카이사르를 안 지 벌써 십 년도 더 지났네. 황제는 내 친구고 실제로도 동등한 위치에서 서로를 대하고 있네. 친구들이 다 그렇지만 나도 칭찬할 때는 칭찬을 하고, 미심쩍다 싶으면 자연스럽게 의문을 제기한다네. 물론 비판할 일이 있으면 당연히 비판을 했지. 그것도 공개적이고 언제나 내 의지에 따랐네. 그래도 우정에 상처를 입은 적은 한 번도 없어. 따라서 이 문제 또한 언제나처럼 거리낌 없이 말할 테니 자네가 이해하게.

옥타비우스 카이사르는 자네가 생각하는 것보다 훨씬 더 딸을 사랑하네. 잘못이 있다면 오히려 딸을 향한 사랑이 너무 깊은 데 있어. 황제는 딸의 교육에 대해서도 크게 신경을 썼어. 보통의 아버지들이 아들을 대하는 것보다 훨씬 더 많이. 자수, 바느질, 노래, 리라 연주 따위의 얘기가 아니야. 문학도 여자들이 학교에서 배우는 식의 겉핥기와는 거리가 멀었다네. 율리아의 그리스어는 부친보다 훌륭하고 문학 지식은 혀를 내두를 정도네. 게다가 아테노도루스한테서 수사학과 철학을 수학했어. 그가 누군가? 지혜와 학식이라면 우리도 한 수 접는 분이 아니신가.

지난 몇 년간 로마를 그렇게 자주 비웠지만, 황제는 일주일이 멀다 않고 따님 율리아에게 편지다발을 보냈다네. 나도 그중 몇 통 읽었네만 딸을 향한 관심과 친절은 정말 감동적이더군.

드물게나마 집과 가족에게 돌아갈 기회가 생기면 그분은 지나칠 정도로 딸과 함께 시간을 보냈네. 딸 앞에선 지극히 단순하게 행동하고 마냥 즐거워했지. 한 번은 함께 굴렁쇠 굴리는 모습을 보았는데 그때는 황제도 정말 어린애 같았어. 목마를 태우거나 숨바꼭질도 하고…. 심지어 티베르 강둑에서 함께 낚시하는 모습도 보았지. 작은 물고기가 걸리자 정말 해맑게 웃으시더군. 한 번은 둘이 나란히 집 뒤의 들판을 산책했는데 야생화를 꺾어 저녁 테이블을 장식하셨지.

시인으로서 영혼에 일말이나마 의심이 남았다면 나로서도 어쩔 도리가 없네만, 인간으로서 마음에 남은 의심이라면 없애줄 수 있네. 다른 아버지가 딸을 위해 마르켈루스만큼 돈 많고 미래가 창창한 젊은이를 남편으로 점지해준다면, 물론 그 통찰력과 배려에 자네도 당연히 박수갈채를 보냈겠지. 이 경우 율리아의 '젊음' 또한 또 다른 종류의 근심거리가 아닐 수 없네. 그 아가씨, 자네가 델리아로 위장했던 아가씨 말일세. 자네가 처음 그녀의 정조를 공격했을 때 나이가 어떻게 됐던가? 열여섯? 열일곱? 아니, 더 어렸던가?

그래, 친애하는 티불루스, 그 시를 쓰지 말라고 충분히 알아듣게 조언했어. 다른 주제도, 다른 장소도 얼마든지 있지 않은가? 황제를 계속 존중하고 싶다면 지금처럼 델리아 류의 시에 천착하게나. 좋은 시들이니까. 옥타비우스도 그 시들을 읽고 좋아했지. 자네야 믿기 어렵겠지만 그도 시를 읽는다네. 게다가 찬사가 들어간 시보다 잘 쓴 시를 더 좋아해.

IV. 율리아의 일기, 판다테리아(서기 4)

평생, 남편이 셋이지만 내가 사랑한 이는 없다….

어제 아침, 무슨 얘기를 적나 고민하다 이렇게 문장을 적고 의미를 곰곰이 생각해봤다. 솔직히 무슨 뜻인지 모르겠다. 그저 인생 후반에 불현듯 그런 의문이 생겼다는 것뿐이다. 이제 그마저도 중요하지 않지만.

시인들 말이 맞는다면, 젊음은 피가 뜨겁게 들끓는 나날이다. 사랑하는 시간이자 열정의 순간이다. 그러다가 세월이 흐르면서 지혜로 냉수목욕을 하면 젊음의 열병이 치유된다 했던가? 다 개소리다. 인생이 종국에 달해 더 이상 사랑을 잡을 수 없을 때까지 난 사랑이 뭔지 알지 못했다. 젊음은 무지하고 열정은 모호할 뿐이다.

처음 결혼은 열네 살 때였다. 남편은 내 사촌이자 고모 옥타비아의 아들 마르켈루스. 아마도 그 결혼은 나를 포함한 여성 일반의 무지의 척도였으리라. 당시만 해도 그런 식의 결혼은 지극히 일상적이었다. 옛날부터 마르켈루스는 옥타비아와 리비아의 다른 아이들처럼 집안의 낯익은 풍경에 속했다. 그와 함께 자랐지만 그를 알지는 못했다. 거의 삼십 년이 지난 지금은, 그가 어떻게 생겼는지조차 기억하지 못한다. 키가 컸던 것 같기는 하다. 옥타비우스 가문답게 머리카락은 금발이었다.

그래도 편지 한 통은 기억한다. 아버지가 내 결혼을 알리는 편지…. 그 어조도 기억한다. 마치 낯선 사람을 대하듯 장황하고 어색한 글…. 전혀 아버지답지 않은 편지였다. 편지는 스페인에서 왔다. 아버지도 거의 일 년 동안 국경의 반란을 진압하느라 바쁜 와중이었다. 마르켈루스는 당시 열일곱의 나이로 아버지 밑에서 복무 중이었으며 아버지는 그의 굳은 심지와 충성심에 매료됐다고 적었다. 거기에 근본이 확실한 사람한테 딸을 맡기겠다는 확신까지 겹쳐, 나와 가족을 위해 최선의 선택이라고 제멋대로 결혼을 결정해버린 것이다. 내 행복을 빌지만 멀리 떠나 있는 탓에 예식에서 부모 역을 할 수 없음을 안타까워하기는 했다. 대신 친구 마르쿠스 아그리파가 대신 돌봐주기로 했으며, 리비아한테도 내가 어떻게 행동해야 하는지 자세히 일러두겠다면서 귀담아 들으라는 말도 했다.

겨우 열넷이었지만 난 어른이 되었다고 믿었다. 그렇게 믿도록 교육을 받았고 결혼도 했다. 세련되고 얌전하게 행동해야 한다는 생각에 정말로 세련되고 얌전하게 보이려 애를 쓰기까지 했다. 이제 발을 내디뎌야 하건만 세상에 대해 하나도 알지 못했던 것이다.

마르켈루스는 끝내 낯설었다. 스페인에서 돌아온 후에도, 대화는 언제나처럼 무덤덤했고 결혼 준비도 타인의 몫인 양 우리와 무관하게 흘러갔다. 다만 지금에야 깨달았지만 절대 우리와 무관한 삶이 아니었다.

예식은 전통 혼례로 치렀다. 마르켈루스가 증인 앞에서 내게 선물을 주고(스페인에서 가져온 상아 상자인데 진주들로 장식했다.) 나도 관례에 따라 인사를 했다. 결혼 전날 밤, 어린 시절의 장난감과 작별을 했다. 하인들이 가져가 태워 가문의 신들께 바칠 것이다. 그날 밤 늦게 리비아가 내 머리를 여섯 갈래로 땋아 하얀 양모띠로 묶어주었다. 내가 어른이 되었음을 선언하는 의식이다.

꿈을 꾸듯 예식을 치렀다. 하객과 친척들이 앞뜰에 모이고 사제들이 축사를 읊조렸다. 서류에 서명하고 확인하고 교환하고, 나를 남편에게 바치겠다는 따위의 주문도 외웠다. 저녁시간, 피로연이 끝난 후 의례에 따라 리비아와 옥타비아가 내게 예복을 입혀 마르켈루스의 방으로 데려갔다. 사실 그때까지도 앞으로 어떻게 될지 전혀 이해하지 못했다.

마르켈루스는 침대맡에 앉아 하품을 했다. 신부의 꽃들이 바닥에 아무렇게나 흩뿌려져 있었다.

"늦었다. 자자." 마르켈루스는 그렇게 말했다. 어릴 때 나한테 쓰던 말투 그대로였다.

나는 그의 옆에 누웠다. 돌이켜보면 가볍게 떨기도 했던 듯싶다. 그는 다시 한 번 하품을 하더니 곧바로 돌아누워 잠이 들었다.

결혼 생활은 그렇게 시작했다. 결혼 후 두 달이 흐를 때까지 근본적으로 달라진 것은 전혀 없었다. 그리고 이미 말했듯, 그를 거의 기억하지 못한다. 기억해야 할 이유도 없지만.

V. 서한(서기전 25)

발신: 리비아

수신: 옥타비우스 카이사르

리비아가 사랑과 안부를 전합니다. 당신 지시대로 율리아의 결혼을 마쳤습니다. 율리아는 괜찮아요. 이렇게 간단하게 적는 이유는 보다 긴급한 문제가 있어서랍니다. 바로 당신 건강이에요. 누군가한테 들었는데(누구인지는 묻지 마세요.) 당신 얘기보다 훨씬 심각하다면서요? 이제야 이해했어요. 왜 그렇게 율리아를 급하게 결혼시키려 했는지. 그것도 모르고 반대했으니 송구하기 그지없네요. 내 반대 때문에 당신이 속상했겠다 싶으니 슬프기까지 하답니다. 더 이상은 반대하지 않으니 마음 푸세요. 우리 결혼과 의무감으로라도, 아들을 위한 어머니의 야심을 기꺼이 내려놓기로 했습니다. 당신 말이 옳아요. 마르켈루스는 클라우디우스, 율리우스, 옥타비우스 가문을 모두 품고 있으나, 나의 티베리우스는 오로지 클라우디우스 이름뿐이죠. 언제나 그렇듯 당신 결정은 현명했습니다. 이따금 우리 권위가 실제보다 위태롭다는 사실을 잊고 마는군요.

이렇게 애원하오니 어서 스페인에서 돌아오세요. 그곳 기후는 열병에 좋지 않습니다. 환경도 열악하니 제대로 치료받기도 쉽지 않겠죠. 이 문제에 대해서만은 당신 주치의도 동의했어요. 제 바람에 전문적인 지원까지 더해주었답니다.

마르켈루스는 이번 주 내에 그곳으로 떠날 겁니다. 옥타비아도 안부 여쭈며 아들의 안전을 부탁한답니다. 당신 아내도 사랑을 보내며 어서 건강하시기를 기도하고 아들 티베리우스의 안부도 여쭙니다. 부디 로마로 돌아오세요.

VI. 서한(서기전 23)
발신: 퀸투스 호라티우스 플라쿠스
수신: 푸블리우스 베르길리우스 마로, 나폴리

친애하는 베르길리우스 형, 최대한 빨리 로마로 돌아오셔야겠소. 스페인에서 돌아온 이후 그의 건강이 더 나빠져 지금은 아주 위중하다오. 열이 내리지 않아 침대에서 일어나지도 못하고, 체중은 줄고 살갗은 처져 마치 막대기에 천을 걸쳐놓은 것처럼 보이더이다. 겉으로야 아무렇지도 않은 척했지만 아무래도 숨을 부지하기가 쉽지는 않겠소. 그를 속일 수도 없어요. 어차피 살날이 멀지 않다고 생각할 터이니. 이미 집정관 파트너에게 군사와 세입 장부를 맡기고 마르쿠스 아그리파에게는 인장을 넘겨 적절한 인물이 왕위를 이을 수 있도록 했다오. 지금은 의사와 측근, 가까운 가족만 입회가 허락되나 무거운 정적만이 침실을 가득 채우고 있구려. 마치 마지막 순간이라도 지금껏 가장 소중히 생각했던 사람들만 곁에 두고 싶어 하는 듯하오.

마에케나스와 나는 팔라티네의 사택에 머물러 있소. 가까이 있어야 그가 도움이나 문안을 청할 때 소용이 되지 않겠소? 지금 리비아가 돌보는 중인데, 그가 늘 말하듯, 워낙에 신중하고 성실한 분이시더군요. 율리아는 곁에 있을 때는 어떻게든 재롱으로 그의 마음을 풀어주다가도 곁을 떠나면 너무도 처절하게 운다오. 그와 마에케나스는 젊은 날을 즐거이 회상하는데 아그리파는 그 강인한 양반이 쉽사리 감정을 통제하기 어려운 모양이오.

자신을 다그치지도 못하고 또 직접 말도 안하지만, 그분도 형이 오기를 원한다오. 이따금 기운이 없어 가족과 대화가 어려울 때면 나한테 우리 시를 읽어달라 부탁도 하더이다. 황제의 애송 시들 말이오. 어제는 몇 년 전 이집트 군을 무찌르고 사모아에서 돌아왔을 때를 회상하더군요. 그 가을 화려한 개선식이 있지 않았소? 예, 그때는 우리 셋이 함께 있었고 형이 그에게 탈고한 『게오르기카 Georgica』를 읽어주었소. 그가 이렇게 말하는데 아주 차분하고 자기연민 따위는 없었소. "내가 죽어서 제일 안타깝다면, 저 양반 시가 완성되는 모습을 보지 못하는 일이 될 게요. 우리 도시의 건설을 송시로 만든다고 했죠? 이 말을 들으면 그가 기뻐할까요?"

난 말문을 열 수가 없었다오.

"물론입니다, 친구여."

"그럼, 그렇게 전해줘요."

"폐하께서 회복하시면 전하겠습니다." 난 그렇게 대답했소.

그가 미소를 지었는데 도저히 참을 수가 없더이다. 나는 잠시 양해를 구하고 방을 나와야 했소.

알다시피, 시간이 별로 없소. 고통은 없고 정신도 그대로이지만 의지는 몸과 함께 죽어가고 있으니.

이번 주 내에 상황이 호전되지 않으면 의사는(안토니우스 무사라는 자인데 명성은 높지만 별로 신뢰가 가지 않는구려.) 최후의 치유책을 시행하겠다고 떠들고 있소. 그 지경이 되기 전에 형이 어서 그를 만나야겠소.

VII. 주치의 안토니우스 무사의 의료 지시서(서기전 25)

욕탕 준비. 지시한 시간에 옥타비우스 카이사르 황제 처소에 얼음 일백오십 킬로그램을 배달할 것. 얼음은 캄파니아 길, 아시니우스 폴리오의 창고에서 구할 수 있으나, 반드시 주먹 크기로 잘라 앙금 없는 조각들만 사용할 것. 얼음 스물다섯 조각을 욕탕에 넣은 뒤 이십 센티미터 깊이로 물을 부어 모두 녹일 것.

연고 준비. 전용 분말 반 리터에 겨자 씨 분말을 두 스푼 추가하고, 다시 최고급 올리브기름을 이 리터 부어 비등점 바로 아래 온도로 가열한 뒤 정확히 체온 수준으로 감온할 것.

환자 준비. 환자는 머리를 제외한 신체부위를 모두 물속에 잠기게 할 것. 그리고 천천히 백을 센 다음 환자를 꺼내 염색하지 않은 양모 담요로 감쌀 것. 담요는 가열한 자갈로 미리 데워놓아야 함. 환자가 흠뻑 땀을 흘릴 때까지 기다렸다가 온몸에 준비한 연고를 바를 것. 그리고 빙욕을 재개하되 역시 얼음을 충분히 넣어 원래의 냉기를 유지해야 함.

환자는 이런 식으로 네 차례 반복 치료한 뒤 두 시간 정도 휴식을 취하며, 이 과정을 환자의 열이 가라앉을 때까지 지속함.

VIII. 율리아의 일기, 판다테리아 (서기 4)

아버지가 스페인에서 돌아왔을 때에야 내가 결혼해야 했던 이유를 알 수 있었다. 사실 귀국 여행조차 이겨내기 어려울 정도로 병환이 위중했다. 결국 내 미래를 위해 나를 마르켈루스에게 맡긴 것이다. 그 밖에도 '또 하나의 딸'의 미래를 위해 로마는 마르쿠스 아그리파에게 주었다. 나와 마르켈루스의 결혼은 전례이자 형식에 불과했다. 실제로 결혼 이후에도 마르켈루스는 내게 거의 손을 대지 않아 나는 처녀와 다를 바 없었다. 내가 여자가 된 것은 아버지가 아팠을 때였다. 그때 죽음의 절대적인 힘을 깨달았으며 그 냄새를 알고 존재를 느꼈기 때문이다.

나는 울었다. 비록 어릴 때밖에 보지 못했지만 아버지가 죽어가고 있었다. 그리하여 상실이 우리 삶의 일부라는 사실도 깨달았다. 누구에게도 전할 수 없는 깨달음이지만.

그 기분을 마르켈루스에게 전하려 했다. 그가 내 남편이고 아내는 그리해야 한다고 배웠기 때문이다. 그는 당혹스러운 표정으로 나를 보더니 이렇게 대꾸했다. 불행한 일이지만 로마는 상실감을 극복할 거야. 황제의 혜안 덕분에 국정도 체계적으로 움직일 수 있어. 난 화가 났다. 남편이라는 인간이 이렇게 냉혹하다니. 그는 자신이 아버지의 권력을 이을 후계자라고 굳게 믿고 있었다. 난 언제든 그가 황제가 될 날을 예측해보았다. 지금은 나도 안다. 그가 성정이 차갑고 야심이 컸다 해도 그건 그가 아는 유일한 삶의 방식이었기 때문이다. 그렇게 살도록 훈련을 받았기 때문이다.

아버지는 차츰 회복했다. 다들 죽을 줄 알았기 때문에 사람들은 그가 신이기에 가능한 기적이며 따라서 지극히 당연한 일로 받아들였다. 주치의 안토니우스 무사가 최후의 수단을 시도했을 때(후일 그 치료법은 그의 이름을 따서 '무사 요법'이라 불린다.) 아버지의 장례 절차가 진행 중이었다. 그런데 아버지는 끝내 치료법으로 병을 이겨내고 천천히 회복하기 시작했다. 늦여름쯤에는 체중도 회복하고 매일 집 뒤 안뜰에서 산책도 했다. 마르쿠스 아그리파는 스핑크스 인장을 반납하고 원로원은 로마에서 감사와 기도 주간을 선포했으며, 이탈리아 전역 교외 마을에서는 교차로마다 그의 그림을 내걸고 그의 건강을 축복하고 여행자들을 보호했다.

아버지가 건강을 완전히 회복할 때쯤 내 남편 마르켈루스가 같은 증세로 드러누웠다. 두 주일 동안 병세가 악화되자 마침내 안토니우스 무사가 '무사 요법'을 처방했다. 그리고 다시 일주일, 황제의 회복을 축하하는 와중에 마르켈루스는 세상을 떠났다. 나는 열일곱 살에 과부가 되었다.

IX. 서한(서기전 22)

발신: 푸블리우스 베르길리우스 마로

수신: 퀸투스 호라티우스 플라쿠스

우리 친구 옥타비우스의 누님은 여전히 아들 일로 비탄에 잠겨 있네. 세월이 유일한 약이건만 시간이 아무리 흘러도 고통을 줄여주지는 못하나보이. 그런데 그녀의 영혼을 위로하고자 했던 내 보잘것없는 노력이 묘하게도 예기치 않은 결과를 낳은 것 같군그래.

지난 주, 내가 조카의 죽음을 시로 만들었다는 사실을 알고 옥타비우스가 다시 로마로 불러들였네. 내 시를 직접 듣고 싶다는 말씀이셨지. 그래서 그 시는 아이네이아스를 위한 장시의 일부로 기획했다고 말씀을 드렸네. 황망하게도 지난번 그에게 다소 과하게 칭찬을 들었던 시라네. 아무튼 옥타비우스는 누님께 어느 정도 위로가 되리라 생각했던 모양일세. 물론 로마인들이 그렇게나 칭송했던 아들이니, 그 시가 있는 한 로마인들의 마음속에 영원히 살아 있으리라 믿네. 그래서 옥타비우스는 누님을 낭송회에 부르고 행사 성격에 대해서도 설명해주었어.

옥타비우스 저택엔 몇 사람 모이지 않았네. 옥타비우스 자신과 리비아, 영애 율리아(맙소사, 그렇게 젊고 아름다운 아가씨가 과부라니!), 마에케나스와 테렌티아, 그리고 물론 옥타비아가 있었지. 그녀가 방 안에 들어오는데 흡사 걸어 다니는 시체 같았다네. 얼굴은 끔찍할 정도로 창백하고 눈 밑으로 깊은 그림자가 드리웠더군. 그래도 언제나처럼 침착했고, 위로하는 사람들에게도 우아하고 사려 깊게 대했어.

우리는 한동안 차분하게 마르켈루스를 추모했네. 아들과의 유쾌한 기억 때문인지 옥타비아도 한두 번 가볍게 미소를 짓더군. 그리고 마침내 옥타비우스가 나를 불러 시를 낭송해달라고 부탁했다네.

자네도 그 시를 알걸세. 내 책 어디에 실린지도 알 터이니 편지에 싣지는 않겠네. 하지만 지금 상황에서 그 시에 어떤 잘못이 있었는지 모르겠지만 행사 자체는 감동적이었어. 한순간 마르켈루스가 산자들 사이로 걸어오는 모습도 보고, 그의 친구들과 동포들의 기억 속에 살아 있는 것도 보았으니 왜 아니겠나.

내가 낭독을 끝냈을 때 정적이 온 방을 감쌌네. 이윽고 여기저기 사람들이 중얼거리기 시작했지. 나는 옥타비아를 보았네. 우리가 아들을 기리고 자랑스러워한다는 사실을 알았으니, 그녀도 조금은 위로를 받았으리라 믿었지. 하지만 그녀의 얼굴에는 슬픔 외에 그 어떤 위안도 보이지 않았다네. 솔직히 그 표정을 표현할 자신도 없군. 두 눈은 마치 머릿속

깊이 불길이 타오르듯 어두운 빛으로 이글거리고, 입술은 이를 드러내며 웃었지만 그저 끔찍한 흉내에 불과했다네. 내가 보기에 그 표정은 증오 그 자체였어. 그러다가 단말마처럼 나지막이 비명을 지르고 온몸을 양옆으로 흔들더니 기어이 혼절해 카우치 위로 쓰러지지 뭔가.

우리는 그녀에게 달려갔네. 옥타비우스는 누이의 두 손을 주물렀지. 옥타비아도 차츰 의식을 회복하고 아가씨들이 다른 곳으로 데려갔네.

"죄송합니다. 미리 알았다면… 그저 조금이나마 위로가 되고 싶었을 뿐인데…." 내가 간신히 사과를 했네.

"자책할 필요 없어요, 친구여. 몰라서 그렇지, 그래도 누이도 조금은 위로를 받았을 겁니다. 우리 행동이 앞으로 어떤 결과를 낳을지 어떻게 알겠습니까?" 옥타비우스가 조용히 위로하더군.

지금은 나폴리로 돌아왔네. 내일부터 일을 재개하겠지만 그 사건 때문에 여전히 마음이 혼란스럽군그래. 조국을 위해 큰일을 하신 위대한 여성이 아닌가. 부디 이제라도 행복하면 좋으련만.

X. 서한(서기전 22)
발신: 옥타비아, 벨레트리
수신: 옥타비우스 카이사르

사랑하는 아우님께, 어제 오후 벨레트리에 도착했어요. 별일은 없지만 기운이 없어 지금까지 쉬고 있답니다. 창밖으로 우리가 어릴 때 뛰어놀던 정원이 보이는데, 지금은 잡초가 많네요. 글쎄, 나한테만 그렇게 보일지 모르겠지만. 관목들은 대부분 겨울바람에 쓰러지고, 너도밤나무도 가지를 칠 때가 된 모양이에요. 밤나무 한 그루는 이미 죽었고, 그래도 이렇게 오래전 세상의 근심과 슬픔에서 자유로웠던 시절을 회상하니 기분은 좋아요.

편지를 쓰는 이유는 두 가지예요. 우선, 그 악몽의 밤, 베르길리우스가 죽은 아들 얘기를 할 때 늦었지만 정말정말 내 처신에 대해 사과하고 싶어요. 두 번째는 부탁이 있어요.

다음에 베르길리우스와 대화하거나 편지를 쓸 기회가 있으면, 부디 나를 대신해 용서를 구해줘요. 그럴 생각은 없었지만, 그분이 배은망덕한 행위라 생각할까 걱정이로군요. 그분은 선하고 친절하신 분이에요. 행여나 내가 그 반대로 생각한다는 오해를 하시지 않았으면 해요.

아무튼 그보다 큰 문제는 지금부터 하려는 부탁 건이랍니다.

이제 세상사에서 물러날 수 있도록 허락해줘요. 지금까지 너무도 오랫동안 그 속에서 살았으니 남은 생애를 조용하고 한적한 교외에서 지내고 싶답니다.

평생 가족과 조국이 요구하는 대로 의무를 다했어요. 정말로 원치 않는 일이라 해도 기꺼이 시키는 대로 해왔답니다.

어릴 때부터 어머니의 가르침대로 기꺼이 가문의 의무를 다했어요. 어머니 사후엔 어머니 대신 그 일들을 수행했고. 율리우스 카이사르의 적들을 달랠 필요가 있다 해서 나를 포기하고 가이우스 클라우디우스 마르켈루스와 결혼했으며, 그가 죽은 후엔 다시 마르쿠스 안토니우스의 아내가 되었죠. 그러면서도 황제의 누이로서 가족의 의무도 다했답니다. 마르쿠스 안토니우스가 파혼을 선언하고 동로마에 미래를 건 다음엔 그가 낳은 아이들을 내 자식처럼 키웠어요. 심지어 아우가 그렇게 애지중지하는 율리우스 안토니우스까지 말이에요. 그가 죽은 후에도 그와 클레오파트라 사이에 낳은 아이들을 돌봐주었죠.

동생의 부인 둘도 여동생처럼 챙겼어요. 첫째는 성격이 나빠 친절을 고깝게 받아들이고 둘째는 지나치게 야심이 큰 탓에 공동 명분을 대하는 내 의무를 믿지 못했지만 말이에요. 또한 이 몸으로 가족과 로마의 미래를 위해 다섯 아이를 낳았답니다.

이제 장남이자 독자 마르켈루스가 아우 휘하에서 싸우다가 죽었어요. 그의 여동생이자 사랑하는 둘째인 마르켈라는 동생의 정책 덕분에 위협을 받고 있죠. 십오 년 전, 아니 불과 십 년 전만 해도 내 아이를 아우의 후계자로 키우면서 자부심을 느꼈지만, 지금은 그 자부심조차 부질없음을 안답니다. 더 이상은 명예와 권력이 그럴 가치가 있다고 믿을 수가 없네요. 내 딸은 마르쿠스 아그리파와 결혼해 행복하게 살고 있어요. 내가 보기에도 그를 사랑하는 것 같더군요. 그도 내 딸을 좋아하고. 동생이 둘의 이혼을 제안했지만, 그 애가 불행한 이유는 이혼할 경우 권력과 특권을 잃기 때문이 아니에요. 바로 자신이 존중하고 사랑하는 남자를 빼앗기기 때문이랍니다.

아우님, 부디 날 이해해줘요. 아우의 결정을 거부하지는 않겠어요. 늘 옳으니까. 아우의 후계자이니 당연히 배우자든 부모든 동생의 딸과 관계가 있어야겠죠. 마르쿠스 아그리파는 동생의 친구와 측근 중에서도 제일 유능한 남자예요. 내 친구이자 사위이기도 하죠. 앞으로 어떻게 될지 모르겠지만 그래도 그는 끝까지 친구로 남을 거예요.

그러니 부디 역정 내지 말고 내 부탁을 들어줘요. 이 이혼을 받아들이는 일로 향후 모든 공무에서 벗어나고 싶답니다. 그래요, 이혼을 허락할게요. 그러니 이제 로마의 집을 떠나 이곳 벨레트리에서 질리도록 책과 함께 살게 해줘요. 아우의 사랑을 거부하는 게 아니에요. 내 아이들을 포기하지도 않고 친구들을 멀리하지도 않을 겁니다.

하지만 그 끔찍한 저녁, 베르길리우스가 마르켈루스의 시를 읽어주었을 때 그 기분은 내가 살아 있는 한 영원히 남아 있을 겁니다. 갑자기, 생전 처음으로 동생이 살아야 하는 세상과 내가 오랫동안 보지도 못한 채 살아온 세상을 깨달았어요. 초라하고 미미하지만, 사람이 사는 방법과 세상은 많고도 많답니다…. 하지만 저 무관심의 신들한테 과연 어떤 차이가 있을까요?

아직은 아니지만, 몇 년 후면 나 또한 다시 결혼하기 어려운 나이에 이르겠지요. 나한테 그 몇 년만 줘요. 아무리 늦는다 해도 결혼할 생각은 없어요. 결혼하지 못했다고 후회하지도 않을 겁니다. 아우도 알겠지만 우리가 결혼이라 부르는 세상은 속박의 세상이랍니다. 이따금 그런 생각도 들어요. 아무리 미천한 노예라도 우리 여자들보다 자유가 많다고. 그래요, 이곳에서 여생을 보내고 싶어요. 아이들과 손주들이 찾아온다면 얼마든지 반길게요. 바라건대, 내 마음, 내 책들 어딘가 지혜가 있어, 앞으로의 세월을 조용히 보낼 수 있을 겁니다.

셋

I. 율리아의 일기, 판다테리아(서기 4)

아는 여자 중에서 내가 제일 존경하는 분은 리비아였다. 그녀를 좋아한 적도 없고 그녀도 나를 꺼려했지만 그래도 늘 정직하고 공손하게 대해주었다. 내 존재 자체가 그녀의 야심을 위태롭게 만들기에 노골적으로 (사적인 감정은 아니더라도) 반감을 드러내기는 했어도 우리는 그럭저럭 잘 지냈다. 리비아는 자신을 잘 알았다. 자신의 본성에 대해 그 어떠한 환상도 품지 않았다. 무척이나 아름다웠지만 허영심 없이 자신의 미를 활용했으며 성정이 차가운 덕에 온정까지도 완벽하게 연기해낼 수 있었다. 야심도 있었다. 따라서 그 좋은 머리를 오로지 야심을 이루는 데 집중했다. 만일 남자로 태어났다면 틀림없이 아버지보다 더 무자비하고, 양심의 가책 때문에 괴로워하는 일도 거의 없었으리라. 자신의 본성 내에서라면 더할 나위 없이 좋은 여자이기도 했다.

당시 열네 살밖에 되지 않아 이유를 이해하지는 못했지만, 리비아는 나와 마르켈루스의 결혼에 반대했다. 물론 아들 티베리우스가 권력을 이어받는 데 결정적인 장애로 여겼기 때문이다. 결혼 직후 마르켈루스가 죽었을 때 리비아는 아직 길이 남아 있다는 사실을 깨달았을 것이다.

한창 상중에 내게 접근한 것도 그 때문이었다. 이탈리아가 기근에 허덕일 때 임페라토르 자리를 제안받았으나 아버지는 공손히 고사하고 몇 주일 후 조심스럽게 로마를 빠져나갔다. 겉으로는 시리아에 용무가 있다고 했지만 그건 순전히 원로원과 시민들의 화를 돋우지 않기 위해서였다. 임페라토르 고사로 다들 실망한 터였기 때문이다. 아버지는 평생 그런 수법을 자주 써먹었다.

리비아는 언제나처럼 곧바로 용건부터 밝혔다.

"애도 기간이 곧 끝날 거야." 그녀가 말했다.

"예."

"그럼 너도 다시 결혼을 하겠지."

"예."

"젊은 과부가 오래 혼자 지내는 건 보기 안 좋아. 전통에도 어긋나고."

아마도 대답하지 않았을 것이다. 그때까지 과부가 된 것 역시 결혼만큼이나 형식의 문제라고 생각했을 것이다.

리비아가 계속 말을 이어갔다.

"결혼 얘기가 부담스러울 만큼 슬프지는 않지?"

나는 아버지 딸이라는 사실을 기억해냈다.

"의무를 다할 거예요."

리비아는 그 대답을 기대했다는 듯 고개를 끄덕였다.

"물론이지. 결혼은 그런 거야…. 아버지께서 이 문제에 대해 얘기가 없었어? 편지를 하거나?"

"아뇨." 내가 대답했다.

"분명히 고민 중이실 거야. 아버지가 아니라 내가 직접 얘기하고는 있지만 이해하려무나. 이곳에 계시다면야 먼저 허락부터 받았겠지만."

"예."

"지금까지 친딸처럼 대했어. 가능하면 네가 잘되는 쪽으로 움직였고."

나는 기다렸다.

리비아는 천천히 얘기를 이어갔다.

"내 아들이 마음에 들기는 하지?"

나는 아직 무슨 말인지 이해하지 못했다.

"티베리우스?"

리비아의 행동은 어딘가 초조해 보였다.

"그래, 티베리우스."

티베리우스를 좋아해본 적은 없다. 한 번도. 이유는 몰랐지만. 나중에 깨달은 사실은, 그가 남의 눈 속에 티는 보면서 자기 눈 속의 들보는 보지 못하기 때문이었다.

"티베리우스가 나를 좋아하지 않아요. 변덕스럽고 제멋대로라고 생각하거든요." 내가 대답했다.

"상관없어. 사실이든 아니든." 리비아가 말했다.

"게다가 그 애는 비프사니아와 약혼했잖아요." 내가 지적했다. 비프사니아는 마르쿠스 아그리파의 딸이었고, 나보다 어려도 친구나 다름없는 사이었다.

"그것도 문제가 안 돼. 그 정도는 너도 알잖아." 리비아가 말했다. 여전히 초조한 표정.

"예." 나는 그렇게 대답만 하고 입을 다물었다. 무슨 말을 해야 할지 판단이 서지 않았다.

"알겠지만 아버지는 널 좋아해. 너무 좋아해 탈이라는 사람도 있다만 지금 할 얘기는 아니겠지. 요점은 너도 알다시피, 다른 아버지들보다 딸 얘기를 더 잘 들어준다는 사실이야. 네가 바란다면 반대하기가 쉽지 않을 거야. 네 바람 자체가 큰 부담이 될 테니까. 때문에 티베리우스와의 결혼이 그렇게 거북살스럽지 않다면 아버지한테 네가 직접 얘기하는 편이 더 나을 것 같구나."

나는 대답하지 않았다.

"반대로, 그 결혼이 맘에 들지 않는다면 아버지한테는 내가 얘기하게 해다오. 지금까지 너한테 거짓말 한 적은 없잖니?"

머리가 어지러웠다. 무슨 말을 할지 당혹스러웠다.

"아버지 말씀에 복종해야 해요. 새어머니를 실망시켜드릴 생각도 없고. 모르겠네요."

리비아가 고개를 끄덕였다.

"네 심정은 잘 안다. 고맙다. 더 이상은 곤란하게 만들지 않으마."

…불쌍한 리비아. 그때는 그녀도 만사가 순조롭다고 생각했겠지? 원하는 대로 되리라고? 하지만 상황은 틀어지고 말았다. 모르긴 몰라도, 그녀의 삶에서도 가장 혹독한 시련이었으리라.

II. 서한(서기전, 21)

수신: 리비아

발신: 옥타비우스 카이사르, 사모스

지금껏 뭐든지 당신 의지에 따랐어요. 당신의 아내로써 의무에 충실하고, 친구로서 당신 관심사를 헤아렸답니다. 내 기억으로 당신을 실망시킨 경우는 단 한 번이었죠. 물론 중요한 문제이긴 합니다만.

예, 당신께 아들은커녕 딸도 선물하지 못했죠. 비록 잘못이긴 하지만 내가 어쩔 수 있는 일은 아니었답니다. 이혼을 제안한 것도 그래서였습니다. 당신은 그때마다 거부했는데, 물론 나를 사랑하시기 때문이라고 믿습니다. 그런데 이제 그 애정마저 확신하지 못하겠군요. 그래서 무척 괴롭답니다.

제 좁은 소견으로야 조카인 마르켈루스보다 티베리우스를 더 아들처럼 생각하셔야 했건만 아무튼 그때 이미 당신의 선택을 용서하였답니다. 당신이 아프기도 했고 마르켈루스가 클라우디우스, 옥타비우스, 율리우스 가문의 피를 모두 물려받은 반면, 티베리우스는 오로지 클라우디우스 가문뿐이라는 주장을 인정했기 때문이에요. 심지어 당신이 내 아들을 모독했을 때도 용서했어요. 아이가 젊은 혈기를 이기지 못해 성격이 불안정하고 행동이 극단적이라 말씀하셨지만 어렸을 때의 성격이 어른까지 이어지리라는 법은 없답니다.

하지만 이제 선택이 분명해지고 나니 섭섭한 마음을 감출 수가 없군요. 당신은 내 아들을 거절함으로써 나까지 거절한 셈입니다. 세상에 당신 딸이건만, 남편이 아니라 아버지를 선물하시다뇨.

마르쿠스 아그리파는 좋은 분입니다. 평생 당신 친구였다는 사실도 알고 그분의 인격을 폄훼할 생각도 없습니다. 하지만 역시 가문은 없지 않나요? 따라서 어떤 장점이든, 오로지 자신의 장점에 불과하겠죠. 신분이 미천한 자가 황제의 수하같이 막강한 권력을 쥐게 되면 세상 사람들이야 좋아하겠죠. 하지만 후계자로 지명되고 황제 본인과 신분이 같아졌으니 그렇게 달갑게만 보지는 않을 겁니다.

내 입지가 정말 어렵게 되었군요. 그 점은 이해하시리라 믿어요. 티베리우스가 당신 딸과 맺어져, 당신 삶에 기여하기를 로마 전체가 기대했건만, 당신이 거부하셨기 때문이죠.

첫 번째 결혼 때도 그랬지만, 이번 결혼식에도 당신은 외국에 남아 있네요. 어떤 사정이 있는지는 잘 모르겠으나 이젠 그마저 상관없어요.

예, 당신을 향한 의무는 계속해야겠죠. 내 집은 여전히 당신 집이고 당신과 당신 친구들한테 열려 있습니다. 지금껏 함께 노력한 삶이 아까워서라도 어쩔 수 없는 노릇이군요. 실제로 당신 친구로 남기 위해 애도 써볼 참입니다. 사고나 말, 행동, 어느 면이든 당신께 누를 끼친 적이 없지만 앞으로도 그렇게 할 겁니다. 그래도 이번 문제로 우리 사이가 예전 같지 않다는 정도는 이해하셔야 해요. 그 간극은 당신이 머물고 있는 사모스보다도 더 멀고 더 이상 가까워지지도 않을 겁니다.

당신 딸은 마르쿠스 아그리파와 결혼해 그의 집으로 옮겼습니다. 지금은 놀이 친구였던 비프사니아 아그리파의 엄마가 되었군요. 당신 조카 마르켈라는 남편을 빼앗기고 올케와 함께 벨레트리에서 지냅니다. 당신 딸은 결혼에 만족한 듯 보이는데 당신도 그런가요?

III. 비방문, 아테네의 티마게네스(서기전 21)

이제 카이사르 가문 중 누가 더 위대한가…
황제이자 아우구스투스라 불리는 사나이,
아니면 관습에 따라 침대와 연회장에서 충실하며
그에게는 사랑하는 조력자가 되었어야 할 사람?
자, 이제 통치자가 어떻게 통치되는지를 보라.
햇불은 깜빡이고 반려자는 즐겁도다.
웃음이 와인보다 더 빠르게 흘러가는구나.
그가 리비아에게 말하나 그녀는 듣지 않으려 하는도다.

그가 다시 말하나 그 말 또한 미소에 얼어붙는다.
소문에 따르면 그가 그녀에게 선물을 거부하니,
티베르와 아그리프는 겨울 얼음처럼 냉랭하도다.

하지만 통치받느냐 통치하느냐가 문제는 아니로다.
그곳 모퉁이에서 레스비아가 추파를 던지니
횃불이 어두워지는구나. 밝은 델리아들도 카우치에서 시들며
어두운 불빛에 맨 어깨를 드러내는도다. 하지만
그는 그들 모두를 경멸하나니. 저기 당당하게
친구의 아내가 그에게 다가오지 않는가.
(친구는 보지 못한다. 횃불에 맞춰 춤을 추는 소년의 환각이
그의 두 눈에 가득하기에.)
나쁠 것 없잖아? 인류의 통치자, 그는 그렇게 생각한다.
그의 시대에 대해, 마에케나스가 함부로 지껄이나니,
이런 하찮은 문제는 개의치 않으리라, 결단코
시기하지도 않겠노라.

IV. 서한 (서기전 21)
발신: 퀸투스 호라티우스 플라쿠스
발신: 가이우스 클리니우스 마에케나스, 아레죠

예의 비방을 쓴 자는, 정말 장군 추측대로 티마게네스였더군요. 지금껏 장군이 키워주고 도와주고, 친구처럼 대해주고 심지어 우리 친구 집에 소개까지 해준 자가 아니던가요? 배은망덕한 자! 운율도 형편없지만

멍청하고 경솔하기까지 하다니. 주변 사람들이 칭찬을 하면 자기 시라 주장하고 그렇지 않으면 비밀로 하려 든 모양이오. 이름도 얻고 익명성의 유희도 즐기고 싶은 모양인데 그런 일이 어디 가당키나 하겠소이까?

옥타비우스는 정체를 알아도 조치를 취하지 않을 거요. 집에 들이지도 않겠지. 나한테 부탁도 했다오. 이런 식의 배신 행위에 장군이 개입했을 리 없다며, 그렇게 생각지 않는다는 점을 분명히 알려주라 이르셨소. 이번 사건으로, 당신 기분뿐 아니라 장군까지 크게 걱정하고 있으니, 장군께서 부질없이 당혹해하실 필요는 없소이다. 황제께서는 언제나처럼 장군을 염려한다오. 장군께서 로마를 떠나 아쉬워하시면서도, 뮤즈들의 발밑에서 여가를 보내기로 했다는 전언에는 크게 웃으며 부러움을 전하기도 하셨소.

나 역시 장군을 자주 보지 못하니 아쉽구려. 그래도 장군의 만족감을 옥타비우스보다 더 잘 이해할 수 있다오. 이 소란스럽고 악취 지독한 도시를 벗어나 조용하고 아름다운 아레조에 가 있으니 당연하겠지. 나도 내일은 디겐티아의 작은 집으로 돌아가오. 고향의 숨소리에 귀를 달래고 마침내 소음이 아닌 언어의 세계에 푹 빠질 참이오. 그곳에만 가면 이 모든 고민들이 그토록 사사로워 보이건만. 장군도 그곳에서 같은 심정이리라 믿소.

V. 서한(서기전 21)
발신: 다마스쿠스의 니콜라우스, 로마
수신: 아마시아의 스트라보

친애하는 스트라보 형께, 지난 몇 년간 형의 묘사와 열정은 참으로 적절하였소. 실로 특별한 시대의 특별한 도시이더이다. 이곳에 다다르니, 일생의 운명이 저를 이곳으로 이끌었다는 생각이 드는군요. 다만 이런 저런 상황이 얽히는 바람에 그 점을 늦게 깨달아 자못 아쉽기는 하오.

  형도 알겠지만 최근에 헤로드의 부름이 많아졌다오. 옥타비우스의 보호 덕분에 유대를 다스리고 있다는 사실을 잘 알기 때문이죠. 지금 로마에 온 이유도 헤로드의 업무 덕분이오. 어떤 일인지는 적당한 때에 상세히 설명하겠지만, 일단은 그 일 때문에 조금 두려웠다는 말씀만 드리리다. 바로 옥타비우스 카이사르를 직접 알현해야 했기 때문이라오. 형도 그와 가깝다고 종종 편지에 썼소만 아무리 안심하라 하셔도 그분의 명성과 권력에는 그만 기가 죽고 말았구려. 결국 전 한때 그분의 적, 이집트 클레오파트라의 자제들을 가르친 스승이 아니겠소?

  하지만 언제나처럼 이번에도 형이 옳으셨소. 황제는 나를 반가이 맞아주셨는데, 헤로드의 사자 자격임에도 환대가 지극히 따뜻했답니다. 형과의 친분도 언급하시며 형께서 자주 내 얘기를 했다고 말씀하시더군요. 솔직히 그런 사소한 인연을 빌미로 내가 맡은 바 임무를 말씀드리고 싶지 않았다오. 그래서 다음 날 저녁 함께 저녁 식사를 하자고 초대하셨을 때는 어찌나 기쁘던지! 당연히 자택을 찾아갔다오. 나중에 알았지만 황제께서도 공무 중에만 이용하시는 곳이더군요.

  그의 집이 무척 소박하다고 말씀하셨을 때는 사실 믿기가 어려웠소. 그런데 예루살렘의 내 집도 그다지 화려하지 않건만 이 집에 비하니 아방궁이 따로 없구려. 조금 성공했다 싶은 상인들이 훨씬 사치스럽게 살겠더이다. 내가 보기에, 타인에게 내핍 생활을 강제하기 위해 수를 쓰는 것과는 분명 달랐어요. 세계의 지도자라기보다는, 손님을 기쁘게 해주려 애쓰는 자애로운 집주인 같았으니 말이오.

형을 위해 우리의 대가 아리스토텔레스의 방식으로, 그날 저녁 상황을 묘사하고 핵심을 설명하리다. 바로 우리가 함께 공부했던, 놀라운 『대화』의 문체로 말이오.

식사는 세 번에 걸쳐 나오는데 지나치게 허름하지도 화려하지도 않고 맛은 기가 막힙디다. 식사를 마치자, 노예들이 손님들 사이를 오가며 와인을 타서 따라주네요. 작은 모임이라 옥타비우스의 친척과 친구들만 불렀더군요. 옥타비우스 옆에는 마에케나스의 아내, 테렌티아가 바짝 붙어 있네요. 마에케나스 본인은 잠시 휴가를 얻어 북방에서 문학 공부에 정진한다 들었소. 아아, 그를 만났으면 좋으련만. 다른 카우치에는 황제의 젊고 아름답고 활기찬 영애 율리아와 새 남편 마르쿠스 아그리파가 보입니다. 아그리파는 덩치가 크고 건장한 사내요. 다만 독특한 외모와 지위에도 불구하고 모임과는 어딘가 동떨어진 모습입디다. 위대한 호라티우스는 키가 작고 땅딸막하오. 얼굴은 동안인데 머리카락이 허옇게 세고 있네요. 지금은 우리를 접대하던 시리아 무용수를 끌어다놓고 희롱을 하고 계시오. 소녀는 초조해하면서도 꽤나 즐거운 모양이군요. 젊은 티불루스는 정부가 없어서일까요? 잔뜩 풀이 죽은 채 와인을 들고 앉아, 괜스레 슬픈 얼굴로 손님들을 지켜보고 있소. 그의 옆에 후원인 메살라가 앉아 있소. 소문에 듣자하니, 한때 삼두에게 쫓겨난 적도 있다더이다. 마르쿠스 안토니우스와 함께 옥타비우스 카이사르에게 저항했기 때문인데 이제는 과거의 적과 아주 편안하게 앉아 있다오. 아, 리비우스도 보이오. 형께서 자주 언급하신 분이죠. 그의 방대한 로마사 초반부들이 요즘 서가에 등장하기 시작하고 있소. 메살라가 옥타비우스 카이사르에게 건배를 제안하자, 카이사르도 테렌티아와 잔을 부딪칩니다. 그녀에게만은 늘 정중하고 조심스럽게 대하는군요. 우리는 술을 마시고 대화는 이어지오. 제일 먼저 말하는 이는 바로 황제 자신이라오.

옥타비우스 카이사르. 친애하는 친구들이여, 이 기회를 빌어 손님을 소개하리다. 동로마의 친구이자 동맹이며, 유대를 다스리는 헤로드께서 다마스쿠스의 니콜라우스를 사절로 보내셨군요. 이분 또한 저명한 학자이자 철학자이므로, 이 행복한 날, 기꺼이 손님으로 이 누추한 곳을 밝혀주셨습니다. 더욱더 감사드리는 바입니다. 헤로드 본인의 인사를 여러분께 전하고 싶으시겠죠.

니콜라우스. 위대한 카이사르시여, 폐하의 환대에 감읍하옵니다. 또한 이토록 고명하시고 가까운 친구 분들과 함께 초대해주신 데 대해서도 황공하기 그지없습니다. 실제로 로마의 운명을 걸머진 여러분께 헤로드께서도 찬사와 인사를 전하라 하셨습니다. 오늘 저녁 여러분들의 친절과 우애를 몸소 받고 보니, 고대 땅 유대로부터 제가 맡은 임무에 대해 솔직하게 말할 용기가 생겼습니다. 친구이자 주인이신 헤로드께서는, 옥타비우스 카이사르 폐하께 무한한 신뢰를 보낸다는 징표로서, 친히 저를 보내시어 로마를 질서와 번영의 빛으로 이끄시고 세계를 일통하신 분께 직접 전하라 이르셨습니다. 이 모임의 주최자이신 카이사르 폐하의 연대기를 작성하여 그분의 명성을 온 세상에 알릴 것을 제안하옵니다.

옥타비우스 카이사르. 지혜로운 친구 헤로드의 칭송이 고맙기는 하나 실제로 내 성취가 그렇게 대단하지 못함을 고백해야겠소. 더욱이 우리의 새 친구여, 그대의 재능을 그렇게 하찮은 임무로 쓰다니 도무지 이해할 수가 없구려. 그러니 이 비속한 업무를 떨쳐내시고 학문이라는 보다 고귀한 위업을 이어가시기 바랍니다. 나도 옳고 그름을 판단할 능력이 조금은 있으니, 이렇게 감사와 우정을 받으시고 대신 부당한 청은 거두시기 바랍니다.

니콜라우스. 위대한 카이사르시여, 겸손은 황제의 미덕이 될 수 없사옵니다. 어쨌거나 제 주인 헤로드께서도 어떻게든 폐하의 겸손을 물리고 이렇게 상기해드리라 이르셨나이다. 폐하의 명성이 비록 하늘까지 닿았사오나 저 머나먼 땅 사람들은 대부분 폐하의 위대한 업적을 오로지 구전으로만 전해듣사옵니다. 유대에서는 오로지 몇 명 되지 않는 식자들만 라틴어를 사용하기 때문이죠. 따라서 폐하의 업적을 그리스어로 기록한다면 저들이 폐하의 은혜로운 힘에 얼마나 많은 빚을 졌는지 더 자세히 알 수 있을 것입니다. 그 언어는 유대는 물론 동로마에도 널리 알려졌기 때문이죠. 그렇게 되면 헤로드 폐하 역시 폐하의 보호와 지혜에 힘입어 더욱더 확고히 통치할 것입니다.

아그리파. 위대한 카이사르여, 전에도 제 조언에 귀를 기울였으니 다시 한 번 간원합니다. 니콜라우스의 요청은 지극히 타당합니다. 그러니 겸손을 버리시고 폐하 자신보다 더 아껴야 할 사람들을 돌아보시옵소서. 폐하께서 그곳에 남겨두신 로마, 질서, 그리고 머나먼 땅 시민들의 존경심은 폐하께서 세우신 로마에도 큰 도움이 될 것입니다.

리비우스. 저도 용기를 내어 조언에 한목소리 더하고자 합니다. 지금 우리와 함께 있는 니콜라우스의 명성은 익히 들어 잘 아옵니다. 폐하의 명예를 맡기기에 더 믿을 만한 손은 어디에도 없을 것입니다. 폐하께서 인류에 위대한 족적을 남기셨으니 인류가 조금이나마 되갚게 하소서.

옥타비우스 카이사르. 아하, 이렇게 지고 마는구려. 그대는 내 집을 마음대로 드나들어도 좋소. 내 우정도 충분히 드리리다. 다만 간절히 원하니 로마와 관련해서는 관계가 있는 사건과 활동만 다루고, 내 성격 같은 사사로운 문제로 독자들을 괴롭히지는 마시오.

니콜라우스. 폐하의 바람에 복종하옵니다, 위대한 카이사르시여. 비록 보잘것없는 실력이나마 로마 세계의 지도에 누가 없도록 노력하겠나이다.

…친애하는 스트라보 형. 문제는 그렇게 해결했소. 헤로드 왕도 기뻐할 것입니다. 영광스럽게도 옥타비우스는 내가 이 일에 적임자라며 능력을 인정해주셨다오. (그곳 저택에서 지내며 얼마든지 편안하게 얘기하라고 거듭 말씀하시더군요.) 물론 지금까지 상황 묘사는 공적 필요에 따라 어느 정도 각색이 있었음을 이해하시구려. 실제로 대화는 훨씬 더 자유롭고 훨씬 더 길었다오. 농담도 많았으나 모두 선의의 농담이었죠. 호라티우스는 재능 많은 그리스인들에 대해 농담을 하며, 그 글을 산문으로 할지 운문으로 할지 묻더군요. 율리아는 활기가 넘쳤소. 계속 아버지를 놀리며, 나보고는 원하는 대로 맘껏 글을 써도 된다고 일러주기도 하더군요. 아버지가 그리스어 실력이 모자라기에 아무리 비난을 해도 칭찬으로 받아들인다고 농담까지 곁들이면서요. 하지만 난 내 설명에서 문제의 본질을 파악했다오. 그분들이 아무리 농담을 주고받는다 해도 그 속에는 지극히 진지한 분위기가 흘렀소. 적어도 내 눈엔 그렇게 보였다오.

게다가 그곳에 머무는 이점을 최대한 누리기 위해(나한테는 얼마든지 있어도 좋다고 했소.) 헤로드의 지시인, 『옥타비우스 카이사르의 생애』를 넘어 다른 작품도 하나 기획했다오. 제목은 『로마 명사들과의 대화』로 할까 하는데 형이 지금 읽은 내용도 들어갈 게요. 그럴듯한 생각 같지 않소? 대화가 그 얘기를 전하기에 적절한 형태라고 생각하오? 언제나처럼 스승님의 고귀한 조언을 기다리리다.

VI. 서한(서기전 20)

발신: 테렌티아

수신: 옥타비우스 카이사르, 아시아

타비우스, 사랑하는 타비우스… 당신을 위해 우리 이름을 불러도 당신은 나타나지 않으시네요. 당신의 부재가 얼마나 가혹한지 아세요? 당신의 위대함을 거부하고 싶습니다. 그 때문에 당신은 늘 떠나고 낯설고 역겨운 고장에 갇혀 지내니까요. 나는 붙잡지 못하는데 그 나라는 놓아주지 않겠죠? 운명을 거부하는 것은 치기일 뿐이다. 언젠가 그렇게 말씀하셨어요. 하오나 그 지혜마저 당신 몸과 함께 내게서 달아나고 그저 당신이 돌아올 때까지 이렇게 치기만 부리네요.

당신이 떠난다는데 도대체 무슨 정신으로 허락했을까요? 당신을 사랑하게 된 뒤 당신이 없으면 단 하루도 행복할 수 없으면서? 당신을 따라가면 추문이 인다고 하셨죠? 하지만 상식이 있는데 추문이 어떻게 가능하겠어요? 당신 적들은 수군대고 친구들은 입을 다물 테죠. 우리 둘 다 알지 않나요? 관습이야 범인들이 살아가기 위해 필요하다는 사실을? 당신은 모든 관습을 초월해요. 더군다나 내가 간들 누가 피해를 입겠어요? 남편은 당신뿐 아니라 내 친구이기도 하지만 천민보다 소유에 대한 자긍심이 없답니다. 내게 애인이 생길 거라는 사실 정도는 처음부터 서로 인정했지만, 어차피 자기 멋대로 살 사람이었어요. 그때도 위선자가 아니었지만 지금도 아니랍니다. 리비아도 현재의 상황에 만족한 눈치예요. 그녀는 독서를 하다가도 날 보면 공손하게 말을 겁니다. 친구는 아니더라도 서로 좋은 상대랍니다. 사실을 말하자면 나도 그녀를 좋아합니다. 그녀가 당신을 포기했기에 당신이 내 사람이 되었으니까요.

내 사람이 맞기는 한가요? 나와 함께 있으면 그러신 것 같으나… 지금은 어디 계시나요? 당신 손길은 과거 내가 아는 것보다 많은 얘기를 들려줬건만 지금은 도대체 어디 계시죠? 내가 불행해지니 기분이 좋으신가요? 그래요, 당신이라도 기쁘면 다행이겠군요. 연인들은 늘 잔인하니까. 당신이 나만큼 불행하다면 나도 행복해질 것 같아요. 부디 불행하다고 말해줘요. 그럼 조금이나마 위안이 될 테니까.

로마에서는 그 무엇도 위안이 되지 않아요. 만사가 심드렁하답니다. 신분 때문에 어쩔 수 없이 이런저런 축제에 참가하지만 의식도 더 이상 무의미합니다. 원형경기장에 가도 누가 이기든 관심이 없어요. 독서회에 참석하면 우리 친구 호라티우스의 시라 해도 마음은 하릴없이 표류만 하는군요. 비록 몇 주나마 당신한테 충실했어요. 사실이 아니더라도 그렇게 말하겠지만 진심이랍니다. 정말로 당신뿐이었어요. 그래도 아무 의미가 없는 건가요?

당신 따님은 잘 있어요. 새로운 삶에도 즐거워하고 있습니다. 한두 주에 한 번 정도는 율리아와 마르쿠스 아그리파를 찾아갑니다. 율리아도 나를 반겨주어 우린 곧 친구가 되었죠. 지금은 임신 중이라 몸이 무겁지만 곧 어머니가 된다며 크게 자랑스러워한답니다. 나도 당신 아들을 낳아야 할까요? 잘 모르겠군요. 마에케나스는 뭐라고 할까요? 그렇게 되면 또다시 추문이 돌겠지만 그래도 신이 날 것 같아요…. 당신이 있을 때처럼 당신을 추억하면서도 이렇게 수다를 떠는군요.

당신한테 전할 만큼 재미있는 소문은 없어요. 당신이 로마를 떠나기 전 추진했던 결혼은 결국 이루어졌어요. 티베리우스는 야심을 버리고 비프사니아와 맺어졌죠. 율리우스 안토니우스는 마르켈라와 결혼했는데, 공식적으로 당신 조카이자 옥타비우스 가문이 되었다는 사실이 기꺼운 듯 보여요. 사실 티베리우스도 마지못하나마 만족하는 눈치예요.

율리우스가 당신 조카와 맺어지고, 정작 자신은 아그리파의 딸과 결혼했으니 훨씬 손해라고 느끼기야 하겠죠.

올가을에는 돌아오시겠죠? 겨울이면 겨울바람에 항해가 불가능해질 테니? 아니면 봄까지 기다려야 하나요? 어떻게 그렇게 오래 떨어져 있을 수 있죠? 내가 어떻게 견뎌야 하나요?

VII. 서한(서기전 19)

발신: 퀸투스 호라티우스 플라쿠스
수신: 가이우스 클리니우스 마에케나스, 아레쪼

베르길리우스가 영면하셨습니다. 지금 막 소식을 들었죠. 슬픔이 이 몹쓸 망연함마저 허물어뜨릴까 부랴부랴 편지를 씁니다. 이토록 망연함은 그분을 데려가고 이제 우리 모두를 데려갈 운명의 전조 같은 것일까요? 그의 시신은 브린디시에 있습니다. 옥타비우스도 지금 그곳에 있다더군요. 아직 자세한 경위는 모르지만 들은 대로 전하겠습니다. 옥타비우스는 크게 슬픈 탓에 당분간 편지를 쓸 형편이 아닐 겁니다.

애초에 자신의 시를 개작하기 위해 이탈리아를 떠났건만, 별로 성과는 없었습니다. 옥타비우스가 아시아에서 귀국길에 아테네에 잠시 들러 함께 돌아올 수 있던 것도 그 때문이었죠. 육 개월도 채 되지 않았지만 그도 이탈리아가 그리웠던 모양입니다. 어쩌면 어느 정도 죽음을 예감했을 수도 있습니다. 낯선 땅에서 육신을 버리고 싶지 않았겠죠. 어느 쪽이든 마지막 여행에 나서기 전, 옥타비우스에게 청해 함께 메가라를 찾았다더군요. 젊은 테세우스가 살인자 스키론을 죽였다는 바위 계곡을 보고 싶었을까요? 이유야 어떻든 베르길리우스는 햇볕에 너무 오래 노출되고 결국 일사병에 걸렸습니다. 그래도 그는 계속 여행을 고집했고 배에 타서는 병세가 악화했죠. 예, 말라리아가 재발한 겁니다. 결국 그 누구도 돌아오지 못할 여행을 떠나시고 말았군요.

마지막 며칠간은 거의 혼수상태였다 들었습니다. 물론 헛소리마저 보통 사람들이 평소에 하는 얘기보다 조리가 있으셨을 겁니다. 세상을 떠나기 직전 마에케나스, 바리우스, 그리고 내 이름을 불렀다고 들었습니다. 옥타비우스한테는 『아이네이스』 미완성 원고를 파기하겠다는 약속도 받아냈습니다만, 그 약속은 아무래도 지키지 못할 겁니다.

언젠가 내 영혼의 절반이 베르길리우스라고 쓴 적이 있습니다. 그때는 그것도 부족하다고 생각했지만 지금 기분은 지나친 과장이었다는 쪽입니다. 왜냐하면 브린디시에 로마의 영혼 절반이 남아 있기 때문입니다. 우리는 생각보다 왜소합니다…. 그래서일까요? 내 마음도 자꾸 사소한 일을 바라보는군요. 마에케나스와 나만이 이해할 수 있는 일들이죠. 그는 브린디시에 누워 있습니다. 로마에서 브린디시까지, 우리 셋이 신나게 이탈리아를 횡단할 때가 언제였죠? 이십 년 전… 그런데도 어제처럼 생생하군요. 여관 주인이 난로에 생나무를 태웠을 때 눈이 매웠던 느낌이 여전히 남아 있고, 아이들이 수업을 마쳤을 때처럼 신나게 웃던 우리 목소리도 들립니다. 트리비쿠스의 농장 처녀 기억나죠? 내 방을 찾겠다고 약속하곤 나타나지 않았죠. 예, 그때 베르길리우스가 놀리며 장난치던 소리가 들리는군요. 우리의 조용한 대화와, 촌구석을 벗어난 직후 브린디시의 사치스러운 평화도 생생합니다.

다시는 브린디시로 돌아가지 않겠습니다. 이제 슬픔이 밀어닥치는군요. 편지를 더 이상 쓸 수가 없습니다.

VIII. 율리아의 일기, 판다테리아(서기 4)

어려서 처음 만났을 때 테렌티아가 재미있지만 천박하고 어리석다고 생각했다. 아버지가 좋아하는 이유도 이해할 수가 없었다. 테렌티아는 수다쟁이처럼 떠들고 아무한테나 꼬리를 쳤다. 내가 보기에는 평생 심각한 생각이라고는 아예 해본 적이 없었다. 그녀의 남편, 가이우스 마에케나스도 마찬가지였다. 아버지 친구라지만 그를 좋아해본 적은 없었다. 물론 테렌티아가 그와의 결혼에 동의한 것도 이해할 수 없기는 마찬가지였다. 돌이켜보면, 나와 마르쿠스 아그리파의 결혼 역시 그만큼 이상했을 것이다. 하지만 난 그때 어리고 무지했으며, 터무니없는 자신감으로 가득했다.

지금은 테렌티아를 이해할 수 있다. 그녀 나름대로는 우리보다 더 현명했을지도 모른다. 지금은 어떻게 지낼까? 내게서 멀어진 사람들은 다들 어떻게 되는 걸까?

그녀가 아버지를 사랑했다고 믿지만 아버지가 그 방식을 이해했을 것 같지는 않다. 아니, 이해했을 수도 있다. 그녀는 나름대로 충실했고, 애인을 갈아치운 경우는 아버지가 오랫동안 외유 중일 때뿐이었다. 아버지는 그런 모습까지 너그러이 지켜보았다. 어쩌면 내 짐작보다 더 많이 그녀를 사랑했을지도 모르겠다. 두 사람은 십 년 이상을 함께 지냈고 늘 행복해 보였다. 그때는 그러려니 했는데 이제 확실하게 알겠다. 결국 나이와 처지가 빚어낸 오판이었던 것이다. 남편은(어쩌면 그가 내 아버지가 될 수도 있었다.) 로마에서 가장 중요한 인물이었다. 아버지가 없을 때는 로마의 속령들까지 다스렸다. 나 자신을 제2의 리비아라 여긴 것도 그 때문이었다. 황제가 될 수도 있었을 사람 옆에 있으니 리비아만큼 자랑스럽고 또 진중해진 것이다. 그런 내게 아버지가 테렌티아를 사랑한다는 사실이 이상하지 않을 리가 없었다. 테렌티아는 리비아와 달라도 너무 달랐다. 그런데 이제 당시는 몰랐던 일들을 기억해낸 것이다.

아버지는 아시아에서 혼자 돌아왔다. 브린디시에서 베르길리우스를 안고 숨이 꺼져가는 모습을 지켜본 며칠 뒤였다. 테렌티아는 그런 아버지를 위로해줄 유일한 사람이었다. 리비아는 아니고 나도 아니었다. 나도 상실감을 이해는 하지만 직접 겪어본 적은 없었다. 리비아도 의례적으로 주문을 외웠으나 위로가 되지 못했다. 베르길리우스는 나라를 위해 제몫을 다 했어요. 그러니 동포들의 기억 속에 영원히 살고 신들은 그를 사랑하는 아들로 받아줄 거예요. 그러고는 황제가 너무 슬퍼하면 체통이 서지 않는다는 말까지 조심스레 덧붙였다.

아버지는 심각한 얼굴로 그녀를 보았다.

"그러면 황제는 황제한테 걸맞은 슬픔을 보여줘야겠군. 하지만 남자는 어떻게 남자한테 어울리는 슬픔을 나타내지?"

그를 위로해준 사람은 테렌티아였다. 그녀는 떠나간 친구를 위해 울고 옛 기억들을 상기해주었다. 그러자 아버지는 남자가 되어 같이 울다가 끝내는 테렌티아를 위로하고 스스로도 위로를 받았다.

…오늘 왜 테렌티아를 생각하고 베르길리우스의 죽음을 떠올렸는지 모르겠다. 아침은 밝고 하늘은 맑다. 창 너머 동쪽으로 땅 끝이 나폴리 너머 바다로 이어졌다. 아무래도 베르길리우스가 로마를 떠나면서 저곳에 살았기 때문일 것이다. 사실 감정을 거의 드러내지는 않았지만 그도 테렌티아를 좋아했다. 특유의 어두운 방식으로나마. 테렌티아는 천상 여자였다. 나도 한때는 여자였다.

한때는 나도 여자였다고? 테렌티아는 여자라는 사실에 만족하고 나는 아니었던가? 속세에서 지낼 때 나는 그녀가 만족해한다고 여기고 은근히 그녀를 경멸했다. 지금은 모르겠다. 다른 사람의 속내를 어찌 알겠는가. 나 자신도 모르면서.

IX. 서한(서기전 18)

발신: 다마스쿠스의 니콜라우스

수신: 아마시아의 스트라보

헤로드는 로마에 있어요. 『옥티비우스의 생애』가 국외 출간되자 크게 기뻐하시며 나보고 계속 이 도시에 머물러 달라고 하십디다. 황제와의 사이에 믿을 만한 매개가 필요하시겠죠. 형도 잘 알듯이 다소 민감한 임무입니다만 이런저런 의무에서 자유로울 수는 있을 듯하오. 헤로드 왕도 황제가 나를 신뢰하고 친구처럼 대한다는 사실을 알고 있다오. 물론 내가 어느 쪽도 배신하지 않고, 배신할 경우 어느 쪽에도 쓸모가 없게 된다는 것도 충분히 잘 알고 계시오.

형은 격려하셨소만 소위 『로마 명사와의 대화』 작업은 포기하기로 결론을 내렸소. 그분들을 알게 될수록, 우리가 배운 아리스토텔레스식 서술이 적합하지 않다는 생각만 굳어지는구려. 나로서도 어려운 결정이었소. 이유는 둘 중 하나일 것 같구려. 첫째 우리가 학습한 방식에 결함이 있거나, 아니면 지금까지의 확신과 달리, 학자로서의 훈련이 미흡한 겁니다. 전자는 실로 터무니없는 결론이고 후자는 생각만으로도 참담하기가 그지없소이다. 이런 얘기는 어린 시절 학우인 스트라보 형께만 털어놓겠소.

예를 하나 들어보리다.

로마는 온통 원로원 소식으로 들떠 있어요. 최근 옥타비우스 카이사르의 포고령에 따라 원로가 육백 명 정도로 줄어들었죠. 간단히 말하면, 이 기묘한 나라의 결혼 풍습을 성문화하겠다는 얘기라오. 최근에는 결혼이 결합보다는 유기(遺棄)의 의미로 알려질 정도였죠. 무엇보다 자유 노예들의 결혼과 사유 재산을 폭넓게 용인하고 있어요. 그 바람에 여기저기 투덜거리는 목소리도 들리지만 그런 식의 불만도 보다 충격적인 법 두 항목에 비하면 아무것도 아니라오. 시민들은 아예 분노의 비명을 지르니까요. 첫 번째는 부자라는 이유로 원로원이 되거나 될 자격이 있는 자는 누구도 자유 여성, 배우, 또는 배우의 딸과 결혼하지 못하며, 또한 원로원 계급의 딸이나 손녀 또한 자유 남성, 배우, 또는 배우를 업으로 하는 자의 아들과 결혼하지 못한다. 자유인으로 태어난 남자는 계급과 관계없이 창녀, 뚜쟁이, 범죄행위로 기소된 여성, 배우 출신의 여성, 또는 계급과 무관하게 간통으로 체포되거나 기소된 경험이 있는 여성과 결혼할 수 없다.

두 번째 법이야말로 극악하기가 이를 데 없답니다. 자신의 집, 또는 사위의 집에서 딸과 간통을 하다 걸릴 경우, 그 아비를 살해해도 보복하지 아니하며, 딸도 똑같이 처벌해도 좋다. 남편은 장인을 살해할 수 있으나 아내의 살해는 불허한다. 어느 경우든 간통 혐의가 있는 아내는 버리거나 이혼해야 하며, 그렇지 않을 경우 자신이 가해자로 처벌받을 수 있다.

아까도 말했지만 로마는 온통 아수라장이라오. 비방문이 난무하고 소문도 극성이오. 시민들은 나름대로 포고령의 의미를 해석하지만, 심각하게 여기는 사람도 있고 그렇지 않은 사람도 있소. 혹자는 율리우스 법이 아니라 리비아 법이라는 주장도 한다오. 리비아가 옥타비우스 카이사르를 사주했다는 얘기요. 그가 친구의 아내와 밀통한 데 대한 복수로 말이오. 물론 옥타비우스 자신의 작품이라는 주장도 있긴 해요. 그 때문에 정적들은 그를 위선자라며 비난하지만, '옛 가치'의 재정립으로 보고 환영하는 사람들도 있다오. 하지만 대부분은 옥타비우스 카이사르, 아니면 정적들이 뭔가 음모를 꾸미는 쪽으로 보는 듯하오.

로마는 들썩여도 정작 황제 자신은 느긋하게 산책을 즐긴다오. 마치 사람들이 무슨 말을 하고 무슨 생각을 하는지 전혀 모르는 사람 같구려. 아, 언제나 그렇지만 실제로는 다 알고 있답니다.

그의 또 다른 힘이죠.

아직 끝이 아니오. 나를 포함해 친구 일부만 아는 내용인데, 전에 형한테 알려드린 내용과는 또 달라요.

종종 팔라티네 저택에 공식 초대를 받아요. 리비아가 지배하는 곳이지만 갈 때마다 즐겁고 마음이 편했다오. 옥타비우스와 리비아는 따뜻하지는 않아도 서로를 대할 때 지극히 공손했어요. 이따금 마르쿠스 아그리파와 율리아의 집에도 초대를 받는데, 늘 옥타비우스가 있고 가이우스 마에케나스의 아내 테렌티아가 그의 곁을 지키더군요. 드물게나마 마에케나스 본인의 집에도 가는데 역시 옥타비우스과 테렌티아가 있었어요. 역시 그들 셋은 옛 친구를 대하듯 편하게 행동했소.

하지만 옥타비우스와 테렌티아의 밀통은 다들 알고 있어요. 그것도 몇 년 동안.

하나 더. 옥타비우스는 철학자답게, 범인들의 종교를 전혀 믿지 않는다오. 그리고 그 반대로 농부들만큼이나 미신에 아주 약합니다. 사제들의 점괘를 이용해 상황을 자신한테 유리하게 만들고, 그 시도가 먹혀들 때마다 점괘를 맹신하죠. 토속 신의 소위 '초월적 거드름'은 농담처럼 비웃으면서 오로지 신 하나만 만들어내는 게으른 인종에는 코웃음을 친답니다. 한 번은 이런 말을 하더군요. "신이야 많을수록 좋지. 사람들처럼 서로 경쟁해서 살아남아야 하니까…. 아니, 당신네 유대인의 그 이상한 유일신이 우리 로마인들한테 먹힐 것 같지는 않아." 언젠가 전조와 꿈을 맹신한다며 내가 나무라자 이렇게 대답하더군요. "꿈을 믿은 덕에 목숨을 구한 적이 여러 번이야. 그러다가 목숨을 잃으면 그때부터는 절대 믿지 않겠네."

옥타비우스는 매사에 신중한 사람이에요. 뭐든지 치밀한 계획을 세우지 운에 맡기는 경우는 없다오. 반면에 주사위 놀이는 그렇게 좋아해 몇 시간이고 계속 놀이를 한답니다. 나한테 사신을 보내 한가한지 물은 적도 여러 번이나 된다오. 그래서 종종 게임을 하는데, 물론 그런 멍청한 행운 게임을 하는 것보다 그를 관찰하는 재미가 더 크다오. 옥타비우스는 주사위 놀이를 할 때도 아주 심각해요. 그러니까 뼈다귀 조각이 어떻게 구르느냐에 제국의 운명이 달리기라도 한 것 같더군요. 두세 시간을 놀다가 은전 몇 냥이라도 따려고 하면 정말 게르마니아라도 정복한 사람처럼 아주 좋아한답니다.

한 번은 나한테 이런 고백도 했답니다. 어렸을 때는 문필가가 되고 싶어 친구 마에케나스와 시 창작 경쟁도 했다고.

"그 시들은 지금 어디에 있습니까?" 내가 물었죠.

"사라졌지. 필리피에서 모두 잃었네. 한 번은 희곡을 쓰기도 했지. 그것도 그리스식으로." 그가 슬픈 표정을 짓다가 가볍게 미소를 지었소.

내가 살짝 놀려봤다오.

"이곳의 이상한 신 얘기입니까?"

그가 웃었소.

"남자 얘기. 너무도 어리석고 오만해서 자기 칼로 제 목숨을 찌른 아작스라는 인물이었네."

"그 글도… 없어졌습니까?"

그가 고개를 끄덕이더군요.

"창피했거든. 그의 목숨을 재차 빼앗은 셈이지…. 지우개로. 별로 좋은 글이 못됐어. 베르길리우스도 형편없다고 확인해주었고."

우리는 잠시 아무 말도 하지 않았소. 옥타비우스는 얼굴 가득 슬픈 표정을 짓더니 갑자기 큰 소리로 이렇게 말했죠.

"이런, 우리 게임 한 번 더 하지." 그리고 주사위를 흔들다가 테이블 위에 던졌다오.

무슨 뜻인지 알겠소, 스트라보 형? 아직 하지 않은 말이 많아요. 하고 싶은 말이야 많지만, 그 얘기를 담을 형식은 아직 나타나지 않았다고 생각하는 참이라오.

X. 서한(서기전 17)

발신: 퀸투스 호라티우스 플라쿠스

수신: 옥타비우스 카이사르

용서하십시오, 폐하. 초대에 답하지 못한 채 사신을 돌려보냈습니다. 꼭 기다렸다가 글을 받아오라고 했다는 말씀도 들었습니다만, 제 책임 하에 돌려보내야 했습니다.

지난 5월 포고하신 일백 주년 기념 축제건으로 합창곡을 작곡하라고 하셨죠? 물론 저를 그렇게 높이 평가해주셔서 영광입니다. 하지만 폐하께서도 아시다시피, 그 명예를 받았어야 할 분은 돌아가셨습니다. 더욱이 폐하께서 이번 축제를 얼마나 중하게 여기는지도 잘 알고 있습니다.

그런데도 제의를 선뜻 받아들이지 못했으니 폐하께서도 물론 당혹스러우셨을 겁니다. 사실 그 때문에 밤을 꼬박 새웠지만 결국 폐하의 바람에 따르는 것이 제 의무이자 기쁨이라는 결론에 도달했습니다. 하오나 폐하께서도 제가 왜 머뭇거렸는지 아셔야 합니다.

제가 사랑하고 증오하는 이 특별한 나라, 두려움과 자부심이 공존하는 이 특별한 제국을 다스리는 일이 얼마나 어려운지 저도 잘 이해하고 있습니다. 무엇보다 이 나라의 생존을 위해 폐하께서 얼마나 많은 행복을 내려놓으셨는지, 폐하께 맡겨진 권력을 얼마나 원망하시는지 역시 잘 압니다. 오로지 권력을 증오하는 자만이 권력을 잘 쓸 수 있을 겁니다. 저도 다 압니다. 아니 그보다 많이 알고 있습니다. 제가 폐하께 감히 반대할 때조차, 폐하의 지혜를 감당해야 함을 충분히 이해하기에 그리하옵니다.

우리 도시가 크게 타락했고 폐하께서 이를 개혁하려 하심을 알고, 또 그 법의 의도도 이해한다고 믿습니다. 폐하가 속한 동아리들을 지켜보니 사회적이든 정치적이든 짝짓기는 권력을 얻기 위한 행동이 되나, 폐하의 성품이나 조국을 위해서도 간부(姦夫)가 반역자보다 더 위험하다고 여겨집니다. 애정과 쾌락이 목적이어야 할 행위는 야심을 향한 위태로운 수단으로 변했죠. 노예들이 원로원과 일반 시민을 향해 권력을 휘두르면 마침내 정의는 사라지고 말죠. 예, 저도 잘 압니다. 그래서 폐하의 법이 막으려 한다는 것도.

하오나 폐하, 설마 이 법들을 일반 법들처럼 엄격하게 시행하실 생각은 아니시겠죠? 강행은 결국 폐하 자신뿐 아니라 왕족 친구들한테도 치명상이 될 것입니다. 법의 목적을 아는 사람들이야, 폐하께서 영혼과 이상을 바로잡으려 한다는 사실을 이해하지만 정적들은 다르옵니다. 간통

법은 애초의 의도와 달리 훨씬 더 타락한 용도로 이용되고 말 것입니다.

어떤 법률로도 영혼을 정화하지 못하며 미덕의 열망을 실현할 수 없습니다. 그건 시인이나 철학자의 영역입니다. 그들이 설득할 수 있는 까닭은 권력이 없기 때문입니다. 폐하의 권력을(말씀드렸듯, 과거에는 실로 현명하게 사용하셨습니다.), 인간 본성의 열정에 반해 휘두르시지 않기를 바랍니다. 아무리 열정이 질서를 해친다 해도 마찬가지입니다.

그렇지만 축제를 위해 합창곡을 쓰겠습니다. 물론 자랑스럽게 임할 것입니다. 세상을 정화하기 위해 폐하께서 취하는 방법이 두렵다 해도, 동시에 폐하의 근심과 희망을 함께합니다. 과거에도 잘못 생각한 적이 있으니 이번에도 제 오판이기를 바라봅니다.

XI. 율리아의 일기, 판다테리아(서기 4)

이 섬 감옥에서 내 삶은 끝났다. 그 삶이 끝나지 않았던들, 전혀 개의치 않았을 일들마저 지극히 자연스럽게 돌아보게 된다.

아래층 작은 침실에서 어머니가 잠을 자고 있다. 하녀는 꿈쩍도 하지 않는다. 오늘은 바다조차 조용하다. 평소에는 백사장을 돌아다니며 그렇게 조잘대더니. 한낮의 태양은 바위들을 태우고 바위는 열을 삼켰다가 다시 허공으로 토해낸다. 이렇게 날이 뜨거우니 떠돌이 갈매기조차 움직일 리가 없다. 이곳은 무기력한 세계이며 난 그 속에서 하릴없이 기다린다.

무기력한 세계에서 기다림은 기이하기 짝이 없다. 그 무엇도 의미가 되지 못하는 곳. 내가 떠나온 세상은, 만사가 권력이라 뭐든지 의미 있었다. 심지어 권력을 사랑하는 사람도 있었다. 물론 그 사랑의 끝은 자체의 쾌락이 아니라 권력에서 비롯한 무수한 쾌락이었다.

나는 마르쿠스 비프사니우스 아그리파와 구 년간 결혼생활을 했다. 세상이 결혼을 보는 방식에 따른다면 비교적 좋은 아내였다. 그가 살아 있는 동안 아이 넷을 낳아 그의 품에 안기고 죽은 후에 하나를 더 낳았다. 모두 그의 아이들이었다. 그중 셋은 사내였으니 세상에 커다란 족적을 남겨야 했으나 끝내 아무도 성공하지는 못했다.

열망 중에서 가장 제어가 불가능한 열망은 권력을 향한 열망이다. 나는 두 아들, 가이우스와 루키우스가 태어났을 때 바로 그 열망을 처음 호되게 맛보았다. 가이우스와 루키우스는 태어나자마자 아버지가 입양했다. 아버지가 죽으면 먼저 남편이, 그다음엔 두 아들 중 하나가 로마 제국의 황제이자 제1시민을 승계한다는 정도는 다들 이해하는 바였다. 스물한 살의 나이에, 리비아를 제외하면 내가 세상에서 가장 힘 있는 여자라는 사실도 깨달았다.

권력은 공허하다. 철학자들의 말이다. 하지만 환관이 여자를 모르듯 그들 역시 권력을 모른다. 권력을 봐도 별로 감흥이 없는 것도 그래서다. 난 평생 아버지가 권력의 맛을 이해하지 못했다는 사실을 이해할 수 없었다. 나는 권력을 수단으로 사는 법을 배웠다. 마르쿠스 아그리파와 행복하게 살았던 이유도 권력 때문이었다. (리비아가 가끔 비꼬듯 말했듯이 아그리파는 내 아버지가 됐을 수도 있었다.)

여자가 아니었다 해도 그 권력을 감당할 수 있었을까? 지금도 종종 드는 의문이다. 리비아처럼 가장 힘 있는 여자라도 스스로를 낮추고 겸손해하는 것이 당시의 관습이었다. 대개의 경우 본성에 반하는 일이다. 나는 일찌감치 그런 식의 태도가 가능하지 않음을 알고 있었다.

언젠가 아버지가 나를 비난한 적이 있다. 당신 친구를 대할 때 여자답지 않고 오만했다는 이유였다. 아버지가 황제임을 잊을지 몰라도, 내가 황제의 딸이라는 사실만큼은 절대 잊지 않겠다고 대답했다. 그 대답은 왜곡된 형태로 한동안 로마를 떠돌았다. 아버지도 그 대답을 좋아해 종종 입에 올리곤 했으나 정말로 말뜻을 이해한 것 같지는 않았다.

　나는 황제의 딸이었다. 아버지의 친구 마르쿠스 아그리파의 아내이기도 했으나, 무엇보다 황제의 딸이었다. 때문에 로마에 의무를 다해야 한다는 사실을 모두가 인정하고 있었다.

　하지만 세월이 흐르면서 나도 깨달은 바가 있었다. 마음 한구석으로 그 의무를 거부하고 있었던 것이다. 아무런 보상이 없는 의무였기에….

　조금 전, 권력과 권력의 맛에 대해 적었다. 지금은 여자가 권력을 찾아내고 행사하고 즐기는 일탈에 대해 생각해본다. 남자와 달리 힘이나 정신, 욕망의 힘으로 권력을 잡을 수는 없다. 그 속에서 영광을 누릴 수도 없다. 남자는 권력의 보상이자 양식으로서 자부심을 드러내나, 여자는 내면에 집착과 기쁨을 감추고 가면 속에 갈무리해야 한다. 그래서 나도 그런 식의 가면을 여러 개 만들어 세상에 드러냈다. 덕분에 그 누가 아무리 자세히 들여다본들 내 정체를 알 수는 없었다. 나는 언제나 세상물정을 모르는 순진한 소녀였다. 늙은 아버지는 그런 딸에게 그 누구도 받지 못할 사랑을 퍼부었다. 정숙한 아내로서 쾌락이라곤 남편을 향한 의무밖에 알지 못했다. 젊고 활발한 안방마님이었기에 그 어떠한 변덕도 대중의 바람으로 읽혔다. 게으른 학자가 되어 로마의 의무를 초월한 가치를 꿈꾸었으며 철학이 옳을지도 모른다고 너스레도 떨었다. 인생 후반에는 쾌락을 찾아 남자의 몸을 신들의 값비싼 연고처럼 이용하고, 마침내는 전대미문의 강력한 쾌락에 익숙해지기도 했다.

　아버지가 백 주년 축제를 열어 로마의 건국을 기념할 때 난 스물한 살이었다. 그때 둘째 아들을 낳았다. 아버지와 남편은 축제의 주최자로서 건국 신들의 선조들에게 제물을 수도 없이 바쳤다. 귀족 부인 일백 명의 연회를 주재하는 일은 나와 리비아의 몫으로 떨어졌다. 나는 디아나의 왕좌에 앉고 리비아는 맞은편 유노의 왕좌에 앉아 숭배 의식을 받았다. 로마에서도 부유하고 영향력이 큰 여자들이 묘한 표정으로 나를 우러러 보았다. 그건 바로 권력을 알아보았을 때의 눈빛이었다. 사랑도 존중도 증오도 아니고 심지어 두려움도 아니다. 그전에는 그런 표정을 한 번도 보지 못했다. 그래서였을까? 문득 막 태어난 기분이 든 것은?

축제가 끝나고 몇 주 후, 남편은 이런저런 임무로 동로마로 떠났다. 소아시아의 속국들, 아버지가 어린 시절을 보낸 마케도니아, 폰투스와 시리아 등등 손이 필요한 곳들이었다. 관습에 따르면 그를 따라갈 수는 없었다. 사실 축제가 끝날 때까지도 관습을 어기면서까지 따라갈 생각은 하지도 못했다.

그런데 아버지의 노여움과 설득을 무시하고 그를 수행했다.

"아낙네가 총독과 병사들을 따라 외국에 간 적은 없었다."

나는 이렇게 대답했다.

"그럼 남편 앞에서 창녀처럼 보이는 게 좋은지, 아니면 로마의 창녀가 되는 게 좋은지 아버지가 알려주세요." 그 말은 장난처럼 내뱉었고 아버지도 그렇게 받아들였다. 하지만 나중에 문득 어쩌면 농담이 아니었을지 모른다는 생각이 들었다. 내 기억보다 좀 더 심각하게 얘기했을 수도 있겠다. 아무튼 아버지는 포기를 했고 나는 남편의 수행원이 되었다. 그리고 생전 처음 아이들과 하인들을 데리고 고국의 국경을 넘었다.

브린디시에서 아폴로니아, 아드리아 해에서 지중해까지 우리는 짧은 바다를 건넜다. 아폴로니아에 도착해서는 아버지와 남편이 어렸을 때

놀던 지역들을 돌아보았다. 느긋하고 유쾌한 시간이었으나 나는 좀 더 깊이 들어가고 싶었다. 로마의 발길이 닿지 않은 낯선 장소들. 아폴로니아부터는 마케도니아 북부를 거쳐 새로운 모이시아 지역들과 다뉴브 강까지 이동했다. 이상한 사람들도 보았다. 우리 마차와 말들이 다가가자 짐승처럼 숲 속으로 숨어들어 아무리 유혹해도 밖으로 나오지 않았다. 대부분 야생짐승 가죽으로 옷을 지어 입고 언어도 생소하기만 했다. 병사들의 생활도 황폐하기만 했다. 운이 없게 제국의 전초기지에 배속된 덕분이건만, 그런데도 이상하게 다들 만족한 듯 보였다. 남편은 그들의 삶이 너무도 당연하다는 듯 병사들과 얘기를 나누었다. 내가 태어나기도 전, 남편이 그런 식으로 살았다니 더욱 믿기가 어려웠다.

다뉴브 기지를 돌아본 후에는 서둘러 남쪽으로 방향을 돌렸다. 가을이 가까우면 북쪽의 혹한도 멀지 않기 때문이다. 나도 벌써부터 마르쿠스 아그리파와의 동행을 후회하기 시작했다. 안락한 로마가 그리웠다.

그래도 필리피에서 휴식을 취한 후로는 다시 활기가 생겼다. 남편은 브루투스, 카시우스와 싸운 전쟁터들을 보여주고 당시의 얘기도 들려주었다. 그다음에는 느긋하게 에게 해로 향해 푸른 바다를 타고 섬들을 돌아보았다. 남쪽으로 갈수록 날씨도 따뜻해졌다.

그리고 내가 왜 태어난 고장을 떠나 이 여행을 떠나도록 신들이 허락했는지 이해하기 시작했다.

넷

I. 서한(서기전 14)

발신: 다마스쿠스의 니콜라우스, 예루살렘

수신: 가이우스 클리니우스 마에케나스

그간 편지에서 여러 차례 밝혔듯 지난 삼 년간 궁리가 많았습니다. 도대체 왜 우리 친구 옥타비우스 카이사르께서 이 장기간의 동로마 여행에 마르쿠스 아그리파와 그의 부인을 수행하게 했을까요? 분명한 사실은 내가 헤로드 왕과 가깝다는 이유만으로 로마를 장기간 비울 이유가 될 수는 없습니다. 그런데 이제 그 이유를 이해하기 시작했습니다. 장군께서는 제가 왜 옥타비우스 카이사르 본인이 아니라, 은거 중이신 장군께 편지를 쓰는지 의아하시겠죠. 그래도 잠시만 귀를 빌려주세요. 조금씩 이해하실 겁니다.

지금 예루살렘에서 편지를 씁니다. 몇 달 전 마르쿠스 아그리파 부부와 함께 이곳에 도착했습니다. 헤로드 왕이 일행을 초대해 잠시 여행의 피로를 풀도록 배려한 덕이죠. 아그리파는 오래 머물지 못했습니다. 도착하자마자 보스포루스가 혼란의 소용돌이에 처했다는 소식을 들었기 때문이죠. 로마에 충성스러운 왕이 죽고 그의 아내 디나미스가 북방의 클레오파트라를 자처하면서 스크리보니우스라는 야만인과 동맹을 맺었다는 겁니다. 여왕의 불행한 운명을 가볍게 여긴 탓이겠죠. 그리고 얼마 전 로마의 정책을 뒤집고, 정부와 함께 남편의 왕국을 통치하겠다고 선언했습니다. 여자가 정부를 꼬드겨 남편을 시해했다는 소문도 있으나 어쨌든 북쪽 야만인들을 막기 위한 최후의 보루였기에 마르쿠스 아그리파도 왕국에 가서 반란을 진압하기로 결정을 내렸죠. 지금은 헤로드가 제공한 전함과 병사들을 데리고 전쟁 중에 있습니다.

어차피 율리아가 쫓아갈 수 없었지만 그럴 의지도 없어 보였습니다. 다만 남편이 돌아올 때까지 예루살렘에 남아 있으라는 청도 거절하고 로마로 돌아가지도 않았죠. 그러더니 남편이 떠나자마자 우리의 애원을 뿌리치고 수행원을 챙기더니, 곧바로 그리스의 북쪽 섬들로 떠나버린 겁니다. 최근에 남편과 함께 관광한 곳들이죠. 얼마 전 지금 그녀가 있는 곳에서 위험천만한 소식을 받았는데, 친애하는 마에케나스, 이 편지를 쓰는 것도 바로 그 소식 때문이랍니다.

마르쿠스 아그리파와 율리아는 지난 이 년간 옥타비우스 카이사르와 로마 사절 자격으로 남쪽 에게 해 섬들과 그리스, 아시아의 해변 도시들을 돌아다니며 융숭한 대접을 받았습니다. 율리아는 특히 황제의 따님이라는 이유로 그리스 동부 국가 특유의 아첨에 무방비하게 노출이 되었죠.

아침의 시작은 특별하지 않았습니다. 안드로스에서는 그녀의 방문을 기려 동상을 세웠죠. 그런데, 레스보스 섬의 미틸레네 원주민들이 안드로스에서 어떻게 환대했는지 얘기를 듣고 율리아와 아프로디테 여신을 쌍둥이로 묘사해 대형 조각상을 만든 겁니다. 예, 그 후로는 섬, 도시를 막론하고 율리아와 아그리파가 방문할 때마다 의식은 점점 더 과해졌죠. 그리고 마침내 율리아를 아프로디테의 현신으로 받들고 의식으로 숭배하기 시작했습니다.

이런 식의 과장이 문명인들에게야 우스꽝스러워 보이겠지만 실제로 크게 해될 일은 없습니다. 그리스인들은 예를 바치면서도 살짝 절차를 수정하는 등 기지를 발휘해 아무도 상처받지 않게 하기도 했죠. 의식이 거의 로마식으로 보였을 정도입니다.

그 와중에 율리아 본인에게 뭔가 기이한 일들이 일어나기 시작했습니다. 아시다시피 율리아는 저도 좋아합니다. 그런데 그렇게 의식을 거치면서 그녀를 대변하는 여신의 속성을 조금씩 닮아가기 시작한 겁니다. 마치 불후의 여신이라도 된 듯 도도해지고 비인격적이 되었죠.

그 이전에도 그녀를 보며 그렇게 느끼기는 했지만, 아시아의 소식을 듣고 나니 슬프게도 그간 미심쩍었던 부분들까지 확인해주는군요.

보고서에 따르면, 율리아는 어느 날 일리움의 트로이 유적지를 돌아보고 밤에 스카만데르 강을 넘으려 했습니다. 그런데 이유는 모르겠지만, 율리아와 수행원들을 태운 뗏목이 뒤집어지고 모두 하류로 쓸려 내려갔죠. 예, 모두에게 위험한 순간이었죠. 율리아는 누군가에게 구조되었습니다. 그런데 율리아는 구조를 미뤘다는 이유로 남편 마르쿠스 아그리파의 이름을 들먹이며 그 마을에 이만 드라크마의 벌금을 부여했습니다. 무려 한 사람에 일천 드라크마에 달하는 거액이랍니다. 가난한 사람들입니다. 대부분 평생 일해도 일천 드라크마는 구경조차 하지 못할 겁니다.

소문에 따르면, 마을 사람들도 도와달라는 비명소리를 듣고 강둑으로 달려갔습니다. 그런데 지켜보기만 할 뿐 구조 노력은 하지 않았던 듯합니다. 어쩌면 정확한 상황 설명일 것입니다. 마을 사람들이 잘못을 하기는 했지만 아무래도 제가 개입을 해야 할 듯합니다. 헤로드 왕께 청해 마르쿠스 아그리파에게 벌금을 사해달라고 부탁할 생각입니다. 마을 사람들이 불쌍해서가 아니라 옥타비우스 카이사르 가문의 안녕을 위해서입니다.

조금 전 대중 의식 얘기를 했습니다. 부분적으로 종교적이고 정치적이고 사교적인 행사인데, 그럴 때면 율리아는 아프로디테의 옥좌에 앉습니다. 그 생각을 하다 보니, 또 다른 종류의 의식도 있는데, 제가 일부러 피하고 있었다는 생각이 드는군요. 공개적인 의례는 아닙니다. 보다 은밀하게 치러지는 쪽인데 그 때문에 이 계몽의 시대에 어느 정도 위협적이도 합니다.

이들 섬과 동부 그리스 속령들에 밀교가 하나 있습니다. 여신을 모시는데 신도가 아니면 이름조차 알 수 없다더군요. 아무튼 남녀 신 모두를 관장하는 최고의 여신이라고 들었습니다. 여신의 힘은 인류가 알고 있는 신들을 모두 더한 것보다 강합니다. 신도들은 정기적으로 의식을 열어 그 힘을 축복하는데, 물론 어떤 의식인지는 아무도 모릅니다. 이유가 정염이든 수치심이든, 밀교는 비밀로 가려져 있으니까요. 허나 절대적인 비밀이 어디 있나요? 저도 여행 중에 들은 얘기가 많은 걸요. 솔직히 그때마다 그 본성에 인상을 찌푸리고 결과에 대해 두려움을 느끼곤 했답니다.

여자들의 밀교입니다. 사제가 있기는 해도 여신의 제물이 되기로 맹세한 뒤 거세된 자들이죠. 제물은 여사제들이 선택합니다. 소문이 맞는다면, 여사제들이 종종 자기 아들을 제물로 선택한다더군요. 그런 제물이 남자들 중에서 가장 신성하고 기운이 좋다고 믿기 때문입니다. 제물은 나이가 스물 미만이고 동정이고, 또 자발적이어야 합니다.

어떤 성격의 의식인지는 자세히 모릅니다. 다만 먼 거리에서나마 신성의 숲 속에서 플루트 소리와 찬송을 직접 듣기는 했죠. 개종자들과 신도들은 사흘간의 의식을 거쳐 금욕을 하고 스스로를 '정화'한다더군요. 신도들이 춤과 노래, 음주 등으로 환각상태가 된다는 얘기도 있습니다만, 그 술이 와인인지, 보다 이상한 물질인지는 아무도 모릅니다. 음악과 춤과 미약으로 신도들이 환각 상태가 되면 의식을 시작합니다. 그러면 위대한 여신 앞으로 최초의 제물이 끌려나오죠. 제물은 완전히 알몸으로 다만 야생동물 모피를 허리에 두르고, 신성목 십자가에 손과 발을 기다란 면류관으로 묶습니다. 여신한테 제물을 바친 다음에는 신도들이 제물을 둘러싸고 춤을 추는데, 그동안 미친 듯이 몸에서 옷을 뜯어낸다더군요. 이윽고 여신이 소년에게 다가가 신성의 검으로 그의 허리에서 모피를 끊어냅니다. 이때 제물이 마음에 들면 면류관의 구속까지 자른 다음 신성 숲의 동굴로 데려갑니다. 이른바 여신과 인간의 '결혼'을 위해 준비를 해둔 공간이죠.

　결혼은 절차에 따라 진행하나 여성들의 밀교인 데다 법이나 일반 풍습의 합의도 없습니다. 여신과 제물은 사흘 동안 동굴에 숨어 지내는데, 소문이 맞는다면 여신은 자기가 원하는 대로 제물을 이용합니다. 음식과 음료는 동굴 입구에 두죠. 그리고 그동안 동굴 밖 신도들 역시 격정과 일탈이 이끄는 대로 성을 탐닉한다네요.

　사흘 후 여신과 인간 애인은 동굴에서 나와 물 건너 또 다른 신성의 숲으로 들어갑니다. 이른바 축복받은 자들의 섬인데 그곳에서 인간 애인은 불후의 위치를 획득하죠. 야만 신도들의 정신세계에서 그렇다는 얘기입니다만.

　이 밀교가 일리룸에서 레스보스까지 퍼져 있다는 사실은 누구나 알고 있습니다. 신도들 중에는 그 지역에서 가장 부유하고 가장 교양 있는 가문까지 들어 있죠. 뗏목이 뒤집혀졌을 때 율리아는 바로 그 의식에서 돌아오는 중이었습니다. 지금껏 묘사한 의식을 마치고 축복받은 자들의 섬으로 건너가던 참이었죠. 예, 그녀는 여신의 현현이었어요. 당연히 마을 사람들은 밀교를 싫어했지만, 이상한 신도들에 대한 두려움도 극복할 수 없었겠죠. 그들이 보기에는 상식과 경험을 넘어선 사람들이니까요. 절대 벌금을 부과하면 안 됩니다. 그렇게 되면 비밀이 깨지고 말 테니까요. 바로 그 비밀주의가 지금 율리아는 물론, 아무것도 모르는 마르쿠스 아그리파, 옥타비우스 카이사르, 심지어 로마까지 보호해주고 있답니다.

소문의 사악한 의식 말고도 심각한 문제는 또 있습니다. 밀교 신도들은 권위를 모두 버리고 욕망을 받아들이라고 요구를 받으며, 남자와 법은 물론 인간 사회의 관습 어디에도 구속받지 않습니다. 따라서 부도덕적인 행위뿐 아니라, 살인, 반역 등 상상 가능한 불법을 닥치는 대로 저지를 수 있답니다.

친애하는 마에케나스, 이제 제가 왜 황제께 편지를 쓰지 않았는지, 왜 마르쿠스 아그리파와 상의할 수 없는지, 왜 이 문제로 장군을 괴롭힐 수밖에 없는지 이해하시겠죠? 공무를 벗고 칩거에 들어가신 분한테 말입니다. 어떻게든 황제 친구 분을 설득해 율리아가 로마로 돌아오도록 해야 합니다. 아직 회복 불능까지 타락하지 않았다 해도, 이상한 땅에 남아 있는 한 시간문제일 수밖에 없습니다.

Ⅱ. 율리아의 일기, 판다테리아(서기 4)

아버지가 왜 로마로 돌아오라고 하명했는지 지금껏 알지 못했다. 도저히 따를 수 없는 조건을 내걸고 더없이 강압적으로 지시했건만 한 번도 이유를 말해준 적도 없다. 그저 제2시민의 아낙이 너무 오래 시민과 떨어져 있을 뿐 아니라, 나와 리비아만이 할 수 있는 사회적, 종교적 의무가 있다고만 했다. 분명 다른 이유가 있을 텐데 더 이상 질문도 허락하지 않았다. 물론 내가 귀국 명령에 분개했다는 사실을 모를 리는 없었다. 당시는 정말 처음으로 내 자신을 찾은 삶에서 쫓겨난 기분이었다. 또다시 더 이상 의미 없는 의무를 수행하며 여생을 탕진해야 하기 때문이다.

예루살렘에서 레스보스의 미틸레네까지 찾아와 소식을 전한 사람은 바로 니콜라우스였다. 시리아 출신의 작고 이상한 유대인으로 아버지가 유독 좋아하는 사람이었다.

나는 화가 나서 그에게 따졌다.

"안 가요. 아무리 아버지라도 귀국을 강요할 수는 없어요."

니콜라우스가 어깨를 으쓱했다.

"다른 분이 아니라 아버지 지시입니다."

"남편, 난 남편과 함께 있어요."

"남편께서는 보스포루스에 계십니다. 게다가 그분도 아버님 친구이시죠. 마님의 부친은 황제이십니다. 폐하와 로마가 따님을 그리워하십니다. 돌아가면 곧 봄이겠군요."

그래서 우리는 레스보스를 떠났다. 나는 마치 꿈속의 구름처럼 섬들이 멀어지는 모습을 지켜보았다. 배 뒤로 멀어져 가는 것은 내 삶이었다. 그 삶에나마 나는 여왕이었고 여왕 이상이었다. 로마에 점점 가까워지면서야 비로소 나는 삼 년 전 이곳을 떠날 때와 완전히 다른 사람이 되었음을 깨달았다.

로마의 삶도 다를 수밖에 없었다. 어떻게 됐는지는 모르겠지만 로마조차 더 이상 나를 두렵게 만들지 못한 것이. 지금도 기억나지만 그 이전에 아버지를 보았을 때 어떻게 아이가 된 기분이었는지 의아했다.

나는 티베리우스 클라우디우스 네로가 집정관인 해애 로마에 돌아왔다. 리비아의 아들이자 내 남편 딸 비프사니아의 남편. 그때 내 나이 스물다섯 살. 여신에서 평범한 여인으로 영락한 채 고통스럽게 로마에 돌아왔다.

III. 서한(서기전 13)

발신: 푸블리우스 오비디우스 나쇼

수신: 섹스투스 프로페르티우스, 아시시

친애하는 섹스투스, 친구이자 스승이시여, 스스로 암울한 망명길을 강제하시고 그 속에서 편하십니까? 불초한 제자, 이렇게 간청하오니 부디 로마로 돌아오소서. 다들 가슴을 치며 그리워하나이다. 이곳 상황은 스승님 생각보다 그렇게 암담하지 않습니다. 로마의 하늘에는 샛별이 뜨고 의지가 있는 사람들은 그럭저럭 즐겁게 살고 있습니다. 실제로 지난 몇 개월간 저 또한 다른 시대, 다른 곳으로 떠나지 않겠다고 마음을 정했답니다.

스승님은 제 영감의 스승이십니다. 저보다 나이도 많으시죠. 하오나 저보다 현명하다 확신하실 수 있사옵니까? 스승님이 우울하신 이유는 로마 때문이 아니라 스승님의 기질 탓일 수도 있습니다. 부디 돌아오세요. 아직 밤은 떨어지지 않았고 즐거움도 남아 있습니다.

부디 용서하소서. 아시다시피 무거운 대화는 제 전공이 아닙니다. 시작은 어찌해본들 늘 끝이 흐지부지해지고 맙니다. 편지 서두에서는 그저 즐거운 날을 얘기하고 그러니 어서 돌아오시라 스승님을 설득할 생각이었습니다.

어제는 옥타비아우스 카이사르 황제의 탄생 축일이자 로마의 휴일이었습니다. 그런데 제가 보기에 시작부터 크게 불길하더군요. 어제 아침 일찍이 사무실에 나왔습니다. 겨우 아침 일곱 시, 로마 동쪽에서 태양이 건물 숲을 어렵사리 뚫고 나와 도시를 발밑에 두기 전이었죠. 어제 같은 휴일에 사건 변론이라뇨. 오늘 해도 충분한 일인데 말입니다. 어쨌든 아주 어려운 보고서를 작성해야 했답니다. 코르넬리우스 아프로니우스가 저를 고용해, 파비우스 크레티쿠스를 고소하려 합니다. 지대를 지불하지 않았다는 이유인데 크레티쿠스도 땅주인이 바뀌었다고 주장하며 맞고소를 했죠. 사실은 둘 다 도둑놈들인지라 어느 쪽도 증거는 부족하답니다. 소송절차가 늘 그렇듯, 이번에도 보고서의 기술과 변론의 설득력이 더 중요할 듯싶습니다.

어제는 오전 내내 일을 했습니다. 따분한 일 때문에 낑낑대다보면 늘 그렇듯, 놀라운 시구들이 난데없이 마구마구 떠올랐죠. 비서는 답답할 정도로 느리고 어설프기만 합니다. 포럼의 소음은 평소보다 귀에 거슬리기 짝이 없었죠. 그래서 점점 초조해져서, 수백 번이나 이놈의 터무니없는 직업을 그만두어야겠다고 투덜대고 있었습니다. 이렇게 애써 본들 원치 않은 재산이나 불리다가 한심한 원로가 되기밖에 더하겠습니까?

그런데 그 따분한 와중에 놀라운 일이 생겼습니다. 문밖에서 왁자지껄하더니 웃음소리가 들리더군요. 이윽고 노크도 없이 문이 활짝 열렸죠. 눈앞에 나타난 자는 제가 본 중에서도 가장 독특한 환관이었답니다. 두건을 쓰고 향수를 처바르고 옷은 야들야들한 비단에, 손가락마다 에메랄드와 루비를 잔뜩 끼고 있었죠. 그가 내 앞에 섰는데, 자유인은 물론 시민도 안중에 없다는 투였답니다.

"이번 축제는 농신제가 아니다. 누가 네놈 보고 함부로 뛰어들라 허락했더냐?" 내가 버럭 화를 냈습니다.

"제 여주인입죠. 저를 따라오셔야겠습니다. 마님의 지시니까."

"네 여주인이 미쳤더냐? 감히 어떻게…. 네 여주인이 누구냐?"

그가 미소를 지었죠. 마치 내가 놈의 발밑에 민달팽이라도 된 기분이더군요.

"제 여주인은 율리아십니다. 옥타비우스 카이사르, 로마 황제 아우구스투스, 제1시민의 영애시죠. 더 알고 싶으십니까, 변호사 나리?"

놈의 앞에서 입을 쩍 벌리고 말았죠. 더 이상 아무 말도 할 수가 없더군요.

"따라오시죠?" 그가 오만하게 묻더군요.

그 순간 초조함이 걷혔습니다. 나는 껄껄 웃으며 서류다발을 비서를 향해 내던졌습니다. "네가 알아서 해라. 뭐든지." 나는 그렇게 말하고 노예에게 돌아섰죠. "그래, 의뢰를 받겠다. 네 여주인이 어디로 데려갈지 한번 보자꾸나." 그리고 그를 따라 문을 나섰습니다.

친애하는 섹스투스, 늘 그렇듯 이번에도 잠시 샛길로 빠져야겠습니다. 그 여인은 사실 몇 주일 전 우연히 만난 적이 있습니다. 셈프로니우스 그라쿠스가 주최한 파티에서였죠. 그분은 스승님도 아시죠? 황제의 따님은 오랫동안 동로마를 여행하다가 한 달 전쯤 돌아왔죠. 원래는 남편인 마르쿠스 아그리파의 공무를 따라갔는데 남편은 아직 그곳에 남아 있다더군요. 예, 저도 그녀를 보고 싶었습니다. 그녀가 돌아온 후, 로마의 수다꾼들은 오직 그 얘기만 했으니까요. 그래서 그라쿠스가 초대했을 때 옳다구나 하고 받아들였답니다. 율리아와 꽤나 친하다고 알고 있었거든요.

셈프로니우스 그라쿠스의 빌라에는 말 그대로 손님이 수백이나 되었습니다. 파티가 너무 커서 즐기기조차 어려운 모임이지만 나름대로 유쾌하기는 했습니다. 그 와중에 율리아를 만나 잠시 수다도 떨었죠. 율리아는 정말 매력적이고 기막히게 아름다운 여인이랍니다. 매우 지적이고 교양미도 넘쳐흐르더군요. 예, 친절하게 내 시도 읽었다고 말해주었답니다. 부친이 엄격하기로 유명한 분이시라(스승님만큼이나요.) 전 얼굴을 붉히며 내 운문이 다소 "외설스럽다며" 용서를 빌었죠. 율리아는 환상적인 미소를 지으며 이렇게 말하더군요. "친애하는 오비디우스, 자꾸 그렇게 당신이 시만 야하고 삶은 정숙하다고 주장하시면 다시는 상대하지 않겠어요."

그래서 제가 이렇게 응수했습니다.

"친애하는 율리아, 그럼 그 반대로 주장해보겠습니다. 제 삶은 음탕하나 제 시는 정숙하답니다."

그러자 그녀가 웃으며 자리를 떴습니다. 유쾌한 막간극이기는 했지만 실로 제 존재를 생각하기는커녕 두 주 동안이나 기억할 줄은 정말 몰랐습니다. 어쨌든 그녀는 나를 기억했고 앞에 서술한 상황에 따라 어제 한 번 더 마주했습니다.

집 앞에 가마꾼들의 호위를 받으며 대여섯 개의 가마가 있었습니다. 모두 보라색과 금색으로 차양을 드리웠죠. 안에는 어디나 사람들이 가득 타, 여기저기 꿈틀거리고 웃음소리가 거리를 흔들었죠. 난 어디로 가야 할지 몰라 가만히 서 있었습니다. 환관도 다른 곳으로 가서는 미천한 노예들을 괴롭히고 있었죠. 그때 누군가 가마에서 내렸는데 한눈에도 그녀였습니다. 율리아, 고맙게도 내 지루한 오전을 방해한 여인이죠. 이윽고 다른 사람도 가마에서 내려 옆에 섰는데 셈프로니우스 그라쿠스였답니다. 그가 나를 보며 미소 짓기에 저도 두 사람에게 다가갔습니다.

"덕분에 권태의 지옥에서 탈출했습니다. 제 목숨을 살리셨으니 마음대로 쓰소서." 제가 율리아에게 인사를 챙겼죠.

"사소한 일에 쓸 거예요. 오늘 아버지 생일인데 저보고 친구 몇 명을 원형경기장 전용 관람석에 초대하라시네요. 예, 그곳에서 시합을 보며 내기 돈을 탕진할 생각이랍니다."

"시합이라. 매혹적이군요." 저는 그 말을 가볍게 던졌으나 율리아는 반어법으로 받아들였는지 활짝 웃더군요.

"시합에 관심 있는 사람은 거의 없어요. 그곳에 가는 이유는 사람들을 보고, 사람들한테 보이고, 사소한 유희를 찾기 위해서죠." 그녀가 힐긋 셈프로니우스를 보더니 "어쩌면 당신은 배울 수도 있겠네요."라고 말한 뒤 내게서 돌아서서 다른 사람들을 불렀습니다. 그러자 몇 사람이 가마에서 내려 기지개를 켜더군요. "누가 사랑의 시인 오비디우스와 타고 갈래요? 여러분이 목숨이라도 바칠 그런 주제로 시를 쓰는 분인데." 가마 안에서 여러 사람이 손을 흔들며 내 이름을 불렀답니다.

"자, 오비디우스, 우리와 함께 타요. 내 여자한테 당신 조언이 필요합니다."

"아니에요, 내가 필요해요!"

여기저기서 웃음이 터졌죠. 나는 그나마 공간이 넉넉한 가마를 골랐습니다. 가마꾼들이 가마를 지고는 천천히 혼잡한 거리를 지나 막시무스 경기장으로 향했죠.

우리가 도착한 때는 정오 즈음이라, 관중들이 관중석에서 우르르 빠져나오고 있었습니다. 시합을 재개하기 전에 재빨리 점심을 먹기 위해서죠. 사람들이 우리 가마 색을 알아보고 양쪽으로 갈라서니까 솔직히 기분이 묘하더군요. 마치 쟁기질에 땅이 갈라서는 것만 같았습니다만 그래도 기꺼이 손을 흔들어주고 연호해주었답니다.

우리는 가마에서 내렸습니다. 나는 율리아, 셈프로니우스 그라쿠스, 그리고 이름을 모르는 사람과 함께 무리를 이끌고, 원형경기장에 벌집처럼 나 있는 아케이드를 지나 계단으로 향했죠. 점성가 하나가 손을 흔들며 우리를 불렀는데 일행 중 누군가 "우리 운명은 우리가 안다, 영감!" 하고 외치며 동전을 던져주었죠. 창녀가 나타나 뒤처진 남자를 유혹했지만 아가씨가 짐짓 겁을 먹은 척 놀리더군요. "오, 안 돼! 내 남자 빼앗아가지 말아. 안 돌아오면 난 어쩌라고!"

우리는 계단을 올라갔습니다. 황제 관람석에 이르니, 누군가 쉿 소리와 함께 정숙을 명했습니다. 물론 옥타비우스 카이사르를 향한 존경의 표시였으나, 우리가 도착했을 때 황제는 자리에 없었습니다. 동행들도 유쾌하고 즐겁기는 했지만 그래도 조금은 실망스럽더군요.

스승님도 아시다시피, 스승님처럼 마에케나스의 지인도 아니고 그를 알 필요도 없었기에 옥타비우스 카이사르 또한 만나본 적이 없었답니다. 다른 사람들처럼 로마에서 멀리서 보기야 했지만 제가 아는 모습은 스승님께서 알려주신 게 전부였죠.

"황제께서는 안 계십니까?" 내가 물었죠.

대답은 율리아가 했습니다.

"유혈이 낭자한 경기를 싫어하세요. 그래서 짐승 사냥이 끝난 후 느지막이 나타나시죠." 그녀가 계단 아래 공간을 가리키기에 돌아보니 노예들이 죽은 짐승들을 끌고 가거나 피로 얼룩진 땅을 갈퀴로 긁어냈습니다. 내가 보는 중에도 호랑이 몇 마리, 사자 한 마리, 심지어 코끼리까지 끌려 나갔죠. 전에 로마에 처음 왔을 때 이런 식의 사냥에 참가한 적이 있지만 그때도 정말 지루하고 진부하기만 했답니다.

율리아한테도 그렇게 전하니 미소를 짓더군요.

"아버지 말씀도 그랬어요. 죽는 짐승은 힘없고 멍청한 놈들뿐이라고. 어느 쪽도 동정이 가지 않는대요. 게다가 사냥꾼과 짐승의 싸움에는 판돈도 없어요. 아버지는 도박을 즐기시죠."

"시간이 늦었어요. 오시기는 하시겠죠?" 내가 물었죠.

"그럼요. 아버지의 탄생 기념인 걸요. 이렇게 경의를 표하는 사람들은 절대 실망시키지 않으세요."

나는 고개를 끄덕였습니다. 경기를 준비한 사람은 신임 법무관 율리우스 안토니우스였습니다. 그래서 율리아에게 뭔가 얘기하려다가 문득 율리우스 안토니우스가 누구인지 깨닫고는 말을 삼가기로 했죠.

그런데 율리아가 내 의도를 짐작했는지 미소 지으며 대답하더군요.

"예, 맞아요. 특히 아버지는 옛 적의 아들에게도 절대 무례하지 않을 분이죠. 지금은 마르쿠스 안토니우스를 용서하고 그 아들을 자기 자식보다 아낀답니다."

나는 고개를 끄덕이고 더 이상 그 문제를 얘기하지는 않았습니다. 마르쿠스 안토니우스의 아들이 궁금하기는 했죠. 아버지가 죽은 지 세월이 많이 흘렀건만 로마 시민들은 여전히 그의 이름을 존중했으니까요.

사실 동행이 흥겨운 덕에 그런 일까지 고민할 여유는 없었습니다. 하인들이 황금 접시에 가벼운 요깃거리를 가져오고 황금 잔에 와인을 따라주었죠. 우리는 먹고 마시며, 오후 경주를 위해 돌아오는 사람들을 구경하며 수다를 떨었습니다.

정오가 지나자 관중석이 가득 차더군요. 로마 시민 대부분이 온 것 같았습니다. 그때 갑자기 경기장이 웅성거리더니 엄청난 함성이 터졌습니다. 관중들이 일어나며 우리 관람석을 가리키더군요. 나도 상체를 돌려 어깨 너머를 보았는데, 관람석 뒤쪽, 그림자 속에 사람 둘이 서 있었습니다. 하나는 키가 다소 크고 하나는 작았죠. 키 큰 사람은 화려하게 수놓은 튜닉에 보라색 테두리의 집정관 토가를 입고 작은 사람은 평범한 흰색 튜닉에 보통 시민의 토가 차림이었답니다.

키가 큰 사람은 티베리우스, 황제의 수양아들이자 로마 집정관이었습니다. 작은 쪽은 물론 옥타비우스 카이사르, 황제 본인이었죠.

두 사람이 관람석에 들어오자 우리는 자리에서 일어났습니다. 황제는 미소를 지으며 우리를 향해 목례를 한 뒤 자리에 앉을 것을 종용했죠. 황제는 율리아 뒤에 앉고 티베리우스는(인상이 어두워서 그런가 왠지 자리가 불편한 사람처럼 보였답니다.) 무리와 약간 떨어진 곳에 자리를 잡고 아무와도 대화를 하지 않았습니다. 황제와 딸은 몇 차례 고개를 맞대고 대화를 나누더군요. 이윽고 황제가 나를 보고는 율리아에게 무슨 말인가를 하더군요. 율리아는 미소를 짓고 고개를 끄덕이더니 손짓으로 나를 가까이 오라 불렀습니다.

내가 다가가자 아버지한테 소개를 하더군요.

"만나서 반갑소. 내 친구가 당신 작품 얘기를 하더군." 황제는 그렇게 말했습니다. 얼굴에 주름이 많고 지친 기색이었는데 은발머리는 숱이 별로 없었습니다. 그래도 두 눈만은 밝고 예리하더군요.

"감히 그분과 이름을 견줄 수 없는 실력입니다. 제 뮤즈는 훨씬 작고 미천하옵니다."

그가 고개를 끄덕였습니다.

"어떤 뮤즈가 누구를 선택하든 간에 따를 수밖에…. 오늘 볼 만한 경주가 있었소?"

"예?" 나는 눈을 끔벅였죠.

"경주. 좋아하는 기수가 있는지 물었소."

"폐하, 솔직히 말씀드리면, 오늘 경주에 온 까닭은 말이 아니라 사람 때문이옵니다. 말에 대해서는 아는 바가 거의 없사옵니다."

"그럼 판돈을 걸지도 않겠군." 황제는 다소 실망한 표정이었습니다.

"경주가 아니면 뭐든 다 걸겠습니다." 내가 대답하자 그가 가볍게 미소를 지으며 뒷사람을 돌아보더군요.

"당신은 처음에 어디 걸었어?"

누구한테 얘기했는지는 모르지만 그도 대답할 여유는 없었습니다. 경주 코스 맨 끝의 게이트가 열리고 트럼펫이 울리고 행렬이 입장했기 때문이죠. 선두는 율리우스 안토니우스, 경기에 돈을 댄 법무관인데, 진홍색 튜닉 위에 보라색 테두리 토가를 걸쳐 입고 오른손에는 황금독수리를 들었더군요. 독수리는 당장이라도 상아지팡이에서 날아갈 것처럼 보였죠. 머리에는 황금 면류관을 썼습니다. 거대한 백마가 전차를 끌었는데 이렇게 멀리에서 보았어도 풍채가 실로 압도적이었습니다.

행렬은 천천히 경주로를 돌았습니다. 율리우스 안토니우스 뒤로는 의식을 담당한 사제들이 걸어갔죠. 사제들은 각기 신들을 상징하는 동상을 들고 있었습니다. 그다음이 경주에 임할 기수들이었습니다. 다들 흰색과 붉은색, 초록색과 청색으로 화려하게 장식했더군요. 마지막은 무용수와 팬터마임 배우들, 광대들이었는데, 다들 깡총깡총 뛰고 구르며 트랙을 돌았습니다. 그동안 사제들이 조각상들을 연단에 내려놓았죠. 이제 기수들이 조각상들 주변을 전차를 몰고 달릴 겁니다.

이윽고 행렬은 황제 관람석을 향해 이동했습니다. 율리우스 안토니우스는 말을 멈추고 황제에게 인사를 올리고, 그의 생일을 기려 경기를 헌정했죠. 솔직히 호감 가는 사내더군요. 외모도 놀랍도록 잘생겼습니다. 근육질 팔은 햇볕에 그을려 갈색이고 얼굴은 가무잡잡한데 표정이 살짝 어두웠죠. 치아는 새하얗고 검은 머리는 곱슬이었습니다. 소문에 따르면 아버지를 꼭 닮았다는데, 제가 보기엔 훨씬 날씬했습니다.

헌정사가 끝나자 율리우스 안토니우스가 다시 관람석에 다가와 황제를 불렀습니다.

"잠시 후 경주가 시작하면 이곳으로 오겠습니다."

황제가 고개를 끄덕였는데 기쁜 표정이었죠. 그가 나를 돌아보았습니다.

"안토니우스는 말을 아오. 기수들도 알고. 그 친구 얘기를 들으면 당신도 경마에 대해 조금 알게 될 거야."

솔직히 고백하건대, 스승이시여, 위인들의 생각은 종잡기가 어렵습니다. 옥타비우스 카이사르 황제, 세계의 지도자는 오직 임박한 경마에만 관심이 있는 듯했답니다. 그에게 패해 자살한 사람의 아들에게는 따뜻하고 친절하고 지극히 자연스럽더군요. 저한테도 보통 시민들이 대화하듯 말을 걸었습니다. 잠깐 그 주제를 두고 시를 쓸까 하는 생각도 했습니다만 금세 포기해야 했습니다. 호라티우스께서 이미 했겠지만 어쨌든 제 스타일은 아닙니다.

율리우스 안토니우스는 경주로 끄트머리 입구 속으로 사라지는가 싶더니 잠시 후 출발문 위에 다시 나타났습니다. 군중이 환호를 보냈죠.

율리우스 안토니우스는 손을 흔들어 답하고는 발밑에 대기 중인 기수들을 내려다보았습니다. 그리고 이윽고 그가 백기를 내리자 장벽이 열리고 전차들이 먼지구름을 일으키며 출발했습니다.

그때 황제를 힐끔 훔쳐보았습니다. 의외더군요. 정작 경마가 시작하니 관심이 없는 듯하더군요. 그는 내 시선을 눈치채고는 이렇게 말했답니다. "똑똑한 친구들은 첫 번째 경주에 걸지 않아. 행렬 때문에 말이 흥분해서 제대로 달리지 못하거든."

나는 고개를 끄덕였죠. 어쨌든 말이 되는 얘기였습니다.

전차들이 일곱 바퀴 중 네 바퀴를 돌 때쯤 율리우스 안토니우스가 합류했습니다. 관람석 내의 사람들과는 대개 구면인지 아주 친근하게 목례를 교환하더군요. 몇 명은 이름을 부르기도 했고요. 그리고 황제와 율리아 사이에 앉아 곧바로 내기 돈을 걸고 함께 웃었습니다.

그렇게 오후가 흘러갔죠. 하인들이 음식과 와인을 더 내오고, 젖은 수건을 가져와 얼굴을 닦도록 해주었죠. 황제는 경주마다 돈을 걸었습니다. 한 번에 여러 명과도 내기를 했어요. 예, 돈은 아무렇게나 잃고 어쩌다 따기라도 하면 무척 좋아하더군요. 마지막 경주가 시작하기 전 율리우스 안토니우스가 일어나 마지막으로 할 일이 있기에 출발선으로 돌아가야 한다며 양해를 구했습니다. 내게도 인사를 건네며 다시 만나고 싶다고 했죠. 그리고 황제에게 작별 인사를 건네고 율리아한테 어딘가 은밀한 시선을 던졌는데 율리아가 고개까지 젖히며 웃었답니다.

황제는 인상을 찌푸리기는 했지만 말은 하지 않았습니다. 경기가 끝난 뒤 군중이 원형경기장을 빠져나간 후 우리도 밖으로 나왔습니다. 그중 일부는 저녁 때 셈프로니우스 그라쿠스의 집에 모여 한참을 머물렀죠. 그때 율리우스 안토니우스와 황제 딸 사이의 에피소드가 어떤 의미인지 알았습니다. 율리아가 직접 얘기해줬어요.

　율리아의 남편 마르쿠스 아그리파는 한때 젊은 마르켈라, 즉 황제의 누이 옥타비아의 딸과 결혼한 적이 있습니다. 율리아가 과부가 되고 얼마 지나지 않아, 아그리파는 황제의 설득을 받들어 마르켈라와 이혼하고 율리아와 결혼합니다. 그런데 최근에 율리우스 안토니우스가 아그리파의 이혼녀 마르켈라와 결혼을 한 겁니다.

　"복잡하군요." 내가 애매하게 대꾸했죠.

　"별로 그렇지도 않아요. 아버지가 모두 적어놨기 때문에 누가 누구와 결혼할지는 언제나 뻔하니까."

　친애하는 섹스투스, 내 오후와 저녁은 그렇게 흘러갔습니다. 새로운 사람도 보고 알던 사람도 만났죠. 로마는 다시 살 만한 곳이 되고 있습니다.

IV. 율리아의 일기, 판다테리아 (서기 4)

　나한테는 와인이 허락되지 않는다. 식사는 농부가 먹는 조악한 음식들이다. 검은 빵, 마른 야채, 절인 생선. 이제는 가난한 자들의 습관까지 몸에 익었다. 하루가 끝나면 목욕을 하고 간소하게 식사를 한다. 이따금 어머니도 합석하지만 난 창가 테이블에서 혼자 먹는 쪽을 선호한다. 저녁 조류에 바닷물이 드나드는 모습을 볼 수 있기 때문이다.

　지금은 거친 빵 맛을 가볍게 즐길 줄도 안다. 빵은 벙어리 하녀가 아무렇게나 굽는데 묘하게 늘 모래 씹는 맛이 나고 그 맛은 와인 대신 마시는 봄 냉수로 더욱 강해진다. 나는 빵을 씹으며, 먼저 살다 간 수천만의 빈자들과 노예를 생각한다. 그들도 이 검소한 식사를 즐겼을까? 나처럼? 아니면 부자들의 식사를 꿈꾸느라 입맛을 망쳤을까? 사람이라면 모두 나처럼 먹어봐야 한다. 가장 화려하고 가장 이국적인 식사에서 극단적으로 거친 음식까지. 어제 저녁은, 지금 이 글을 쓰는 테이블에 앉아 옛 음식의 맛과 식감을 떠올려보았지만 전혀 기억이 나지 않았다. 이제는 영원히 먹지 못할 맛을 떠올리는 와중에 셈프로니우스 그라쿠스의 빌라에서의 저녁 생각이 났다.

특별히 그날 저녁이 왜 생각났는지는 모르겠다. 갑자기, 이 판다테리아의 여명 속에서 당시의 장면이 눈앞에 불쑥 나타난 것이다. 극장 무대에 재공연되기라도 하듯. 그리고 미처 떨쳐내기도 전에 나를 사로잡고 말았다.

마르쿠스 아그리파는 동로마에서 돌아와 로마에 석 달을 머물렀다. 나는 네 번째 아이를 임신했다. 그리고 그해 초 아버지가 아그리파를 북쪽 판노니아로 보냈다. 야만 부족들이 다시 다뉴브 국경을 위협한다고 했다. 셈프로니우스 그라쿠스는 내 자유와 이른 봄을 축하하고자 파티를 열었다. 그가 약속한 대로 전례 없는 파티였다. 친구들도 모두 파티에 참석하기로 했다. 남편이 로마에 있는 동안 만나지 못했던 이들까지.

후일 비방문들이 횡행하기는 했지만 셈프로이우스 그라쿠스는 내 애인이 아니었다. 천성이 난봉꾼이라 나를 (다른 여성들처럼) 편안하게 대한 덕분에 엉뚱한 소문이 난 것이다. 당시만 해도 여전히 황제의 딸이라는 운명을 의식하고 있었다. 일리움에서 여신으로 놀았던 시간도 마치 아직 실현되지 않은 꿈만큼이나 아련했다. 요컨대, 한동안은 내 본성을 누르고 다른 사람처럼 살았다는 얘기다.

3월 초, 레피두스가 죽자, 공석이 된 대신관 자리를 아버지가 떠맡았다. 그리고 이를 기념하기 위해 하루 경주의 날을 선포했다. 셈프로니우스 그라쿠스는, 옛 로마에 대사제가 있다면 새로운 로마는 대여사제가 필요하다고 주장하면서 3월 말에 파티를 열었다. 시민들은 파티의 성격에 대해 이러쿵저러쿵 말이 많았다. 손님들이 길들인 코끼리를 타고 온다거나, 동로마 음악가와 무용수들을 수천 명씩 불렀다는 소문도 있었다. 공상은 기대를 먹고 자라고 기대는 다시 공상의 양분이 되었다.

그런데 파티 일주일 전, 아그리파가 브린디시를 경유해 이탈리아에 돌아온다는 소식이 들렸다. 예상보다 훨씬 빨리 국경의 반란을 진압했다는 얘기다. 우선 나라 맞은편 푸테올리 인근의 우리 별장으로 가겠다고 했으니 나도 그곳으로 떠나 그와 합류해야 했다.

나는 가지 않았다. 아버지가 노발대발했으나, 나는 그다음 주, 남편이 여독을 푼 다음에 만나겠다고 고집을 부렸다.

아버지가 차갑게 나를 노려보았다.

"대신 그라쿠스의 파티에 참석하겠다는 얘기냐?"

"예, 내가 주빈이니까요. 거절하기엔 너무 늦었어요." 내가 대답했다.

"넌 남편한테 의무를 다해야 한다." 아버지가 말했다.

"아버지한테도요. 아버지 명분과 로마도 있죠."

"네가 놀아나는 젊은 놈들. 놈들 행동을 네 남편이나 남편 친구들과 비교해볼 생각은 안 해봤더냐?"

"그 젊은 놈들이 바로 내 친구들이에요. 내가 늙으면 함께 늙어갈 사람들이죠."

그가 그때 살짝 미소를 지었다.

"네 말이 맞다. 누구나 늙어가지. 나도 한때 젊은 적이 있었건만 늘 잊고 사는구나. 좋다, 남편한테는 네가 로마에서 할 일이 있다고 전하마. 그래도 일주일 후에는 떠나도록 해라."

"예, 남편은 그때 만날게요." 내가 대답했다.

그래서 남편이 있는 남쪽으로 가지 않고 셈프로니우스 그라쿠스의 파티에 참석했다. 실제로 파티는 향후 몇 년간 로마에서 제일 유명한 파티가 되었지만, 그 이유는 사실 아무도 예상하지 못했다.

물론 코끼리들이 손님들을 실어 나르지도 않고 소문으로 떠돌던 볼거리도 없었다. 손님들도 일백 명이 조금 넘는 수준에 하인과 음악가와 무용수도 그 정도에 불과했다. 우리는 먹고 마시고 웃었다. 무용수들의 춤을 구경하다가 일부가 무대에 뛰어오르기도 했다. 무용수들은 당황하면서도 즐거워했다. 탬버린과 하프, 오보에 소리에 맞추어 정원을 돌면 분수들이 한껏 분위기를 돋우었다. 횃불은 분수를 희롱하며 인간의 기교를 뛰어넘는 또 다른 차원의 춤을 선보이기도 했다.

저녁 시간이 끝날 무렵에는, 음악가와 무희들이 특별 공연을 하고 시인 오비디우스가 나를 기려 신작 시를 낭송하기로 했다. 셈프로니우스 그라쿠스는 나를 위해 상아로 특별히 의자를 제작해 정원 조금 높은 곳에 놓아두어 손님들이 누구나 경의를 표하게 해주었다. (그라쿠스는 늘 그렇듯 풍자적으로 이 말을 했다.)

나는 의자에 앉아 발밑의 손님들을 보았다. 산들바람이 불었다. 바람은 잣나무와 버즘나무 숲을 헤치고 내 비단 튜닉을 애무했다. 무희들이 춤을 추고 몸에 오일을 바른 사내들이 횃불 속에서 물결쳤다. 문득 일리움과 레스보스 생각이 났다. 그곳에서는 나도 인간을 넘어선 존재였건만. 셈프로스가 내 옥좌 옆에 기댔다. 난 한동안 예전처럼 행복했다. 비로소 나 자신으로 돌아온 것이다.

그런데 불현듯 내 옆에 누군가 서 있다는 생각이 들었다. 사내는 계속 고개를 조아리며 관심을 끌려고 했다. 나도 아는 자였다. 아버지 집에 있던 하인. 나는 손짓으로 춤이 끝날 때까지 기다릴 것을 지시했다.

춤이 끝나고 손님들의 따분한 박수가 가라앉은 후 하인을 옆으로 불러들였다.

"아버지가 뭐라고 하시더냐." 내가 물었다.

"소인은 프리스쿠스이옵니다. 아그리파님 소식 때문입죠. 지금 편찮으시다 하셔서 폐하께서도 곧바로 푸테올리로 떠나십니다. 마님께도 곧바로 따라오시라 명하셨습니다요."

"네가 보기에도 심각하더냐?"

프리스쿠스가 고개를 조아렸다.

"폐하께서는 오늘 밤 떠나십니다. 걱정이 많으십죠."

나는 시선을 돌려 친구들을 보았다. 다들 셈프로니우스 그라쿠스의 정원 비탈에서 느긋하고 즐겁게 어울렸다. 웃음소리가 무용수들의 무곡보다 매력적이고 우아했다. 따뜻한 봄바람에 실려 떠다니는 웃음소리들. 나는 프리스쿠스한테 이렇게 말했다.

"폐하께 돌아가, 기다릴 필요 없으시다 전해라. 내가 알아서 남편한테 갈 테니까."

프리스쿠스가 머뭇거렸다.

"문제가 있나?"

"마님을 모시고 오라 하셨습니다요."

"이렇게 전해. 지금껏 남편한테 의무를 다했지만 지금은 떠날 수 없다. 남편은 나중에 보겠다."

프리스쿠스는 떠났다. 셈프로니우스 그라쿠스에게 소식을 전하려 했으나, 이미 오비디우스가 내 앞에 자리를 잡고 시를 낭송하기 시작했다. 나를 위한 시였다. 그를 멈출 수는 없었다.

예전엔 그 시를 외우기도 했지만 지금은 하나도 기억이 나지 않는다. 이상한 일이다. 그만큼 인상적인 시였건만. 그도 그 시를 책에 싣지는 않았을 것이다. 시인은 이렇게 말했다. 그 시는 오로지 내 것이라 누구에게도 속할 수 없다고.

남편은 영원히 보지 못했다. 아버지가 푸테올리에 도착할 때쯤 죽었기 때문이다. 의사가 증세를 파악하지 못한 채 증세는 급격히 나빠졌다고 했다. 덕분에 남편은 별다른 고통 없이 숨을 거두었다. 남편은 좋은 사람이었다. 내게도 잘해주었다. 남편은 내가 그런 고마움도 모른다고 생각했다. 그 이후 아버지는 그날 밤 함께 떠나지 않았다는 이유로 나를 용서하지 않았다.

…송로버섯 때문이었다. 그날 밤 우리는 셈프로니우스 그라쿠스의 빌라에서 송로버섯을 먹었다. 검은 빵의 모래 맛에 송로버섯의 흙 맛이 걸려 나왔다. 그 때문이리라. 내가 두 번째로 과부가 된 그날 저녁 생각이 떠오른 것은.

V. 율리아에게 바치는 송시: 오비디우스 작 (서기전 13년경)

불안한 심사에 정처 없이 떠돌다
    신들이 거하는 사원과 숲들을 지나네… 숲을 지나노라면
통행인들을 불러들여 예를 다하라 이르는 신들.
    우리 기억이 다하는 곳 어디에도 가지 하나, 그루터기 하나
도끼가 난무하며 포악스레 찍어본 적 없는 곳, 태고의 숲.
    나는 또 어느 곳에 머무를꼬? 내가 다가가도
그가 아니면 그 누구도 알아보지 못하도록 황급히 지나가도,

야누스는 꿈쩍도 않고 지켜보네. 이제 여기 베스타가 있네,
나름대로 믿음직하고 멋들어진 그녀. 나는 생각하네.

    소리쳐 부르네. 여전히 대답 없는 그녀.

베스타는 불꽃을 추스르네… 지금은 또 어느 누구를 위해 요리를 하는 걸까?

    그녀가 가볍게 손을 흔드네. 뜨거운 난로 위로 상체를 숙인 채,
나는 슬픔에 고개를 저으며 지나가네. 그러자 마침내 천둥 치는 유피테르

    두 눈이 나를 보며 불꽃을 터뜨리네. 무슨 일일까?

뭐든 맹세라도 내걸어 길을 바꾸라 지시하시는가? 그가 호통친다.

    "오비드, 네 음란한 삶은 끝도 없다더냐? 하찮은 시 짓기 노릇은?
헛된 출세길은?" 나는 머뭇머뭇 대답한다. 천둥은 끝없이 들리건만.

    "세월을 보라, 불쌍한 시인이여. 원로의 법복을 입고
국가를 생각하라… 적어도 노력은 할지니." 천둥소리가 시끄러워

    더 이상 들을 수가 없기에, 나는 서글퍼 지나가네.

이곳은 마르스 신전, 나는 지쳐 멈추네. 그리고 바라보네.

    그 누구보다 두려워하며… 오, 그가 왼손으로 들판을 갈고
오른손 칼로 허공을 가르지 않는가… 궁극의 마르스여!

    산 자와 죽어가는 자의 아버지여! 그대를 부르노니,
기꺼이 나를 환영하소서. 하지만 아아, 저토록 매정한 거절이라니.

    춘삼월에 이름을 부여하고 보호하는 신이시여,
어찌하여 내가 태어난 이 달에 나를 거부하나이까? 나는 한숨짓노라.

    신들이여, 나를 위한 공간은 어디 있나이까?

이제 옛 조국의 옛 신들께 외면당해 절망에 빠지노라

신들의 영역을 벗어나 오고가는 산들바람에
미천한 이 몸을 맡기노라. 그리하여 어디선가 소리가 들리나니,
　　　부드럽고 아련하고 감미로운 소리. 오보에와 탬버린과 플루트
웃음의 노래, 바람, 새, 여명에 바스락거리는 나뭇잎들.
　　　이제 내 귀가 나를 이끄노니. 어디든 따라가리. 그리하여
두 눈이 음악이 약속한 광경을 보리니. 이윽고 마침내,
　　　눈앞에 나타나나니, 샘물이 모여 개울을 만들고
개울은 동굴을 침범하고는 느긋하게 나리 화원 사이를 굽이치네.
　　　마치 허공에 떠 있는 듯 파르라니 나리꽃이여,
난 이렇게 중얼대네. 분명히 이곳에 신이 거주하노라.
　　　이제껏 미처 알지 못했던 신. 님프들이 하늘하늘 가운 차림으로
봄과 밤을 찬양하지 않는가. 하지만 고귀하고도 아름다운 이여,
　　　여신이여, 그녀에게 모두가 눈을 돌리노라. 기꺼이 숭배하고
즐거이 기도하노라. 여신이 미소 짓자 어둠이 밝아지네. 오, 오로라보다
　　　부드러운 미소여. 그녀의 아름다움은 고귀한 유노보다 빛나네.
새로운 비너스가 저 높이 천궁의 옥좌에서 내려왔노라.
　　　과거 아무도 보지 못했건만 모두가 숭배해야 함을 아노라.
환호하라, 여신을 맞이하라! 옛 신들은 그들의 숲에 남아,
　　　세상을 향해 저주를 퍼붓게 하라. 우리는 여신을 환영하나니,
그리하여 기쁨 속에 살며 즐거워하리로다. 이제 곧
　　　밤이 오리로다. 이제 곧, 이제 곧, 우리가 쉬리로다.
하지만 아직은 사위에 아름다움이 가득하지 않는가.
　　　여신의 은총으로 이 신성의 숲에 삶이 가득하지 않는가.

VI. 율리아의 일기, 판다테리아(서기 4)

남편은 셈프로니우스 그라쿠스의 파티가 있던 저녁에 세상을 떠났다. 그러니까 아버지가 원하는 대로 떠났어도 임종을 지킬 수는 없었다. 아버지도 밤새 쉬지 않고 이동해 그다음 날 푸테올리에 도착했지만 옛 친구는 이미 죽은 뒤였다. 전언에 의하면, 아버지는 차가운 시선으로 시신을 볼 뿐 한참 동안 아무 말도 하지 않았다. 그리고 특유의 냉정함으로 마르쿠스 아그리파의 보좌관들과 대화를 했다. 보좌관들은 물론 다들 슬픈 표정이었다. 아버지는 시신을 절차에 따라 로마로 이송하라 지시하고 원로원에 사신을 보내 장례 절차를 준비하게 했다. 그러고는 휴식도 없이 마르쿠스 아그리파의 시신 행렬을 따라 로마에 돌아왔다. 느리고 슬프기만 한 장례 행렬. 사람들은 아버지가 운구 행렬의 선두에 서서 비틀비틀 걸었으며 얼굴이 대리석처럼 새하얀 색이었다고 전했다.

나도 포룸의 장례식에 참석했다. 아버지는 장례 연설을 하고 나는 그곳에서 그의 차가운 표정을 지켜보았다. 그는 아그리파의 시신 앞에서 연설을 했는데, 마치 옛 친구가 아니라 기념비를 대하는 것 같았다.

아무도 모르는 얘기도 있다. 장례가 끝나고 아버지는 팔라티네의 사택, 자기 방으로 물러나, 사흘간 아무도 만나지 않고 곡기마저 끊었다. 다시 밖으로 나왔을 때는 몇 년은 더 나이 들어 보였다. 말을 할 때는 무덤덤하고 조곤조곤했는데 전에는 한 번도 그런 적이 없었다. 마르쿠스 아그리파의 죽음과 함께 그의 내면도 일부 죽은 것이다. 아버지는 그 이후로 완전히 사람이 변했다.

남편은 집권 시기에 획득한 정원들, 자신이 세운 목욕탕, 그리고 그 시설들을 운영하기에 충분한 자금을 로마 시민들에게 남겼다. 시민 모두에게 은 백 냥씩 물려주기도 했다. 남은 재산은 아버지에게 돌렸다.

동포들을 위해 쓸 것임을 알기 때문이다.

나도 냉담하기는 마찬가지였다. 남편의 죽음이 전혀 슬프지 않았다. 관습이기에 슬픈 표정을 하기는 했으나 느낌은… 아무 느낌이 없었다. 마르쿠스 아그리파는 좋은 사람이었다. 싫어해본 적은 없고… 어쩌면 좋아했을지도 모른다. 하지만 슬프지는 않았다.

그때 내 나이 스물일곱, 네 아이를 낳고 다섯째를 임신했다. 그리고 두 번째로 과부가 되었다. 나는 아내이자 여신이며, 로마의 제2여성이었다.

남편의 죽음에 대해 뭔가를 느꼈다면 바로 안도감이었다.

마르쿠스 아그리파가 죽은 지 사 개월 후 나는 다섯 번째 아이를 낳았다. 아들이었다. 황제는 아이의 이름을 아버지를 따라 아그리파로 지으며, 때가 되면 자신이 입양하겠다고 선언했다. 나와는 전혀 상관없는 얘기였다. 그저 감옥 같은 삶을 벗어나 행복할 따름이었다.

아니, 자유는 꿈에 불과했다. 마르쿠스 아그리파가 죽은 지 일 년 사 개월, 아버지는 나를 티베리우스 클라우디우스 네로와 맺어주었다. 남편 중에서는 유일하게 내가 증오한 인물이었다.

Ⅶ. 서한(서기전 12)

발신: 리비아, 판노니아

수신: 티베리우스 클라우디우스 네로

사랑하는 아들아, 이번 일은 내 조언을 따르거라.

네 양부 얘기대로 비프사니아와 이혼하고 율리아와 결혼해야 한다. 이미 안배는 끝이 났고 그 과정에 나도 적잖은 역할을 했단다. 이런 식의 일처리에 화를 내고 싶다면… 그래, 얼마든지 받아주마.

　양부가 너를 입양하지 않은 것은 사실이다. 너를 좋아하지 않는 것도 맞고. 너를 아그리파 후임으로 판노니아에 보낸 것도 당장 그 정도의 권력을 맡길 적임자가 없었기 때문일 뿐, 너를 후계자로 만들 생각도 전혀 없단다. 그래, 다 사실이다. 네 말대로 넌 이용당하고 있다.

　상관없다. 이용당하고 싶지 않다면 미래도 없다. 그렇게 되면 너를 위대한 인물로 만들겠다는 이 어미의 꿈도 물거품이 되겠지. 너는 미미한 존재로 남아 사람들의 천대와 모멸을 견뎌야 할 테고.

　양부는 네가 자기 손자들에게 명목상의 부친으로 남기만을 바란다. 적령기가 되면 그중 하나를 후계자로 만들고자 하겠지. 하지만 그 사람 건강이 그렇게 좋은 편은 아니잖니? 신들께서 언제 그를 데려갈지는 아무도 모르는 법이란다. 그러니 그의 바람이 어떻든 너도 왕위를 승계할 가능성이 있단다. 내 아들이고 가문도 만만치 않으니까. 물론 양부가 세상을 떠나면 나도 어느 정도 네게 권력을 물려줄 게다.

　네가 율리아를 싫어하는 것도 안다. 그래도 상관없다. 율리아도 너를 싫어하지만 역시 개의치 않겠다. 넌 네 자신, 네 나라, 우리 가문에 대한 의무만 생각하거라.

　머지않아 내 말이 옳다는 사실을 알 수 있을 게다. 그럼 너도 화가 가라앉겠지. 괜한 경거망동으로 위험을 자초하지는 말거라. 우리 미래가 우리 자신보다 중요한 법이니라.

다섯

I. 율리아의 일기, 판다테리아(서기 4)

리비아의 힘은 알고 있다. 아버지한테 정치가 필요하다는 것도 안다. 아들을 향한 리비아의 야심은 그 누구보다 집요하고 노골적이었다. 나로서는 여전히 이해할 수가 없다. 아니, 앞으로도 이해하지 못할 것이다. 그녀는 클라우디우스 가문이다. 전남편은 티베리우스 가문인 동시에 클라우디우스 가문이기도 했다. 티베리우스의 운명을 밀어붙인 것도 이 유서 깊은 가문에서 비롯한 자부심 때문이었을 것이다. 심지어 이런 생각도 들었다. 리비아는 겉으로 드러내지는 않았어도 전남편을 더 좋아했다. 그래서 아들에게서 그와의 추억을 찾으려 한 것이다. 자존심도 강했다. 아버지를 침대로 끌어들일 때마다 몸이 더럽혀졌다고 느꼈을 가능성도 없지 않다. 당시만 해도 아버지 가문은 분명 클라우디우스 가문에 크게 못 미쳤으니 왜 아니겠는가.

아버지는 누이의 아들 마르켈루스를 후계자로 삼으려 했다. 그래서 나와 맺어주었으나 그만 죽고 말았다. 그다음에는 아그리파였다. 아그리파가 아니면 내 아들이라도 입양해 적령기가 되면 왕위를 물려주고 싶었을 것이다. 아그리파는 죽었다. 그리고 두 아들은 아직 어렸다. 옥타비우스 가문에 남자는 한 명도 남지 않았다. 믿고 맡길 사람이 아무도 없었다는 뜻이다. 오직 티베리우스뿐인데 의붓아들임에도 불구하고 아버지는 그를 싫어했다.

마르쿠스 아그리파가 죽은 직후, 불가피한 운명이, 흡사 지금껏 존재조차 인정하지 않았던 상처처럼 내 안에서 꿈틀거리기 시작했다. 리비아는 나를 볼 때마다 느긋하게 미소를 지었는데 흡사 우리가 비밀을 공유하기라도 한 투였다. 그리고 그해 말 상복을 벗을 때쯤 아버지가 나를 불렀다. 물론 이미 다 아는 얘기들이었다.

아버지는 직접 문밖에 나와 나를 맞이하고 수행 하인들을 모두 물렸다. 지금도 기억나지만 집은 적막하기가 이를 데 없었다. 늦은 오후인데도 아버지 말고는 아무도 없는 듯했다.

그는 안뜰을 지나 침실 옆 골방으로 나를 데려갔다. 평소에 사무실로 쓰던 곳으로 가구라고는 테이블 하나, 의자 하나, 카우치 하나가 전부였다. 우리는 자리에 앉아 한참을 얘기했다. 아버지는 두 아들의 건강을 물으며 왜 자주 데려오지 않느냐고 투덜댔다. 마르쿠스 아그리파 얘기도 했다. 아직 그를 애도하는지 물었으나 대답하지 않았다. 그리고 침묵. 내가 물었다.

"이번엔 티베리우스겠죠?"

그가 나를 보며 크게 숨을 마셨다 내쉬었다. 그러고는 바닥을 내려다보며 고개를 끄덕였다.

"그래 티베리우스다."

당연한 얘기다. 각오도 했건만 그 순간 충격이 공포처럼 온몸을 휩쓸었다.

"어릴 때부터 뭐든 아버지 말씀에 복종했어요. 하지만 이번만은 정말 따르고 싶지 않네요."

아버지는 아무 말도 하지 않았다. 내가 다시 말했다.

"언젠가 내 친구들을 마르쿠스 아그리파와 비교하셨죠? 난 농담이지만 그래도 비교는 했어요. 비교의 결과가 어떤지는 아시잖아요. 이제 티베리우스를 죽은 남편과 비교해보시지 그러세요? 그리고 생각해보세요. 내가 어떻게 그런 결혼을 받아들일 수 있는지."

아버지는 충격을 막기라도 하듯 두 팔을 들었지만 여전히 말은 하지 않았다.

"내 인생은 늘 아버지 정책, 가족, 로마의 이익을 따랐죠. 이제는 내가 어떤 사람인지도 모르겠어요. 그냥 존재 자체가 없는지도 모르겠고, 어쩌면…." 난 무슨 말을 할지 답답했다. "계속 이렇게 살아야 하나요? 휴식도 주지 않을 건가요? 내 인생을 포기하라고요?"

"그래, 그래야 한다." 아버지는 대답을 하면서도 여전히 나를 보지는 않았다.

"결국 티베리우스로군요."

"그래, 티베리우스."

"그가 얼마나 잔인한지 아시잖아요." 내가 지적했다.

"그래, 안다. 하지만 넌 내 딸이야. 아무리 티베리우스라도 함부로 대하지는 못할 거야. 너도 결혼과 무관하게 네 삶을 찾을 수 있다. 때가 되면 결혼에도 익숙해질 테고. 사람은 누구나 삶에 익숙해지는 법이야."

"다른 방법은 없나요?"

아버지는 의자에서 일어나 초조한 듯 방 안을 돌아다녔다. 지금 보니 절룩거리는 증상이 더 심해졌다.

"다른 방법이 있다면 그렇게 했겠지. 마르쿠스 아그리파가 죽은 후 우후죽순처럼 반란 음모가 일어나 내 목숨을 노리고 왔다. 다행히 하나같이 어리석고 어설퍼서 쉽게 찾아내 처리했지만. 비밀로 할 수도 있었다만 앞으로 더 생길 거야." 그가 주먹으로 손바닥을 가볍게 때렸다. 세 번. "당연히 더 있겠지. 구닥다리들은 여전히 벼락출세한 놈한테 지배당하고 있다고 여길 테니까. 절대 그 가문과 권력을 용서하지 못해. 그런데 티베리우스는…."

"티베리우스는 클라우디우스죠." 내가 대답했다.

"그래, 네가 결혼한다고 내 권위가 안전해진다는 보장은 없지만 도움은 될 게다. 클라우디우스 가문 중 누군가 내 후계자가 된다고 생각하면 귀족들의 분노도 누그러들 테니까. 적어도 참아주기는 하겠지."

불가피하다고 생각이야 했지만 그때까지 정말 결혼한다는 사실까지 받아들이지는 못했다.

"결국 로마의 기쁨을 위해 내가 또 씨받이가 되어야겠군요."

아버지는 등을 돌리고 있었기에 얼굴을 볼 수가 없었다.

"내 자신만이라면 이런 부탁 하지도 않았다. 절대 너를 그런 놈한테 보내지 않아. 하지만 나뿐이 아니잖니? 설마 모르지는 않겠지?"

"예, 알아요." 내가 대답했다.

아버지는 혼잣말 하듯 말을 이어갔다.

"너한테도 훌륭한 사내의 자식이 있다. 그것으로 위안을 삼으렴. 아이들을 통해 남편을 기억할 수 있으니까." 우리는 오후 늦게까지 얘기를 했으나 기억은 나지 않는다. 지금 생각해보면 머리가 멍해진 것도 같다. 처음에는 비참하기 짝이 없다가 나중에는 아무 느낌도 없었다. 하지만 아버지도 도리 없는 상황이었기에 미워하지는 않았다. 내가 그 입장이라면 분명 똑같이 했을 것이다.

그럼에도 불구하고 헤어질 시간이 가까워지면서 난 아버지한테 묻지 않을 수 없었다. 그렇다고 화를 내거나 비아냥대거나, 자기 연민을 드러내지는 않았다.

"아버지, 과연 그럴 가치가 있었나요? 아버지의 권위, 아버지가 구한 로마, 아버지가 세운 로마. 정말 이 모두를 희생할 가치가 있었던가요?"

아버지는 나를 한참 동안 바라보다가 고개를 돌렸다.

"그렇다고 믿으련다. 우리 둘 다 그렇게 믿을 수밖에 없어."

티베리우스 클라우디우스 네로와 결혼했을 때 난 스물여덟 살이었다. 그해에 난 첫 번째 임무를 수행해, 클라우디우스와 율리우스의 피를 섞은 아들을 출산했다. 사실 티베리우스도 나도 어렵다고 여겼던 의무였으나, 어차피 무위로 돌아가기는 했다. 아이가 태어난 지 일주일도 되지 않아 숨을 거두었던 것이다. 그 후 티베리우스와 나는 따로 살았다. 그는 대부분 외국으로 여행을 떠나고 나는 다시 로마에서 살 방법을 찾았다.

II. 서한(서기전 10)

발신: 푸블리우스 오비디우스 나소
수신: 섹스투스 프로페르티우스

절대 돌아오시지 않겠다고 선언하셨건만 전 왜 이곳 소식을 이렇게 편지로 전하는 걸까요? 전혀 관심이 없다고까지 하셨는데 말입니다. 스승님의 장담을 믿지 않아서일까요? 아니면 헛된 바람이나마 스승님의 결심을 흔들어보려는 걸까요? 이 도시를 떠나신 지 오륙 년, 스승님은 실제로 아무것도 쓰시지 않았습니다. 아시시의 매혹적인 전원 생활과 독서에 만족한다 하셨지만 뮤즈까지 완전히 버리셨던가요? 믿기가 쉽지 않습니다. 한때 그다지도 열심히 추구하셨던 바로 그 뮤즈가 아닌지요. 뮤즈는 로마에서 여전히 스승님을 기다립니다. 부디 그녀의 품에 돌아오시길.

조용한 계절이었습니다. 아름다운 숙녀께서는(스승님도 아실 터이니 이름을 언급하지는 않겠습니다.) 벌써 일 년 이상 동아리에 참석하지 않았습니다. 덕분에 모임은 재미가 줄고 사랑도 식었죠. 젊어서 과부가 된 탓에 재혼의 압박이 심했겠으나 이번 재혼이 커다란 불행이 되리라는 사실을 모르는 사람은 아무도 없었습니다. 새 남편은 세력가인 반면에 누구보다 음험하고 불쾌한 인물이기 때문이죠. 자신이 행복을 찾지도 않지만 타인이 행복하면 가만있지 못하는 자이기도 합니다. 아직 젊은 나이이건만(기껏 서른둘이나 서른셋) 얼굴을 보지 않았다면 누구나 노인네로 생각할 정도죠. 성미가 더럽고 심술은 디룩디룩하니까요. 제가 보기엔 오륙십 년 전의 로마에나 어울릴 인간입니다. '옛 명망가' 사람들이 좋아하는 이유도 오직 그 때문이죠. 원칙을 중시한다고는 하나, 제 생각엔 답답한 원칙과 심술이 엮이면 잔혹하고 비인간적이 될 수밖에 없습니다. 그런 원칙이라면 자신이 하는 행위는 뭐든 합리화하기 때문이죠.

그래도 아직 희망은 있습니다. 전술한 숙녀께서 최근 아들을 낳았는데 일주일도 채 안 되어 죽고 말았습니다. 남편은 북쪽 국경 문제로 로마를 떠난다더군요. 그럼 다시 그녀를 볼 수 있을 겁니다. 그녀의 재치와 쾌활함, 인간애가 과거의 답답한 위선을 몰아내리라 믿습니다.

친애하는 섹스투스, 스승님을 제 주장으로 묶을 생각은 없습니다만, 그렇게나 자랑스럽고 위대하다는 로마 제국이 바로 저 '낡은 가치들',

이른바 계급, 특권, 명예, 의무, 신성 따위의 낡은 가치들에서 비롯했다는군요. 세월이 흐를수록, 그 개념들이야말로 인간에게서 인간성을 말살한다는 생각만 강해집니다. 위대한 옥타비우스 카이사르의 노고 덕분에 로마는 이제 세상에서 가장 아름다운 도시가 되었습니다. 시민들도 비로소 여유롭게 영혼을 벼리고, 그들이 살고 있는 이 도시처럼, 스스로 미와 은총을 향해 정진하지 않을까요? 그런 사치를 저들이 도대체 언제 누려보았단 말입니까?

III. 서한(서기전 9)
발신: 그나이우스 칼푸르니우스 피소, 판노니아
수신: 티베리우스 클라우디우스 네로

친애하는 네로, 지시하신 보고서를 편지에 동봉합니다. 정보의 출처는 다양합니다만 당분간은 이름을 언급하지 않겠습니다. 행여 다른 사람이 볼 수도 있으니까요. 일부는 보고서를 그대로 필사하고 그 밖에는 요약을 했습니다. 어쨌거나 다들 믿을 만한 얘기들이며 원본 또한 제 수중에 안전하게 있습니다. 후일 필요하시면 언제든 말씀만 하세요.

보고서는 11월 한 달간의 상황을 모두 담았습니다.

11월 3일, 오후 네 시에서 다섯 시 사이에 셈프로니우스 그라쿠스의 노예들이 가마를 들고 부인의 처소를 찾아왔습니다. 예정된 가마였던지 부인께서도 곧바로 댁에서 나오시더군요. 그 뒤 마차는 도시를 가로질러 셈프로니우스 그라쿠스의 빌라로 향했습니다. 그곳에서 성대한 파티가 열렸죠. 축제 도중에 부인은 그라쿠스와 같은 카우치에 앉아, 한참 동안 담소를 나누었는데 대화 내용은 도저히 알 수가 없었습니다. 와인이 얼마나 많은지 연회가 끝날 즈음엔 다들 만취 상태였죠. 시인 오비디우스가 여흥을 위해 자기 시를 낭송했는데 전체적으로 애매하고 부적절한 시였습니다. 시를 읽은 후 〈바람난 아내〉라는 팬터마임을 공연했으나 평소보다 훨씬 노골적이더군요. 그다음엔 음악이 이어졌습니다. 사람들은 연주를 들으며 홀을 빠져나갔죠. 그중에 부인과 셈프로니우스 그라쿠스도 있었습니다. 마님은 전혀 보이지 않다가 새벽녘 셈프로니우스 그라쿠스의 집 밖에서 대기 중인 마차에 오르셨죠. 가마는 곧바로 집으로 향했습니다.

13일, 부인 주관으로 친구들을 댁으로 초대했습니다. 남자 손님 중에는 셈프로니우스 그라쿠스, 퀸크티우스 크리스피누스, 아피우스 클라우디우스, 풀케르, 코르넬리우스 스키피오가 있고, 아래 신분으로는 시인 오비디우스와 그리스인 데모스테네스가 보였습니다. 후자는 배우의 아들로 최근에 로마 시민이 되었죠. 일행은 오후 네 시가 되기도 전에 와인을 마시기 시작해 밤늦도록 이어졌습니다. 일부는 새벽 여섯 시 직후에 떠났지만 여전히 많은 수가 남더군요. 그들은 후에 부인의 인도하에 집을 나와 마차를 타고 도시로 들어가더니 포룸의 보도와 건물 사이에 잠시 멈췄습니다. 이른 시간이라 포룸에는 인적이 거의 없었으나 시민 몇 명과 상인, 경찰들이 무리를 목격했습니다. 필요하시다면 증언을 하도록 얘기해보겠습니다. 와인은 계속 마셨습니다. 배우의 아들 데모스테네스는 파티 참석자들의 여흥을 위해 원로원 옆 연단에서 누군가의 연설을 흉내 냈습니다. 즉흥 연설이라 원고는 만들지 못했지만 황제의 연설을 희화화하지 않았나 합니다. 무리는 연설이 끝난 후 헤어지고 부인은 댁에 돌아오셨는데 역시 셈프로니우스 그라쿠스가 동행했습니다. 그때가 거의 새벽이었죠.

그 후 엿새 동안 부인께 부적절한 행동은 없었어요. 부모 댁에서 공식 연회에 참석하고 어머니와 함께 극장에서 초로의 베스타 신녀 넷을 접대했으며, 평민 경주를 관람할 때도 부친, 친구들과 함께 얌전히 관람석을 지켰죠. 합석자는 올해의 집정관 퀸크티우스 크리스피누스, 속주 총독 율리우스 안토니우스였습니다.

19일, 티볼리, 퀸크티우스 크리스피누스 빌라에 주빈으로 참석했습니다. 티볼리까지는 셈프로니우스 그라쿠스와 아피우스 클라우디우스 풀케르, 그리고 하인들이 동행했죠. 날씨가 좋아 파티는 실외에서 거행했으며 밤까지 이어졌습니다. 와인도 많았죠. 남녀 무희들은 무대에서 공연하지 않고 거의 벌거벗은 채로 손님들 사이를 헤집으며 춤을 추고, 음악가들은 그리스와 동양의 음악들을 연주했습니다. 한 번은 마님을 포함해 남녀 손님들이 한꺼번에 수영장 안으로 뛰어들더군요. 조명이 흐리기는 했지만 모두 옷을 벗은 채 제멋대로 허우적거리는 수준이었습니다. 물놀이가 끝난 다음엔 부인이 정원의 숲으로 들어갔습니다. 그리스 땅딸보 데모스테네스와 함께였고 두 사람은 몇 시간 후에야 밖으로 나왔죠. 부인은 퀸크티우스 크리스피누스의 빌라에서 사흘 동안 머무셨는데 매일 밤 비슷한 파티가 있었습니다.

친애하는 티베리우스, 이 보고서가 소용이 되리라 믿습니다. 최대한 신중하게 요구하신 대로 정보를 모을 참입니다. 어떤 경우든 저는 믿으셔도 좋습니다.

IV. 서한(서기전 9)

발신: 리비아, 판노니아

수신: 티베리우스 클라우디우스 네로

이번엔 내 말을 들어라. 당장. 그렇게 애를 써서 모았다는 '증거'도 모두 파기하고 네 친구 칼푸르니우스한테 그런 짓 때려치우라고 명령해. 너를 위해서라도.

도대체 그놈의 '증거들'로 뭘 할 생각이더냐? 이혼이라도 하겠다고? 이유는? 그놈의 알량한 '명예'를 더럽혔기 때문에? 아니면 이혼을 무기로 우리 대의명분을 발전시키기라도 하겠다는 얘기냐? 어느 쪽이든 다 헛소리야. 멍청한 착각이지. 네가 외국에 있는데 그놈의 '명예'가 어떻게 더럽혀질 수 있다더냐? 네 아내를 통제할 방법 자체가 없잖아? 게다가 넌 지금 조국과 황제를 위해 이바지하는 마당이다. 그런데 네가 지금 '증거'를 수집하고 있고 기회가 오면 터뜨릴 생각이라는 사실이 밝혀지는 날엔… 그땐 정말 바보 멍청이가 되는 거야. 너한테 명예가 얼마나 있는지 모르겠다만 그 순간 모두 날아가고 말 게다. 그래서 이혼을 하면 너한테 어떤 이득이 있다는 게냐? 정신 차리거라. 네가 헛소리를 하는 순간, 우리가 꿈꾸던 권력은 그날로 공염불이 되고 마는 거야. 네 아내는 망신을 당하겠지만 너도 아무것도 얻지 못해. 꿈은 영글기도 전에 깨져버리고.

솔직히 이 순간에도 우리 야망을 실현할 기회가 그다지 크지는 않다. 남편의 오랜 정적, 안토니우스의 아들 율리우스 안토니우스가 너보다 앞서 있고, 권력의 승계 자격도 너보다 절대 못하지 않아. 너한테야 우리 가문밖에 없잖아. 남편은 늙고 미래는 또 어떻게 요동칠지 아무도 모른다. 인내야말로 우리 무기여야 한단다.

네 아내가 바람둥이라는 사실은 나도 안다. 남편도 아는 것 같더구나. 하지만 남편이 만든 법으로 남편이 딸을 벌해야 한다면 절대 너를 용서하지 않을 게다. 아니, 그러려면 애초에 네 인생 망가질 일은 시작하지도 말았어야지.

기다려라. 율리아가 망신을 당한다면 직접 당해야 해. 넌 절대로 개입하지 마라. 어쨌거나 외국에 머물러 있는 동안은 개입하지 않을 수 있잖아? 가급적 판노니아에 오래 머무르도록 해라. 일을 늘려서라도. 네가 아내의 집안과 로마에서 멀리 있는 한 우리 명분은 가망이 있으니까.

V. 서한(서기전 8)

발신: 마르켈라

수신: 율리아

친애하는 율리아, 이번 수요일 저녁에 우리 집에서 함께 식사해. 식사 후에도 간단한 여흥이 있을 거야. 퀸크티우스 크리스피누스를 포함해서 자기 친구들도(굳이 말하자면 내 친구이기도 해.) 참석한다고 했는데, 물론 자기가 좋으면 누구든 불러도 좋아.

다시 친구가 되어 정말 기뻐. 세월이 참 많이도 흘렀네. 지금도 가끔 우리 어릴 때 생각이 나. 우리 정말 친했는데…. 아, 옛날이여! 게임도 참 많이 했잖아. 자기랑, 불쌍한 마르켈루스, 드루수스와 티베리우스(미안!), 내 동생들까지…. 지금은 잘 기억도 나지 않네…. 율리우스 안토니우스가 한동안 우리랑 함께 살았다는데, 자기는 기억해? 아버지가 돌아가신 다음에? 자식은 아니었어도 어렸을 때 어머니도 무척 좋아하셨대. 그런데 율리우스가 지금 내 남편이잖아. 정말 희한한 세상이야. 나중에 우리가 할 얘기가 무척 많을 거야.

아, 율리아, 나도 알고 있어. 우리 사이가 나빠진 원인이 나였다는 사실. 하지만 삼촌(네 아버지!)이 마르쿠스 아그리파를 빼앗아 너하고 맺어줄 때는 정말 화가 났었어. 네가 원해서가 아니었지만, 그땐 나도 어렸고 또 마르쿠스처럼 중요한 남편을 또 만날 것 같지가 않아서 그랬지. 그래서 미워한 거야. 네 잘못이 아니라는 걸 알면서도. 그래도 늘 믿었던 대로 일이 잘 풀려서 다행이야. 어쩌면 옥타비우스 삼촌이 우리 생각보다 더 현명할지도 모르겠어. 지금은 율리우스하고 잘 지내. 오, 솔직히 말하면, 마르쿠스 아그리파보다 더 좋단다. 더 젊고 잘생겼잖아. 마르쿠스만큼 권력도 있고. 오, 분명, 위대한 인물이 되리라 믿어. 삼촌도 무척 좋아하는 것 같더라고.

이런, 내가 너무 많이 떠들지? 지금도 그래, 수다쟁이. 오랫동안 교류가 없었어. 그때 내 말 때문에 상처받지 않았으면 해. 내가 옛날보다 지혜로워진 것 같지는 않지만 그래도 나이는 먹었잖아. 여자가 결혼 때문에 친구와 내외할 필요가 없다는 정도는 이제 안단다. 실제로 우리와 아무 관계도 없는 일이잖아, 안 그래? 나한테는 그래.

오, 부디 파티에 참석해줘. 자기가 오지 않으면 다들 실망할 거야. 하인들을 몇 명 보낼까? 아니면 자기가 알아서 오겠어? 어떻게든 좋으니 얘기해줘.

자기가 원하면 누구든 불러도 좋아. 어쨌든 이곳에도 재미있는 사람들이 많을 거야. 자기 지위는 다들 잘 아니까.

VI. 서한(서기전 8)

발신: 그나이우스 칼푸르니우스 피쇼, 게르마니아

수신: 티베리우스 클라우디우스 네로

급히 이 글을 씁니다. 행여 다른 곳에서 먼저 소식을 듣고 성급하게 일을 처리할까 불안하군요. 모친과도 얘기를 나눴습니다. 내 '보고서들'에 대해서는 최근 의견이 달랐지만, 지금 당신이 어떻게 행동해야 할지에 대해서만은 완벽하게 의견일치를 봤습니다. 이해하시겠지만 모친께서 이 일에 직접 나설 수는 없어요. 남편의 신뢰를 배신하는 것도, 공개적으로 하지 못하는 일을 비밀리에 주선하는 것도 역시 도리에 맞지 않으니까요.

며칠 내에 황제의 메시지를 받으실 겁니다. 내년 집정관 직을 제안하는 내용인데 황송하게도 나도 함께 그 직을 제안받았습니다. 보통 때 보통 상황이라면 개선식에 진배없는 영광이겠지만 지금은 때도 상황도 여의치 않으니 행동 역시 극도로 조심해야 합니다.

집정관 직은 수락하셔야 합니다. 고사는 비상식적이기도 하지만 미래를 위해서도 최악의 선택일 수밖에 없습니다.

단 로마에는 들어오지 말아요. 황제는 당연히 불러들이려 하겠지만 절대 안 됩니다. 즉위식 때문에 귀국해야 한다면, 게르마니아를 떠나기 전 일정부터 만들어두세요. 믿을 사람이 없다면 병력을 대치 상태로라도 만들어 놓으셔야 합니다. 위기상황을 핑계로 삼아서라도 최대한 빨리 달아나야 합니다. 어떤 식으로든 좋으니 조치를 취하십시오.

이런 식의 대비가 이상하게 보일지 모르겠지만 특별히 이유를 설명하지는 않겠습니다.

부인의 생활은 일 년 이상 변화가 없습니다. 이제는 노골적으로 지금은 결혼 계약을 능멸하고 당신 명예에도 관심이 없습니다. 황제도 부인의 행동을 어느 정도 알지만 막을 생각은 없는 듯하더군요. 정치 때문인지, 애정이나 무지 때문인지, 도무지 모르겠습니다. 결혼법에도 불구하고(어쩌면 황제 자신이 입안했기 때문에) 아무도 공개적으로 문제를 제기하지는 않는군요. 다들 그 법이 유명무실하다는 정도는 압니다. 게다가 지금 시행한다 해도 골치만 아플 겁니다. 그렇게 되면 부인만큼 인기 많은 권력자와 맞서야 할 테니까요.

부인은 권력도 인기도 많습니다. 의도적이든 우연이든(내가 보기엔 전자예요.) 로마에서 가장 강력한 젊은이들을 주변으로 끌어들였죠. 우리가 신경 써야 할 대목입니다.

부인께서 지금 지속적으로 가까이 지내는 자들은 제일 위험한 정적들입니다. 그들도 황제를 반대한다지만 그렇다고 당신 입지가 확고해지는 것도 아닙니다. 아니, 오히려 위험만 더 커지죠.

알다시피, 당신의 권력이라고는 지지세력뿐인데, 대개는 나처럼 가족 중심에 불과해요. 황제 표현대로라면 둘 다 '골통 공화주의파'들이죠. 돈 많은 명문가이고 결속력이 강하죠. 하지만 이미 지난 삼십 년간 정책적으로 우리 대중의 권력을 약화시켰습니다.

황제는 당신이 귀국해 파벌간 완충 역할을 해주었으면 할 겁니다. 자기 세력과 신세대. 후자는 율리아를 열렬히 떠받들죠.

허나 당신이 둘 사이에 끼어든다면 그냥 씹히고 맙니다. 그다음엔 토사구팽이죠. 황제는 지금껏 경쟁자들을 모조리 제거하면서도 전혀 티를 내지 않았어요. 더 무서운 건, 특정 파벌을 키우지 않고 반대파를 완전히 갈아 마실 수 있습니다. 신세대 그룹이 부인을 좋아하는 한 자신의 위험은 능히 무시할 위인입니다.

그럼 당신은 끝장이에요.

가능성을 따져보죠.

첫째, 클라우디우스와 지지세력들을 규합한 뒤 제국을 우리 주도 하에 구체제로 환원하고 옛 시대의 가치와 이상을 복원한다. 비현실적이긴 해도 가능성이 아예 없지는 않습니다. 문제는, 황제의 '신시민'과 '신세대' 그룹과 싸우려면 우리도 확고한 연합세력이 필요할 텐데, 그런 연합의 결과는 참담할 수밖에 없습니다.

둘째, 당신이 로마에 머무르면 부인께서는 계속 당신 관심사에 저항할 것입니다. 의도적이든 단순한 심술이든 상관없습니다. 어쨌든 그렇게 할 테니까요. 물론 부인의 권력이 당신 가문이나 지위가 아니라 황제한테서 나온다는 사실을 모를 리가 없겠죠. 부인은 황제의 따님이에요. 부인의 의지에 맞서기엔 당신은 여전히 무력합니다. 설령 싸운다 해도 사람들한테 먹히지 않으면 그도 딱한 노릇일 수밖에 없겠죠.

셋째, 부인께서 계속 낭비와 방종의 삶을 이어갈 경우, 당신 친구들과 정적들 모두 추문을 만들어낼 겁니다. 그렇다고 이에 반대해 이혼을 주장한다면, 옥타비우스 가문에 망신살이 뻗치겠죠. 당연합니다. 다만 황제와 지지자들은 절대 당신을 용서하지 않아요. 그렇다고 부인의 타락을 모르는 척할 경우 나약하게 보이겠죠. 부인의 불법에 공모자로 비난받을 수도 있고요.

아니, 친애하는 티베리우스, 로마에 돌아오더라도 절대 오래 체류하면 안 됩니다. 상황이 복잡해요. 그나마 내가 함께 집정관이 되니 천운이랍니다. 해외에 있는 동안 내가 당신을 위해 일할 수 있으니까요. 우스꽝스럽게도 내 비록 미친놈이나, 당신 자신보다 더 안전하고 효과적으로 당신을 보호할 수 있습니다. 인생은 이따금 우리를 엉뚱한 곳으로 데려가곤 하죠.

모친께서도 안부를 전하라 하십니다. 당신이 황제로부터 메시지를 받은 후에 편지를 쓰시겠다는군요. 비록 말씀은 없으셨지만, 이 긴박한 조언과 관련, 저를 지지하신다고 믿을 만한 이유는 충분합니다.

VII. 서한(서기전 7)

발신: 다마스쿠스의 니콜라우스
수신: 아마시아의 스트라보

지난 십사 년간 로마에서의 삶은 만족스러웠다오. 처음엔 헤로드 왕과 옥타비우스 카이사르를 위해 일했고 그 이후는 오로지 옥타비우스 카이사르의 우정에 답했죠. 편지를 읽고 아셨겠지만 이 도시를 고향처럼 생각한 지도 오랩니다. 해외와의 인연도 대체로 다 끊고 양친이 돌아가신 이후로는 고국에 돌아갈 마음도 필요도 느끼지 못했죠.

하지만 며칠 후면 내 나이가 쉰일곱이오. 지난 몇 달 동안(더 오래인지도 모르겠군요.) 이곳이 고향이라는 생각이 점점 더 엷어지기만 해요. 나한테 더없이 친절하고, 또 덕분에 이 시대의 가장 위대한 인물들과 가깝게 지냈다고 해도 이 도시에서 난 이방인일 수밖에 없겠죠.

어쩌면 잘못 생각했을 수도 있지만 로마는 이제 역겨운 추문처럼 보인다오. 옥타비우스 카이사르 전성기 초에 형께서 겪었을 그런 식의 애매한 불안은 아닙니다. 십사 년 전 내가 처음 이곳에 왔을 때의 불안한 흥분과도 거리가 멀고요.

옥타비우스 카이사르는 이 땅에 평화를 가져왔소. 악티움 이후로는 로마인들이 로마인을 상대로 칼을 드는 일이 없었죠. 도시와 교외에 번영을 이루어, 지금은 최극빈층도 먹거리가 부족하지 않고, 속령의 시민들도 로마와 옥타비우스 카이사르의 관용 덕분에 태평성대이지 않소. 옥타비우스 카이사르는 사람들에게 평화를 선사했어요. 이제 노예들도 더 이상 주인의 독단과 폭력을 두려워할 필요가 없고 빈자들은 부자의 탐욕을 걱정하지 않아요. 물론 정의로운 연사가 연설의 후폭풍을 걱정할 일도 없습니다.

그럼에도 불구하고 대기는 악취가 진동하고 도시와 제국은 물론, 옥타비우스 카이사르의 통치 또한 위태롭기만 하오. 파벌은 파벌대로 갈라서고 소문은 난무하네요. 황제 덕분에 평화와 공존이 가능해졌건만 그 안에서 만족하는 사람은 하나도 없는 듯합니다. 이상한 사람들이에요. 도무지 안정과 평화, 평온을 견디지 못하는 것 같으니.

그래서 로마를 뜨기로 했습니다. 그리도 오랫동안 고향처럼 지냈건만. 이제 다마스쿠스로 돌아가 여생을 독서와 집필에 집중할 생각이오. 슬픔과 애정을 가슴에 품은 채 로마를 떠나고자 해요. 분노와 비난, 실망 따위는 전혀 없소. 이 편지를 쓰며 깨달았지만, 이제 이런 심정들과 더불어 내 친구 옥타비우스 카이사르에게서도 떠나야 하는군요. 옥타비우스 카이사르 자신이 로마니까요. 그 사실 자체가 그의 비극일 수도.

오, 스트라보 형, 솔직히 말하면 그의 삶은 끝났어요. 지난 몇 년간, 그에게 세상 그 누구보다 더 많은 시련이 있었답니다. 실제로도 인생이 끝났음을 깨달은 사람답게, 이제 살이 썩어 결과가 드러나기를 기다리는 사람답게 표정 또한 차분하기만 하군요.

그 누구보다 우정이 소중한 사내였습니다. 그것도 아주 특별한 종류의 우정이죠. 그의 진짜 친구들은 어릴 때, 지금의 권력이 없었을 때부터 알던 사람들이에요. 내가 알기에도 권력자들은 어린 시절, 권력자가 되기 전 알던 사람들만 믿더군요. 아니면 만사가 달라졌겠죠…. 그런데 이제 혼자라오. 그에겐 아무도 없어요.

오 년 전, 황제의 친구이자 사위 마르쿠스 아그리파가 귀국길에 쓸쓸히 죽어갔죠. 옥타비우스 카이사르는 작별 인사조차 하지 못했습니다. 그다음 해, 누이 옥타비아도 세상을 떠났지요. 훌륭한 여성이었건만, 끝내 도시와 동생을 버리고 벨레트리의 소박한 농장에서 외롭게 숨을 거두었죠. 그리고 마지막 친구 마에케나스도 죽고 이제 옥타비우스 카이사르는 혼자 남았소. 어린 시절의 친구는 하나도 남지 않은 겁니다. 모르긴 몰라도 믿을 사람이 하나도 없다고 생각할 겁니다. 당면 과제를 상의할 사람도 없겠죠.

마에케나스가 죽고 그다음 주 황제를 만났습니다. 그 일이 있었을 때 난 성 밖에 있다가 비보를 듣고는 위로를 전하기 위해 부랴부랴 돌아왔었죠.

황제는 맑고 파란 눈으로 지그시 나를 바라보더군요. 주름진 얼굴에 비해 눈은 놀랍도록 젊었습니다. 그가 가볍게 미소를 띠었죠.

"아, 우리 희극도 다 끝나가네. 그런데 이 희극이 너무 슬프군그래." 그가 이렇게 말했습니다.

어떻게 대답해야 할지 모르겠더군요.

"마에케나스, 음… 마에케나스 님은…."

"그를 잘 아나?" 황제가 물었죠.

"알기는 합니다만 잘 알지는 못합니다."

"잘 아는 사람은 거의 없어. 좋아하는 사람도 많지 않고. 그래, 젊었을 때 생각이 나는군. 마르쿠스 아그리파도 그때는 젊었네. 그때만 해도 우린 죽을 때까지 친구로 지낼 줄 알았네. 아그리파, 마에케나스, 나, 살비디에누스 루푸스. 살비디에누스도 죽었지만 아주 오래전 일이야. 그래, 어쩌면 우리 모두 죽었을지도 모르겠군. 젊었을 때 이미."
 난 초조해졌소. 황제가 그런 식으로 넋두리하는 모습은 한 번도 본 적이 없었거든요.
 "마음이 안 좋으실 겁니다. 상실감이 크시겠죠."
 "그 친구 죽을 때 옆에 있었네. 호라티우스도 있었지. 아주 조용히 숨을 거두더군. 그때까지는 의식이 남아 있어서 함께 옛날 얘기도 나누었어. 나한테 호라티우스를 부탁까지 했지. 시인은 중요한 일이 많아 자기 자신을 돌보지 못한다면서. 호라티우스도 흐느끼며 돌아섰다네. 그러더니 마에케나스가 피곤하다고 한 마디 하고는 그대로 숨을 거둔 거야."
 "정말 피곤했을 겁니다."
 "그래, 피곤했겠지."
 그리고 잠시 정적이 이어지다가 다시 황제가 입을 열었습니다.
 "곧 또 한 사람이 있을 걸세. 피곤할 사람이."
 "폐하…."
 그가 고개를 저었는데 여전히 미소를 띤 채였죠.
 "내 얘기가 아니야. 신들이 그렇게 자비롭겠어, 어디? 호라티우스 얘기일세. 나중에 그의 얼굴을 봤거든. 베르길리우스, 그다음이 마에케나스. 호라티우스가 중얼거리더군. 후에 이런 말도 하더군. '오래전 시를 쓴 적이 있습니다. 마에케나스가 아플 때 살짝 놀리기 위해 시를 썼는데, 마에케나스한테 이렇게 말을 했죠….' 내가 제대로 기억할지 모르겠지만 해보겠네. '한날 한시, 우리 둘 위에 함께 흙이 덮일지어다. 병사처럼 맹세하노니…. 그대가 이끄소서. 우리가 뒤를 따르오리다. 모든 길의 끝에 놓인 그 길을 기꺼이 걸으오리다. 헤어질 수 없는 친구여.' …호라티우스도 몇 달만 더 살 것 같아. 스스로 원치 않으니."

"호라티우스." 내가 그의 이름을 되뇌었죠.

"마에케나스는 글이 별로였어. 나도 늘 그랬지. 글 좀 잘 쓰라고." 옥타비우스가 중얼거렸어요.

…도무지 위로를 할 수가 없더군요. 두 달 후 호라티우스도 숨을 거두었소. 디겐티아의 작은 집에서 어느 날 아침 하인이 발견했죠. 잠이라도 든 듯 표정이 너무도 편안하더랍니다. 옥타비우스는 그의 재를 마에케나스 옆에 뿌렸어요. 에스퀼리네 언덕 맨 끄트머리입니다.

그가 사랑하는 사람은 딸밖에 남지 않았지만, 사실 그 사랑도 불안하기만 하오. 정말정말 두렵소. 그 딸이 시시각각 자기 자리를 잊는 것처럼 보이기 때문이죠. 사위도 더 이상 함께 살지 않고 해외만 떠돌아요. 올해의 집정관인데도 말이에요.

옥타비우스 카이사르가 죽으면 로마는 절대 버티지 못합니다. 마찬가지로 영혼이 죽은 이상 옥타비우스 카이사르 역시 오래 못 갑니다.

VIII. 율리아의 일기, 판다테리아 (서기 4)

당시 로마에서는 자유를 만끽하며 살았다. 티베리우스는 해외에 나가더니, 집정관 재직 중에도 게르마니아에 처박혀 지냈다. 야만 부족들의 침입에 대비해 전초기지를 세운다는 명목이었다. 드물게 로마에 돌아오기는 했지만 그마저 형식적이라 어떻게든 다시 빠져나갈 궁리부터 찾았다.

그가 집정관으로 있던 해, 아버지는 직권으로 게르마니아 전선을 다른 사람으로 교체하고 당장 로마에 돌아와 의무를 다하라고 지시했지만 티베리우스는 그마저 거부했다. 그가 한 행동 중에서 가장 훌륭한지라 나도 그 용기에 감복할 뻔했다.

그는 아버지한테 편지를 써서, 공직을 사퇴하고 로도스 섬에서 조용히 살겠다고 의사 표명을 했다. 그곳에 가족이 풍족하게 지내고 있으니 여생을 문학과 철학 연구에 이바지하고 싶다는 얘기였다. 아버지는 화를 내는 척했으나 내가 보기엔 그 반대였다. 아버지 생각에 이미 티베리우스 클라우디우스 네로는 용도 폐기였다.

지금도 가끔 생각을 해본다. 그때 남편의 편지가 진심이었다면 내 삶은 또 어떻게 달라졌을까?

여섯

I. 서한(서기전 4)
발신: 그나이우스 칼푸르니우스 피소
수신: 티베리우스 클라우디우스 네로, 로도스

친애하는 티베리우스. 당신이 없으니 로마 친구들이 아쉬워합니다. 로마의 상황은 지지부진한 듯 보이는데 지금으로서는 그런 식의 지지부진이 다행일 수 있습니다. 지난해에도 심각하게 우리 미래에 영향을 미칠 소식은 없었습니다…. 제가 보기엔 그 정도가 우리가 바랄 수 있는 최선입니다.

마침내 유대왕 헤로드가 죽었습니다. 우리에겐 최고의 기회죠. 죽기 전 몇 년 동안은 완전히 미친 데다 증세까지 점점 심해졌죠. 내가 알기로도 황제도 그자를 극도로 싫어해 필경 왕위에서 몰아낼 생각까지 했을 겁니다. 아시다시피, 전쟁이 나면 황제를 중심으로 시민들이 똘똘 뭉치게 마련이죠. 전쟁만큼 결속력이 강한 전략도 없으니까요. 죽기 며칠 전, 헤로드는 아들을 하나 죽였습니다. 반란을 계획했다는 이유였죠. 그 소식을 듣고 황제도 비웃기까지 하더군요. "헤로드의 아들이 되느니 차라리 돼지가 낫겠다." 어쨌든 헤로드는 다른 아들이 뒤를 이었고 신임

왕은 로마에 굳게 충성을 맹세했죠. 따라서 전쟁 가능성은 거리가 멀다 하겠습니다.

헤로드의 죽음과 무관하게, 그 일이 있기 얼마 전, 다마스쿠스의 땅딸보 니콜라우스가 로마를 떠났습니다. 황제가 총애하던 개자식이죠. 사소한 일이기는 하나 우리 미래에 의미가 없지는 않을 겁니다. 그가 떠나면 황제는 더욱더 슬픔에 빠질 것이기 때문이죠. 이제 옛 친구 중 아무도 남아 있지 않아요. 그래서일까요? 황제는 시간이 지날수록 냉소적이 되고 음울해지는 듯합니다. 당연히 권력과 권위 또한 조금씩 약화될 수밖에 없겠죠.

예, 성급하게 희망을 품을 단계는 아니지만 위세가 꺾이는 것만은 사실입니다. 예를 들어, 올해 원로원이 열세 번째 집정관을 수락하라 안달을 부렸지만, 끝내 나이와 노환을 이유로 거절하더군요. 그의 결심을 확인한 후 원로원이 누가 좋을지 물었는데…. 맙소사, 가이우스 칼비시우스 사비누스의 이름을 거론하지 뭡니까! 누군지 아시죠? 바로 카이사르 집안의 늙은이죠. 심지어 황제 자신보다 나이가 많은 데다, 삼십 년 전 삼두체제하에서 집정관을 했던 자입니다. 황제와 마르쿠스 아그리파 휘하에서 대 섹스투스 폼페이우스 해전을 주도하기도 했죠. 또 한 명은 루키우스 파시에누스 루푸스입니다. 처음 듣는 이름일 겁니다. 세상에 그런 미천한 가문으로 집정관을 하다니, 기가 막히지 않습니까? 뉴맨 출신인데 그가 황제 가문에 어떤 식으로 충성을 바쳤는지는 아직 파악하지 못했습니다. 내가 보기엔 누가 권력을 잡더라도 정부를 지지할 인간입니다. 때문에 올해의 집정관으로는, 당신이 권력을 장악한다 해도 저항세력의 구심력이 될 수는 없을 듯합니다. 하나는 늙고 하나는 미천하니까요!

다소 난감한 사건은(어차피 우리 둘 다 각오는 했습니다만) 두 의붓아들의 성인식이었습니다. 황제 자신이 직접 주관했죠. 가이우스와 루키우스는 둘 다 아직 열여섯이 되지 않았지만 로마의 시민 자격으로 성인의 토가를 입었습니다. 그러다가 눈치를 봐서 슬며시 군 통솔권을 주겠죠. 그나마 그 이상은 아직 무리겠지만 누가 알겠습니까? 상황이 어떻게 돌변할지. 비록 죽기는 했지만 옛 친구 마르쿠스 아그리파가 여전히 중심에 있기를 바라니까요. 그의 두 아들을 통해서 말입니다.

어느 경우든, 친애하는 티베리우스, 신경 쓸 필요 없습니다. 그 정도는 예상한 일이었으니까요. 게다가 예상 외의 일 또한 우리한테는 아직 아무 피해가 없습니다.

다만 아직 잠정적이긴 하나 지금부터의 보고 내용에 우려할 만한 요인은 분명 있습니다. 눈치는 채셨겠지만 예, 물론 부인의 최근 처신 얘기입니다.

부인을 둘러싼 추문은 어느 정도 잦아들었습니다. 이유가 몇 가지 있죠. 첫째, 사람들이 부인의 생활에 익숙해졌습니다. 둘째, 처음에는 부인의 매력과 활기를 우려했지만 지금은 보다 우호적으로 변했습니다. 셋째, 젊은이들 사이에서 부인의 인기가 점점 커져가고 있습니다. 그리고 마지막으로(간단하게 이유를 밝히겠지만 제일 불길한 징조이기도 하답니다.) 지금까지는 처신에 전혀 거리낌이 없었다면 지금은 전혀 그런 모습을 볼 수 없습니다. 오히려 조신할 정도인데…. 께름칙한 부분이 바로 이 점입니다.

무분별하고 난삽하게 애인을 갈아치우던 모습도 이제는 과거지사가 된 듯합니다. 내가 아는 한 셈프로니우스 그라쿠스는 연인에서 지금은 친구로 남았더군요. 아피우스 클라우디우스 풀케르를 비롯해 몇몇 중요한 인물도 마찬가지입니다. 한때 놀이 상대로 삼았던 쓰레기들도(대표적으로 데모스테네스가 있죠. 기술적으로야 시민이지만 기껏 자유인과 다를 바 없는 존재입니다.) 모두 내쳤습니다. 방법이 조금 묘하기는 해도, 좀 더 신중해진 듯 보입니다. 물론 여전히 철부지 젊은이들이 따를 만큼 기지와 유머가 넘치고 행동 역시 자유분방합니다.

그렇다고 더 이상 방탕하지 않다는 뜻은 아닙니다. 그 점은 여전하니까요. 다만 연인을 고를 때, 예전에는 미천하고 도발적인 아이들을 선호했지만 지금 애인은 꽤나 신분이 높습니다. 예, 바로 율리우스 안토니우스입니다. 다행인지 불행인지, 그의 아내가(한때 율리아의 절친이었죠.) 평소보다 훨씬 오랫동안 해외여행 중이랍니다.

아직 옛 친구들 모임은 있습니다만, 지금은 율리우스가 늘 그녀와 함께 있죠. 대화의 내용도 전보다 훨씬 진중하다고들 하더군요. 최소한 이 점에서는 내 보고서가 맞다고 봅니다. 두 사람은 철학, 문학, 정치, 연극 같은 주제들을 논하고 있으니까요.

어떻게 될지는 아직 모릅니다. 로마도 역시 모르겠죠. 황제가 이 새로운 연애를 알고 있을까요? 역시 모르겠습니다. 알고 있다면 묵인한다는 얘기고, 모른다면 바보죠. 시민들보다 아는 바가 없으니까요. 어쨌든 새로운 반전에 대해 계속 자세하게 알려드릴 것을 약속드립니다. 새로운 소식이 나오는 대로 연락하겠습니다. 율리우스 안토니우스의 집에도 정보원들을 심어두었지만 지금은 더 늘리고자 합니다…. 아, 걱정 마세요, 충분히 조심할 테니. 부인 거처까지 정보원을 늘릴 생각은 없습니다. 나와 당신, 우리의 명분 모두에 위험하니까요.

이 편지는 파기하셔야 합니다. 그렇지 않을 경우, 적의 손에 들어가지 않도록 특별히 유의하십시오.

II. 율리아의 일기, 판다테리아(서기 4)

옛 친구이자 스승 아테노도루스가 한때 이런 말을 했다. 고대 로마의 선조들은 한 달에 한두 번 이상 목욕하면 건강에 나쁘다고 생각해, 하루 노동으로 팔다리에 쌓인 먼지를 씻어내는 정도로 만족했다고. 로마에 일일 목욕을 들여오고, 야만족 정복자들에게 목욕 의식을 통해 의외의 가능성을 찾아낼 수 있음을 보여준 사람들은 그리스인이었다. 스승은 그렇게 말하며 묘하게 자긍심을 드러내기도 했다…. 이곳에서 거친 농가 음식의 매력을 찾았으니 선조들의 생활방식을 채택했다 할 수 있겠지만, 그렇다고 목욕 습관까지 받아들일 수는 없었다. 하인들이 오일과 향수를 발라주지는 않지만 지금도 나는 거의 매일 목욕을 한다. 내 욕실은 벽이 한 면밖에 없다. 이 섬 해변에 우뚝 솟은 절벽.

결혼 이 년째, 마르쿠스 아그리파는 사람들의 편의를 위해 로마 역사상 가장 화려한 목욕탕을 지었다. 그 이전에는 대중 목욕탕에 거의 가본 적이 없었다. 내가 어렸을 때 리비아는 자신이 옛 가치의 전형이라고 여겨 목욕탕의 사치를 거부했으니 나도 그녀의 가치에 전염이 되었을 것이다. 하지만 남편은 그리스 의사의 책을 읽고는 목욕을 사치로 보지 않아야 하며, 혼잡한 도시에 창궐하는 각종 질환을 예방하는 데 도움이 된다고 믿었다. 그래서 일반인들을 계몽해 목욕이라는 위생수단에 쉽게 접촉하도록 유도하고자 했다. 나한테도 가끔은 욕실 대신 목욕탕에 가서 사람들과 함께 어울릴 것을 청했다. 그렇게 하면 사람들이 대중 목욕탕이 유행이라고 여긴다는 얘기였다. 사실 처음에는 의무 때문이었으나 나중에는 상당히 재미있다는 사실을 인정해야 했다.

전에는 사람들을 알지 못했다. 그저 도시에서 얼핏 지나치는 정도였다. 가게에 들어가면 내 시중을 들고 말을 걸면 대답을 했지만, 그때는 다들 내가 어떤 신분인지 알았다. 나는 황제의 딸이었다. 그들의 삶과 워낙에 동떨어진 터라 다른 공간에 사는 것과 진배없었다. 적어도 내 생각은 그랬다. 하지만 벌거벗고 욕탕에 들어가면, 수백 명의 여자들이 고함과 비명을 지르고 까르르 웃어댄다. 황제의 딸이나 망나니의 아내나 전혀 구별하지 않는다. 그런데 그렇게 허영심으로 똘똘 뭉친 황제의 딸한테도 그런 식의 비차별은 묘하게 재미가 있었다. 나는 그렇게 목욕을 찬미하기 시작했다. 그리고 지금껏 변하지 않았다. 로마에 목욕탕이 있다는 사실조차 몰랐건만, 마르쿠스 아그리파가 죽은 이후로는, 그 이전에 꿈속에서나 알았던 즐거움을 찾아내기까지 했다.

나는 지금도 거의 매일 목욕을 한다. 병사들이나 농부들도 주변에 개울이 있다면 하루 일과가 끝나고 목욕을 할 것이다. 내 욕실은 바다다. 욕실 바닥은 대리석이 아니라 화산 모래라 오후 햇살에 반짝거린다. 나를 지키는 간수도 있다. 내가 익사하지 못하도록 지키라는 지시를 받았으리라. 그래서 멀리 떨어져 서서 내가 옷을 벗고 물속에 들어갈 때면 무신경하게 지켜본다. 거세된 자라 사실 신경 쓸 필요도 없다.

조용한 오후, 잔잔한 바다는 거울 같다. 그곳에 비친 내 모습도 볼 수 있다. 놀랍게도 머리카락이 반백이다. 하긴 어렸을 때부터 하얗게 세기는 했다. 하녀가 흰머리를 뽑아줄 때 아버지가 찾아와 이렇게 물은 적도 있다. "대머리가 되고 싶은 게냐?" 나는 아니라고 대답했다. "그럼 왜 하녀한테 머리카락을 뽑게 하느냐?"

…머리카락은 백발, 얼굴엔 주름. 그래도 얕은 물속에 누워 있으면 몸은 또 완전히 다르다. 피부는 이십 년 전만큼이나 탱탱하고 배는 평평하고 가슴은 단단하다. 찬물에 닿자 젖꼭지가 딱딱해진다. 한때는 남자의 애무에 곤두섰건만…. 물의 부력 속에서 몸이 파르르 떨린다. 역시

쾌락에 몸서리칠 때와 같다. 시작이 늦기는 했으나 그래도 오랜 세월, 이 육신으로 할 바를 다했다. 시작이 늦은 이유는, 교육 탓이다. 육신은 아무 권리가 없으며, 자신보다 타인을 만족시키는 데 봉사해야 한다고 했으니 왜 아니겠는가. 육신도 권리가 있다는 사실을 알았을 때는 벌써 두 번이나 결혼하고 아이 셋을 낳은 엄마였다.

첫 번째 깨달음은 너무도 황홀해 그 후 몇 년 동안 꿈처럼 아련하기만 했다. 일리움에서 여신으로 추앙받던 시절. 지금도 꿈같기는 마찬가지지만, 그때만 해도 어리석은 쾌락이자, 야만적이고 매혹적인 우행이라고 도리질했던 기억이 또렷하다.

그렇지 않다는 사실을 깨달은 것은 나중이었다. 그날 신성의 숲에서 내가 취한 젊은이는 기껏 열아홉 살짜리 동정이었다. 그렇게 아름다운 아이는 처음이었다. 지금도 눈을 감으면 그의 얼굴이 보이고, 부드러우면서도 단단한 몸을 느낄 수 있다. 그 애를 동굴에 데리고 들어갈 때만 해도 의식을 수행할 생각은 없었다. 그럴 필요도 없었다. 나는 여신이고 권력은 절대적이었으니까. 하지만 의식을 끝내고 난 후 내 몸의 힘과 욕구의 힘을 깨달았다. 지금껏 존재하지 않는다고 세뇌당한 바로 그 힘. 실로 감미로운 소년이었는데… 여신과 함께 들어가 섹스를 한 후, 어떻게 되었는지는 모르겠다.

마르쿠스 아그리파가 죽기 전까지 기껏 꿈속에서 살았을 것이다. 당시에는 깨달음을 믿지 못했으나 그래도 욕망의 실체는 언제나 내 안에 있었다. 그동안은 마르쿠스 아그리파에 충실했다. 비록 일리움에서 여신이 애인을 품었지만 그 순간 아그리파의 아내는 존재조차 없었다. 하지만 티베리우스 클라우디우스 네로한테는 충실하지 않았다.

그러고 보니, 좋은 남자였던 마르쿠스 아그리파가 죽은 이후였다. 그

때부터 율리아, 아우구스투스 황제, 옥타비우스 카이사르의 딸은 내면의 힘을 깨닫고 쾌락을 찾아 누렸다. 그리하여 쾌락이 또한 권력이 되었다. 그녀에게 쾌락은 가문과 아버지를 넘어서는 권력으로 보였다. 그리하여 자기 본연의 모습을 되찾을 수 있었다.

그래, 내 몸은 할 바를 다했어. 나는 바다 욕탕에 느긋하게 누운 채 어른거리는 육신을 내려다보며 조아렸다. 겉으로는 타인에게 종사하는 것처럼 보였지만, 아니, 처음부터 내 몸의 주인은 나였다. 내 몸은 늘 내게 봉사했다. 두 손이 허벅지 사이를 오갈 때도 나를 위해서였고, 내가 쾌락을 주었다 해도 애인은 언제나 내 욕망의 노예였다.

이따금 목욕을 하면서, 내게 쾌락을 선사한 사람들 생각을 한다. 셈프로니우스 그라쿠스, 데모스테네스, 아피우스 풀케르, 코르넬리우스 스키피오…. 지금은 대부분 이름도 기억나지 않는다. 기억을 떠올리려 할 때마다 얼굴과 몸이 하나로 겹쳐 결국 하나의 얼굴과 하나의 육신이 되고 만다. 남자의 손길을 잊은 지 벌써 육 년이다. 이 손, 이 입술로 남자의 살결을 탐한 지 벌써 육 년이 흘렀다. 그런데 그 살갗을 생각할 때마다 여전히 호흡이 가빠진다. 내 자신이 살아 있음을 느낀다. 물론 난 이미 죽었다.

한동안은 쾌락의 신비를 주관하는 여신이었다. 그리고 여사제가 되었고 연인들은 내 광신도가 되었다. 돌이켜보면 난 둘 다 만족시켰다.

마침내 내게 궁극의 쾌락을 선사한 남자를 생각한다. 다른 쾌락을 모두 전주곡으로 만들어버린 사내. 사실 그런 과거 덕분에 그를 받아들일 수 있었을 것이다. 나는 무엇보다 그의 살갗이 주는 맛과 흥을 느꼈다. 그런데 벌써 육 년이 흘렀다니. 율리우스. 난 그를 생각한다. 밀물이 조심조심 탐닉하더니 바닷물이 내 몸을 훑는다. 이대로 있으면 그를 기억할 수도 있겠다. 오, 율리우스 안토니우스.

III. 서한(서기전 3)
발신: 그나이우스 칼푸르니우스 피소
수신: 티베리우스 클라우디우스 네로, 로도스

친구여, 서두부터 두려운 마음 감출 길이 없군요. 이 두려움에 근거가 있는지 없는지도 판단이 서지 않습니다. 이유를 몇 가지 말씀드릴 터이니 부디 내 마음을 혜량하시기 바랍니다.

내가 보기에 당신 부인은 일 년 이상 한 남자에게만 충실했습니다. 알다시피 율리우스 안토니우스죠. 부인은 항상 그자를 동반했습니다. 둘의 관계를 모르는 사람도 거의 없고, 둘 다 관계를 부인하지 않습니다. 율리아는 변함없이 집에 손님들을 초대하고 하인들의 행동을 통솔합니다. 지금쯤 당연히 황제도 밀통을 알 터인데, 딸은 물론 율리우스 안토니우스와도 좋은 관계를 유지하고 있습니다. 율리아가 이혼을 하고 율리우스를 남편으로 맞이하려 한다는 소문도 들리지만 내가 보기엔 거의 개연성이 없습니다. 옥타비우스 카이사르가 허락할 리 없기 때문이죠. 그런 식의 노골적인 동맹이라면 현재의 민감한 권력 균형이 깨질 수밖에 없고 황제도 그 사실을 압니다. 소문을 언급하는 이유는 다만 둘의 밀통이 어디까지 발전했는지 알려드리기 위해서입니다.

추문에도 불구하고(아니, 어쩌면 그 때문인지도 모르겠네요. 우민들의 생각이야 어찌 알겠습니까?) 율리우스 안토니우스의 명성은 점점 커져, 지금은 로마에서 두 번째나 세 번째로 강력한 인물입니다. 원로원에도 추종자 무리가 대단합니다. 당사자는 세력을 아주 신중하게 활용하는 듯 보이지만, 그런 신중함에도 불구하고 아직은 그자를 믿을 수가 없습니다. 다만 그중 군대에 영향력이 큰 자들도 있지만 아직은 구애 시도는 보이지 않습니다. 아무한테나 미소를 짓고 정적들과도 잘 어울립니다. 하지만 내가 보기엔 분명 아버지처럼 야심이 큰 자입니다. 그리고 아버지와 달리 야심을 성공적으로 은폐하고 있죠.

하지만 아아, 당신의 대중적 인기는 점점 사그라지는 것 같군요. 부분적으로는 장기간의 부재 때문이지만, 그야 어쩔 수 없기도 하고 또 근본적인 이유도 못 됩니다. 현재 당신에 대한 비방과 풍자가 광범위하게 돌고 있습니다. 역시 늘 있는 일입니다. 유명인이야 돌팔이 시인과 싸구려 예술가들의 먹이니까요. 하지만 풍자문이 회자하는 정도가 지난 몇 년간 그 어느 때보다 광범위할 뿐 아니라 극도로 악의적입니다. 아무래도 당신의 인기를 떨어뜨리기 위해 모종의 음모가 진행 중인 듯합니다. 역시 걱정하실 필요는 없습니다. 비방문 따위에 흔들릴 친구는 없으니까요. 다만 조짐이 이상해 보고할 뿐입니다.

슬픈 얘기지만, 모친과 친구들의 탄원에도 불구하고 황제도 당신을 향한 반감을 거두지 않습니다. 아무래도 그쪽에서는 더 이상 기대할 게 없습니다.

상황이 이렇다지만 그래도 로도스에 머무르시는 편이 낫습니다. 풍자 시인들이야 엉터리 시를 쓰라죠. 그래도 외국에 있는 한은 반응할 필요가 없으니까요. 인간의 기억은 짧습니다.

율리우스 안토니우스는 주변에 시인들을 끌어 모으고 있습니다. 황제 친구들만큼 눈에 띄는 인물은 보이지 않지만, 제가 보기엔 비방문과 풍자가 그들 소행일 듯싶습니다. 물론 익명이죠. 일부는 율리우스 본인을 찬양하고 그 자신도 외할머니가 율리우스 가문임을 숨기지 않습니다. 예, 야심이 있는 자가 맞습니다. 그 점만은 분명합니다.

로마에 친구들이 있음을 잊지 말아요. 로마에 없다고 우리 마음에서 지워지는 것은 아닙니다. 힘 빠지는 전술이기는 해도 꼭 필요합니다. 기다림이죠. 초조해할 필요도 없습니다. 지금까지도 그랬지만 이 도시에서 일어나는 일은 빠짐없이 보고하겠습니다.

IV. 율리아의 일기, 판다테리아(서기 4)

연인 사이가 되기 전, 율리우스는 자신의 어린 시절과 아버지 마르쿠스 안토니우스 얘기를 자주 했다. 아버지가 좋아하는 아들은 율리우스가 아니라 형 안틸루스였다. 율리우스는 형을 마치 낯선 사람처럼 얘기했다. 어릴 때 율리우스를 키운 사람은 고모 옥타비아였다. 고모는 계모였으나 생모인 풀비아보다 그와 더 가까웠다. 이따금 율리우스 안토니우스, 마르켈라와 앉아 조용히 대화를 하면 문득 그런 생각도 들었다. 언젠가 어렸을 때 고모 옥타비아의 집에서 함께 뛰어놀았을 때가 가장 놀라운 순간이 아니었을까? 지금은 물론, 그때조차 당시의 모습을 정확히 기억하지 못했다. 어린 시절을 얘기하고 추억을 끌어낼 때에도 흡사 과거 어느 사건의 관례와 당위에 따라, 연극 속 인물과 사건을 조작해내는 것만 같았다.

언젠가 저녁이 깊을 무렵 손님들이 떠난 후 우리 셋은 산책을 했다. 더운 밤이었기에 응접실에서 나와 안뜰을 걷기로 한 것이다. 별이 부드러운 밤하늘에 반짝였다. 하인들도 잠이 들었다. 어둠 속에서 정체 모를 새소리와 벌레들 소리가 음악처럼 들려왔다. 우리는 조용히 얘기를 나누었다. 특별한 주제도 아니고 우리 일상사와도 관계가 없었다.

"종종 그런 생각을 했어. 내 아버지가 좀 더 사려 깊어서 옥타비우스 카이사르를 이겼다면 우리 나라가 어떻게 달라졌을까?" 율리우스가 물었다.

"옥타비우스는 내 아버지야."

"그래. 내 친구이기도 하고."

"아버지가 싸움에 졌으면 하고 바라는 사람들이 있겠지."

율리우스가 나를 돌아보며 미소 지었다. 별빛 속에서 커다란 머리와 섬세한 인상이 드러났다. 그의 아버지 흉상을 여러 번 봤지만 그와는 전혀 닮지 않았다.

"처음부터 불가능했어. 마르쿠스 안토니우스는 타고난 약점이 있었거든. 자신의 존재를 지나치게 과신한 거야. 어차피 언젠가는 실수를 하고 무너졌을 위인이었어. 황제가 되기엔 끈기가 없었지."

"내 아버지를 존중한다는 소리로 들리네." 내가 말했다.

"마르쿠스 안토니우스보다는 존경해."

"하지만…." 내가 말을 하려다가 끊었다.

그가 다시 미소를 지었다.

"그래, 옥타비우스가 아버지와 형을 죽게 만들었지…. 안틸루스는 마르쿠스 안토니우스와 많이 닮았어. 옥티비우스 황제도 그런 점을 보고 할 일을 한 거야. 너도 알겠지만 난 형을 좋아한 적이 없어."

날씨가 따뜻했지만 난 온몸에 소름이 돋았다.

"네가 몇 살만 더 먹었더라도…."

"그럼 나도 죽였을지도 모르지. 그 역시 필요한 일이었을 거야." 율리우스가 나지막이 대답했다.

그때 마르켈라가 졸린 목소리로 투덜댔다.

"이런, 그런 무서운 얘기는 하지 맙시다."

율리우스가 그녀를 돌아보았다.

"무서운 얘기가 아니라 세상과 세상사를 얘기하는 중이야."

두 주 후, 우리는 연인이 되었다.

연인이 되기는 했지만 그 과정은 나로서도 전혀 상상도 못했다. 아마도 바로 그날 저녁, 그와 연인이 되겠다고 결심을 했을 것이다. 그래도 율리우스 안토니우스를 정복하는 데 장애가 있으리라고는 상상도 못했다. 그의 아내이자 사촌인 마르켈라야 어차피 천박하고 따분하기가 이를 데 없었고, 나 또한 율리우스가 다른 남자와 별다르지 않다고 생각했다…. 권력욕과 사랑의 쾌락에 눈이 먼 사내.

게임에 익숙하지 않은 사람이라면 유혹의 단계들이 우스꽝스러워 보일 것이다. 하지만 그 단계는 춤과 다르지 않다. 무희들이 춤을 출 때 기술이야말로 쾌락의 정수다. 최초의 눈빛 교환에서 최종 짝짓기까지 순서는 이미 정해져 있다. 남녀의 상호 위선은 멋진 경기를 위해 중요한 요소가 된다…. 각자는 열정의 무게를 못 이기는 척하는데, 밀고 당김, 일치와 불일치 하나하나가 게임의 완성을 위해 반드시 필요하다. 하지만 그런 게임에서 승자는 늘 여성이어야 한다. 여자는 상대를 어느 정도 멸시해도 좋다. 남자는 정복당하고 이용당하면서도 스스로 정복자이자 군림자라고 믿기 때문이다. 나도 삶이 따분해지면 게임을 포기하고 마치 정복군이 마을을 공격하듯 단도직입적으로 쳐들어가기도 했다. 그러면 남자는 아무리 섬세하고 위선적이라고 해도 하나같이 경악하고 만다. 그러면 결과는 같아도 내 입장에서 승리의 여부는 모호해질 수밖에 없다. 숨길 비밀이 없으면 결국 지배도 불가능하기 때문이다.

그래서 나는 율리우스 안토니우스를 유혹하기 위해, 백인대가 적의 옆구리를 공략할 때만큼이나 치밀하게 계획을 마련했다. 물론 조우의 의식에서 상대는 언제나 정복당하기를 원한다. 그래서 나는 율리우스를 힐끗 보고 얼른 고개를 돌리거나, 슬쩍 스치고는 당혹스러운 듯 달아나기도 했다. 그러던 어느 날 저녁 기어이 내 집에 둘만 있을 기회도 만들어냈다.

나는 카우치에 누워 상대에게 편히 쉬라는 투로 말했다. 그리고 실수처럼 드레스 사이로 슬쩍 두 다리를 드러냈다. 율리우스 안토니우스는 방을 가로질러 와 내 옆에 앉았다. 난 당혹스러운 척하며 숨을 살짝 가쁘게 뱉어냈다. 그리고 그의 손길을 기다리며 내가 얼마나 마르켈라를 좋아하는지 떠들기 시작했다.

"친애하는 율리아, 네가 정말로 매혹적이긴 하지만 솔직히 네 마구간에 종마 한 마리 보태고 싶은 생각은 없다." 율리우스는 그렇게 말했다.

난 너무나 놀라 카우치에 똑바로 일어나 앉았다. 너무나 당황한 탓에 멍청하기 짝이 없는 질문까지 보태고 말았다.

"무슨 뜻이야?"

율리우스가 미소 지었다.

"셈프로니우스 그라쿠스, 퀸투스 크리스피누스, 아피우스 풀케르, 코르넬리우스 스키피오. 네 마구간."

"그 사람들은 친구야." 내가 항변했다.

"내 지인들이기도 하지. 이따금 나를 도와주기도 하지만 그렇다고 말이 되어 함께 달리고 싶은 생각은 없어. 너를 차지하기엔 다들 쓰레기들이니까."

"꼭 우리 아버지처럼 말하네."

"아버지를 그렇게 미워하는 거야? 그래서 반항하려고?"

"아냐. 아냐, 미워하지 않아."

그러자 율리우스가 나를 빤히 바라보았다. 두 눈이 흑단만큼이나 새까맸다. 아버지의 눈은 남색에 가까운데… 그래도 아버지처럼 눈빛은 강렬하고 그 안에서 뭔가 타오르고 있었다.

"우리가 연인이 된다 해도 내가 원할 때 내가 원하는 조건으로 하겠어. 그게 우리 둘 모두에게 이로우니까."

그가 내 뺨을 건드리곤 자리에서 일어나 방을 떠났다.

그렇게 거절당해본 기억이 없다. 맹세코 한 번도 없었다. 당연히 화가 나야 했는데도 오히려 마음 한구석이 따뜻해졌다. 고마웠다. 그렇지 않아도 생이 따분해지던 참이었는데.

그 후 며칠간 친구들을 만나지 않았다. 파티 초대도 거절하고, 셈프로니우스 그라쿠스가 갑자기 찾아왔을 때는 하녀 피비를 시켜 내가 아파 손님을 받지 못한다고 전했다. 율리우스 안토니우스도 만나지 않았다. 창피해서인지 화가 났기 때문인지는 모르겠지만.

거의 두 주 동안 그를 만나지 않았다. 그리던 어느 날 오후 늦게 한가로이 목욕을 할 때였다. 목욕을 마치고 피비를 불렀는데 아무 대답이 없었다. 오일과 새 옷을 가져와야 하건만. 결국 커다란 수건으로 몸을 가리고 안뜰로 나갔는데 아무도 보이지 않았다. 난 다시 불렀다. 역시 대답이 없었다. 한참 후 나는 마당을 가로질러 침실에 들어갔다.

율리우스 안토니우스가 방 안에 서 있었다. 창문을 통해 늦은 오후의 햇살이 비스듬히 율리우스의 튜닉 자락을 비추었다.

얼굴은 그림자에 가려 보이지 않았다. 한참 동안 우리는 움직이지 않았다. 나는 문을 닫고 조금 방 안으로 들어갔다. 율리우스는 아무 말도 하지 않았다.

이윽고 아주아주 천천히 그가 내게 다가왔다. 그리고 내 몸을 감은 수건을 잡더니 천천히 벗기기 시작했다. 한 발짝 다가와 두 손으로 내 몸을 건드렸다. 그렇다. 그날 오후까지 난 사람의 기쁨을 전혀 모르고 살았다. 과거의 경험은 모조리 헛것에 불과했다. 그 후에도 몇 개월 동안 쾌락은 점점 커지고 깊어졌다. 그리하여 마침내 평생 아무것도 몰랐던 것처럼 율리우스 안토니우스의 몸에 익숙해져갔다.

그렇게 오랜 세월이 흘렀건만, 지금도 난 그 지독한 쾌감을 기억한다. 사타구니 사이의 단단한 온기를 느낄 수 있다. 기이한 일이다. 율리우스 안토니우스의 몸은 이미 연기로 화해 허공 속에 흩어졌기 때문이다. 더 이상 그는 존재하지 않건만 내 몸은 여전히 이 땅에 남아 있다. 그 또한 기이한 일이다.

그날 오후 이후 어떤 남자도 내 몸에 손을 대지 못했다. 내가 살아 있는 한 아무도 손대지 못할 것이다.

V. 서한(서기전 2)

발신: 파울루스 파비우스 막시무스
수신: 옥타비우스 카이사르

제가 로마의 집정관이자 친구로서 이 편지를 쓰는지, 친구이자 집정관의 자격인지 잘 모르겠습니다. 실제로 거의 매일 뵈면서도 이렇게 새삼 서한 형식을 빌고 맙니다. 사실 직접 알현하고 말씀드릴 용기가 없거니와, 공식 보고서에 끼워 전할 내용도 아니기 때문입니다.

말씀드리고자 하는 내용은 폐하의 공적, 사적 삶, 공히 영향이 클 터이나, 유감스럽게도 저로서는 구분할 도리가 없습니다.

물론 소문이 가라앉지 않아 심려가 크셨겠지만, 처음에 조사를 하명하셨을 때 솔직히 폐하께서 지나친 걱정이라고 생각했습니다. 소문은 이제 로마의 생활방식입니다. 따라서 소문을 듣는 대로 조사하려 든다면 정작 당면한 공무는 짬도 못 낼 것이기 때문이옵니다.

아무튼 아시다시피 조사를 시작할 때는 크게 의아했습니다. 지금은 슬프게도 폐하의 근심이 옳다고 말씀드려야 하는군요. 아니, 폐하께서 애초에 의심하시거나 생각하셨던 것보다 훨씬 상황이 심각합니다.

실제로 음모가 진행 중입니다. 그것도 이제 무르익을 대로 익어 거의 실행 단계였더군요.

최대한 객관적으로 조사 결과를 말씀드리겠습니다. 이렇게 차분하게 쓰기는 하지만 제 마음 또한 분노로 들끓고 있음을 헤아려 주십시오.

칠팔 년 전, 율리우스 안토니우스가 집정관이 되기 전입니다. 알렉스 아테나이우스라는 자를 자유인으로 만들어 사서이자 노예로서 그에게 보냈습니다. 알렉스는 당시도 지금도 총명한 인물이며, 지금껏 제게 충성을 다하고 있습니다. 당연히 우리 편입니다. 제가 사건을 수사 중이라는 얘기를 듣고 찾아왔는데 매우 당혹스러운 표정이었습니다. 율리우스의 비밀 서류철에서 자료까지 일부 빼내왔는데 그의 폭로를 듣고 나니 그저 참담할 따름입니다.

티베리우스의 목숨을 노리는 것만은 분명합니다. 음모자들은 그가 로도스에 있는 동안 주변 파벌들을 계속 지원해왔습니다. 이런 식이라면 결국 율리우스 카이사르처럼 그를 살해한 뒤, 로마의 폭력에 저항한 정당한 봉기로 보이게 만들겠죠. 만약을 대비해 모병 계획까지 세웠더군요. 그 일을 담당한 이가 원로이자 집정관 출신 퀸크투스 크리스피누스입니다. 명목상 목표는 로마를 수호하자이나 실제로는 음모자 파벌을 위해 힘을 축적하는 데 있습니다. 때문에 폐하께서 모병에 반대하실 경우 자칫 겁쟁이로 보이거나 무심하다고 비난을 받을 수 있습니다. 그렇다고 반대하지 않으면 폐하의 입지와 인기는 위기에 처하고 로마의 미래는 아수라장이 되겠죠.

실제로 티베리우스와 폐하의 목숨을 동시에 노리고 있다는 증거도 충분합니다.

반역자들은 다음과 같습니다. 셈프로니우스 그라쿠스, 퀸크투스 크리스피누스, 아피우스 풀케르, 코르넬리우스 스키피오… 그리고 율리우스 안토니우스입니다. 예, 마지막 인물은 폐하께도 적잖은 고통일 겁니다. 저도 율리우스가 제 친구이자 폐하의 친구라고 믿었으니까요.

아직 보고할 일이 남아 있습니다.

알렉사스 아테나이우스의 보고에 따르면, 율리우스 안토니우스가 모르게, 그의 집에 노예가 한 명 잠입했는데 바로 티베리우스의 첩자입니다. 이 작자가 음모를 속속들이 알고 있습니다. 알렉사스가 처음 의심하게 된 이유도 바로 이자가 흘려놓은 단서 때문이었습니다. 첩자는 티베리우스에게 직접 보고를 해왔으니 이로써 티베리우스 역시 음모를 꾸미고 있다는 얘기가 됩니다.

아직 하나가 더 있습니다. 비록 폐하께 가장 혹독한 보고가 되겠지만 그래도 피할 수 없음을 통촉하옵소서.

지난 몇 년간 티베리우스 클라우디우스 네로가 부재하는 동안 따님의 활동에 대해 전혀 모르지는 않으셨을 겁니다. 다만 따님이 가엾고 너무나 소중하기에 다른 방법을 찾으셨겠죠. 폐하의 친구들뿐 아니라 정적들까지도 대부분 그런 심정이었을 겁니다. 하지만 지금까지의 정보로

미루어 율리아가 반역자들 개개인과 가깝다는 사실은 분명해 보입니다. 더욱이 지난해 따님의 애인이 바로 율리우스 안토니우스였지요.

 이 문제가 대중에게 알려진다면 율리아 자신도 반역자 도당으로 보일 수밖에 없습니다. 티베리우스한테도 증거자료가 있을 테니 피해는 자칫 상상 이상이 될 수도 있습니다.

 음모가 만천하에 드러날 경우 율리아도 어차피 얽히게 됩니다. 그런데 개입 정도가 중해 여느 반역자들과 마찬가지로 반역죄로 다스릴 수밖에 없습니다. 그녀가 티베리우스를 싫어한다는 얘기가 비밀이 아니듯, 율리우스 안토니우스를 사랑한다는 얘기도 비밀은 못 됩니다.

 제가 언급한 정보는 안전하게 제 수중에 있습니다. 저와 알렉사스 아테나이우스를 제외하면 아직 아무도 보지 않았으며 앞으로도 그러할 것입니다. 폐하께서 필요하다고 판단하시면 언제든 대령하겠습니다.

 알렉사스 아테나이우스는 현재 은신 중입니다. 율리우스 안토니우스의 집에서 자료를 빼내온 터라 현재 생명의 위협을 받고 있습니다. 대단한 인물이죠. 전 그를 믿습니다. 율리우스 안토니우스에게 충성을 다하지만, 황제 폐하와 로마를 더 사랑한다고 맹세까지 했습니다. 필요하다면 증언도 하겠지만… 개인적으로 부탁드리겠습니다. 만일 증언을 증명하기 위해 고문할 필요가 있다면 부디 실제 고문이 아니라 종교 고문이 되도록 선처 부탁하옵니다. 저는 그를 굳게 믿습니다. 이번 폭로로 거의 모든 것을 잃었죠.

 황제 폐하, 정보를 밝힌 자를 대신해 제 목숨을 내놓을 수도 있지만, 그마저 당장은 불가능하옵니다. 폐하와 로마의 안전이 제 자신의 죽음이 가져다줄 위안보다 우선해야 하니까요.

 어떤 분부든 기다리겠습니다.

VI. 율리아의 일기, 판다테리아(서기 4)

판다테리아에도 가을이 왔다. 이제 북풍이 이 황량한 곳을 덮쳐, 바위 틈새마다 휘파람과 신음 소리를 내고, 자연석으로 지은 집은 돌풍에 조금씩 흔들리리라. 겨울파도도 모질게 해변을 휩쓸 것이다. 이곳은 계절 말고는 전혀 변화가 없다. 어머니는 지치지도 않고 하인을 욕하고 못살게 군다…. 그러고 보니 지난달에는 다소 기운이 쇠한 것 같기도 했다. 어머니 역시 이 섬에서 죽어가는 걸까? 그렇다 해도 당신이 원해서 한 일이다. 내게는 선택권도 없었다.

지난 두 달간 일기를 쓰지 않았다. 더 이상 할 얘기가 없다고 생각했기 때문이다. 그런데 오늘 로마에서 다시 편지가 왔는데 그 편지가 그 시절의 기억을 다시 일깨우고 말았다. 다시 한 번 바람에게 얘기를 걸어 본다. 바람이 내 말을 어디론가 데려가주기는 할까?

율리우스 안토니우스 얘기를 쓰면서 문득 일기를 끝낼 때라고 생각했다. 일기야 애초부터 의미 없는 넋두리가 아니었던가. 율리우스 안토니우스 덕분에 일 년 정도 비로소 세상에서 숨을 쉴 수 있었다. 그 반면 판다테리아에서 말라죽어 가면서 그 과정을 지켜보게 만든 것도 바로 그가 아니던가. 아니, 솔직히 이렇게 될 줄 알았다 해도 개의치 않았을 것이다. 그를 미워할 수는 없다.

율리우스 덕분에 우리 둘이 파멸했다는 사실을 알았을 때조차 난 그를 미워하지 못했다.

그래서 이야기 하나를 더 써야겠다.

옥타비우스 카이사르와 마르쿠스 플라우티우스 실바누스 집정관 시대, 나 황제의 딸 율리아는 간통죄 명목으로 로마의 원로원 회의에 나가야 했다. 십오 년 전쯤 아버지 포고령으로 통과한 법안인데 나를 고발한 사람도 아버지였다. 아버지는 내 애인들 이름, 밀회의 장소와 날짜 들까지, 내 범죄 사실을 아주 소상하게 나열하였다. 대부분 기소 내용은 정확했으나 그나마 몇몇 중요하지 않은 이름은 생략했다. 아버지가 거론한 사람은 셈프로니우스 그라쿠스, 퀸크티우스 크리스피누스, 아피우스 풀케르, 코르넬리우스 스키피오, 율리우스 안토니우스였다. 포룸에서 술에 취해 흥청망청했던 일도, 아버지가 최초로 법안을 제안했던 바로 그 연단에서 희롱했던 일도 걸고 들어갔다. 이 집 저 집을 돌아다니며 매춘을 했다는 얘기도 빼놓지 않았는데, 나한테 변태 기질이 있어 누구든 원하기만 하면 마구 몸을 팔았다는 투였다. 저 불미스러운 대중 목욕탕을 드나들었다는 죄목도 들어 있었다. 혼탕을 허용하고 온갖 음탕한 짓을 유도하는 그런 곳인데, 솔직히 과장이 없지는 않았으나 상당히 진실에 가까운 터라 사람들한테도 설득력 있게 들렸을 것이다. 그리고 마침내 율리우스 법에 따라 나를 로마에서 영원히 추방하고, 원로원에게 지시해 판다테리아 섬에 유배해 평생 죄를 뉘우치며 살게 했다.

역사가 나를 기억한다면, 후대는 나를 그런 여자로 알 것이다.

하지만 역사는 결코 진실을 알지 못한다. 그럴 능력도 없다.

아버지는 연애 사건에 대해서 알고 있었다. 그 때문에 괴롭기도 했으리라. 하지만 그래도 사실을 알고 이유를 이해했으면 그렇게 부당하게 몰아붙이지 못했을 것이다. 율리우스 안토니우스를 사랑한다는 사실도 알고 있었다. 더군다나 그런 나 때문에 행복해하지 않았던가.

가이우스 옥타비우스 카이사르와 마르쿠스 플라우티우스 실바니우스 집정관 시기에 나는 추방을 당했다. 덕분에 로마 국가에 대한 일급반역죄로 처형당하지 않을 수 있었다.

지금 판다테리아는 가을이다. 육 년 전 어느 날 오후 내 삶이 끝났을 때도 가을이었다. 그 후 사흘간 율리우스 안토니우스로부터도 연락이 없었다. 그의 집에 메시지를 보내면 개봉도 하지 않은 채 돌아오고, 하인들은 문밖에서 쫓겨나 당혹스러운 표정으로 돌아왔다. 난 그때도 상상조차 하지 못했다. 소식이 끊어지고 사흘째 되던 날 사신 한 명과 간수 넷이 찾아와 나를 아버지한테 데려갔다. 간수들이 왜 찾아왔는지도 알지 못했다. 그저 나를 보호하기 위해 의례적으로 찾아온 줄 알았건만.

나는 가마를 타고 포룸을 가로지르고 사크라 가도의 영빈관을 지나 팔라티네의 작은 언덕에 이르렀다. 아버지 집에는 거의 아무도 없었다. 간수들의 호위를 받으며 안뜰을 가로질러 서재 쪽으로 가는데 하인 몇이 겁에 질린 듯 나를 피했다. 문제가 심각하다고 느낀 것도 그때였던 것 같다.

방에 들어가자 아버지는 기다리기라도 한 듯 서 있었다. 그는 간수들을 손짓으로 물리고는 아무 말도 않고 한참 동안 나를 보기만 했다.

나도 아버지를 아주 자세하게 살펴보았다. 결국 나도 알고 있었으리라. 아버지의 얼굴은 주름이 깊고 투명한 눈 주변엔 잔주름과 그림자가 짙었다. 그나마 실내 조명이 어두운 탓에 얼굴은 내가 어렸을 때 기억하던 모습과 별로 다르지 않았다. 마침내 내가 먼저 얘기를 했다.

"무슨 일이에요? 왜 부르신 거죠?" 그러자 그가 다가와 아주 부드럽게 내 뺨에 입을 맞추었다.

"잊지 말거라. 넌 내 딸이고 난 너를 사랑했다."

나는 대답하지 않았다.

아버지는 방구석 작은 책상으로 가더니 한동안 내게 등을 돌린 채 고개를 떨구었다. 잠시 후 허리를 폈지만 나를 돌아보지는 않았다.

"셈프로니우스 그라쿠스라는 자를 아느냐."

"아시잖아요. 아버지도 아는 사람이고."

"그자와 가까웠느냐?"

"아버지…."

그때 아버지가 돌아보았다. 표정이 얼마나 무덤덤하던지 도저히 바라볼 수가 없었다.

"대답해. 제발 대답해야 한다."

"예." 내가 대답했다.

"아피우스 풀케르."

"예."

"그리고 퀸크티우스 크리스피누스와 코르넬리우스 스키피오."

"예."

"율리우스 안토니우스."

"율리우스 안토니우스. 그리고 다른 사람들…. 그 밖에는 중요치 않아요. 멍청한 짓이었으니까. 하지만 아시잖아요. 전 율리우스 안토니우스를 사랑해요."

아버지가 한숨을 쉬었다.

"얘야, 이 문제는 사랑하고 아무 관계가 없다." 그가 다시 돌아서더니 책상에서 서류를 몇 장 집어 내게 건넸다. 서류를 보는데 내 손이 떨리기 시작했다. 처음 보는 서류였다. 편지 몇 장, 도표, 시간표 비슷한 자료들…. 하지만 내 눈에 들어온 것은 이름들이었다. 나, 티베리우스, 율리우스 안토니우스, 셈프로니우스, 코르넬리우스, 아피우스, 그리고 마침내 왜 아버지 앞에 끌려왔는지 이해할 수 있었다.

"자세히 읽었을 테니 로마 정부를 상대로 음모가 있다는 사실도 이해하겠지? 음모의 첫 단계는 네 남편, 티베리우스 클라우디우스 네로의 암살이라는 것도."

나는 대답하지 않았다.

"이 음모에 대해 알고 있었느냐?"

"음모가 아니에요. 아뇨, 음모 따위는 없어요."

"이자들… 네 친구들한테 티베리우스 얘기를 했더냐?"

"아뇨. 지나가는 얘기로야 했겠죠. 비밀이랄 것도 없으니…."

"네가 남편을 싫어한다는 얘기?"

나는 잠시 입을 다물었다.

"예, 싫어한다는 얘기 맞아요."

"죽이겠다는 얘기도 했더냐?"

"아뇨…. 아버지가 말하는 그런 뜻으로는 아니에요. 어쩌면…."

"율리우스 안토니우스한테? 그 친구한테 무슨 말을 했지?"

아버지의 목소리가 떨리기 시작했다. 나는 좀 더 긴장을 하고 최대한 또렷하게 대답했다.

"우린 결혼하고 싶어요. 결혼 얘기를 했죠. 그런 얘기 하면서 자연스럽게 티베리우스가 죽었으면 좋겠다고 투덜댈 수 있지 않나요? 아버지가 절대 이혼을 허락하지 않으실 테니까요."

"그래, 그럴 수는 없다."

"그뿐이에요. 그게 다죠."

"넌 황제의 딸이야." 아버지가 말하고는 잠시 입을 다물었다가 책상 옆 카우치를 가리키며 "일단 앉거라, 얘야."라고 한 뒤 다시 얘기를 이어 갔다. "음모는 있다. 그건 의심의 여지가 없어. 내가 언급한 네 친구들. 그리고 다른 놈들. 너도 연루가 되었다. 글쎄, 네가 어떤 죄를 짓고 얼마나 깊이 관여했는지는 모르겠다만 어쨌든 끼어 있구나."

"율리우스 안토니우스. 그 사람은 지금 어디 있죠?" 내가 화급하게 물었다.

"그 문제는 나중에. 내 목숨을 노리려는 시도도 있었다는데, 그 얘기도 아느냐? 티베리우스를 죽인 다음에?"

"아뇨, 그럴 리가 없어요. 말도 안 돼요." 내가 항변했다.

"사실이다. 그래, 놈들이 너 모르게 했다면 차라리 다행이겠군. 그래서 그냥 사고나 질병 정도로 보이게 만들 생각이었다면. 어쨌든 사실은 사실이야."

"몰랐어요. 아버지, 정말이에요. 전 전혀 몰랐어요."

아버지가 내 손을 잡았다.

"네가 몰랐기를 바랐다. 내 딸이니까."

"율리우스…."

아버지가 한 손을 들었다.

"잠깐…. 이 일을 아는 사람이 하나뿐이라면 문제는 간단해. 그 정도면 내 방식으로 뭉개버리면 되니까. 하지만 나 혼자가 아니다. 네 남편…." 아버지는 마치 오물이라도 되듯 그 이름을 씹어뱉었다. "네 남편도 나만큼은 안다. 아니, 더 많이 알지도 모르지. 율리우스 안토니우스 집에 첩자를 심어놓고 계속 정보를 수집했다더군. 필경 원로원에 음모를 알리고 대리인들을 보내 재판을 열도록 압박하려 했겠지. 일급반역죄로. 그런 다음엔 군대를 모아 로마로 돌아올 거야. 나와 로마 정부를 적으로부터 지키겠다는 명목이지만…. 너도 무슨 뜻인지 알겠지?"

"아버지가 권좌를 잃을 수도 있고… 내전이 일어날 가능성도…."

"그래, 그 이상일 수도 있다. 네가 죽을 수도 있어. 아니, 도리가 없다. 넌 정말 죽을 수도 있어. 그런데 나한테 막을 힘이 있는지조차 모르겠구

나. 원로원이 결정할 문제인데 난 개입 못 해."

"그럼 제가 졌군요." 내가 말했다.

"그래, 그래도 아직 죽지는 않았잖니? 그런데 나 때문에 네가 죽는다면 도저히 견딜 자신이 없구나. 너를 반역죄로 재판을 받게 할 수는 없다. 그래서 원로원에서 읽을 편지를 하나 썼다. 너를 간통법으로 처벌하고 로마는 물론 로마 속령 밖으로 추방할 생각이다. 그 방법밖에는 없어. 아니면 너도 로마도 죽으니까." 아버지가 슬며시 미소를 지었지만 두 눈은 벌써 촉촉해졌다. "기억하지? 예전엔 너를 작은 로마라고 부르곤 했다."

"예." 내가 대답했다.

"그런데 그 말이 맞았어. 네 운명이 곧 로마의 운명이 되었구나."

"율리우스 안토니우스. 율리우스 안토니우스는 어떻게 되죠?"

아버지가 다시 내 손을 잡았다.

"얘야, 율리우스 안토니우스는 죽었다. 오늘 아침 스스로 목숨을 끊었단다. 음모가 들켰다는 사실을 알고 나서."

나는 아무 말도 하지 못하다가 한참 후 이렇게 중얼거렸다.

"난 다만… 다만…"

"다시는 너를 보지 않겠다. 이제 더 이상은 만날 수가 없어." 아버지가 말했다.

"괜찮아요."

아버지가 다시 나를 보는데 두 눈에 눈물이 그렁그렁했다. 그가 돌아섰다. 잠시 후 간수들이 들어와 나를 끌고 나갔다.

그 이후로 아버지를 보지 못했다. 아버지는 이제 내 이름도 부르지 않을 것이다.

오늘 아침 로마에서 온 소식에, 티베리우스가 로도스에서 돌아와 현재 로마에 있다는 얘기도 들어 있었다. 아버지가 수양아들로 입양까지 한 터라 죽지 않는다면 아버지의 후계자, 즉 황제가 될 것이다.

티베리우스가 이겼다.

다시는 일기를 쓰지 않으리라.

BOOK III

서한(서기 14)
발신: 옥타비우스 카이사르
수신: 다마스쿠스의 니콜라우스

8월 9일

친애하는 니콜라우스, 진심으로 감사와 안부 인사를 전하네. 내가 좋아하는 대추야자를 그렇게 많이 보내주다니. 자네의 친절 덕분에 지난 몇 년간 아쉬움 없이 잘 지냈지 뭔가. 대추야자는 이제 팔레스타인에서도 가장 주요한 수입물품에 속한다네. 지금이야 로마와 이탈리아 속령 전역에 자네 이름으로 잘 알려졌지. 내가 그렇게 이름을 붙였거든. '니콜라이.' 바로 대추야자의 이름이야. 지금은 비용을 대는 사람들도 다들 그렇게 부르고 있지. 그 수많은 저서가 아니라, 정감 있는 작명을 통해 자네의 이름이 전 세계에 더 많이 알려져 있다는 뜻인데, 자네 맘에 들었으면 좋겠군그래. 우리 둘 다 사소한 지식에 희화적인 유희를 느낄 만큼 나이가 들었잖나. 우리 삶도 끝내 사소해졌는데 말일세.
지금은 배 위에서 이 편지를 쓰네. 오래전 자네와 내가 타고 서해안의 작은 섬들을 여유롭게 돌아다녔잖아. 바로 그때 그 배라네. 지금도 우리가 즐겨 앉던 곳에 앉아 있지. 기억나지? 중앙부에서 조금 앞쪽에 차양을 두른 곳? 조금 높은 곳이라, 바다의 저 느린 움직임을 아무 방해 없이 감상할 수 있군그래.

  오늘 아침, 오스티아에서 출발했다네. 동이 트기 전 아주 썰렁한 시간이었지만 지금은 남쪽 캄파니아 해변을 향해 순항 중이야. 이번에는 바람이 부는 대로 느긋하게 여행을 할 참이야. 바람이 거부하면 기다리면 그만 아닌가? 이 넓은 바다에 둥둥 뜬 채로 말일세.

  우리 목적지는 카프리라네. 몇 달 전 그곳 그리스 친구의 초대를 받았어. 매년 젊은이들이 체조 경기를 벌이는데 주빈으로 참석해달라고 하더군. 그때는 일이 많아 난색을 표했지만 얼마 전 다른 일 때문에 남쪽으로 여행할 기회가 생겼네. 그래서 이렇게 휴가를 만끽하기로 했지.

  지난주에 아내가 오더니 베네벤토에 갈 때 자신과 자기 아들도 동행하게 해달라 요청하더군. 언제나처럼 다소 뻣뻣하고 사무적인 태도였지. 티베리우스가 새 임무를 맡아 공무로 갈 일이 생겼다더군. 그리곤 나도 알고 있는 얘기를 덧붙였네. 내가 양아들을 좋아한다고 아무리 설명해도 사람들이 믿지를 않는다는 거야. 그러니까 내가 어떤 식으로든 애정이나 관심을 보여주면 티베리우스가 권좌를 이어받기가 더 용이할 거다, 뭐 그런 얘기들이었지.

  리비아가 노골적으로 그런 요구를 할 리야 없지. 성격은 강하네만 행동은 외교적이라네. 평생 아시아의 외교관들을 다루었는데 그녀도 별반 다르지 않아. 그러니까 살날이 얼마 남지 않았다는 사실을 매몰차게 지적하는 대신, 내가 떠난 후 세상이 혼란에 빠지지 않도록 단단히 대비해야 한다…. 뭐 그런 식으로 말을 하는 게지.

늘 그렇지만, 리비아의 말은 매우 합리적이고 정확하다네. 내 나이 벌써 일흔여섯이니, 솔직히 너무 오래 살았어. 이렇게 사는 게 따분하니 더 오래 살 것 같지도 않고. 두 손은 때때로 떨리는 정도가 아니라 마비까지 되는데 그때마다 깜짝깜짝 놀란다네. 늙은 탓에 수족이 저린 건 다반사야. 산책을 하노라면 이따금 발밑에서 땅이 흔들리고 돌이나, 벽돌, 흙 위에 서 있으면 갑자기 푹 꺼지기도 한다네. 이러다가 결국 때가 되면 어디에 있든지, 이놈의 지구에서 떨어져나가고 말겠지.

그래, 아내의 요구에 응하기로 했지. 의례적인 동반이어야 한다는 조건을 걸긴 했지. 티베리우스가 뱃멀미가 심하니 모친과 함께 육로로 떠나고 나는 따로 배를 타고 가겠다고 제안했네. 세 사람이 함께 여행을 한다고 알리고 싶다면 그것도 반대하지 않겠다고 했네. 합의는 만족스러웠어. 우리 모두 사람들 앞에 맨얼굴로 나서는 것보다 이런 식의 속임수가 더 편하니까.

그래, 아내는 놀라운 여자야. 웬만한 남편들보다야 내가 운이 더 좋지. 젊었을 때도 아름다웠지만 지금도 꽤나 미인이라네. 결혼 이후 서로 사랑한 시간은 얼마 되지 않지만 그래도 늘 서로에게 공손했어. 모르긴 몰라도 지금은 거의 친구처럼 됐을 거야. 우리는 서로를 이해하네. 아내는 뼛속 깊이 공화주의자라 아마도 자기 신분에 못 미치는 결혼을 했다고 여겼을 거야. 유서 깊고 존엄한 가문과 힘으로 부당하게 차지한 권력과 권위를 맞바꾼 셈이었으니까. 이제 와서 깨달았네만 나와 결혼한 이유도 오로지 장남 티베리우스를 위해서였네. 그에 대해서만큼은 기이할 정도로 집착이 강하고, 또 집요할 정도로 야심이 강했거든. 우리 사이에 처음 불화를 낳은 것도 바로 그 야심 때문이었지. 그런데 그 불화가 너무나 깊어진 탓에 대화를 할 때면 대화 주제부터 꼼꼼하게 확인해야 했지. 그래야 실제든 아니든, 불필요하게 오해를 사지 않을 테니까.

하지만 리비아와 나 사이가 어려워졌다 해도 그 덕분에 내 권위와 로마에 도움이 된 것도 사실이야. 아들이 권력을 승계하려면 내 권력이 흔들림 없어야 하고, 로마가 안전해야 왕이 된 후 아들이 위태롭지 않으리라는 사실도 아내는 잘 알고 있었다네. 리비아가 내 죽음을 차분하게 관조할 수 있다면 자신의 죽음 또한 같은 방식으로 되돌아볼 걸세. 아내의 진짜 관심은 로마의 질서에 있었어. 우리는 둘 다 그 일을 위한 도구에 불과했지.

이 여행을 준비하는 동안, 바로 그 질서를 위해 베스타 신전에 네 개의 자료를 맡겨두었네. 내가 죽은 후 원로원에서 개봉하도록 해두었지.

하나는 내 유서야. 티베리우스에게 내 사재의 삼분의 이를 유증했네. 티베리우스에게 돈이 필요해서가 아니라 유증은 계승을 정당화하기 위한 당연한 조치야. 그러고는 시민들과 친척 친지들에게 조금 배당하고 나머지는 모두 리비아한테 남겼네. 그녀는 또한 율리우스 가문이 되어 내 직함들을 공유하게 될 걸세. 내 가문이야 달가울 리가 없지만 직함은 그녀도 좋아할 걸세. 아내가 직함을 보유하면 아들의 명성도 그만큼 올라가고 따라서 그녀의 야심도 훨씬 더 이루기 쉬울 테니 당연하겠지.

두 번째는 내 장례를 위해 몇 가지 지시를 해두었네. 그 일을 맡고자 하는 이들이라면 당연히 지시를 따를 게야. 지시는 노골적으로 사치스럽고 화려하고 천박하네만 그렇게 해야 시민들이 좋아한다네. 당연히 필요한 일이지. 그나마 이 마지막 쇼는 내가 보지 않아도 되니 다행이 아닐 수 없네.

세 번째 자료는 제국의 현황이라고 해두지. 현역 병사들의 숫자, 현재 및 향후 국고 현황, 속령 총독과 시민들에 대한 정부의 재정 의무, 재정 관련 행정관들의 명단, 질서와 부패 방지를 위해 공표해야 할 사항 등등. 그에 덧붙여 후계자에게 몇 가지 당부를 해두었네. 대내외로 로마 시민을 함부로 늘리지 말 것. 로마의 중심이 흔들릴 우려가 있기 때문이지. 고위 공직자들은 예외 없이 정부가 고정급으로 고용할 것. 그래야 과도한 권력과 부패의 유혹에 쉽게 넘어가지 않는다네. 마지막으로 어떠한 상황에서도 제국의 국경을 확장할 것. 다만 병력을 모집할 때는 오로지 확정된 국경을 수호할 목적이어야 하네. 특히 게르마니아 야만인들이 문제야. 무모하기가 이를 데 없는 놈들이지. 어차피 티베리우스가 코웃음이나 치고 말 조언들이겠지만 최소한 조국을 위해 초라한 유언이라도 남겨둔 셈이니까.

신전의 고귀한 숙녀들께 맡긴 마지막 자료는, 로마와 제국을 위해 내가 뭘 했고 뭘 이바지했는가에 대한 설명문일세. 그 글은 청동 판에 새겨, 내 유골이 들어갈 저 웅장한 영묘 밖, 거대한 열주마다 부착하라 지시도 해두었네.

지금도 자료 사본들을 앞에 두고 다른 사람이 쓰기라도 한 듯 이따금 들추어본다네. 글을 쏠 때는 다른 글도 적잖이 참고했지. 어떤 사건들을 기록하고 싶어도 너무 옛날이라 기억이 가물가물하거든. 우스운 일이야. 이렇게 늙어서 다른 사람들의 글을 통해 내 생을 찾아야 하다니.

내가 참고한 책 중에는 『옥타비우스 카이사르의 생애』도 들어 있네. 자네가 로마에 처음 왔을 때 내 얘기를 다룬 적이 있었지? 우리 친구 리비우스의 역사서 『도시의 건국』도 참고했지. 역시 내 초기 활동이 그려져 있다네. 그리고 마지막이 내 자신의 『자서전을 위한 메모』가 있는데, 이렇게 세월이 흐르고 보니 내가 아니라 다른 사람이 쓴 글 같구먼.

친애하는 니콜라우스, 이렇게 말해도 용서해주기 바라네. 결국 그 글들은 한 가지 공통점이 있는 듯하구먼. 모두 거짓말투성이야. 내 말을 문자 그대로 적용하지는 않으리라 믿겠네. 자넨 무슨 뜻인지 알 게야. 어느 책이나 솔직하고 사실 관계가 잘못된 곳도 거의 없지만 그래도 거짓말이야. 저 멀리 평온한 다마스쿠스에서 최근 몇 년간 연구를 하고 마무리를 지었을 테니 자네도 내 말을 이해하겠지?

그 책들을 읽고 내 글을 적다 보니, 문득 이름은 내가 맞는데 나도 모르는 남자 얘기를 하는 것 같더군. 이상한 얘기겠지만 지금은 그가 누군지 잘 모르겠어. 힐끔 일견이라도 하려 하면 안개 속으로 들어가 아무리 눈을 부릅떠도 흐릿하기만 하니 하는 말일세. 행여 그가 나를 본다면 지금의 이 모습은 알아볼 수 있을까? 이런 식으로 희화화된 모습을 알아볼까? 아니, 알아보지 못할 걸세.

친애하는 니콜라우스, 어쨌든 네 건의 자료 완성과 베스타 신전 보관이야말로 내가 수행해야 할 마지막 공무가 될 것 같네. 지금 이렇게 카프리를 향해 남쪽으로 표류하면서, 또 나보다 먼저 친구들이 떠난 곳에 조금씩 가까워지면서, 결국 권력과 세상을 넘겨준 셈이야. 그리하여 마침내 나한테도 휴식이 생긴 듯하이. 행여 남겨둔 일이 하나라도 있을까 걱정할 필요 없는 그런 휴식 말일세. 적어도 앞으로 며칠간은, 사신이 달려와 위기나 반란이 일어났다고 외치지야 않겠지? 원로라는 놈이 한심하고 이기적인 법안을 들고 와 지지해달라고 떼쓰지도 않고, 타락한 변호사가 타락한 고객을 데려와 선처를 호소하는 일도 없을 걸세. 남은 임무는 지금 쓰는 이 편지가 전부야. 드디어 이 일엽동주를 느긋하게 실어줄 이 위대한 바다와 저 푸르른 이탈리아 하늘을 즐길 일만 남았네.

나는 거의 혼자 여행 중이라네. 조수(漕手) 몇이 주변에 있네만, 아무도 노대에 남아 있지 말라고 지시를 해두었지. 조수야 돌풍이 없는데 무슨 필요가 있겠나. 하인 몇이 선미에서 어슬렁대며 시시덕거리고, 뱃머리 근처에는 아테네의 필리푸스라는 친구가 나를 노려보고 있을 뿐이야. 아, 내가 고용한 젊은 의사라네.

나를 돌보던 의사들도 모두 저세상 사람이 되었어. 그나마 내가 필리푸스보다 오래 살지는 않는다 생각하니 조금 위안이 되는군그래. 난 저 아이가 마음에 들어. 의학에 대해 아는 바는 별로 없지만, 환자를 속여 제 배를 채우는 위선자가 될 만큼 오래 살지도 않았다네. 내 노환을 치료한답시고 처방을 내리는 일도 없고, 그간 의사들이 툭하면 강요했던 끔찍한 고문들로 괴롭히지도 않는다네. 조금 초조해 보이기는 하지만, 그야 황제라는 사람 앞에 있으니 당연한 노릇 아니겠나? 지금껏 세상의 황제를 대단하게 생각했을 테니까. 그래도 다른 자들과 달리 아첨을 떨지도 않고, 내 건강을 살피려 기를 쓰지도 않아. 그보다는 편안하게 해 주려 하는 쪽이라네.

친애하는 니콜라우스, 피곤하구먼. 나이 탓이야. 왼쪽 눈은 완전히 고장 났네만, 그 눈을 감으면 동쪽으로 이탈리아 해안의 달콤한 새벽 동을 본다네. 내 얼마나 사랑했던 새벽인가. 저 멀리 추억의 오두막들이 어렴풋이 드러나고 대륙 위로 그림자들이 살랑이는 모습도 볼 수 있지. 한가할 때면 저 소박한 사람들이 얼마나 신비롭게 살아갈까 상상도 해본다네. 그래, 삶은 어느 삶이나 신비롭지. 심지어 내 삶마저도.

필리푸스가 불안한 듯 나를 바라보는군. 그만 쓰기를 바라는 눈치야. 이제는 글도 재미보다 노동에 가까우니 왜 아니겠나. 아무래도 잔소리 나오기 전에 잠시 쉬다가 자는 척이라도 해야겠네.

열아홉 나이에, 내 돈으로 내가 주도해 병력을 모집해서 파벌의 독재

아래 신음 중이던 공화국의 자유를 수복했다. 이를 기려, 가이우스 판사와 아울루스 히르티우스의 집정관 당시, 원로원은 찬사와 더불어 나를 원로에 봉하고 동시에 집정관 선출 우선권과 군사 통솔권을 수여했다. 속주 총독 시절, 원로원은 두 집정관과 함께 "공화국이 고통을 겪지 않도록 수호하라."고 지시했으며, 더욱이 같은 해 집정관 둘이 전사하자 나를 집정관이자 삼두로 선출해 헌법을 제정케 했다.

나는 아버지를 살해한 자들을 추방하고 법에 따라 그들의 악행을 벌했으며, 그 후 그들이 공화국을 상대로 전쟁을 벌이자 두 차례에 걸쳐 패퇴하고….

로마를 위해 내가 어떻게 봉사하고 이바지했는지 설명하기 위해 오늘 아침 일찍 자네한테 이렇게 시작하는 글을 썼네. 한 시간 정도 카우치에 누워 조는 척했는데 그 덕에 필리푸스가 조금은 안심한 모양이야. 윗글을 다시 생각해봤네. 어떤 상황에서 글을 썼는지도. 저 글은 청동판에 조각해 묘지 입구 열주에 걸어둘 걸세. 열주는 각각 여섯 개 정도의 공간이 있고 청동판도 각각 한 행에 육십 글자, 오십 행 정도의 글을 담을 수 있어. 그러니까 내 업적의 기록은 일만 팔천 자 정도의 글자로 제한해야겠지.

아무리 중구난방으로 얘기하더라도 다음의 조건은 지켜야 했네. 내 삶이 그랬듯, 내 글 또한 국민들의 필요에 맞추어야 하니 당연하겠지. 또한 내 삶이 그랬듯, 이 글들도 진실을 드러내는 만큼이나 숨겨야 할 걸세. 진실은 새김글 아래, 그 글을 에워싼 대리석 속 어딘가에 묻힐 걸세. 그래, 너무도 당연한 얘기야. 삶의 대부분을 비밀 속에서 지냈으니 말일세. 정치에 몸을 담은 이상 타인에게 속내를 드러낼 수는 없었지.

다행히, 젊음은 자신의 무지를 보지 못한다네. 도저히 감내할 용기가 없기 때문이지. 무지에 눈을 감고 그래서 후일 자신의 삶이 얼마나 어리석었는지 알게 되는 것도 필경 피와 살에 담긴 본능 덕분이겠지?

열여덟 살이 되던 해의 어느 봄날, 아폴로니아의 학생 신분으로 율리우스 카이사르가 죽었다는 소식을 들었을 때도 난 분명 무지했다네. 대부분 율리우스 카이사르를 향한 충성 때문이었네. 하지만 니콜라우스, 맹세코 그분을 사랑했는지는 아직도 모르겠군. 그가 죽기 바로 전해 그와 함께 스페인 전쟁에 참가했네. 그분은 내 종조부이자 그 누구보다 위대한 인물이었어. 당연히 그의 신뢰에 기분이 좋았지. 이미 나를 입양해 후계자로 만들려 한다는 사실도 알고 있었네.

거의 육십 년 전 일이네만 그날 오후 연병장에서 율리우스의 피살 소식을 들었을 때가 선명하게 기억나는군. 마에케나스도 함께 있었지. 아그리파와 살비디에누스도. 어머니의 하인이 편지를 가져왔을 때 난 그 소식을 읽고 아픈 사람처럼 엉엉 울고 말았다네.

하지만 니콜라우스 그 순간, 사실 아무 감정도 없었어. 고통스러운 울음도 마치 타인한테서 흘러나오는 것 같더군. 그러다가 순간 마음이 차가워지는 거야. 그래서 친구들한테서 떨어져 나왔다네. 내가 느끼고 느끼지 못한 것들을 들키고 싶지 않았네. 그렇게 혼자서 연병장을 어슬렁거리며 어떻게든 슬픔과 상실감을 끌어올리려는데, 갑자기 그 반대로 힘이 샘솟는 게 아닌가. 그래, 야생마를 타고 질주할 때와 비슷한 기분이었어. 말은 힘이 넘쳐 주인을 시험하려 들지만 기수는 이미 이 미천한 짐승을 어떻게 다룰지 알고 있던 걸세. 그래, 친구들한테 돌아갔을 때 난 이미 다른 사람이 되어 있었네. 과거의 내가 아니었어. 드디어 운명을 깨달았기 때문이지. 물론, 친구들에게 그 얘기는 할 수 없었지만, 그래도 그들은 내 친구였다네.

당시는 얘기할 단계가 아니었겠지만 내 운명은 아주 간단했어. 세상을 바꾸는 자. 율리우스 카이사르가 권력을 손에 넣었을 때 세상은 상상 이상으로 타락했네. 불과 여섯 가문이 로마를 주물렀으니까. 로마 휘하의 마을, 군단, 속령은 뇌물과 뒷돈의 시궁창이었지. 공화국과 전통을 빙자했지만, 권력, 부, 명예를 얻는 목적으로 살인과 내전, 무자비한 착취가 보란 듯이 횡행했네. 돈만 있으면 누구나 군대를 모을 수 있었으니, 그런 식으로 부를 쌓고 권력과 명예를 독점했네. 로마인이 로마인을 죽이고, 권위는 주먹과 돈의 힘으로 전락했네. 당연히 이런 식의 알력과 파벌이라면 일반 시민은 올가미에 걸린 토끼처럼 무기력할 수밖에 없었지.

내 말을 곡해하지는 말게. 당시엔(지금도 다르지 않군.) 일반 시민들을 향한 사랑이 감상적인 유행 같았네만, 나한테는 그런 싸구려 사랑조차 없었어. 인간 군상은 야만적이고 무지하고 무자비했어. 그런 속성을 농부의 싸구려 튜닉으로 가리느냐, 아니면 원로의 흰색과 보라색 토가로 가리느냐의 문제였지. 하지만 제일 무기력한 사람들이 혼자, 오롯이 자신으로 존재할 때면, 그나마 썩어가는 바위 속 금맥처럼 힘의 원천이 흐르고, 가장 허영심이 많은 사람들한테서도 부드러움과 공감의 불꽃이 번뜩였다네. 마르쿠스 아이밀리우스 레피두스가 기억나는군. 메시나에 서였네. 내가 영감의 관직을 모두 빼앗고, 공개적으로 죄를 고하고 용서를 빌게 했어. 그것도 한때 자신이 지휘하던 병사들 앞에서였지. 그는 시키는 대로 한 후, 나를 한참 동안 바라보았으나, 수치심이나 후회, 두려움 따위는 전혀 볼 수 없었네. 그러고는 가볍게 씩 웃더니 내게서 돌아서서 당당하게 자신의 영락을 향해 내려갔다네. 악티움의 마르쿠스 안토니우스도 다르지 않았어. 뱃머리에 서서 클레오파트라 함대가 달아나는 광경을 볼 때였네. 그 순간 패배가 분명해졌지만 동시에 그녀가 그를 사랑한 적이 없다는 사실도 깨달은 걸세. 그런데 그때 그의 표정은 오히려 한없이 부드러웠네. 난 그 속에서 그의 사랑과 용서를 볼 수 있었어. 키케로도 있군그래. 마침내 자신의 어리석은 음모가 실패했음을 깨달았을 때지. 나는 몰래 그에게 목숨이 위태롭다고 알려주었어. 그랬더니 마치 우리 사이에 싸움 따위는 없었다는 듯 미소를 짓지 뭔가. "괜한 걱정 하지 말게. 나는 늙은이야. 내가 어떤 잘못을 저질렀든 이 나라를 사랑했어." 나중에 들은 얘기지만 망나니한테 목을 내밀 때도 똑같이 위엄을 보였다더군.

따라서 세상을 바꾸겠다고 결심한 이유는 안이한 이상주의나 이기적인 정의감 때문이 아니었네. 그랬다간 백발백중 실패했겠지. 재산과 권력에 욕심이 있어서도 아니었어. 개인의 안위를 넘어선 부는 지극히 천박하고 필요 이상의 권력은 비열하기 짝이 없으니까. 육십 년 전 그날 오후 아폴로니아에서 나를 사로잡은 건 운명이었네. 난 운명을 피하지 않기로 다짐했지.

하지만 세상을 바꿀 운명이라면 먼저 자신부터 변해야겠지. 그 사실을 이해한 것도 지식보다 거의 본능에 가까웠네. 운명에 복종한다? 그럼 무엇보다 자신과 타인, 심지어 내 자신이 바꾸고자 하는 세상에 무관심할 수 있어야 하네. 자신의 내면에서 단호하고 은밀한 본성을 찾거나, 없으면 만들기라도 해야 해. 물론 지금의 욕망은 물론, 개조하는 동안 발견하게 될 본성에 대해서도 눈을 감아야 할 걸세.

그들은 내 친구였네. 더욱이 그들을 포기해야 하는 그 순간에조차 내게 가장 소중한 사람들이었지. 인간이란 얼마나 모순된 동물인지. 가장 아끼는 대상을 거부하거나 단념해야 하다니! 군인은 직업으로 전쟁을 선택하면서 평화를 갈망하고, 태평성대에는 검이 부딪는 소리와 전장의 혼란과 피비린내를 그리워한다네. 노예 또한 타고난 굴레가 싫어 돈을 주고 자유를 사들여놓고 결국 전주인보다 더 가혹하고 악랄한 주인한테 묶이지. 심지어 애인을 차버린 다음 그 애인을 이상화해놓고 꿈속에서조차 그리워한다지 않던가.

물론 나 자신도 이런 모순에서 자유롭지 않다네. 어렸을 때라면 고독과 비밀이 운명적이라고 말했을 걸세. 글쎄, 터무니없는 소리일지도 모르겠군. 다른 사람들과 마찬가지로 나도 그때 내 삶을 선택했네. 막연하나마 아무도 공감하지 못할 운명을 꿈꾸며 그 꿈속에 살기로 결심하고, 대신 사람들과 어울려 지낼 가능성을 버린 거야. 너무도 당연해서 거론할 필요도 없고, 따라서 아무도 소중하게 생각하지 않는, 그런 식의 인간관계 말일세.

사람은 자신의 행동이 어떤 결과로 나타날지 고민하지 않네. 그보다 그 결과를 얼마든지 감내할 수 있다고 착각을 하지. 나 역시 결정의 결과를 가슴속에 품고 사네만, 그 상실감의 무게가 이렇게 클지는 예상하지 못했어. 정말로 우정이 너무도 간절해 결국 거부해야 했다네. 내 친구들, 마에케나스, 아그리파, 살비디에누스도 그 간절함은 제대로 이해하지 못했을 걸세.

살비디에누스는 미처 이해하기도 전에 세상을 떠났네. 그 친구도 나처럼 젊음의 힘에 가차 없이 내몰렸지. 결국 결과는 무가 되고, 열정의 대가가 그 자체의 목적이 된 게야.

젊은이는 미래를 모르기에 삶을 일종의 서사적 모험으로 여기지. 오디세이처럼 낯선 바다와 미지의 섬을 여행하며, 자신의 힘을 실험하고 증명하고 그로써 자신의 불후를 발견하고 싶은 걸세. 중년이 되면 꿈꾸던 미래를 겪었기에 삶을 비극으로 본다네. 자신의 힘이 아무리 위대한들, 신이라는 이름의 사고와 자연을 이길 수 없으며, 결국 죽을 수밖에 없다는 사실을 깨달았으니까. 하지만 자기가 맡은 바 임무를 제대로 수행했다면 노인은 삶을 희극으로 볼 수 있네. 승리와 실패를 가감한다면, 누구도 타인보다 자랑스러울 것도 부끄러울 것도 없다네. 그 힘들과 맞서 스스로를 증명하는 영웅도 아니고, 그 힘에 파멸당하는 운명의 주인공도 못 돼. 늙은 배우처럼 너무 많은 역을 맡은 탓에 더 이상 자기 자신일 수가 없는 거야.

난 평생 그런 역할들을 수행했네. 지금 이렇게 마지막 역을 남겨놓고 저 섣부른 희극이자 운명에서 벗어날 수 있다고 믿는다면, 그야말로 마지막 착각이자, 연극이 끝날 때의 희극적 결말밖에 더 되겠나?

어렸을 때는 학자 역을 했지. 그러니까 아무것도 모르면서 이런저런 문제를 파헤치는 역이었네. 플라톤, 피타고라스 학파와 함께 영혼이 새 육신을 찾아 헤맨다는 안개 속을 헤매고, 한동안은 인간과 짐승이 동족이라고 여겨, 살코기도 먹지 않고 느닷없이 애마에게 터무니없는 동족애를 느끼기도 했어. 그와 동시에 자연스럽게 파르메니데스와 제노의 모순 논리들을 받아들여, 그 자체 너머 그 어떤 의미도 없이 완전히 고정된 부동의 세계, 따라서 명상만으로 무한하게 조작이 가능한 세계를 선호하기도 했지.

주변 상황이 철저히 바뀔 때도 마찬가지였어. 내가 군인의 얼굴로 맡은 바 임무를 수행하는 것도 전혀 부적절해 보이지 않았네. 내전, 외전, 바다와 육지를 막론하고 전 세계를 종횡무진했어…. 그로써 두 번이나 박수갈채를 받으며 개선하고 최고 대관식을 세 차례 치렀으며, 임페라토르 칭호를 받은 것도 스물한 번이야. 하지만 다른 사람들이 지적했듯, 다른 재주에 비해, 군인으로서는 지극히 평범했다네. 내가 어떤 성취를 이루었든, 순전히 나보다 싸움 기술이 탁월한 사람들 덕분이었어. 누구보다 마르쿠스 아그리파가 있었고, 그의 기술을 물려받은 친구들이 있었지. 군사 시절 초기에 비방과 추문이 난무하기는 했지만 그렇다고 다른 사람들보다 겁쟁이는 아니었네. 전쟁의 역경을 이겨낼 의지가 부족하지도 않았어. 내 기억으로도 지금보다 더 목숨에 관심이 없었어. 혹독한 전투를 겪다 보면 묘한 쾌감도 느낄 수 있었지. 그래, 그전에도 그 후로도 그런 쾌감은 없었다네. 그보다 (필요 여부와 무관하게) 자체가 유치하다는 생각이 늘 나를 따라다녔지.

태곳적에는 동물보다 사람 제물을 신들에게 바쳤다고 들었네. 오늘날은 그런 제례가 사라져 이제는 불확실한 신화나 전설 속에 기록될 뿐이지. 지금이야 그런 얘기를 들으면 다들 놀라 고개를 젓고 말걸세. 소위 로마의 계몽 정신과 인본주의에서 동떨어졌다느니, 우리 문명이 그렇게 야만적인 토대 위에서 이루어지다니 하면서 말일세. 나 또한 고대의 노예나 농부들에게 막연하나마 동정을 느낀 적이 있다네. 그렇게 야만적인 신의 제단 위에서 야만의 칼날을 받아야 했으니 왜 아니겠나. 그래, 분명히 어리석은 짓이었어.

잠이 들면 이따금 눈앞에서 수만 구의 시신들이 사열을 한다네. 다시는 지상을 걸어 다니지 못할 사람들이나, 역시 원시 신을 달래기 위해 목숨을 내놓은 태고의 제물만큼이나 죄가 없었네. 그러면 나는 어두운 과거에서 나온 사제가 되어 주문을 외우고 칼을 휘두른다네. 우리는 스스로 문명인이라 떠벌리고, 추수의 신들이 인간의 시체를 요구하던 시대를 얘기하면서는 끔찍하다고 몸서리까지 치네만, 지금도 (기억이든 실제든) 수많은 로마인들이 고대 신만큼이나 어둡고 추악한 신들에게 봉사하고 있지 않던가? 비록 그런 신을 파괴하기 위해서라지만 나 역시 악신의 사제였고, 신의 위력을 무력화한다는 명분으로 신의 지시에 따랐네. 그런데도 여전히 신을 파괴하지도 못하고 무력화하지도 못했어. 신은 인간들의 마음속에서 불안한 잠을 달래며 스스로 일어나거나 누군가 깨워주기를 기다린다네. 야만은 한 사람의 무고한 생명을 미지의 두려움에 바치고, 계몽 정신은 수천의 목숨을 우리가 명명한 두려움에 바치려고 들지. 솔직히 둘 다 끔찍할 뿐이라네.

그래서 일찌감치 결정을 내렸네. 그런 신들, 그러니까 어두운 본능에서 비롯한 신들을 숭배하면 질서가 깨질 수밖에 없다고. 그래서 원로원을 부추겨 율리우스 카이사르의 신성을 선언하고, 로마에 그를 기리는 사원을 세워 그의 존재를 온 국민이 느낄 수 있게 했네. 물론 내가 죽으면 원로원은 똑같은 방식으로 내 신성을 선언할 걸세. 자네도 알다시피, 이미 여러 마을과 속령에서 신으로 추앙받고 있네만 로마에서까지 이런 식의 밀교를 행하게 허락할 수는 없네. 평생 수없이 많은 역할을 해왔네만 이놈의 살아 있는 신 노릇만큼 불편한 것도 없었네. 난 인간이야. 누구나처럼 어리석고 나약한 인간. 다른 사람들보다 잘난 점이 있다면 나 자신이 약하다는 사실을 알고 그래서 타인의 약점도 안다는 정도겠지. 그래서 다른 사람들보다 강하거나 똑똑한 척할 필요가 없었고, 바로 그런 자각이 내 힘의 원천이었다네.

지금은 오후일세. 태양이 천천히 서쪽으로 내려가고 바닷바람도 잠잠한 탓에 저 파란색 돛이 여린 하늘을 배경으로 축 늘어져 있군그래. 배는 파도를 따라 천천히 흔들리지만 특별히 앞으로 나간다는 느낌은 없네. 조수들도 하루 종일 늘어지게 놀다가, 슬슬 따분한지 내 쪽을 힐끔거리네. 불안하기도 하겠지. 어서 빨리 지시를 받고, 이 잔잔한 바다에서 빠져나가고 싶을 걸세. 아니, 그럴 생각은 추호도 없네. 삼십 분이나 한 시간, 아니면 두 시간 정도면 산들바람이 불 거야. 그럼 안전한 항구를 찾아 닻을 내릴 걸세. 지금은 그저 바다가 이끄는 대로 떠다니고 싶다네.

나이의 저주가 많다지만 이놈의 불면증이 제일 괴롭군그래. 알다시피 항상 불면증에 시달렸네. 그나마 젊었을 때는 적절하게 요리할 수라도 있었지. 온 세상이 잠들고 나면 나 혼자 느긋하게 삼라만상의 휴식을 지켜보곤 했으니까. 사람들이 저마다의 세계관, 아니 까놓고 말해서 제 사익을 따져, 내 정책을 미주알고주알 씹어 삼키더라도 난 얼마든지 평온과 사색을 즐길 수 있었어. 실제로 주요 정책 상당수가 동트기 전 침대에서 만들어졌다네. 그런데 요즘의 불면증은 차원이 달라. 행여 잠이 들면 사고의 유희를 즐기지 못할까 하는 우려에 머리를 쉬지 못하는 그런 불면이 아니라, 그저 기다림의 불면증에 가깝다네. 그러니까 지금껏 알지 못했던 기나긴 휴식을 준비하느라 정신도 육신도 잠을 이루지 못하는 걸세.

오늘 밤도 여전히 잠을 이루지 못했군그래. 해가 저물녘, 작은 후미에서 일백 미터쯤 떨어진 어느 이름 모를 촌락에 정박했네. 어선 몇 척이 쉬고 있고, 일 킬로미터쯤 내륙의 작은 언덕으로는 초가지붕들이 옹기종기 모여 있네. 날이 어두워지며 등잔불과 화톳불이 여기저기 깜빡였는데, 난 그 불이 모두 꺼질 때까지 지켜보았다네. 또다시 세상이 잠들었네. 우리 선원들도 밤공기가 좋은지 대부분 갑판에서 잠이 들었군. 필리푸스는 선실 주변 어딘가에 있을 걸세. 내가 그 안에서 쉬고 있다고 생각할 테니까. 보이지는 않네만 작은 파도가 배의 옆구리를 부드럽게 때리고 밤바람이 감은 돛 위에서 속삭이는군. 테이블 등잔불이 바람에 요동치는 통에 내가 쓴 글을 보기 위해 종종 눈살을 찌푸려야 한다네.

기나긴 밤, 문득 그런 생각이 드는군. 이 편지가 소기의 목적을 이루지 못할 수도 있겠어. 처음에 편지를 쓰기 시작했을 때는 그저 '니콜라이' 건으로 고마움과 내 우정을 전하고, 어쩌면 같이 늙어가는 친구에게 위안이라도 되어볼 심산이었지. 그런데 인사를 전하다보니 점점 글이 엉뚱한 쪽으로 흘러가지 뭔가. 예기치 않게 또 다른 여행이 되고 만 거야. 카프리에 가서 휴가를 보낼 참이었건만, 이 적막한 밤 저 신비한 별밤을 올려다보며, 자네처럼 이상한 힘에 이끌려 묘한 글들을 짜맞추다 보니, 지금은 마치 다른 곳으로 가고 있는 것만 같다네. 내가 경험한 그 어느 곳보다 신비로운 곳으로 말일세. 내일 다시 쓰겠네. 어쩌면 어디로 가는지 알 것도 같군.

8월 10일

어제 오스티아에 상륙했네. 공기가 차고 습하더군. 난 바보처럼 갑판에 남아 이탈리아 해변이 안개 속에 잠기는 모습을 지켜보았네. 덕분에 다시 편지를 쓸 수 있었고. 전에 말했지? 처음에는 그저 "니콜라이, 고맙네." 인사를 전하고, 오래 만나지 못했지만 여전히 자네를 사랑한다고 말하고 싶었다고? 지금쯤 이해했겠지만 편지는 애초의 의도를 넘어서고 말았네. 아무쪼록 옛 친구가 하는 말이니 귀담아 들어주게나. 그런데 찬 공기에 감기라도 걸렸는지 또 열이 나고 이렇게 거동마저 불편해지고 마는군. 그다지 큰 병이 아니라 필리푸스한테는 얘기하지 않았네. 오히려 아무 문제없다고 안심시켜주었다네. 그래, 이 편지를 꼭 마무리하고 싶어서야. 필리푸스의 근심 따위로 방해받고 싶지는 않네.

 항상 그렇지만 건강 문제는 나보다는 다른 사람들 관심사였네. 젊었을 때부터 허약해 툭하면 병치레를 해야 했네. 덕분에 돌팔이 의사들만 잔뜩 부자로 만들었지. 아무리 생각해도 그 양반들 완전히 불로소득이었어. 그렇다고 그 돈이 아깝다는 얘기는 아닐세. 아무튼 툭하면 사경 지경까지 간 터라 서른다섯, 여섯 번째 집정관 당시엔 원로원이 이런 포고령까지 내렸지 뭔가. 집정관과 사제들은 사 년마다 서약을 하고 제물을 바쳐 황제의 건강을 기원하라. 그래서 경주를 개최해 사람들이 기원을 기억하고, 개인적으로든 단체로든 신들의 사원에서 내 건강을 위해 제물을 바치곤 했다네. 물론 멍청한 짓이었어. 그래도 적어도 의사들의 다양한 진단과 처방만큼은 내 건강에 도움이 되었을 걸세. 일면 제국의 운명과 함께한다는 의식을 심어주는 효과도 있었고.

 누구나 영원의 어둠 속으로 곤두박질친다지만, 그 영혼의 무덤 입구까지 간 것만 평생 여섯 번이나 되네. 그런데 영혼도 운명의 엄명을 이길 수 없었던지 여섯 번 모두 물러서더군. 결국 친구들보다 오래 살았네. 나보다 그 친구들의 삶이 있기에 더 잘 살 수 있었지. 그런데 모두 죽었어. 옛 친구들은. 율리우스 카이사르는 쉰여덟, 지금 나보다 스무 살 가까이 이른 나이에 세상을 뜨셨지. 종종 그런 생각을 하네만, 그분이 죽은 이유는 암살자들의 단검 때문이 아니라, 권태가 부주의를 낳아서였을지도 모르겠어. 살비디에누스 루푸스는 스물셋의 나이에 죽었네. 그것도 자기 손으로. 우리 우정을 배신했다고 여겼기 때문이라네. 불쌍한 살비디에누스, 옛 친구들 중에선 그래도 그 친구가 나와 제일 비슷했어. 그 친구는 모르겠지만 배신자는 바로 나 자신이었다네. 그는 그저 나한테 전염된 무구한 피해자였어. 베르길리우스는 쉰하나였네. 내가 임종을 지켰는데, 정신이 오락가락하는 와중에도 자신이 실패자라고도 하고 로마 건국에 대한 시를 없애 달라고 애원도 했다네. 그리고 아그리파. 겨우 쉰 살이었어. 평생 아픈 적이 한 번도 없던 친구가 한창 전성기에 갑자기 죽고 말더군. 부지런히 달려갔지만 결국 작별 인사도 하지 못했다네. 그리고 몇 년 후(내 기억으로는 그래. 지금은 세월이 탬버린과 루트와 트럼펫 가락을 한데 섞어놓은 것처럼 온통 하루처럼 보인다네.) 불과 한 달 사이에 마에케나스와 호라티우스가 떠났지. 친애하는 니콜라우스, 자네 말고는 내 마지막 친구들이었다네.

나도 생명이 조금씩 빠져나가다 보니, 문득 친구들의 삶은 나와 달리 일종의 균형이 있었다는 생각이 드네. 친구들은 권력의 정점에서 떠났어. 위업을 달성하고도 아직 할 일이 많이 남아 있을 때였지. 게다가 삶이 무가치하다고 믿을 만큼 불운하지도 않았다네. 그리고 이십 년. 돌이켜보면 내 인생이야말로 아무것도 아니었어. 알렉산더야 운 좋게도 일찍 죽기나 했지. 그렇지 않았다면 그도 세계 정복이 부질없다는 사실을 알았을 게야. 세상을 지배하는 건 말할 나위도 없고.

자네도 알다시피, 추종자들이나 비방꾼들은 공히 나를 저 야심만만한 마케도니아 청년에 비유했다네. 지금의 로마 제국에 과거 알렉산더가 침공한 땅이 다수 들어 있기도 하고, 내가 그 양반처럼 어려서 권좌에 오른 것도 사실이니까. 그가 야만적으로 굴복시킨 나라들도 수없이 여행했네만, 그래도 난 세상을 정복하려 한 적이 없다네. 단 한 번도. 사실 정복자보다는 정복당한 쪽에 가까웠네.

제국의 영역을 넓히기는 했지만 순전히 국경의 안전을 확보하기 위해서였네. 영토 확장 없이 이탈리아가 안전할 수 있다면 느긋하게 옛 영토 안에 머물렀을 걸세. 결국 불필요하게 외국 땅에서 인생을 낭비할 수 밖에 없었지. 보스포루스가 갈라져 흑해로 진입하는 어귀에서 저 멀리 스페인 해안까지 원정을 나가고, 게르마니아 야만인들이 판치는 판노니아의 차가운 바다에서 이글거리는 아프리카 사막까지 돌아다녔지. 하지만 대개는 정복자가 아니라 사절이었다네. 지도자들이라 봐야 국가의 수장보다 부족장에 가깝고, 라틴어도 그리스어도 하지 못했지만, 그래도 평화롭게 협상을 하고 싶었다네. 율리우스 카이사르께서야 광범위한 원정을 통해 힘을 얻으셨다지만 난 어디를 가도 마음이 편치 못했어. 늘 이탈리아 교외와 로마를 그리워했지.

　비록 협상 상대로 만나기는 했어도 저 기이한 사람들을 존중하고 어느 정도는 좋아하기까지 했네. 로마인들과는 너무도 달랐어. 북방의 부족장은 직접 잡은 동물 가죽으로 벌거벗은 몸을 두르곤 화톳불 연기 사이로 나를 뚫어져라 보았지만 사실 다른 지도자들과 별 차이는 없었다네. 가무잡잡한 아프리카 족장은 로마 저택이 무색할 정도로 화려하고 사치스러운 집에서 나를 영접했지, 페르시아 추장은 머리에 터번을 두르고, 곱실거리는 콧수염을 정성스레 다듬었지. 이상한 바지와 망토에는 금실과 은실로 수를 놓고 눈은 뱀처럼 날카로웠어. 누미디아의 야만 족장도 마찬가지였네. 투창과 코끼리 가죽 방패를 들고 내 앞에 섰는데 표범 가죽으로 검은 몸을 대충 휘감고 있었지. 한두 차례, 그자들한테도 권력을 제공했네. 왕으로 만들고 로마의 보호도 제공했지. 심지어 로마 시민으로 봉해 왕국의 안정 뒤에 로마의 이름이 있도록 했다네. 야만인들이라 믿을 수 없었지만 그래도 나쁜 점보다 좋은 면이 더 많은 자들이었어. 더욱이 그들을 알면서 내 동포들도 제대로 이해하기 시작했지. 종종 이 세상 어느 부족만큼이나 이상하게 보였으니까.

로마인들은 멋쟁이들처럼 이발을 하고 향수를 처바르고 금지된 비단 토가를 입고 잘 정돈한 정원을 총총거리며 다니지만 실제로는 쟁기를 끌고 흙먼지를 뒤집어 쓴 무도한 농사꾼과 다를 바 없네. 아무리 화려한 대리석 저택으로 감춘다 해도 그 이면은 농부의 초가집에 진배없으며, 사제처럼 경건한 의식을 치르고 어린 소를 제물로 바친다 해도 실제로는 가족에게 고기를 제공하고 추운 겨울을 대비해 옷을 마련하는 농사꾼 아빠가 본질이야.

언젠간 사람들의 호의와 지지가 필요할 때였네. 그 때문에 검투 시합을 자주 열었지. 당시에는 검투사들이 모두 범죄자들이었네. 원래는 죽음이나 추방으로 다스려야 할 중죄인이었지만 난 그들에게 경기장이냐 처벌이냐를 선택하게 했네. 패배자들한테는 자비를 빌게 하고, 삼 년간 살아남은 자는 죄의 경중을 따지지 않고 무조건 풀어줄 것을 명문화했어. 사형에 처하거나 탄광으로 가야 할 자들이 검투를 선택한다면야 놀랄 일이 아니었네만, 추방 명령을 받은 자들까지 검투사가 되겠다고 했을 때는 솔직히 의외였다네. 낯선 나라보다 경기장이 안전하다고 생각했을까? 검투 시합을 좋아하지는 않아도 억지로라도 관람을 했다네. 시민들과 유희를 공유한다고 선전하기 위해서였지. 사실은 이 대학살을 좋아하는 시민들이 더 가관이었다네. 흡사 자기 목숨을 내놓는 대신 타인의 참극을 지켜보는 식으로 삶의 의지를 얻는 것 같았어. 나는 이따금 검투사가 열심히 싸우면 경기에 져도 생명을 구해주곤 했는데 그러면 관중들은 광기를 해소하지 못한 채 하나같이 실망스러워했지. 한번은 검투 시합을 금지하고 복싱 경기로 대치해 이탈리아인과 야만인을 상대하게 했네. 결국 검투 시합이란 사람이 사람을 죽이는 살상이 아니던가. 그런데 관중들은 만족하지 못했어. 게다가 찬사를 필요로 하는 사람들이 검투 같은 대량 학살 경기를 개최했기에 결국 금제를 풀고 시민들의 요구를 따를 수밖에 없었다네. 그렇지 않으면 통제가 불가능했기 때문이지.

경기장에서 막사로 돌아온 뒤 검투사의 모습을 본 적이 있네. 땀과 먼지와 피를 뒤집어썼건만 오히려 사소한 일에 여자처럼 흐느껴 울더군. 그러니까 기르던 매가 죽거나 애인의 절교편지를 받거나, 아끼는 외투를 잃어버렸을 때처럼 말일세. 귀부인들의 모습도 가관이긴 마찬가지였지. 불운한 검투사를 죽이라고 소리칠 때는 얼굴까지 흉측하게 일그러뜨리면서, 집에 돌아가서는 더없이 정숙한 척 아이들을 돌보고 하인들에게도 친절하고 부드럽게 대하더군.

세속적 로마인들의 피에 농군 조상들의 전원적 피가 함께 흐른다면, 길들지 않은 북쪽 야만인들의 거친 피도 섞여 있을 것 같구먼. 어느 경우든 저 화려한 저택으로 가리긴 했네만 그건 다른 사람이 아니라 자기 자신이 스스로를 보지 못하게 만들었을 뿐이야.

그러고 보니 지시한 적도 없고 서두를 필요도 없는데, 선원들은 본능적으로 늘 육지가 보이도록 배를 움직이는 것 같군. 바람이 바뀌면 일부러 항로를 수정해 삐뚤빼뚤한 해안선을 따라가고 있네. 이탈리아인들은 본능적으로 바다를 싫어하는 것 같네. 그것도 병적일 정도로. 그 경향은 여타의 두려움보다 크고, 땅을 다루는 농부가 땅과 다른 대상을 피하려는 성향과도 다르다네. 자네 친구 스트라보가 새로운 지식을 찾아 낯선 바다를 누빈다는 사실을 알면 일반 로마인들은 크게 당혹해할 걸세. 로마인들이 땅을 벗어나는 일은 전쟁처럼 불가피한 상황뿐이야. 마르쿠스 아그리파의 지휘로, 로마 해군은 세계 역사상 가장 강력한 군대로 성장했고 로마를 구한 전투들 역시 해전이었건만, 그래도 바다를 기피하는 경향은 여전하다네. 이탈리아인의 본성이기 때문이지.

그런 경향이라면 시인들이 잘 알고 있네. 호라티우스의 시 기억하나? 베르길리우스를 태우고 아테네로 가던 배를 노래했지. 정말 기발한 착상이었어. 신들이 깊디깊은 바다로 대륙과 대륙을 나누었기에 뭍에 사는 사람들이 서로 다른 모습으로 변했으며, 인간은 절대 건드리지 말아야 할 요소 위에 위태롭게 돛단배를 정박해두었다고 했지. 베르길리우스 자신도 로마 건국을 그린 위대한 시에서 바다를 언급할 때면 늘 섬뜩하기 짝이 없는 용어를 사용했지. 아이올로스가 깊은 바다 위로 천둥과 바람을 보내면, 파도가 높이 일어 별들을 가리고 돛대는 부러지고 사람들은 아무것도 보지 못하지. 그 시를 오랜 세월 수도 없이 보았건만, 키잡이 팔리누루스를 생각하면 아직도 감동의 눈물을 흘리곤 하네. 잠의 신이 그를 깊은 바다에 던져 익사시키고 아이네아스가 그를 애도하지. 미지의 해변에 알몸으로 누운 채, 그가 고요한 바다와 하늘을 너무 신뢰했다고 안타까워하면서 말일세.

마에케나스야 워낙 공이 많았지만 지금 생각해보면 가장 중요한 공은 아무래도 시인들이었어. 시인들을 친구로 둔 덕분에 나도 시인들을 알았으니까. 시인은 그 누구보다 비범했다네. 로마인들이 시인들을 경외했다면, 바다를 두려워하듯 시인들을 두려워했기 때문일 걸세. 몇 년 전, 시인 오비디우스를 로마에서 추방해야 할 때가 있었네. 사람들과 음모를 꾸미며 국가의 안위를 위해하려 했기 때문이지. 그가 한 역할은 악의나 정치라기보다는 유희와 사교에서 비롯했네. 그래서 추방도 최대한 가볍게 해주었네만 이제 곧 사면도 할 생각일세. 추운 북방에서 돌아와 온화하고 쾌적한 로마에서 살 때도 되었잖아? 그런데 다뉴브 강 어귀의 작은 야만인 마을이자 유배지인 토미스에서도 계속 시를 쓰더군. 우리는 서신을 교환하면서 다시 사이가 좋아졌네. 그 양반, 로마의 유희를 그리워하지만 그렇다고 지금 상황을 저주하는 것도 아니라네. 내가 아는 시인들 중에서 오비디우스만큼은 완전히 신뢰할 수 없네만 그래도 좋아하네. 앞으로도 그럴 테고.

시인들을 믿는 이유는, 그들의 바람을 내가 들어줄 수 없기 때문일세. 일반인을 부자로 만들어 상상도 못했던 사치를 누리게 할 수도 있고 엄청난 권력으로 아무도 대적하지 못하게 만들 수도 있네. 자유인에게 그런 명예와 영광을 하사하면 아무리 집정관이라도 그를 함부로 상대하지 못하지. 언젠가 호라티우스한테 내 개인 비서직을 제안한 적이 있었어. 그렇게 된다면 로마의 최고 권력자가 되니까, 조금이라도 부패할 의지만 있다면 최고 갑부도 부럽지 않을 거야. 그런데, 아아, 그의 대답은 이랬다네. 건강상태가 좋지 않아 책임이 막중한 자리는 받아들일 수 없다고. 그 자리는 차라리 명예직에 가깝고 그 양반이 누구보다 건강하다는 사실쯤은 자네도 나도 알고 있었네. 그래도 기분은 나쁘지 않더군. 그에게는 마에케나스가 준 작은 농장과, 하인 몇 명, 포도 농장, 고급 와인을 수입할 정도의 수입이면 충분했어.

돌이켜보면 내가 시인들을 존중하는 이유는 가장 자유롭고, 제일 애정이 깊은 사람들이기 때문이었어. 사실 친밀감을 느낀 탓도 있지. 시인들이 스스로 설정한 임무들이 오래전 내가 설정한 의무와 비슷하다고 여겼으니까.

시인은 혼란스러운 경험과 난감한 사건, 이해 불가의 가능성 영역을 관조하네. 말하자면 우리 모두 살고 있으면서 거의 아무도 관심을 두지 않는 세상이겠지. 관조의 결실이라면 무질서 속에서 사소하나마 조화와 질서의 법칙을 찾아내거나 만들고, 그 발견을 시적 법칙에 기반해 세상에 구현하는 것이겠지. 사실, 시인이 엄격한 정형률에 언어를 맞추는 것보다, 더 정교한 대형으로 병사들을 훈련시킬 장군은 세상 어디에도 없다네. 시인이 나름의 진리를 드러내기 위해 오와 열을 맞추는 것보다 이 파벌과 저 파벌을 적확하게 배치할 능력은 어느 집정관도 없으며, 시인은 구체적인 시어들을 배열하여 또 다른 차원의 세계(어쩌면 우리가 위태롭게 장악하고 있는 이곳보다 더 현실적인 세계)를 창조한 뒤 인간 정신의 우주 속에서 자전하게 할 수 있지만, 그 어떤 황제도 이 표리부동한 세계 이곳저곳을 조직하고 통솔해 전체를 구성할 수 없다네.

전술했듯이 나는 세상을 바꾸기 위해 존재했네. 그래, 어쩌면 세상이 바로 내 시라고 볼 수 있겠군. 부분을 전체로 통합하고 이 파벌을 저 파벌과 통합하고 그 파벌에 걸맞은 역할과 혜택을 부여했으니까. 하지만 아무리 내가 지은 시라 해도 세상이 시대를 초월해 존재할 수는 없을 걸세. 베르길리우스가 숨을 거두며 자신의 걸작 시를 파기해달라고 애원한 바 있지. 그 양반 말로는 미완성인 데다 부족하기까지 했어. 군단 하나가 패퇴하는 장면만 보고 다른 두 군단의 대승을 접하지 못한 장군처럼, 베르길리우스는 자신을 실패자로 여겼다네. 하지만 그의 로마 건국 시편은 로마 자체보다 오래 살아남을 걸세. 물론 내가 만들어놓은 이 허접한 세상보다도 장수할 거야. 난 그 시를 파기하지 않았네. 베르길리우스도 내가 그러리라고 생각지는 않았을 거야. 시간은 시가 아니라 로마를 부순다네.

열이 내리지 않는구먼. 한 시간 전, 갑자기 현기증이 일고 옆구리가 크게 아프더니 온몸에 마비 증상이 있었네. 왼쪽 다리야 늘 약했네만 지금은 거의 움직일 수가 없군그래. 아직 내 체중을 감내할 수 있기는 해도 그저 질질 끌고 다니는 수준이야. 사실 침으로 찔러도 이제는 막연한 느낌만 있다네. 필리푸스한테는 아직 알리지 않았네. 그 친구라고 도리가 있겠나. 이놈의 몸뚱아리야 이미 그 어떤 처방도 무용한데 괜히 걱정거리만 안겨줄 필요가 어디 있겠나. 그렇지 않아도 괴로울 사람을. 몇년 전부터는 이 부질없는 몸뚱이한테도 화가 나지 않는군. 그래도 약해빠진 인간이 꽤나 잘 버텼어. 옛 친구의 임종을 지켜봤듯 이제 이 육신이 떠나는 모습을 감내할 때가 된 걸세. 영혼이 빠져나가면 어디든 불후의 세계를 찾아가리라 믿네. 살아서야 인간의 영혼이 그 손님 격인 짐승과 자신을 떼어낼 수 없거든. 이제는 나도 자신이 있네. 아니, 몇 개월 전부터 그랬어. 나를 담은 육신으로부터 나 자신을 분리해 그 본질을 가만히 지켜보고 있다네. 그다지 새로운 능력은 아니네만 그래도 전보다 훨씬 자연스러워.

이제 허물어져 가는 육신과 고통에서 빠져나와, 상상 불가의 바다를 자유로이 표류하며 저 남쪽 카프리로 향하네. 태양이 중천에서 바다를 비추네. 뱃머리가 물줄기를 가르니 하얀 포말이 파도 위에 흩어지며 나지막이 투덜대는군. 이제 일손을 놓고 쉬어야겠어. 어쩌면 조금이라도 힘이 돌아올지 모르지. 오늘 저녁 푸테올리에 정박하고 내일이면 카프리에 상륙할 걸세. 마지막으로 공직을 수행해야 할 곳이라네.

항구에 있네. 이른 오후인데 안개가 짙지 않은 덕에 배에서도 해변이 잘 보이는군. 지금은 테이블에 앉아 한가로이 편지를 쓰고 있네. 필리푸스도 뱃머리 자리에서 지켜보는데 내 건강 상태가 급격히 나빠졌다는 사실을 눈치챈 모양일세. 의심의 표정이 그의 젊고 잘생긴 얼굴을 가득 덮고 있군. 눈썹 아래 담갈색 눈을 여인네처럼 새침하게 뜨는 때때로 나를 훔쳐본다네. 언제까지 내 상태를 숨길 수 있을지 나도 모르겠어.

푸테올리 바로 북쪽 작은 만에 닻을 내렸네. 좀 더 북쪽에 나폴리가 있지. 오래전 마르쿠스 아그리파가 이곳 바다와 루크리네 호수 사이에 수로를 만들었네. 덕분에 로마 함대가 악천후와 섹스투스 폼페이우스의 해적 함대를 피해 작전을 수행할 수 있었지. 우리는 내륙 항에서 전함 이백 척을 훈련시켜 섹스투스 폼페이우스를 패퇴하고 로마를 구했어. 그런데 태평성대가 오면서 훈련장 입구를 토사가 막아버리는 통에 지금은 굴 밭으로 변했다더군. 결국 로마 부자 놈 입만 즐겁게 해준 셈이지. 우리가 정박한 곳에서는 항구가 보이지 않지만 그래서 오히려 다행이야.

최근에 그런 생각을 했네. 지금껏 그렇게나 노력했지만, 적절한 삶의 환경, 즉 인간이 제일 살기 좋은 조건이라는 놈이 번영, 평화, 조화 따위와 거리가 멀 수도 있겠어. 권력 초기에 우리 국민들은 무척이나 듬직했다네. 빈곤의 와중에도 불평 한 마디 없고 때때로 즐겁게 웃기도 했으니까. 전시에는 자기 목숨보다 전우의 생명을 소중히 여기고, 혼란기에도 어느 쪽을 선택하든 굳건히 로마의 권위에 충성을 다했다네. 우리는 사십 년 동안 태평성대를 누렸네. 더 이상 로마인들끼리 싸우지도 않고 야만 부족들이 침략을 목적으로 이탈리아 땅을 밟은 적도 없어. 병사들이 자기 의지에 반해 무기를 들 일도 없어졌지. 이제는 누구나 로마의 번영을 향유한다네. 아무리 비천한 계급이라 해도, 로마인들은 매일 식량 배급을 받을 수 있고, 속령의 시민들도 더 이상 기근이나 자연재해를 걱정하지 않으며, 사지에 몰리더라도 도움의 손길을 확신할 수 있다네. 신분과 관계없이 시민이라면 누구나 노력과 행운이 허락하는 만큼 돈을 벌 수도 있네. 나는 로마 법정을 만들어 누구든 행정관을 찾으면 최소한이나마 정의롭게 대접받을 수 있도록 해주었네. 제국의 법을 만들어 속령에서초차 독재자나 타락한 탐욕으로부터 어느 정도 안전하게 살게 해주었어. 율리우스 카이사르가 살해당하기 직전 선포한 반역죄를 수립하고 시행함으로써, 야만적인 권력자의 폭력에서 로마를 안전하게 만들었네.

그렇지만 지금 로마인의 얼굴에는 미래를 두려워하는 표정이 역력하다네. 이 정직한 평화에 만족을 못하고는 자꾸 옛날의 타락을 훔쳐보지 뭔가. 국가의 존재가치마저 빼앗아버린 옛 정치를 말일세. 사람들에게 독재와 권력과 가문으로부터 자유를 주고, 처벌의 두려움 없이 자유롭게 말할 수 있게 해주었어. 시민들과 원로원이 내게 로마의 절대 통치권을 부여한 것은, 처음에는 동로마의 악티움에서 마르쿠스 안토니우스를 물리친 후였고, 나중에는 마르쿠스 마르켈루스와 루키우스 아룬티우스의 집정관 시절, 지독한 기근에서 로마를 구원했을 때였네. 이탈리아의 곡물 공급이 완전히 끊긴 상태였지만 그것도 내가 사비를 털어 해결했네. 그런데도 난 두 경우 공히 제안을 받아들이지 않았어. 당연히 사람들이 크게 실망했지. 그런데 이제 원로의 자식들이 봉사를 하거나 명예를 쌓는 데는 전혀 관심이 없고 오히려 투기장에서 목숨을 내걸고 일반 검투사들과 결투나 벌이고 있지 뭔가? 로마의 용기는 저 먼지바닥에서나 뒹구는 꼬락서니가 되고 말았다네.

마르쿠스 아그리파의 항구는 이제 로마의 향락꾼을 위해 굴을 재배하네. 정직한 로마 병사들은 놈들의 화려한 정원에서 회양목과 사이프러스를 돌보며 살고, 과부들의 눈물은 놈들의 인공 개울물이 되어 이탈리아 햇살에 반짝이며 흐르고 있네. 그리고 북방에선 야만인들이 노리고 있지.

그래, 야만족들이 노리고 있네. 오 년 전, 게르마니아 국경, 라인 강 북쪽에 재해가 닥쳐 아직 회복하지 못했네. 어쩌면 그게 로마의 운명일지도 모르겠어.

흑해 북부 해변에서 게르마니아 해 남쪽 해안까지, 모이시아에서 벨기에까지, 이천 킬로미터 가까이, 이르마니아 부족을 막을 어떤 자연 방책도 없네. 놈들을 막을 방법도 없고 약탈과 살상을 그만두라고 설득할 수도 없어. 종조부께서도 못하신 일이고 나 또한 집권 시기에 이루지 못했지. 때문에 국경을 강화해서 북방 속령들을 수호하고 궁극적으로 로마 자체를 보호할 필요가 있다네. 국경에서도 가장 중요한 지역은 북서쪽 라인 강 바로 아래 지역이라네. 특히 비옥하고 풍요로운 땅을 보호하기 때문이지. 그래서 로마 제국을 수호하는 스물다섯 개 군단 중에서 일백오십 만 대군에서도 가장 노련한 고참병 다섯 개 군단을 저 작은 지역에 할당한 걸세. 군단은 푸블리우스 퀸틸리우스가 통솔하고 있지. 아프리카 속주 총독이자 시리아 총독으로 성공적으로 임기를 마친 인물이야.

아무래도 재해는 내 책임이 맞는 것 같으이. 귀가 얇아 게르마니아의 통솔권을 바루스한테 넘겼으니 말일세. 아내의 먼 친척이고 과거 티베리우스한테 조금 도움을 준 적이 있었네. 지금껏 큰 실수를 여러 번 했네만 이번 처사도 그중 하나라네. 내 기억으로는 거의 모르는 자를 그런 고위직에 앉힌 유일한 경우였어.

북부 속령의 조야하고 미개적인 국경이건만 여전히 시리아에서처럼 사치스럽고 느긋하게 살 수 있다고 생각한 거야. 그래서 병사들과도 떨어져 게르마니아 토호들과 어울려 지내기 시작했지. 물론 아첨에 능하고 성적 쾌락쯤이야 얼마든지 제공하려 드는 치들이라네. 이 간신배들의 우두머리가 바로 케루스키 족의 아르미니우스라는 자였어. 한때 로마 군인으로 복무한 공으로 시민권을 얻었지. 태생은 야만족이나 라틴어에 능해 바루스의 신임을 얻은 뒤, 차츰 뿔뿔이 흩어진 게르마니아 부족들에게 야심을 드러내기 시작했다더군. 그리하여 마침내 바루스의 신임과 허영을 확신하고 거짓 정보를 제공하기 시작했지. 오지의 부족 카우키와 브룩테리가 반란을 일으켜 남쪽으로 쳐들어와 속령 국경을 위협하고 있다고. 바루스는 오만하고 섣부른 자라, 다른 사람의 조언은 아예 듣지도 않았네. 그리고는 급기야 베저 강의 여름 기지에서 세 개 군단을 빼내 북쪽으로 향했지. 아르미니우스의 음모는 아주 교활했어. 바루스가 군단을 이끌고 숲과 습지를 지나 렘고로 향할 때였네. 야만 부족들은 아르미니우스한테 미리 정보를 듣고 대비를 하고 있다가 악전고투 중인 군단을 덮쳤지. 로마군은 기습에 당황한 데다 울창한 숲과 비, 습한 땅에 고전하던 터라 제대로 저항도 하지 못하고 전멸당하고 말았지. 사흘도 채 되지 않아 병사 일만 오천 명이 학살당하거나 포로가 되었다네. 야만인들은 병사들 일부를 생매장하고 일부는 십자가에 매달았지. 일부는 야만 사제들에게 주었는데 사제들은 포로들의 목을 잘라 신성 숲 나무마다 걸어놓았어. 북방 신들에게 제물로 바친 거라네. 기껏 백 명도 되지 않은 병사들이 숲을 탈출해 재앙을 보고했네. 바루스는 살해당하거나 자결했을 텐데 어느 쪽인지는 아무도 모르더군. 어쨌든 마로보두우스라는 부족장 하나가 그의 목을 들고 나를 찾아 로마에 왔네. 역시 나를 존경하고 두려워해서인지, 아니면 조롱하기 위해서인지는 모르겠네. 바루스의 목은 의식에 따라 매장해주었네만 그의 영혼은 아니었네. 그의 명령으로 참혹하게 죽은 병사들 때문에라도 그럴 수는 없었지. 그래, 북쪽에서는 여전히 야만인들이 노리고 있네.

라인 강에서 대승을 거두었으면서도 영민하지 못한 탓에 아르미니우스는 결국 이점을 살리지 못했네. 라인 강 어귀에서 엘베 강 두물머리까지 북쪽이 온통 무주공산이었건만 그저 이웃 부족만 약탈하는 데 눈이 멀었던 거야. 다음 해, 나는 게르마니아 군을 티베리우스에게 넘겼네. 바루스를 추천한 게 바로 그였기 때문이지. 티베리우스도 참상에 책임이 있기에, 자신의 미래가 게르마니아 야만족들을 진압하고 저 말썽 많은 북방 속령의 질서를 회복하는 데 달려 있음을 잘 알고 있었지. 어쨌든 성공은 했네. 자신의 직관보다 군단의 고참 백인대장들과 호민관들의 경험을 믿은 게 주효했지. 북방은 다시 위태로운 평화를 맞이했네. 그렇지만 아르미니우스는 여전히 잡히지 않은 채 어지러운 국경 너머 황야 어딘가에 숨어 있다네.

멀리 동쪽, 인도 넘어 미지의 세상이 존재하네. 아직 그 어느 로마인도 발을 디디지 못한 곳이야. 그곳 왕들이 세대에 세대를 이어가며 거대한 성벽을 쌓았다는 얘기를 들었네. 그 길이가 북쪽 전선을 따라 수백 킬로미터에 달해 이웃 야만 부족의 침략에서 왕국을 보호할 수 있다더군. 어느 탐험가가 지어낸 얘기일 수도 있고 아예 그런 왕국이 존재하지 않을 가능성도 있네만, 솔직히 나도 언젠가 그런 생각을 한 적이 있었네. 결국 이웃 부족들을 정복할 수도 계몽할 수도 없을 터이니 당연하지 않은가. 물론 부질없는 짓이겠지. 바람과 비와 시간은 아무리 단단한 돌이라도 깨뜨릴 테고, 인간의 나약한 마음을 보호할 성벽이란 존재할 수도 없으니까.

일만 오천의 로마 병사를 학살한 건 아르미니우스와 그 무리가 아니라 나약한 바루스였어. 바로 그 로마 쓰레기가 눈이 멀어 죽게 만든 셈이니까. 그래, 야만인들은 우리를 노리고 우리는 안이와 쾌락에 빠진 채 점점 나약해지고 있네.

　다시 밤이로군. 점점 분명해지는 것 같지만 이번 항해의 두 번째 밤이 아무래도 내 마지막 밤일 것 같군그래. 육신과 함께 정신까지 무너지리라 생각지는 않네만 미처 깨닫기 전에 어둠이 덮치기는 할 걸세. 그러고 보니 나도 모르게 멍하니 서쪽을 바라보고 있었군. 필리푸스가 쭈뼛쭈뼛 다가와 나를 살피기 시작한 것도 바로 그때였네. 어딘가 두려워하는 표정이라 그에게 내 이마를 짚어 열을 확인하도록 허락하고 질문에도 몇 마디 대답해주었네. 덧붙이자면야 모두 거짓말이었지. 밤공기가 위험하다며 객실로 돌아가야 한다고 할 때는, 짐짓 고집스럽고 괴팍한 노인이 되어 화를 내는 척하기도 했네. 다행히 덕분에 필리푸스도 내 기세를 확신하고 대신 사람을 보내 담요를 가져오게 하더군. 나도 꼭 두르고 있겠다고 약속하는 식으로 위기를 모면했네. 필리푸스는 갑판에 서서 지켜보더니 이내 꾸벅꾸벅 졸다가 지금은 맨바닥에 웅크리고 누워 있네. 머리를 두 팔로 감싸고 잠든 모습에서, 아침이 오면 당연히 잠에서 깰 수 있다는 자신감이 엿보여 잠시 부러워하기도 했다네.

　지금은 보이지 않네만, 늦은 오후의 안개가 일어나 서쪽 수평선을 가리기 전만 해도 윤곽을 그릴 수 있다고 생각했네. 광활하고 둥근 바다를 배경으로 검은 얼룩 같은… 그래, 판다테리아 섬을 봤다고 믿네. 오랜 세월 내 딸이 고통스럽게 망명 생활을 한 곳이지. 지금은 판다테리아에 없네. 십 년 전 이탈리아 본토로 돌아와도 괜찮겠다고 판단해 지금은 레기오의 칼라브리아 마을에 거주하고 있지. 이탈리아 장화의 발가락 끝에 해당하는 곳이야. 딸을 보지 못한 지도 벌써 십오 년이 넘는군. 아니, 그동안은 이름을 불러본 적도 없고, 면전에서 그 애의 안부를 말하지도 못하게 했네. 너무 고통스러웠기 때문이지. 결국 그 침묵은 또 다른 굴레가 되어 내 삶을 새로운 역할에 얽매고 말았다네.

자네도 알겠지만 삼십여 년 전 결혼법을 공표하고 원로원이 제정해주었네. 당시는 나도 어쩔 수 없어 이율배반적으로 활용했네만 이제 적들도 그 모순을 들여다보면서 즐거워하는 듯 보이네. 심지어 내 친구들도 법의 존재를 불편해하더군. 호라티우스가 언젠가 한 말도 그랬네. 법이 인간의 내밀한 열정까지 금할 경우 무기력해질 수밖에 없다. 오로지 시인이나 철학자처럼 아무런 힘도 가하지 못하는 사람만이 인간의 영혼을 향해 가치 있게 행동하라 말할 수 있다고. 그래, 친구들도 정적들도 옳을지도 모르겠어. 그 법은 사람들에게 가치를 부여하지 못했네. 과거 보수적인 귀족세력에 영합하기 위해 만들었네만 사실 내가 얻은 정치적 이득도 단편적이었네.

결혼법과 간통법을 지키리라 생각해본 적은 없네. 나도 지키지 않았고 친구들도 마찬가지야. 베르길리우스는 뮤즈에게 기도해 『아이네이스』를 썼지만, 그렇게 소환하면서도 정말 그녀를 믿은 것은 아니라네. 그냥 시를 시작할 때, 자신의 의도를 발표할 때 그렇게 하라고 배웠을 뿐이었지. 그놈의 법들은 지키라기보다는 마음에 품으라고 만든 것들이야. 미덕이라는 관념이 없으면 미덕의 가능성도 없고, 미덕의 관념을 효율적으로 만들려면 법으로 묶어야 한다고 믿었지.

물론 실수였네. 세상은 시가 아니야. 그 법은 원래 의도한 목적을 이루지 못했어. 결국 나한테 도움이 되기는 했네 그런 식으로 이용하게 될 줄은 상상도 못했지. 아무튼 그 이후로는 그 법을 괜히 공표했다 불평할 수도 없었다네. 그 법 덕분에 딸의 생명을 구했으니 왜 아니겠는가.

나이가 들수록, 세상이 의미가 없어질수록 세월을 버텨낸 힘에 대해서까지 점점 회의가 든다네. 인간이야 운명을 향해 발버둥친다지만 신들은 분명 그런 미천한 존재들한테 관심조차 없다네. 신탁도 모호하기 짝이 없기에 결국 그 예언도 직접 뜻을 헤아려야 하지. 사제 노릇을 할 때도 난 짐승 수백 두를 잡아 내장과 간을 실험했고, 그 결과 설령 신들이 실존한다 해도 인간사에 개의치 않는다는 결론을 내렸네. 그래서 내가 사람들한테 로마의 고대 신을 따르라 부추겼다면 그건 종교적 신념이 아니라 필요 때문이었다네. 그런 힘 따위는 오히려 개개인에게 넘쳐나네…. 그래, 친애하는 니콜라우스, 어쩌면 결국 자네 말이 맞겠어. 신이란 단 하나밖에 없을지 모르지. 하지만 그렇다 해도 자네는 그 신 이름을 잘못 지었네. 신의 이름은 우연이고 사제는 분명 사람일 거야. 당연히 사제의 유일한 제물 또한 자기 자신이겠지. 자신의 분열된 자아.

   시인들은 아는 게 많으니 그 정도는 자네도 잘 알겠지. 다만 그 앎을 노래한 시어들이 혹자들에게 하찮아 보일 수는 있을 게야. 과거 자네가 한 말에 동의하네. 그래, 시인들은 사랑 타령이 너무 많아. 기껏해야 찰나의 유희에 불과한데도 지나치게 가치를 부여하지. 그런데 이제는 정말 그렇게 생각하는지조차 자신이 없군그래. "나는 미워한다. 고로 사랑한다."…카툴루스가 클로디아 풀케르 얘기를 하면서 그렇게 말했지. 그래, 그 가문이 로마를 크게 어렵게 했어. 내 시대는 물론 그녀가 죽은 후에도 오랫동안 골칫거리였으니까. 아무튼 충분치는 않네만, 인간이라는 존재가 어차피 세상사에 온전히 만족하거나 실망하지 않으니 저보다 더 좋은 표현이 어디 있겠는가?

   나를 용서하게나, 니콜라우스. 내 말에 동의하지 않아도 자네가 반대를 표현할 방법도 없겠지. 물론 잘 알고 있네만 요 근래 가끔 이런 생각도 해본다네. 만일 사랑의 관념이 일상적인 용례를 초월해 어떤 방식으로든 접근이 가능하다면 그 주변에 신학이나 종교 체계를 갖추는 것도 가능하지 않을까? 나로서는 더 이상 불가능한 일이지만, 오랜 세월 내 내면에 다양한 방식으로 존재했던, 바로 그 신비한 힘을 실험해왔다네. 어쩌면 그 힘에 붙인 이름도 적절하지 않을 거야. 하지만 정말 그렇다고 해도, 우리가 지엽적인 신들을 부르는 이름도 마찬가지 아니겠나?

내 생각은 이렇다네. 누구나 살다보면, 언젠가 알게 될 날이 있을 걸세. 이해 못 할 수도 있고 형설이 불가능할 수도 있겠지만, 어차피 사람은 혼자일 수밖에 없다네. 아무리 초라하다 해도 본질을 넘어선 그 누구도 되지 못해. 나는 지금 말라빠진 정강이, 쭈글거리는 손, 세월에 얼룩지고 처진 살갗을 보고 있네. 한때 이 육신이 그 자체에서 벗어나 타인의 육신에서 위안을 찾으려 했다니 우습기까지 하군. 다른 사람들도 마찬가지겠지. 혹자는 쾌락의 찰나에 온 생을 걸고는, 육신이 말을 듣지 않으면 괴로워하고 외로워하지. 그들이 고통스러워하는 이유는, 육신이 아는 것이 오로지 쾌락뿐이건만, 그 쾌락이 어떤 의미인지조차 모르기 때문이야. 오히려 우리 믿음과 달리, 성애란 그 무엇보다도 이타적이라네. 타인과 하나가 되어 스스로를 탈피하려 하기 때문일세. 그 때문에 대부분 가장 저급하다고 여기네만 성애도 언젠가 죽을 수밖에 없네. 성애가 더욱 소중한 이유는 우리가 그 사실을 알기 때문이야. 하지만 일단 그 사실을 깨닫는 순간, 우리는 더 이상 자아에 갇히지도, 자아 속으로 쫓겨나지도 않는다네.

하지만 혼자로는 부족해. 지금껏 남자들도 많이 사랑했지만 여자를 사랑하는 만큼은 아니었어. 로마에서는 지금 유행처럼 소년을 사랑하네. 자네도 목도하고 실로 의아했을 걸세. 어쩌면 역겹기까지 했겠지. 당연히 내가 그런 식의 변태 행각을 용인해 놀랐을 테고. 아니, 모두 허용하면서도 나 자신이 개입하지 않아 더 놀랐을지 모르겠군. 동성애는 내가 볼 때 육체적 쾌락에서 자유로울 수 있는 최선의 방법이었네. 동성의 몸을 애무하는 것은 자기 자신을 애무하는 것과 같기 때문이야. 요컨대 자아의 탈출이 아니라 자아로의 구속이라는 뜻이라네. 친구를 사랑할 경우 자신을 타자화할 수 없어. 온전히 자신으로 남아, 될 수도 없고, 되어본 적도 없는 자아의 신비를 관조해야 하지. 아이를 향한 사랑은 이 신비에서도 가장 순수한 형식이라네. 아이의 내면에는 상상도 하지 못할 잠재력이 많은 데다, 가장 극단에 있는 자아가 관찰자로부터 분리되기 때문이라네. 내가 수양아들과 손주들을 사랑하니까 나를 아는 사람들이 무척 신기해하더군. 아마도 평소 이성적인 남자의 방종이자, 책임감 있는 아비의 감성 정도로 여겼을 거야. 하지만 내 관점은 달랐네.

몇 년 전 어느 날 아침, 사크라 가도를 따라 원로원으로 걸어갈 때였지. 바로 내 딸에게 추방령을 내리는 날이었는데 도중에 누군가를 만났네. 히르티아, 옛 유모의 딸이었지. 히르티아는 그 옛날 자기 자식처럼 나를 돌보아주고 그 공덕으로 자유를 얻었어. 그녀를 본 것은 오십 년 만이었기에, 그녀가 어렸을 때 내 이름을 중얼거리지 않았던들 알아보지 못했을 거야. 우리는 어린 시절 얘기를 나누었네. 한동안 기억도 하지 못했던 시절이었어. 때마침 난 비탄에 빠진 터라 그날 무슨 짓을 하려는지까지 얘기할 뻔했다네. 그런데 그녀가 아이들과의 삶을 얘기하더군. 고향으로 돌아가 옛 생각을 하면서 기쁘게 죽음을 맞이할 수 있다는 얘기였네. 그런데 그 목소리가 너무도 차분해서 도무지 내 얘기를 할 수가 없었어. 나야 로마와 내 권위를 위해 딸을 추방해야 했으니까. 문득 그런 생각이 들더군. 히르티아에게 선택을 하게 했다면 로마는 멸망하고 딸은 살았을 거라는. 그래, 말할 수 없었네. 히르티아는 분명 내 입장을 이해하지 못했을 게야. 그럼, 얼마 남지 않은 시간이건만, 내내 혼란스러워하지 않았겠나? 한순간 아이로 돌아가, 나로서는 그 깊이조차 알지 못할 지혜 앞에서 그만 할 말을 잊고 만 걸세.

그러고 보니 히르티아와의 조우 이후로 깨달은 게 있다네. 타자와의 결합이 감각적 쾌락으로 우리를 현혹한다고 했네만, 그보다 강력하고 지속적이며 또 타자의 신비를 관조하는 사랑도 적지 않네. 이타적인 사랑(그 속에서 우리는 타자를 관조하고 그로써 우리 자신이 된다네.)보다도 강력하고 지속적이지. 정부들은 늙거나 먼저 떠나고, 육신은 허약해지고 친구들을 죽고 아이들은 자라서 배신을 하네. 우리는 처음부터 그 가능성을 알고 그들을 보지. 친애하는 니콜라우스, 자네가 살면서 자네 자신을 찾은 것도, 시인들이 제일 행복한 것도 바로 그런 사랑이 있기 때문이야. 학자가 글을, 철학자가 관념을, 시인이 표현을 사랑하는 것과 같은 사랑이지. 그래서 오비디우스가 북쪽 토미스에서 유배생활을 하면서도 외롭지 않고, 자네도 멀리 다마스쿠스에서 있으면서도 혼자가 아닌 이유지. 그곳에서 여생을 책을 쓰면서 살기로 결심했으니까 말일세. 그런 순수한 사랑에는 그 어떤 생명체도 필요치 않다네. 절대적인 목표를 지향하는 한 가장 고차원적인 형식의 사랑일 수밖에 없기 때문이지.

물론 어떤 점에서는 가장 저급한 형식의 사랑일 수도 있겠지. 이 개념을 에워싼 유려한 수사학을 걷어낸다면 기껏 권력욕에 불과할 테니까. (용서하게나, 니콜라우스, 이렇게 말장난으로 몰아가고 마는군. 하긴 한때는 이런 식의 억지를 즐기기도 했지.) 하지만 그 힘 덕분에 철학자가 독자의 실체 없는 정신을 지배하고, 시인이 청자의 살아 있는 정신과 혼을 지배하지 않던가. 그 힘의 마법에 홀린 사람들한테서 정신과 마음과 영혼을 들어낸다면, 바로 우연이 남을 걸세. 사랑이든, 사랑의 목적이든, 가장 본질적인 핵심이지.

이제야 알았네. 이런 사랑이었기에 지금껏 오랜 세월을 버틸 수 있었어. 물론 어쩔 수 없이 그 사실은 나뿐 아니라 타인한테도 숨겨야 했다네. 사십 년 전, 내 나이 서른여섯 때였네. 원로원과 로마 시민들이 내게 아우구스투스의 직함을 주었지. 이십오 년 후, 예순한 살엔 딸을 로마에서 추방한 공로로 원로원과 시민은 나를 조국의 아버지라 칭했어. 아주 단순하고 적절한 처리였지. 딸을 다른 딸과 바꿔치기한 격이니까. 물론 수양딸도 교환 사실을 아주 잘 알고 있었네.

서쪽 어둠 속에 판다테리아 섬이 놓여 있네. 율리아가 오 년을 살았다는 작은 빌라는 지금 비어 있고 돌보는 사람도 없다네. 내가 그렇게 지시했지. 지금은 날씨와 세월에 무방비 상태이니, 몇 년 후에는 무너지기 시작하고 다 그렇듯 시간이 데려갈 걸세. 내가 목숨을 구해줬으니 율리아도 내 죄를 용서했으면 좋겠구먼. 그 애가 내 목숨을 앗아가려 한 것도 이미 용서했으니 말일세.

자네도 들었겠지만 그 소문은 사실이라네. 내 딸은 반역자 일당이었고 남편을 암살하고 나를 살해하는 게 음모의 최종 목표였어. 그래서 오랫동안 무용지물이었던 결혼법을 들어서라도 유배 보낼 수밖에 없었네. 그렇지 않았다면 남편 티베리우스가 반역죄로 재판에 세워 기어이 사형에 처하고 말았을 걸세.

내 딸이 자기 죄를 어디까지 인정했을지 궁금하긴 하네. 마지막으로 봤을 때, 율리우스 안토니우스가 죽었다는 소식에 그저 당혹스럽고 슬펐을 테니 아무 말도 할 수 없었겠지. 지금으로서는 죄를 인정하지 말고 그저 열정의 노예가 되어 인생을 망쳤다고 믿으며 살았으면 좋겠군. 정말로 반란의 공모자가 되어 아버지를 죽이고 로마를 파괴하려 했다고는 나도 믿고 싶지 않다네. 전자라면 허락했겠지만 두 번째는 도저히 용납이 안 돼.

내 딸에 대해서라면 더 이상 원망도 없다네. 비록 반란에 참여했다고는 하지만 율리아는 언제나 아버지를 사랑하는 아이였어. 지나치게 요구만 하는 아버지였건만…. 그래, 한편으로는 처참한 운명에 휘둘리며 두려움에 움츠러들기도 했겠지만, 그래도 지금 레기오의 고독 속에서나마 딸로서의 옛 모습을 기억하리라 믿겠네. 누구나 다른 사람의 죽음을 갈망하면서도 그 증오심만큼 그대로 상대를 사랑할 수 있어. 이젠 이해할 수 있네. 언젠가 율리아를 작은 로마라 불렀네만 그 때문에 오해도 많이 받았지. 원래는 로마를 율리아만큼이나 잠재력 있는 나라로 만들고 싶다는 뜻이었네. 그런데 결국 둘 다 나를 배신했군그래. 그렇다 해도 미워할 수는 없다네.

부두에서 남쪽으로 가면 루크리네 호수가 있지. 한때 이탈리아의 정직한 일손들이 준설해 로마 함대로 하여금 시민들을 보호하게 했건만, 지금은 로마 부자의 식탁을 위해 굴을 재배하고 있네. 율리아는 레기오의 황량한 칼라브리아 해변에서 늙어가고 이제 티베리우스가 세상을 지배할 걸세.

난 너무 오래 살았어. 내 후계자가 되어, 로마의 생존을 위해 싸워야 할 이들은 모두 죽었지. 마르켈루스는 제일 먼저 내 딸과 결혼했지만 기껏 열아홉 나이에 죽고, 마르쿠스 아그리파도 죽었네. 손자이자 아그리파와 율리아의 아들, 가이우스와 루키우스도 로마를 위해 싸우다 죽었지. 티베리우스의 형, 드루수스는 동생보다 능력도 많고 성품도 훌륭해서 아들로 입양까지 했는데 그만 게르마니아에서 죽고 말았어. 결국 티베리우스만 남았군그래.

내 딸의 운명이 저렇게 꼬인 데에는 어느 누구보다 티베리우스의 책임이 컸어. 율리아를 반역자로 기소해 자기 목숨과 내 목숨을 노린 죄를 묻고, 기어이 원로원을 부추겨 사형을 선고했을 거야. 눈 하나 깜짝하지 않고. 겉으로야 슬픔과 후회의 표정을 짓겠지. 솔직히 티베리우스는 경멸하지 않을 수가 없군. 그의 영혼은 그 누구도 이해 못 할 정도로 증오가 깊고, 성정은 특별한 대상 없이도 가혹하기가 이를 데 없다네. 그렇다고 나약한 인물이나 바보는 아니라네. 황제라면 나약함이나 어리석음보다는 잔인성이 미덕이 될 수 있을 걸세. 로마는 이제 티베리우스의 자비와 시간의 우연에 맡겼다네. 도리가 없으니까.

8월 11일

밤새도록 카우치에서 꼼짝 않고 별을 지켜보았네. 느긋하게 거대한 천궁을 가로지르며 영원의 항해를 즐기는 저 별들. 새벽녘에는 며칠 만에 처음으로 졸다가 꿈도 꾸었네. 꿈속에서도 꿈을 꾸고 있음을 자각하는 묘한 지경이었지만 더군다나 꿈의 현실이 깨었을 때의 현실을 조롱하고 있었다네. 저 이면 세계의 윤곽을 기억하고 싶어도 잠에서 깨니 꿈의 기억은 밝은 아침 속으로 달아나고 말더군.

선원들이 웅성거리는 바람에 잠을 깨었네. 아, 멀리 노랫소리도 들렸어. 비몽사몽간에 언뜻 호머가 아름답게 그린 사이렌들을 떠올리고, 마스트에 몸을 묶은 채 저 치명적인 목소리에 무기력하게 저항하고 있다고 착각도 했다네. 물론 사이렌은 아니었네. 곡물선 한 척이 남쪽 알렉산드리아에서 천천히 우리 배를 향해 미끄러져 들어오더군. 이집트 선원들이 하얀 법복 차림에 머리에 화환을 쓰고 서서 모국어로 노래를 불렀네. 향 태우는 냄새도 산들바람에 실려 왔지.

우리는 다소 당혹스러워하며 배가 들어오는 모습을 지켜보았네. 마침내 대형 선박이 우리 작은 배에 가까이 접근해 선원들의 미소까지 알아볼 정도가 되었네. 가무잡잡한 얼굴들…. 그런데 선장이 앞으로 나서더니 내 이름을 부르지 뭔가.

나는 어렵사리(물론 필리푸스한테 들키지 않기 위해 애를 써야 했네.) 자리에서 일어나서는 갑판 난간으로 걸어가 선장의 인사에 화답해주었어. 푸테올리와 나폴리 사이의 항구에 화물을 내리다가 내가 여기 있다는 얘기를 들었다는 거야. 그래서 이집트 고국으로 돌아가기 전, 선원들과 함께 내게 인사와 감사를 전하고 싶었다더군. 배가 가까운 덕에 굳이 소리칠 필요도 없었네. 선장의 가무잡잡한 얼굴도 똑똑히 볼 수 있었고. 이름을 물었더니 포텔리오스라 하더군. 선원들이 나지막이 노래를 부르는 가운데 포텔리오스가 이렇게 말했네.

"폐하께옵서 바다를 항해할 자유를 주신 덕에 이집트의 풍요로운 물자로 로마를 채웁니다. 해적과 약탈자들을 물리치신 덕에 그 자유를 만끽하고 있습니다. 그로써 이집트의 로마는 번성하며, 강풍과 파도가 아니면 안전에 그 어떤 위협도 없으며, 그로써 마음 놓고 고국으로 돌아갈 수 있음을 아옵니다. 이 모두를 가능케 하신 분께 감사드립니다. 여생이나마 늘 신들의 행운이 함께하시길 비옵니다."

한동안 말을 할 수가 없더군. 포텔리오스의 라틴어는 어색하지만 알아들을 수는 있었네. 삼십 년 전이라면 민중 그리스어로 얘기했을 테니 이해하기가 어려웠겠지. 나는 선장의 감사에 화답하고 선원들에게 몇 마디 말을 해주고 필리푸스를 시켜 선원 모두에게 약간의 금을 나눠주게 했지. 그리고 카우치로 돌아와, 거대한 화물선이 천천히 기수를 돌려

남쪽으로 떠나는 모습을 지켜보았네. 돛이 바람에 불룩해지자 선원들은 손을 흔들며 좋아하더군. 이제 안전하게 고향으로 항해를 하러 갈 테니 왜 아니겠는가.

이제 우리도 남쪽으로 떠나네. 배가 작은 탓에 파도에 따라 춤을 추는군. 햇빛이 하얀 포말에 걸려 반짝이고 파도는 배의 좌우를 부드럽게 때리며 속삭이네. 청록색 바다도 유난히 즐거워 보인다네. 이제 나도 자위할 수 있겠어. 결국 내 삶에도 어느 정도 균형과 의미가 있었던 게야. 내 존재가 이 세상에 해보다는 복이 되었다면 나도 기꺼이 떠날 수 있네.

로마의 질서가 온 세상에 만연하네. 게르마니아 야만부족들은 북쪽에서, 파르티아는 동쪽에서 호시탐탐 기회를 노리겠지. 국경 너머로도 아직 알지 못하는 적들이 있을 걸세. 로마가 그들의 먹이가 되지 않는다 해도, 끝내는 더 지독한 야만인, 아무도 피하지 못할 폭군인 시간에 먹히겠지. 그래도 당분간은 로마의 질서가 유지될 거야. 이탈리아의 주요 마을, 로마의 식민지, 로마의 속령… 라인 강과 다뉴브 강에서 에티오피아 국경까지, 스페인과 갈리아의 대서양 해안에서 아라비아 사막, 그리고 흑해까지 어디든. 나는 온 세상에 학교를 세워 라틴어와 로마어를 익히게 하고, 그 학교들이 번성하도록 지원했네. 로마의 법이 속령의 무자비한 풍습을 다스리고, 그 반대로 속령의 풍습을 들여와 로마의 법을 보완했지. 그리하여 세상이 로마를 우러러보네만, 허물어져가는 흙덩이에서 대리석으로 로마를 변모시킨 사람이 바로 나였네.

지금껏 투덜댄 절망도, 비로소 내 위업에 비하니 하잘것없어 보이는구먼. 로마는 영원하지 않겠지만 상관없어. 로마가 무너져도 상관없고 야만부족들이 쳐들어와도 개의치 않겠네. 로마는 이미 존재했으니 앞으로도 완전히 죽지는 않을 걸세. 야만인들이 정복하면 그들이 로마인이 되고 로마어가 그들의 거친 말을 다듬어줄 테지. 그들이 파괴한 유산은 이제 그들의 핏속을 흐르고, 지금 내가 위태로이 떠 있는 이 염해만큼이나 시간은 장구하다네. 바로 그 시간 속에서 내가 치른 비용은 사소할 뿐이네. 더없이 사소하고말고.

우리는 카프리 섬에 이르렀네. 섬이 마치 아침 햇살의 보석처럼 반짝이는군. 푸른 바다에 떠오르는 검은 에메랄드. 바람은 거의 잦아든 터라 배도 마치 하늘을 떠다니듯 저 조용하고 한가로운 고장을 향해 떠가네. 그 옛날 그렇게 오랫동안 행복하게 지냈던 곳. 섬 주민들이 벌써부터 항구에 몰려들기 시작했군. 내 이웃이자 친구들이 손을 흔들며 목청 높여 소리치고, 즐거이 내 이름을 연호한다네. 이제 잠시 후에 일어나 그들에게 화답할 생각이야.

꿈을 꿨네. 니콜라우스. 어젯밤 꿈이 기억나는군. 꿈속에서는 다시 페루시아에 있었네. 루키우스 안토니우스가 로마의 권위에 대항해 반란을 일으키던 시절이었지. 겨우 내내 우리는 마을을 봉쇄하고 루키우스의 항복을 유도했어. 어떻게든 로마의 피를 아끼고 싶었으니까. 부하들은 기다림에 지친 데다 사기도 바닥이라 당장이라도 폭동을 일으킬 분위기였지. 나는 그들에게 희망을 주기 위해 성벽 밖에 제단을 설치하고 유피테르에게 제물을 바치라 지시했네. 다음부터는 내 꿈 얘기라네.
시종들이 하얀 소를 제단으로 끌고 가네. 당연히 한 번도 쟁기를 져본 적이 없는 놈이라네. 뿔에는 금박을 입히고 머리엔 월계관을 씌웠지. 줄이 느슨한 걸 보면 소가 고개를 쳐들고 기꺼이 앞으로 나오는 모양이군. 파란색 눈이 나를 바라보는 것 같기도 하더군. 그러니까 저 짐승도 누가 자기를 죽이려는지 아는 듯했어. 시종이 소머리에 대고 소금 덩어리를 부수지만 소는 꼼짝도 하지 않았어. 시종이 와인을 입에 머금었다가 뿔 사이에 뿌렸네. 그래도 꿈쩍하지 않았어. 시종이 이렇게 말했네. "끝낼까요?"

내가 도끼를 들었네. 소의 푸른 눈이 나를 바라보았지만 전혀 흔들림이 없었어. 나는 도끼를 내리친 후 "끝났다."라고 말했지. 그러자 소가 몸서리를 치다가 무릎을 꿇었네. 그래도 고개는 쳐들고 두 눈은 나를 노려보았어. 시종이 단검으로 목을 긋고 잔에 피를 받았네. 피가 흘러내리는 데도 소는 파란 눈으로 나를 노려보더군. 그러다가 마침내 눈빛을 흐리고 한쪽으로 쓰러졌다네.

오십 년도 더 지난 일일세. 나는 스물세 살이었지. 그렇게 오랜 세월이 흘렀건만 그런 꿈을 꾸다니 이상하군그래.

에필로그

서한(서기 55)
발신: 아테네의 필리푸스, 나폴리
수신: 루키우스 안나이우스 세네카

친애하는 세네카, 서신을 받고 놀랍고도 기뻤습니다. 다만 답장이 늦은 점은 용서 바라리다. 당신 편지를 받은 때가 하필 이 도시를 떠나는 날이라, 이제 겨우 새 집에 익숙해지기 시작했다오. 어쨌든 당신의 직간접인 조언을 받아들여 드디어 수선스럽고 혼란스러운 병원을 그만두고 이제 온전히 조용히 학문에 전념하기로 했답니다. 보잘것없으나마 지금껏 익힌 지식을 후손에게 전하는 데 헌신해야죠. 이 편지는 나폴리 외곽의 빌라에서 쓰고 있어요. 테라스 위, 아치처럼 얽힌 포도넝쿨에 햇빛이 흩어지며 지금 이 글을 쓰는 편지지 위에서 춤을 추는군요. 당신 말대로 은퇴하고 나니 이렇게 행복할 수가 없습니다. 그 점에 대해 물론 너무도 감사하는 바요.

지난 몇 년간 우리의 우정도 지나치게 소원했구려. 그저 지금껏 나를 기억해주신 데 감사드립니다. 더욱이 불행한 시절 코르시카의 황무지에서 지내셨을 때도 내가 변변히 대변하지 못했건만, 그 사실조차 거론하지 않아 고맙기가 이를 데 없군요. 물론 충분히 이해할 분이라 믿기는 합니다. 세속적 권력 없는 미천한 의사 따위가, 돌아가신 클라우디우스 황제처럼 괴팍한 분의 의지를 어찌 거스를 수 있었겠습니까. 비록 말은 못했지만 우리 모두 당신을 존경한답니다. 다시 한 번 그 천재성으로 우리의 로마를 계몽하신다니 기쁘기 이를 데 없군요.

전에 말씀하신 문제에 대해 써달라고 하셨죠? 카이사르 아우구스투스 황제와의 짧은 동반에 대해? 기꺼이 요청에 응해야죠. 그보다 저도 궁금해서 몸이 다는군요. 새 수필을 기대해도 괜찮겠습니까? 서간집? 아니면 비극일까요? 도대체 제 희미한 기억을 어떻게 사용하실지 궁금해 어쩔 줄을 모르겠군요.

지난번 잠깐 황제 얘기를 나누었을 때, 크게 호기심을 보이신 덕에 행여 우리의 우정이 발전할까 기대도 했답니다. 그 바람에 별로 아는 내용도 없으면서 그렇게 거들먹거리고 이기적이었던 듯합니다. 하지만 이제 내 나이도 예순여섯… 옥타비우스 카이사르께서 돌아가실 때보다 기껏 열 살 차이밖에 되지 않는군요. 지난번에는 그래서 당신께 야단도 맞았지만, 지금이야 그런 허영심쯤은 초월했다 믿고 싶군요. 다시 말씀해주셔서 감사합니다. 기꺼이 기억나는 대로 말씀드리죠.

아시다시피, 옥타비우스 카이사르의 의사 노릇을 했지만 그 기간은 몇 달 되지 않아요. 다만 그동안 내내 그분 옆을 지켰고 그것도 대개는 그분이 부르면 언제든 달려갈 수 있는 극히 가까운 거리였죠. 물론 임종 때도 옆을 지켰습니다. 솔직히 마지막 몇 개월 동안 왜 그분이 나를 주치의로 선택했는지 이해하지 못합니다. 당시 내 나이 겨우 스물여섯이었고 나보다 유명하고 노련한 의사들이 얼마든지 있었으니까요. 그런데도 그분은 나를 선택하셨습니다. 그때는 어려서 이해하지 못했지만 지금은 막연하나마 그분 나름대로 내가 마음에 드신 모양이라 생각하기로 했답니다. 게다가 마지막 여행에 아무것도 해드린 게 없건만, 돌아가신 후 기어이 저를 부자로 만들어주셨답니다.

오스티아에서 남쪽으로 며칠 한가로이 항해한 끝에 배는 카프리에 도착했습니다. 건강 상태는 악화 일로였지만 그분은 자애롭게도 시중드는 사람들을 전혀 무시하지 않으셨죠. 건강이 좋지 않은 경우 제 부축에 의지하시면서도 사람들과 수다도 떨고 하나하나 이름도 불러주셨답니다. 카프리 주민 대부분이 그리스인이라면서 그들과 대화할 때는 그리스어를 사용하셨죠. 이따금 억양이 서투르다며 사과까지 하시면서요. 마침내 주민들과 작별 인사를 하고 우리는 황제의 빌라로 향했습니다. 나폴리 항이 한눈에 내려다보이는 곳이었죠. 전 황제께 휴식을 청하고 황제께서도 기꺼이 따라주셨습니다.

그날은 섬 청년들과 함께 체조 경기를 관람하시겠다 약조도 하셨답니다. 다음 주 나폴리 경기에서 섬을 대표할 선수들을 선발하는 경기였죠. 그런데 제 반대에도 불구하고 기어이 약속을 지키셨을 뿐 아니라 그날 저녁 선수들을 모두 빌라로 초대해 연회까지 열어주시더군요.

연회에서도 무척 즐거워하셨습니다. 그리스어로 음탕한 경구들을 만들어내시는 바람에 젊은이들이 낯을 붉히거나 신음소리를 냈답니다. 심지어 청년들과 함께 놀며 유치하게 서로 빵부스러기를 던지거나 짓궂은 농담도 하셨죠. 청년들을 '섬 사람들'이 아니라 '빈둥대는 사람들'이라고 부르셨는데 아마도 그만큼 젊음이 부러우셨을 겁니다. 황제께서는 나폴리 시합에도 꼭 참석하셔서 그들의 승리에 전 재산을 걸겠다고 약속까지 하셨습니다.

우리는 카프리에 나흘을 머물렀습니다. 그때쯤 황제 폐하도 너무 쇠

약해져서 부축이 없으면 걷지를 못하셨죠. 그런데도 경기에 데려가달라고 고집을 부리시더군요. 젊은 선수들한테 약속을 했기 때문입니다. 솔직히 말해 임종이 머지않았지만 그래도 모시고 가지 않을 수 없었습니다. 어느 쪽이든 어차피 며칠밖에 차이는 없을 테니까요. 그분은 오후 내내 이글거리는 햇볕 속에 앉아 카프리 선수들을 응원했습니다. 그리고 경기가 끝났을 때는 자리에서 일어서지도 못하셨죠.

우리는 폐하를 들것에 실어 옮겼습니다. 그런데 갑자기 놀라의 옛 집에 가고 싶다고 하시더군요. 불과 이십오 킬로미터 거리라 저도 동의했고 다음 날 새벽녘에 그곳에 도착했죠.

임종이 가까웠음을 알기에 베네벤토에 사신을 보냈습니다. 예, 리비아와 그녀의 아들 티베리우스가 며칠 전부터 그곳에 머물고 있었죠. 폐하의 지시에 따라, 티베리우스는 절대 들이지 않았습니다. 다만 마지막 임종을 몇 시간 동안 지켜봤다고 소문을 퍼뜨리게 했죠.

돌아가시던 날 아침 저를 부르시더군요.

"필리푸스, 이제 때가 됐지?"

그분의 태도로 보아 절대 거짓말을 할 수는 없었습니다.

"그 누가 확신하겠습니까만, 예, 폐하, 때가 되었습니다."

조용히 고개를 끄덕이시더군요.

"그럼 마지막 의무를 수행해야겠다."

당시 친구라고 부를 사람은 아무도 없지만, 그래도 로마의 지인들이 그의 소식을 듣고 서둘러 놀라로 건너왔습니다. 폐하는 그분들을 모두 들라 하고는, 작별 인사를 고한 뒤, 권력 승계가 평화롭게 이루어지도록 잘 도와달라고 부탁도 했습니다. 티베리우스를 지지해달라는 부탁도 잊지 않으셨죠. 누군가 흐느껴 울기 시작했지만 폐하는 얼굴을 찡그리시며 나무라기도 하셨죠.

"내가 만족한다는데 울다니 무례하구나."

그때 리비아와 단둘이 있고 싶다고 하셔서 저도 방을 나가려는데 손짓으로 그냥 있으라 하시더군요.

리비아와 얘기하는 도중 폐하는 급격히 상태가 나빠졌습니다. 그가 손짓을 하자 리비아가 무릎을 꿇고 그의 뺨에 입을 맞추었죠.

"당신 아들… 당신 아들…."

그가 말을 하려다가 잠시 가쁘게 숨을 쉬었죠. 턱까지 축 늘어졌습니다. 그러다가 마지막 의지를 짜내신 듯 어느 정도 힘을 회복하시더군요.

"우리가 서로를 용서할 필요는 없소. 결혼이 다 그러니까. 그래도 다른 사람들보단 좋았잖소."

폐하께서 다시 침대에 쓰러지셔서 제가 화들짝 달려갔습니다. 아직 숨을 쉬시더군요. 리비아는 그의 뺨을 어루만지고 잠시 옆에서 서성대다가 방을 나갔습니다.

잠시 후 폐하께서 갑자기 눈을 뜨시더니 저를 부르시더군요.

"필리푸스, 내 기억… 이제 아무 소용이 없구나."

그리고 한동안 정신이 오락가락하시는 듯했습니다. 갑자기 소리까지 지르시더군요.

"젊은이들! 젊은이들이 기어이 우승할 거야!"

내가 이마에 손을 얹자 다시 나를 보시더니 팔꿈치로 머리를 괴며 미소를 지으시더군요. 그리고 눈에 초점이 흐려지고 한 번 몸을 씰룩이시더니, 기어이 옆으로 쓰러지셨습니다.

가이우스 옥타비우스 카이사르, 아우구스투스 황제는 그렇게 세상을 떠났습니다. 8월 19일, 섹스투스 폼피이우스와 섹스투스 아풀레이우스 집정관 시기, 오후 세 시였죠. 칠십이 년 전 생부 옥타비우스가 임종한 바로 그 방이었습니다.

옥타비우스가 다마스쿠스의 친구 니콜라우스에게 쓴 편지에 대해 한 마디만 더하겠습니다. 편지는 제가 맡아 전하기로 했습니다만 나폴리에 가보니 니콜라우스 본인도 두 주 전에 세상을 떠났더이다. 폐하께는 소식을 전하지 않았습니다. 당시만 해도 옛 친구가 마지막 편지를 읽으리라는 생각에 즐거워하셨으니까요.

그리고 몇 주 후, 영애 율리아가 레기오 연금 생활 중에 세상을 떠났습니다. 소문에 따르면, 전남편 티베리우스 황제가 굶어 죽게 만들었다고 합니다만 사실인지는 모르겠습니다. 누구도 알 수가 없겠죠.

옥타비우스 카이사르의 장기 집권에 대해 평가절하하는 요즘의 세태는, 젊은 시민들의 유행이다시피 합니다. 아니, 서른 해 이상 그랬죠. 그리고 폐하 당신도 숨을 거두기 전 자신의 업적이 모두 부질없다 생각하셨죠.

하지만 그가 건설한 로마 제국은 티베리우스의 폭정을 견디고 칼리굴라의 극악무도한 폭력과 클라우디우스의 무능력까지 모두 이겨냈습니다. 이제 새 황제를 맞이할 때입니다. 바로 선생께서 어렸을 때 지도하셨고, 지금도 그 곁을 지키시는 분이라 들었습니다. 신임 황제께서 선생의 지혜와 미덕을 후광으로 통치하시리라는 사실에 먼저 감사드립니다. 네로 휘하에서 로마가 마침내 옥타비우스 카이사르의 꿈을 실현하기를 신들께 간구해봅니다.

로마, 노샘프턴, 덴버에서 1967~1972

대니얼 맨델슨

1960년에 태어나 버지니아 대학과 프린스턴 대학에서 고전을 연구했으며, 프린스턴에서 박사 학위를 받았다. 〈뉴욕 리뷰 오브 북스〉, 〈뉴요커〉, 〈뉴욕 타임스 북리뷰〉에 꾸준히 에세이와 도서비평을 발표하고 있으며 몇 권의 저서를 집필하였다. 현재는 바드 컬리지에서 강의한다.

해설
___

대 니 얼 멘 델 슨

 윌리엄스의 초기 소설들에 비하면 『아우구스투스』(1972)는 특이한 작품으로 보일 것이다. 예를 들어 그가 생전에 격찬을 받은 경우도, 소설 네 편 중 이 책이 유일하다. 출간 이듬해인 1973년 소설 부문에서 전미도서상을 수상하기도 했다. (윌리엄스는 1922년 텍사스에서 태어나 1994년 아칸소에서 세상을 떠났으며 그때까지 삼십 년간 덴버 대학교에서 영어와 창작을 가르쳤다.) 더 특별하다면, 소설의 주제 또한 작가의 다른 작품들과도 완전히 동떨어져 있다. 기존의 작품들은 지극히 미국적 관심사를 다룬다. 주인공은 온건하고 서술은 간결하다. 반면에 최초의 로마 황제에게 삶은 파란만장하고 운명은 역사를 바꿔놓지 않았던가. 『도살자의 건널목 Butcher's Crossing』(1962)은 젊은 보스턴 주민의 얘기다. 주인공은 에머슨식 초절주의에 심취해 1876년 서부로 떠나 그곳에서 '야생의 삶'을 추구한다. 그가 평생 추구해야 할 생의 목적이 그곳에 있다고 확신했으나, 야만적인 버팔로 사냥에 개입하면서 아메리칸 드림의 대가를 지불한다. 『스토너』(1965), 20세기 초와 중반에 걸쳐, 미주리 대학교 영문과 조교수의 보잘것없으면서도 (어느 모로 보나) 실패한 삶을 들여다본다. 주인공은 태생이 지극히 미천한 탓에 아카데미를 '빈민굴'로 여기며, 마침내 그곳에서 어린 시절 고향에서도 느끼지 못한 안위와 따뜻함을 찾아낸다. (윌리엄스는 후에 자신의 처녀작 『그날 밤에 생긴 일 Nothing But the Night』(1948)을 파기하는데, 역시 정신병에 시달리는 멋쟁이를 다룬다.)

환멸에 빠진 삼류 이상주의자들, 역사적 실존 인물이자 세계 최고의 권력자 아우구스투스…. 이보다 더 극적인 대비를 어디에서 찾는단 말인가. 아우구스투스는 팔십 년간의 혼란스럽고도 위대한 생애 동안 고명한 이름을 수도 없이 주고받았으며, 확대하고 다듬고 획득하고 또 버렸다. 이에 비하면 윌리엄스가 다른 두 주인공에게 부여한 이름들은 겨우 두 음절에 불과하다. 윌리엄 앤드루스, 윌리엄 스토너…. 우연이든 아니든 초기 소설에서 자전적 요소를 외면하기란 거의 불가능하다.

『아우구스투스』의 경우 그런 식의 유혹은 없다. 황제는 서기전 63년 가이우스 옥타비우스 투리누스라는 이름으로 태어나 정치와 문학의 시대에 이름을 날렸다. 로마 공화정을 전복하려는 어느 귀족의 시도를 봉쇄한 바로 그해였으나, 삼십 년 후 아우구스투스 자신이 공화정에 최후의 일격을 가한다. 서민 출신의 부유한 기사, 가이우스 옥타비우스의 자식으로 태어나 로마에서 사십 킬로미터 떨어진 속주에서 자랐으며, 십 대 시절에는 몸이 허약했으나 영리하고 야심이 만만치 않아, 외종조부인 율리우스 카이사르가 양자로 입양까지 했다. 그 이후로는 가이우스 율리우스 카이사르 옥타비아누스로 불리었다.

서기전 44년, 카이사르가 암살당한 뒤 원로원의 명령으로 퇴위한 이듬해, 아우구스투스는 고인이 된 카이사르의 명예를 이용해, 로마 고참병들과 관계를 강화하고 가이우스 율리우스 카이사르 디비 필리우스(신의 아들)로 개명했다. 스물다섯이 되는 해에는 필리피 전투에서 브루투스와 카시우스를 제압함으로써 카이사르의 복수를 마무리했다. 그 후 가이우스 율리우스 카이사르는 삼 인의 군사독재관, 즉 '삼두'의 일인으로 로마 세계의 권력 중심에 진입하는데(또 한 사람은 마르쿠스 안토니우스이며 궁극적으로 그와도 전투를 벌이게 된다.) 이때쯤 '가이우스'와 '율리우스'는 사라지고 호칭은, 군사독재관 즉 '임페라토르'로 바뀐다. 군인들이 성공한 지도자들을 찬양할 때 사용하는 군사계급이자 바로 '황제'의 어원이다.

그리고 다시 십 년, 독재관 카이사르 디비 필리우스는 서기전 31년 악티움 전투에서 유일한 정적 안토니우스를 무찌르고 광대한 로마제국의 절대 권력자로 등극했다. 일 년 후 안토니우스는 애인 클레오파트라와 함께 자살했다. (독재관 아우구스투스는 클레오파트라의 십 대 아들 카이사리온을 죽이라고 지시했다. 아버지가 바로 율리우스 카이사르인지라 잠재적 정적으로 여겼던 것이다. 그의 말에 따르면, "카이사르가 많아야 좋은 일이 없기" 때문이다.) 그는 서른세 살에 세계의 주인이 되었다. 이제는 권력 기반 강화에 나서, 전통적인 공화정 법을 빌미로 교묘하게 독재를 합법화하고, 제국의 법적, 정치적, 문화적 기반을 확립했다. 제국은 이런저런 형태로 향후 백오십 년간 지속한다. 아니, 그 이상이라 할 수 있다. 로마 가톨릭교회의 현 체제가 아우구스투스의 정치적 필요에서 만들어졌기 때문이다.

이 놀랍도록 교활한 인물이 절대 사용하지 않은 직함이 바로 '렉스', 즉 왕이다. 로마 사람들이 무척이나 싫어하는 단어이기 때문이다. 실상 왕이 되려 한다는 이유로 외종조부를 살해한 자들도 역시 로마 시민이 아니었던가. 세상의 지배자는 자신을 '프린켑스', 즉 제1시민으로 칭했다. 서기전 27년, 그가 백 년간의 유혈사태를 종식하고 로마와 속국의 정치적 안정을 이루자, 로마 원로원은 감사의 표시로 표결을 통해 전례 없는 직함을 부여했다. 이번에는 종교적 함의가 가득했다. 아우구스투스, 즉 존경해야 할 위인이라는 의미다. 비록 애초의 성과 하등 관계가 없지만, 역사는 이제 그를 그 이름으로 기억할 것이다.

"과거와의 단절." 아우구스투스와 두 선조의 숨은 혈연관계가 바로 여기에서 비롯한다. 윌리엄스의 작품에서 두드러진 테마는, 시간이 흐르면 존재를 향한 인식도 환경과 상황에 따라 불가피하게 변한다는 것이다. 소설 『아우구스투스』에서 윌리엄스는 어떻게든 저 화려한 역사적 장관을 걷어내고 난해한 인물 자체에 초점을 고정하려 하였다. 싸움에서 이기기 위해 새로운 자아를 끊임없이 개발해내야 했던 사내가 아니던가. 이 소설의 충격은 역사적 위인으로서의 주인공 또한 결국 작가의 다른 미천한 주인공들과 전혀 다를 바 없으며, 따라서 우리들과 비교해도 더 나을 것도 못할 것도 없다는 사실이다. 이 장엄한 역사소설의 본질은 지극히 친근하고 매우 인간적이다.

로마 최초의 황제 이야기는 역사소설의 이상적 소재다. 역사적 사실을 학문적으로 천착하는 한편 인물과 동기를 통찰력 있게 그려낸다면 더할 나위가 없겠다. 아우구스투스는 우리가 아주아주 잘 아는 동시에 거의 아는 바가 없는 위인이다. 때문에 해설과 창작이 모두 필요하다.

전기와 뒷말, 기록과 추측이 황제 자신의 생전에 시작했다. 공식 전기(傳記)가 아우구스투스와 동시대에 등장했는데, 전기의 저자 또한 윌리엄스의 소설에 등장한다. 바로 철학자이자 역사가 다마스쿠스의 니콜라우스다. 그의 경력엔 가정교사도 들어 있는데 제자가 바로 안토니우스와 클레오파트라의 자제였다. 황제 자신은 공식적으로 자서전,『아우구스투스의 위업 Res Gestae Divi Augusti』을 만들었다. 물론 정치 선전이 주된 목표였다. 자서전은 청동판에 새겨 자기 무덤 입구에 부착했는데 제국이 끝날 때까지 비문으로 끊임없이 재생되었다.

아우구스투스의 통치가 끝나고 백 년 후 타키투스가 한 말이 있다. 그의 말을 믿는다면 황제의 모호한 본성과 동기는 당시에도 이미 커다란 논쟁거리였다. 자신의 저서 『연대기 Annals』에서, 사가는 당시의 논쟁에 대해 서술하는데, 서기 14년 일흔여섯의 일기로 황제가 세상을 떠나던 날의 일이었다.

혹자는 이런 말도 했다. "그가 내전에 관여한 까닭에는 피치 못할 사정이 있었다. 내전이란 강직한 도덕원칙 따위로 계획하거나 수행할 수 없는 법이다. 따라서 그 원인은 양부 율리우스 카이사르를 향한 의무, 그리고 국가 안보의 필요 등에서 찾아야 하는데, 당시에는 법의 통치 자체가 공염불에 불과했다…. 더욱이 전시에는 일인 통치 외에 그 자체로 나라를 치유할 방법은 존재하지 않았다. 그가 세운 나라는 왕국이나 독재 정치가 아니라, 원수 정치, 즉 '제1시민'이 주재하는 나라로 통했다…. 시민들을 위한 법도 있고 동맹국들도 그에 걸맞게 존경심을 보였다. 수도는 그의 미적 감각 덕분에 화려하게 변했다. 그가 권력에 기대는 경우는 국가를 보다 안전하게 지키려 할 때뿐이었다."…

다른 한편 이런 평가도 있었다.

"양부를 향한 의무와 국가의 요구는 단순히 가면이었다. 오히려 그 원인은 지배욕이었으며, 여전히 어린 나이에 뇌물로 고참병들을 꼬드겨 사병 집단으로 만들고, 집정관의 군단을 제멋대로 주물러댔다…. 원로원을 무시한 채 집정정치를 장악했으며 군대를 맡기자 공화국의 의지에 반해 안토니우스와 전쟁을 벌이기까지 했다…. 혼란이 끝난 후 평화가 찾아오긴 했으나 이는 피를 대가로 한 평화였다."

황제가 통제와 균형을 위해 모호한 태도를 개발했을 수 있다. 그의 본성과 동기를 추측하기 어렵다면 행동 역시 다르지 않을 것이다. 그의 직인이 수수께끼처럼 난해한 스핑크스였다는 사실도 이런 측면에서 의미가 있다 하겠다.

그런 인물을 어떻게 표현하지? 『아우구스투스』에서 그 질문은 교묘하게 니콜라우스, 즉 제1시민의 전기를 쓰도록 지시받은 사가가 제시한다. "무슨 뜻인지 아시겠는가?" 아우구스투스와 대화한 후 학자는 그렇게 적는다. 아우구스투스의 신중함은 끔찍할 지경인데, 그와 반대로 도박 성향 또한 악명이 높다. 도무지 양립이 불가능한 기질이 아닌가. "아직 하지 않은 말이 많아요. 하고 싶은 말이야 많지만, 그 얘기들을 담을 형식은 아직 나타나지 않았다고 생각하는 참이라오." 윌리엄스의 입장에서는 농담인 셈이다. 니콜라우스가 꿈꾸었던 형식은 서한소설로 윌리엄스가 이 소설에 사용했으며 아우구스투스가 죽고 천오백 년 후에나 세상에 등장했다. 디에고 데 산페드로(Diego de San Pedro)의 『사랑의 감옥 Prison of Love』(1485)을 일반적으로 그 장르의 효시로 알고 있으나 사실 그 뿌리는 아우구스투스의 통치기였다. 로마 시인 오비디우스(역시 『아우구스투스』에 등장하며 궁전의 에피소드와 소문 등을 들려준다.)가 『헤로이데스 Heroides』에서 바로 신원미상 여인들이 애인들에게 보내는 서한들을 엮었기 때문이다. (사실 세속적 문인들이 추문을 쫓는 바람에 아우구스투스가 멸망에 이르렀다. 딸 율리아가 추문에 엮여 흑해의 어느 황량한 촌락으로 망명을 해야 했으니 말이다.)

서한 형식은 낭만적 주제에 적합하지만 윌리엄스의 프로젝트에도 이상적인 형식이라 하겠다. 그의 소설이 만들어낸 초상은 (날조한) 편지뿐 아니라 수기, 원로원 포고, 군사 명령, 개인 메모, 미완성의 역사를 통해 굴절되기에 지극히 복잡한 동시에 어느 정도는 인상주의적이자 주관적이기 때문이다. (이 장르를 선택할 때 윌리엄스는 분명 손턴 와일더의 1948년 소설 『3월 15일

The Ides of March』에 영향을 받았으리라. 이 소설 역시 율리우스 카이사르의 암살에 이르기까지 일련의 사건들이 허구의 서한과 자료들을 통해 제시되며, 카이사르와 동시대인이자 지인인 시인 카툴루스, 서기 1세기의 역사가 수에토니우스 등 실존 인물의 실존 저술들과 복잡하게 섞인다.) 『아우구스투스』 또한 가상 서한과 기록의 저자들은 거의 예외 없이 실존 인물이다. 윌리엄스는 단순히 과거를 '현대화'하는데 만족하지 않고, 일부 잘 알려진 인물들을 기꺼이 재현해낸다. 『아우구스투스』를 작업할 당시 메모에서도 볼 수 있듯이 "토가 차림의 헨리 키신저(1950년대~1970년대에 활동했던 미국의 정치학자, 정치가-편집자 주)를 만들 생각은 추호도 없었다."

그다음은 키케로의 재치와 우화가 있다. 키케로는 율리우스 카이사르의 정적이었음에도 불구하고 어느 시점에서 젊은 옥타비아누스와 동맹을 맺었는데, 처음에 멍청하게 그를 과소평가한 탓이었다. ("아이는 인물이 못 되오. 두려워할 상대가 아니더이다…. 그에게 친절히 대했으니 그도 내 의사를 쉽게 내치지 못할 걸세…. 난 지나치게 이상주의자라네. 나도 알고 있네…. 제일 친한 친구들도 부인하지 않으니까.") 그밖에 속물 오비디우스도 있다. 어느 날 황제의 관람석에서 경주를 지켜보며 스승 프로페르티우스에게 자의적이고 진부한 시어로 이렇게 보고하지 않았던가. "로마 동쪽에서 태양이 어렵사리 건물 숲을 뚫고 나와…."

비록 문체로 일가를 이루지 못했으되 글이 매우 신선하고, 사료에 따르면 무척 진솔하기까지 한 사람들도 있다. 예술의 수호자이자 영리한 부자인 마에케나스는 호라티우스, 베르길리우스, 아우구스투스(아우구스투스는 마에케나스의 문체가 여성적이라며 조롱한 바 있다.)와 가까웠다. 하지만 타고난 유미주의자로서 그의 만연체에는("눈에 대해 말을 많이 했으나 대개 운문은 촌스럽고 산문은 아예 형편없었다.") 날카롭게 벼린 검이 숨어 있다. 황제가 가벼운 사람들까지 쉽사리 받아주었을 것 같지는 않다. 아우구스투스의 야심만만한 세 번째 아내이자, 왕위 계승자 티베리우스의 어머니 리비아는 철저히 실용적인 여성으로 등장하지만, 주변의 여타 사람들보다 특별히 비열하다고 할 수는 없다. 오히려 로버트 그레이브스의 『나는 황제 클라우디우스다 I, Claudius』의 엽기적인 독살자보다 훨씬 설득력 있게 그려져 있다. ("우리 미래가 우리 자신보다 중요하니까." 윌리엄스의 리비아는 아들에게 매몰차게 편지를 써서, 사랑하는 애인과 결별할 것을 요구한다. 아우구스투스의 딸 율리아와 정략결혼을 하기 위해서인데, 정작 아들은 율리아를 싫어한다.) 윌리엄스는 또한 마르쿠스 아그리파(아우구스투스의 죽마고우. 황제의 승전보를 기록했으며, 후에 사위가 되어 후계자들을 낳는다.)의 (유실된) 회고록에서 발췌문을 만들어내 이런저런 사건을 간결하고 '사무적으로' 해석하려 한다. "그리하여 삼두정치를 시작하고 율리우스 카이사르와 카이사르 아우구스투스의 로마 정적들을 제거했지만 아직 서로마에는 약탈자 섹스투스 폼페이우스의 세력이, 동로마에는 신성 율리우스의 살인자들이…." (윌리엄스는 문체의 특징을 기막히게 잡아내는 능력이 있는데, 아그리파에게는 "그리하여"로 문장을 시작하는 습관을 부여한다.) 잠시 초기 소설들을 비판하자면, 작가는 이따금 글을 '아름답게' 보이려고 애쓰는 경향 때문에 종종 개연성을 잃고 만다. 특히, 『도살자의 건널목』의 앤드루스는 우아한 말씨를 구사하지만 애송이한테 그런 말투가 어울릴 리 없다. 『아우구스투스』의 서한체는 소위 복화술을 이용하기에 이런 단점을 예방할 수 있었다. 이 소설은 그의 작품 중에서도 특히 엄격하다.

『아우구스투스』에서의 기막힌 한 수는 황제 자신의 목소리를 끝까지 유보한 데 있다. 우리는 마지막에 가서야 마침내 그의 목소리를 듣는다. 아우구스투스는 다마스쿠스(Damascus)의 니콜라우스에게 장문의 편지를 보내는데 바로 이 소설의 마지막 3부에 해당하는 부분이다. 당연하겠지만 황제 자신이 직접 과거를 설명한 내용과 그 이전까지의 가정과 결론이 일치할 리가 없다. 예를 들어, 카이사르의 암살 소식을 듣고 어린 옥타비우스가 슬픔과 당혹감에 빠져 크게 울었다고 알려졌지만 기실은 "아무 감정도 없고… 심지어 차갑기"까지 했다. 게다가 그마저 이내 승리감으로 바뀐다. "갑자기 그 반대로 힘이 샘솟고… 운명도 깨달았다." 인식과 실체, 공식과 비공식, 우리 삶에 대한 공적 서술과 사적 서술의 간극을 강조라도 하듯, 윌리엄스는 『아우구스투스의 위업』의 발췌문을 가상의 미니 자서전 여기저기 흩뿌려놓는다. 삶의 진실이 어디에 있지? 윌리엄스는 역사뿐 아니라, (역사를 어떻게 쓸 것인지 연구하는) 역사문헌학에도 관심이 많다. 이 소설에서도 그런 관심이 두드러지나 그 질문 또한 아이러니로 가득하다. 니콜라우스의 공식 전기를 읽은 후 (그리고 자신의 공식 자서전을 검토한 후) 윌리엄스의 아우구스투스는 교활하게도 다음과 같이 논평한다. "내가 그 책들을 읽고 내 글을 적다 보니, 문득 이름은 내가 맞는데 나도 잘 모르는 남자 얘기를 하는 것 같네."

예리한 역사 소설가에게 바로 그 불가해성이 빚어낸 도전 역시 이점일 수밖에 없다. 고전 세계를 다룬 최고의 역사 소설들과 마찬가지로(마르그리트 유르스나르의 『하드리아누스 황제의 회상록 Memoirs of Hadrian』, 와일더의 『3월 15일』, 그레이브스의 클라우디우스 소설들, 5세기 아테네를 재현한 메리 르노의 『마지막 와인 The Last of Wine』) 『아우구스투스』 역시 과거를 제안하되 재현하려 들지는 않는다.

행여 과거를 재현하려고 들었다면 『아우구스투스』와 다른 작품들의 심장에 문학적 관심이 끼어들 여지가 남지 않았을 것이다. 윌리엄스는 1985년 인터뷰에서 『스토너』와 『아우구스투스』의 공통 테마를 이렇게 설명했다. "두 경우 모두 통치 문제를 다룹니다. 사적 책임, 증오와 우정도 다루죠…. 규모의 차이만 있을 뿐, 권력을 향한 음모는 로마제국이나 대학이나 대동소이하니까요." 사실 아우구스투스의 통치와 관련해서, 개인에 미치는 권력의 영향은 (권력 투쟁과 더불어) 윌리엄스의 상상력을 자극했으며, 따라서 소설을 쓰게 만든 에피소드이자 테마다.『도살자의 건널목』이 나오고 머지않아 작가는 치명적인 추문 이야기를 들었다. 제국과 황제 가문을 동시에 흔들어놓은 추문이다. 서기전 2년, 황제는 사랑하는 무남독녀 율리아를 판다테리아라는 작은 섬에 유배 보냈다. 주요 죄명이 간통이었지만, 사실 아우구스투스 자신이 왕국을 세우면서 옛로마의 가치를 재건하겠다는 명목으로 제정한 도덕법이었다. (황제의 딸은 티베리우스와의 역겨운 결혼에 신물이 난 터라 아무렇게나 몸을 굴리기로 악명이 높았다.) 또 하나는 반역이다. 그녀가 애인으로 삼은 사내들이 티베리우스의 계승을 반대하는 무리에 속했기 때문이다.

여인의 열정이 결국 의무와 치명적인 갈등을 빚은 셈이다. 윌리엄스는 이 이야기에서 강력한 테마를 하나 찾아내, 이를 "공공의 필요와 사적 요구 사이의 양가감정"이라고 불렀다. 소설 속 율리아는 누구보다 섬세하고 매혹적인 인물에 속하며 지적이고 신랄하고 반항적이고 세속적이고 철학적이다. 윌리엄스가 대신 써준 판다테리아 편지에서 그녀는 이렇게 짤막하게 토를 달았다. "무기력한 세계에서의 기다림은 기이하기 짝이 없다. 그 무엇도 의미가 되지 못하는 곳. 내가 떠나온 세상은, 뭐든지 권력이라 뭐든지 의미가 있었다. 심지어 권력을 사랑하는 사람도 있었다. 그리고 사랑의 끝은 그 자체의 쾌락이 아니라 권력이 주는 무수한 쾌락이었다."『아우구스투스』가 두 개의 주요 파트로 나뉜 것도 우연은 아니다. 전반부는 황제의 기적적인 정권 장악, 그리고 후반부는 율리아의 편지를 중심으로 가족과 사적 행복의 와해를 그려낸다. 물론 황제가 권력을 유지하기 위해 잘못된 정략결혼을 획책한 책임이 제일 크다. 끝내 파벌과 살인을 초래하기 때문이다. 다시 말해, 제1부는 대중적, 정치적 무대에서의 성공, 제2부는 사적, 정서적 무대에서의 실패를 다루는데, 윌리엄스의 판단에 후자는 전자에 내포한 잠재적 비용에 다름 아니다.

개인과 제도의 갈등은 『스토너』에서도 읽을 수 있다. 주목할 만한 사실은 윌리엄스가 율리아의 얘기를 듣자마자 쓴 소설이 바로 『스토너』였으나, 그 책에서는 율리아의 이야기를 어느 정도 뒤집어놓는다. 주인공은 막다른 길목에 닿자, 번번이 자신의 사적 욕구를 의무에 양보하며, 결국 누구나 그렇듯 난관에 빠지고 인생은 꼬이고 만다. 불행한 결혼도 문제다. 동정심 많은 대학원생과의 결혼으로 자신의 불행을 달래려 했으니 왜 아니겠는가. 부성애 문제도 있다. 윌리엄스는 『스토너』와 『아우구스투스』 모두에서 아버지-딸의 관계에 너그럽다. 몇몇 친절한 동지들 덕분에 별 볼 일 없는 경력으로 지탱은 하지만, 일을 처리하면서 불가피하게 적을 만들고 심지어 위협에 시달리기까지 한다. 그런 점에서 박사 구술시험 장면은 주목할 만하다. 라이벌 교수의 제자 하나가 실력도 부족한 데다 부정 행위까지 하려 들자 스토너는 그 학생을 합격시키는 데 반대한다. 처음에는 성공하는 듯했으나 라이벌 교수가 영문과 학과장이 되면서부터 사사건건 스토너의 경력과 행복에 찬물을 끼얹는다. (『아우구스투스』에는 살비디에누스라는 인물이 등장한다. 어린 시절 황제와 절친한 사이였으나 후에 배신하는 인물로, 그의 말을 인용하면, "성공은 언제나 예기치 못한 난제를 드러내고 승리는 예외없이 패배의 가능성을 키워준다.")

그렇다고 윌리엄스의 작품을 개인과 제도의 갈등, 제도 내 개인간의 갈등을 다룬 우화로 치부할 수는 없다. 예를 들어, 『스토너』를 학원 장르 소설, 또는 아일랜드의 소설가 존 맥가헌의 말처럼, 소위 "대학 생활을 그린 소설"로 읽는다면 지나치게 편협한 독서일 수밖에 없다. 소설의 미묘한 심리와 복잡한 도덕률을 위한 여지가 없기 때문이다. (무엇보다 『스토너』의 아내와 같은 캐릭터를 어떻게 재현해내겠는가. 남편을 처참하게 만들려고 닥치는 대로 심술을 부리지 않던가.) 또 하나 그런 식의 접근으로는 『도살자의 건널목』 역시 이해가 불가능하다. 소설 내에서 사회와 제도의 구조가 거의 부재하기 때문이다. 오히려 끔찍한 결과를 낳는 요인이 바로 사회와 제도의 부재여야 하건만⋯ 소설은 버팔로 사냥 중, 그리고 그 이후의 등장인물들이 문명 이전의 반사회적 무기력증에 빠지는 과정을 추적할 뿐이다. ("그들에게 의미가 있다면, 오로지 잠과 먹는 것뿐이었다.")

　존 윌리엄스의 소설 세 편을 관통하는 테마는 좀 더 거창하다. 스토너는 가족과 직장을 위해, 정부(情婦)에게 결별을 선언하며 이렇게 말한다. "결국 우리도 세계의 일부야." 윌리엄스의 소설은 하나같이 (등장인물과 상관없이) 우리가 감내해야 할 삶이 어떤 식으로 우리 자신과 세계의 알력이 빚어낸, 우연의 부산물로 전락하는지 천착해 들어간다. 세상이 자연이든, 문화든, 에덴동산처럼 유혹적인 콜로라도 땅이든, 주립대학의 비좁은 강의실이든, 버팔로 사냥의 대학살이든, 로마 원로원의 추방 명령이든, 미주리의 더러운 농장이든, 아니면 안티오케이아와 알렉산드리아의 화려한 궁정이든, 차이는 존재하지 않는다. 『아우구스투스』에서 사신이 로마를 방문해 어린 지도자가 어떤 사람인지 묻자, 옥타비우스의 가정교사이자 그리스 현자가 이렇게 대답한다. "다른 사람과 다를 바 없어⋯. 나중에 뭐든 되겠지. 그야 저 아이의 성격과 운명의 장난이 결정할 일이니."

　세 소설의 진솔하면서도 피치 못할 결론이라면, '성격'과 '운명' 사이의 알력이 종종 부식작용을 한다는 것이다. 즉, 우리가 스스로를 자각할 때의 이미지를 흐리고 대신 낯선 자아를 드러낸다. 앤드루스가 버팔로 사냥을 떠나기 직전, 흠모하던 창녀(하지만 잠자리를 함께하지는 못했다. 그의 동정은 사냥 중에 그리고 사냥 이후에 다른 형태로 잃게 될 것이다.)는 이 말랑말랑한 미남 청년에게 사람도 변하고 성격도 냉담해진다 경고한다. 버팔로 살상이 정점에 이르면서 여자의 예언은 정확하게 맞아떨어진다. "앤드루스는 어둠 속에서 손으로 자기 얼굴을 쓰다듬었다. 무척이나 거칠고 낯설었다⋯. 자신이 어떻게 보일지도 궁금했다. 프란시스가 알아보기는 할까?" 마찬가지로 스토너는 생의 말기에 이르러서야, 이상은 우연과 필요에 굴복하고, 그로써 과거의 바람과 완전히 다른 사람이 되었다고 인정한다. "처음에는 전인적이고 순수한 사람이 되고 싶었건만 기껏 타협적이고 속 좁은 범인이 아닌가? 그 오랜 세월 후 이제 지혜는 사라지고 남은 건 무지뿐이다. 그밖에는? 그밖에는 또 뭐가 있지?"

윌리엄스의 아우구스투스는 이름이 많다. 게다가 마지막 이름은 첫 번째와 공통점이 전혀 없다. 요는, 이름만으로도 의외의 변화와 피치 못할 잠식과정을 너무도 생생하게 드러낸다는 것이다. 아우구스가 니콜라우스에게 보낸 마지막 편지를 보면, 스토너의 단어 '덧없는 삶'이 효과적으로 재등장한다. 황제는 죽어가면서 "우리의 삶이 결국 덧없음"을 깨닫는다. 이러한 생각을 환기하는 이유는, 그가 오랫동안 투쟁해온 가치인 평화와 안정이, 결국 로마, 또는 공동체가 원하는 바에 다름 아니라는 사실을 깨달았기 때문이다. "지금껏 그렇게나 노력했건만 적절한 삶의 환경, 즉 인간이 제일 살기 좋은 조건이 번영, 평화, 조화와 거리가 멀 수도 있겠어. 그런데도 난 그런 것들을 로마에 주기 위해 애썼다네." 황제는 제국을 세웠지만 그 기초는 착각에서 비롯했다.

이런 식의 전형적이고도 아이러니컬한 결말은 윌리엄스의 전매특허다. 예를 들어, 『도살장의 건널목』에서의 끔찍한 결말도 거의 흡사하다. 버팔로 사냥꾼들이 학살 여행을 마치고 돌아왔을 때, 그들이 부재한 몇 달 동안 버팔로 가죽 가격은 완전히 바닥을 치고 말았다. 말인즉슨, 그간의 노고와 살상, 궁핍과 희생이 헛수고가 되고 만 것이다. 『아우구스투스』에서 그런 식의 아이러니는 편지 형식의 짧은 결말을 통해 고통스럽게 강조되는 바 윌리엄스가 지금껏 창안해낸 사료에서도 마지막 시도에 속한다. 황제 사후 사십 년, 황제의 임종을 지켜본 의사가 기록했는데, 수신자는 바로 궁정의 조신이자 철학자인 세네카였다. 편지의 저자는 폭군 티베리우스와 사이코 칼리굴라의 통치에 물린 터라 새 황제의 등장을 기대한다. "마침내 옥타비우스 카이사르의 꿈을 실현해줄 황제." 다만 그 황제가 바로 네로였다.

그렇다고 해도 윌리엄스는 주인공들을 실패자로 보지 않았다. 우리도 마찬가지여야 한다. 그가 죽기 몇 년 전에는, 한 인터뷰에서 스토너를 "진짜 영웅"이라며 추켜세우기까지 했다.

소설을 읽은 후 대다수 사람들이 스토너의 삶이 슬프고 불운했다고 말한다. 내 생각에는 매우 훌륭한 삶이었다. 사실 어느 누구보다 잘 살았다 하겠다. 자신이 원하는 일을 하고, 어떤 일을 하는지 잘 알고 있었으며, 또 그 일에 대해 어느 정도 자부심도 있었기 때문이다. 게다가 중요한 가치를 직접 목도하지 않았던가…. 신념은 반드시 지켜야 한다는 사실.

"신념을 지켜라." 이들 등장인물은 자신이 바라던 미래의 모습에서 멀어졌으나, 결국 자신이 만드는 삶 자체가 '자신'이 살아가는 공간이며, 그 안에서 혼자 살 용기를 얻어야 한다는 사실을 이해하게 되었다. 이런 인식이 비극이기는 해도 반드시 슬퍼할 필요는 없다. 윌리엄스는 당혹해하면서도 하나하나 공을 들여 스토너의 삶을 만들어냈다. 비록 평범한 (주로 욕구불만의) 삶이나마, 그 결말에서 윌리엄 스토너의 친구는 연인 캐서린에게 적어도 두 사람은 자신과 타협하지 않았다고 말한다. "적어도 우리는 우리 자신과 함께 여기까지 왔어. 우리는 지금 이 모습이 우리라는 사실을 알아. 우리가 어떤 존재인지도 알고." 윌리엄 앤드루스는 버팔로 사냥에서 돌아온 다음에야, 막연하게나마 자연과 하나가 되겠다는 꿈이 나태한 환상이었음을 깨닫는다. 같은 이유로, 야생과 부딪치며 얻은 교훈 또한 자신이 배우고 있다고 여긴 교훈과는 확연히 달랐다. 나이 많은 파트너 또한 부질없다며 손사래를 친다. "다 개소리야…. 우리는 거짓으로 태어나고 거짓의 젖을 먹으며 자라지. 그리고 학교에 들어가면 더 황당한 망상을 배우게 된다…. 어쩌면 죽을 때가 되어서야 깨닫겠지만, 네 자신 말고는 아무것도 남는 게 없다. 아니, 망상 때문에 놓치고 만 일들과 후회 정도야 남겠지." 그리스 비극처럼, 두 소설은 등장인물들이 조금씩 '당위와 이상'의 옷을 벗고 궁극적으로 자신이 이제껏 해왔던 일들, 즉 '네 자신'이라는 찌꺼기만 남는 과정을 드러낸다. 따라서 스페인의 철학자 오르테가 이 가세트(Ortega y Gasset)의 인용을 윌리엄스가 스토너를 위해 경구로 남겨둘까 고민했다는 사실을 안다고 해도 그리 놀라지는 않을 법하다. "영웅이란 바로 자신으로 남기를 바라는 사람이다."

『아우구스투스』 후반부에서, 독재자 카이사르 디비 필리우스 아우구스투스는 더욱 심오한 주인공으로 변신한다. 마침내 윌리엄 앤드루스의 동료가 신랄하게 비판한 진실을 끌어안기 때문이다. 자기 자신과 직면하고 기만과 착각에서 벗어나는 일이야말로, 위대하든 평범하든 우리 모두가 궁극적으로 추구해야 할 정점이다. "누구나 살다보면, 언젠가는 알게 될 날이 있을 걸세. 물론 이해 못할 수도 있고 말로 표현이 불가능할 수도 있겠지만, 어차피 사람은 혼자일 수밖에 없다네. 아무리 초라하다 해도 더 이상 자신 외에는 아무것도 되지 못해." 이러한 결말은 훌륭한 전기와 최고의 소설이 추구하는 결론이기도 하다. '미천한 존재로서의 자아'가 최초의 로마 황제를 생각할 때 떠오를 만한 개념은 아니다. 하지만 결말에 이르러서야 그 사실을 깨닫고, 또 그 결말에 만족할 수 있다는 사실이야말로 존 윌리엄스의 소설이 위대하다는 반증이 아니겠는가.

아우구스투스

1판 1쇄 발행 2016년 8월 16일
1판 8쇄 발행 2025년 2월 10일

지은이 존 윌리엄스
옮긴이 조영학

발행인 김지아
표지 및 본문 디자인 여치 http://srladu.blog.me/

펴낸곳 구픽
출판등록 2015년 7월 1일 제2015-27호
주소 서울시 광진구 동일로 459, 1102호
전화 02-491-0121
팩스 02-6919-1351
이메일 guzma@naver.com
홈페이지 www.gufic.co.kr

° 이 책은 구픽이 저작권사와의 계약에 따라 발행한 것이므로
  본사의 서면 허락 없이는 어떠한 형태나 수단으로도 이 책의 내용을 이용하지 못합니다.
° 책값은 뒤표지에 있습니다.
° 파본은 구입하신 서점에서 교환해 드립니다.